KB146404

밀실
살인
게임

왕수비차잡기

MISSHITSU SATSUJIN GAME OUTE-HISHATORI

© Shogo UTANO 2007

All rights reserved.
Original Japanese edition published by KODANSHA LTD.
Korean translation rights arranged with KODANSHA LTD.
through Tony International.

밀실 살인 게임

密室殺人ゲーム 王手飛車取り

왕수비차잡기

우타노 쇼고 장편소설

김은모 옮김

한스미디어

차례

✴

두광인頭狂人은 자택의 자기 방에 있다. 4LDK* 분양 맨션에 속한, 다다미 여섯 장 크기의 서양식 방이다.

구석에 가까운 벽에는 철제 컴퓨터 책상이 있다. 상단에는 잉크젯 프린터, 중단에는 액정 모니터, 하단에는 타워형 본체가 놓여 있다. 두광인은 그 앞의, 인체공학에 근거해 만들었다는 사무용 의자에 앉아 있다. 머리에는 다스베이더** 마스크를 쓰고 있다.

20인치 와이드 액정 화면에는 다섯 개의 창이 열려 있다. 모든 창에 비디오카메라 영상이 비친다.

그중 하나에는 다스베이더 마스크를 쓴 두광인 자신의 얼굴 정면이 보인다. 이 액정 모니터 위쪽에 달린 소형 비디오카메라에 찍힌 영상이다.

---

* 방 넷에 거실과 주방이 딸린 배치 구조.
** 영화 〈스타워즈〉의 등장인물, 얼굴을 가리는 검은 헬멧을 쓰고 있다.

나머지 영상 네 개도 웹캠으로 찍은 것이다. 각기 다른 장소에 있는 컴퓨터에서 인터넷 고속회선을 통해 영상과 음성을 보내고 있다. 두광인의 영상과 음성도 네 곳에 각각 전송되고 있다. 쌍방향 통신이다.

두광인이 컴퓨터 앞에 앉아 있는 것처럼 다른 네 대의 컴퓨터 앞에도 사람이 있다. 다섯 명은 서로의 모습을 보면서 말을 주고받는다. 영상과 음성을 통해 화상 채팅을 하는 것이다. 다섯 명이 동시에 화상 전화로 이야기한다고 보면 된다.

두광인이 비치는 창 윗부분에는 '두광인'이라는 이름이 붙어 있다. 다른 네 개의 창에는 각각 '044APD' 'aXe' '잔갸 군 ザンギャ君' '반도젠 교수伴道全教授'라고 되어 있다. 이 놀이를 하는 데 사용하는 닉네임이다.

이름이 독특할 뿐 아니라 창에 비치는 얼굴도 보통이 아니다.

앞서 밝힌 대로 두광인은 다스베이더 마스크를 쓰고 있다.

aXe는 제이슨˚처럼 하키 마스크를.

반도젠 교수는 노란 아프로˚˚ 모양의 가발을 쓰고 가토차˚˚˚가 콩트에서 사용할 것 같은, 렌즈가 빙글빙글 소용돌이 치는 장난감 안경을 꼈다.

잔갸 군의 창에 나오는 것은 거북이다. 투명한 수조에 든 늑대 거북. 카메라 프레임에서 벗어난 위치에 있는 자기 대신 애완동물

˚ 호러 영화 〈13일의 금요일〉에 등장하는 살인마.
˚˚ 곱슬머리를 둥글게 부풀린 흑인의 머리 모양.
˚˚˚ 일본의 남자 연예인.

에게 렌즈를 맞춰놓았다.

유일하게 044APD만이 웹캠 앞에 맨 얼굴을 드러내고 있지만, 전송되는 영상은 우윳빛 유리에 가려진 듯 흐릿해서 이목구비의 특징을 전혀 알 수 없다. 초점을 일부러 빗나가게 했거나 소프트 포커스 필터를 달았으리라.

어째서 이 같은 치밀한 짓을 했냐 하면, 그야 물론 개개인이 상대에게 맨 얼굴을 보이기를 원치 않기 때문이다.

다섯 명은 인터넷 공간에서 서로 알게 되었다. 서로의 본명과 집, 직업, 가족 구성, 혈액형, 별자리는 모두 모르는 사이다. 인터넷상에서만 친분이 있을 뿐 실제로 얼굴을 마주하고 이야기하거나 술잔을 나눈 적은 한 번도 없다. 그래도 무엇 하나 불편한 점은 없을뿐더러 이런 놀이를 하는 데는 오히려 서로를 모르는 쪽이 만사 편하다.

다섯 명은 인터넷상에서 게임을 하고 있다. 그렇다고는 해도 이른바 네트워크 게임은 아니다. 서버 안에 만들어진 가공의 세계를 무대로 삼은 게임이 아니라, 인터넷 바깥의 현실을 백 퍼센트 반영한 극히 생생한 게임이다.

게임의 형식은 한 사람이 문제를 내고 나머지 네 사람이 답을 맞히는 식이다. 네 사람은 각자 답을 내놓아도 되고 일치단결해서 하나의 답을 도출해도 된다.

문제는 살인에 관한 것이다. 어떤 때는 밀실 수수께끼, 또 어떤 때는 철벽의 알리바이라든가 피로 써서 남긴 암호문, 시체가 여장한 이유, 사라진 손목의 행방…….

추리게임이다. 범인을 맡은 사람이 지혜를 짜내 불가사의한 살인 이야기를 만들어 공개하고, 탐정을 맡은 네 명이 머리를 굴려 수수께끼를 풀어낸다. 해답은 단서에 입각해 논리적으로 이끌어내야 한다. 어림짐작으로 내놓은 해답은 인정되지 않는다.

이와 유사한 오락으로 범인 맞히기 소설을 들 수 있다. 추리 퀴즈 책, 추리 어드벤처 게임 소프트, 관객 참가형 미스터리 여행에도 가깝다.

하지만 그들이 벌이는 게임은 지금 예를 든 기존의 미스터리 엔터테인먼트와는 한 가지 결정적인 차이가 있었다. 그들은 가상의 살인사건을 추리하는 것이 아니었다.

여기서 이야기하는 살인은 전부 실제로 일어난 일이다.

그들 각자의 손으로 직접 저지른 사건에 대한 이야기다.

6월 27일

파자마 차림의 여자다.

나이는 많지 않다. 스무 살 전후로 보인다.

얼굴은 오른쪽을 향하고 있다.

팔은 왼쪽 방향으로 뻗어 있다. 양팔 모두 그렇다.

배꼽은 오른쪽이고 엉덩이는 왼쪽, 무릎은 둘 다 오른쪽.

스트레칭을 하는 듯한, 아니면 트위스트를 추는 듯한 자세라고 표현하면 될까. 손은 좌우 모두 쥐고 있다.

그런 모습으로 침대에 드러누운 파자마 차림의 여자. 몸이 비틀려 있기에 파자마도 삐뚤어져서, 말려 올라간 옷자락 틈으로 가슴이 보일 듯하지만 성행위에 따른 '의복의 흐트러짐'은 느껴지지 않는다.

머리에는 삼각형 모자를 쓰고 있다. 이마 부분에는 미키마우스가 인쇄되어 있고 꼭대기에서부터 검은 방울술이 두 개 늘어져 있다. 파자마 무늬도 미키마우스다.

이것이 지금 aXe가 보낸 사진이다. 파일 명은 10001.jpg.

"피해자는 마쓰오 아즈미, 1986년 2월 23일생, 19세, O형, 하나비시 여자전문대학 가정학부 영양학과 2학년."

스피커에서 남자 목소리가 났다. aXe의 목소리다.

"글자로는 어떻게 쓰지?"

잔갸 군이 물었다. [잔갸 군] 창에는 등딱지를 말리는 늑대거북밖에 나오지 않는다. 하지만 각각의 창 아래에는 디지털 레벨미터가 있기에, 목소리가 전송되면 오른쪽 방향으로 뻗어나가므로 누가 말을 했는지 알 수 있다.

"이렇게요."

aXe가 대답했다. 몇 초 후 컴퓨터 화면에 새로운 창이 열리더니 이런 글자가 표시됐다.

마쓰오 아즈미

1986년 2월 23일생, 19세, O형

하나비시 여자전문대학 가정학부 영양학과 2학년

"사인은?"

노랑머리의 반도젠 교수가 물었다. 입에 솜을 물고 있는지 말소리가 분명치 않았다.

"경부頸部 압박으로 인한 질식사, 라는 게 경찰의 발표. 사진 한 장 더 보내드리겠습니다."

aXe가 촐랑대며 말한 지 얼마 지나지 않아 두광인의 컴퓨터 바탕화면에 10002.jpg라는 파일이 도착했다. 열어보니 경부를 확대한 사진이었다. 하얀 피부에 빨간 선이 선명하게 나타나 있다.

"흉기는?"

반도젠 교수가 물었다.

"침대 옆에 떨어져 있었어요. 흉기 사진도 보냈습니다."

바탕화면에는 10003.jpg가 도착해 있었다. 열어보니 클로즈업된 가정용 게임기 컨트롤러가 찍혀 있었다.

"잘못 보냈잖아."

잔갸 군이 말했다.

"컨트롤러의 케이블 부분으로 조른 거 아닌가?"

두광인이 다스베이더의 목소리로 말했다. 마스크에는 음성 변조기가 달려 있어서 그럴듯한 목소리를 내보낼 수 있다. 버튼을 누르면 '쓰으으' '후우우' 하는 익숙한 숨소리도 들어간다. 겨우 수천 엔의 가격에 시판하는 거라고는 믿기지 않을 정도로 잘 만든 장난감이다.

"그러네요. 컨트롤러 케이블에 졸린 것 같아요."

aXe가 대답했다.

"같아요가 뭐야! 네가 죽였잖아."

잔갸 군이 걸고넘어졌다.

"예. 제가 컨트롤러 케이블을 그 여자 목에 한 바퀴 감고 꽉꽉 졸라줬습니다."

aXe가 다시 말했다. 그리고 제이슨 마스크의 입 부분에 손을 대고 큭큭, 소리 죽여 웃었다.

"……계."

나직한 목소리가 났다.

"예?"

"시계."

044APD다. 이 녀석은 늘 중얼거리는 식으로만 말한다.

"시계가 뭐요?"

"처음 사진."

"처음 사진?"

"침대 머리맡."

"예."

"선반 모양이야."

"그러네요."

"거기 시계가."

"예, 자명종 시계가 있죠."

"시계 오른쪽."

"에?"

"전지가."

"됐습니다, 됐어요. 괜찮은 걸 알아차렸네요."

그리고 10004.jpg가 전송되어 왔다. 침대 머리맡의 확대사진이다. 미키마우스 자명종이 찍혀 있다. 머리 좌우에 벨이 달린 표준적인 아날로그 자명종이다. 그 옆에 C형 전지가 하나 뒹굴고 있었다.

"이 전지."

"예."

"이 자명종 시계 거?"

"그렇죠."

"그럼 이 시계."

"예."

"안 움직이나?"

"안 움직이죠."

"범행 시각을 나타내는 거야?"

답답했는지 잔갸 군이 끼어들었다.

"범행 때 시계가 쓰러져 뚜껑이 열리고 전지가 빠져서 떨어졌다고 하면, 여기 나와 있는 시각이 바로 범행 시각이겠군."

시곗바늘은 4시 정각을 가리키고 있었다. 하지만 aXe가 입을 열었다.

"경찰 조사에 따르면 피해 여성의 사망 추정 시각은 6월 21일 자정에서 2시 사이. 그 시계가 가리키는 4시가 오전이든 오후든 범행 시각과는 동떨어졌죠."

"그럼 왜 전지가 빠져나와 있는 거야?"

"그야 물론 범인이 뺐으니까요."

"그러니까 범인은 너잖아. 딴 사람 일처럼 말하지 말라고. 자, 뭐 때문에 전지를 뺀 거지?"

"범행 시각을 오인시키려고 그랬나?"

두광인이 말했다.

"경찰이 그 정도의 잔재주에 넘어갈 사람들일까요?"

aXe가 웃었다.

"잠깐 기다려보게. 범인은 전지를 뺐을 뿐만 아니라 바늘도 움직였다는 말인가?"

반도젠 교수가 말했다. 이 녀석은 항상 이런 연극조 말투로 말한다.

"움직였습니다."

"4시 정각에 맞춘 데 의미가 있는가?"

"오. 핵심을 찔렀네요. 예, 바늘이 4시 정각을 가리킨다는 사실에 의미가 있습니다. 베스트 쓰리급의 중요한 단서라고 해도 되겠죠."

"어떻게 중요한데?"

"그건 댁들이 생각해야죠. 안 그러면 퀴즈가 아니잖아요."

aXe가 미니어처 도끼로 얼굴을 부채질했다.

그 후로 잠시 동안 침묵이 이어졌다. 누구의 입에서도 해답은 나오지 않았다.

"또 다른 정보는 없냐?"

잔갸 군이 말했다.

"다른 사진이 몇 장 정도."

10005.jpg부터 10018.jpg까지 파일이 도착했다. 현관, 부엌, 화장실 등 열네 장 전부 실내를 찍은 사진이다.

"악취미로구먼."

개중에 침대 옆에 쪼그리고 앉아 브이 사인을 보내는 하키 마스크 사진이 한 장 있었다. 침대 위에는 미키마우스 파자마를 입은 여자가 누워 있다.

"셀카치고는 잘 찍혔다 싶어서요."

"일부러 마스크를 갖고 죽이러 갔어? 수고하는군."

"저를 보지 말고 실내를 구석구석 관찰하세요. 추리에 필요한 물건이 찍혀 있을지도 모릅니다."

"어디?"

"그러니까, 그건 댁들이 분석하고 추리해야 한다고요."

현관, 부엌, 화장실 모두 잘 정돈되어 있어 의심을 품을 만한 곳은 없다. 시체가 있는 방 사진 역시 시체와 자명종 시계를 제외하면 눈을 끌 만한 물건은 아무것도 없다.

"기본적인 사항을 묻는 걸 깜박했구먼. 살해 현장은 마쓰오 아즈미 양이 사는 집인가?"

반도젠 교수가 물었다.

"맞아요, 그 여자가 사는 연립주택의 한 방. 주소는……."

화면에 텍스트가 표시됐다.

도쿄도 지요다구 후지미 1-×-× 구지라오카장 103호

"지요다구? 황거皇居*랑 국회의사당 같은 게 있는 곳이잖아. 거

* 일본 천황이 거처하는 곳.

기도 평범하게 사는 사람들이 있구나."

잔갸 군이 놀란 듯이 말했다.

"동거인은?"

반도젠 교수가 물었다.

"자취."

"본가는?"

"글쎄요."

"교우관계는? 특히 남자관계."

"불명."

"연립주택 이웃들과 교류는 있었는가?"

"어떨까요?"

"아르바이트는 했는가?"

"음."

"시체의 첫 번째 발견자는?"

"글쎄요."

"뭐야, 그게! 정보를 제대로 제공해주지 않으면 우리가 추리할 방법이 없잖아."

잔갸 군이 조바심을 냈다.

"의도적으로 정보를 숨기는 게 아닙니다. 실제로 모르니까 어쩔 수 없죠. 피해자에 대해 여러모로 알고 싶으면 댁들이 알아서 조사하세요. 홈스랑 푸아로도 제법 발놀림이 가벼웠다고 하던데요."

aXe가 마스크 속에서 눈을 갸름하게 떴다.

"지금의 발언을 뒤집어 말하면, 피해자의 신변을 깊이 캐고 들지 않아도 이 문제는 풀 수 있단 말이야?"

화상 파일을 열었다 닫았다 하면서 두광인이 확인했다.

"기본적으로는 제가 제시한 정보만으로도 풀 수 있도록 해두었습니다. 하지만 독자적으로 정보를 수집해 다른 각도에서 진상에 접근할 수도 있으니까 다리품을 팔아도 헛고생은 아닐 것 같군요. 또 다른 질문은?"

aXe가 없어요? 없어요? 물으면서 카메라를 향해 도끼를 흔들어댔다.

"아?"

마우스를 움직이던 손을 멈추고 두광인이 작게 소리 질렀다.

"뭐죠?"

"냉장고가 찍힌 사진 있잖아."

"10012?"

"응, 문에 이것저것 붙어 있던데."

요리 레시피를 스크랩한 것이 몇 장, 장 볼 품목을 갈겨쓴 듯한 메모, 피자 가게 메뉴, 미키마우스 모양의 키친타이머…….

"왼쪽 아래에 있는 연보라색 종이에 묘한 게 적혀 있어."

실물 크기로는 판독이 불가능하지만 200퍼센트 확대하면 읽을 수 있다. 손글씨가 아니라 프린터로 인쇄한 듯하다.

현자 팔라메데스가 말하기를,
너희 방황하는 여행자들이여,
내 크리스털 로드를 따라 루비콘을 건너라.

"예, 잘 찾아냈습니다."

aXe가 손뼉을 쳤다.

"뭐야, 이건!"

잔갸 군이 괴상한 소리를 냈다.

"범인이 탐정 여러분께 보내는 메시지. 괴인 이십면상[•] 뺨치는 대담무쌍한 메시지죠."

"그러니까 이건 네가 쓴 거잖아. 등신이냐? 그런 걸 현장에 남겨놓게."

"경찰이 걱정됩니까? 괜찮아요, 괜찮아. 범인의 유류품이라고는 요만큼도 생각 안 한다니까요. 그렇잖아요, 현대 사회에서 발생하는 살인사건 중에 이런 시적인 메시지가 남아 있던 예가 있습니까? 경찰은 분명 피해자 자신이 마음에 든 연극 대사를 적어두었다고 생각하든지 하겠죠."

"이 문장에 사건을 푸는 열쇠가 숨어 있는가?"

반도젠 교수가 소용돌이 안경 다리에 손가락을 대며 물었다.

"해독하면 약간 도움은 될지도 모르죠."

"암호?"

"우의법 혹은 비유식이라고 불리는 겁니다. 에도가와 란포의 『외딴섬 악마』에 나오는 그거랑 같은 계열이에요."

"신과 부처가 만나면."

두광인이 반사적으로 한 구절을 읊었다. 그러자 반도젠 교수가

[•] 에도가와 란포의 추리소설 『소년 탐정단』에 등장하는 괴도.

뒤를 이었다.

"동남쪽의 귀신을 때려 부수고."

"아미타불의 공덕을 찾아야 할지니."

잔갸 군이 말하자 마지막으로 044APD가 꺼져 들어가는 듯한 목소리로 끝을 맺었다.

"6도의 네거리에서 헤매지 마라."

"참 잘했어요."

aXe가 놀리듯이 박수를 쳤다.

"요컨대 말놀이, 수수께끼로군. 재치를 발휘해서 문장을 해독하란 말이지. 그런데 팔라메데스? 어디 사는 누구야?"

잔갸 군이 말하자 044APD가 바로 키보드를 두드렸다.

그리스 신화에 나오는 지장. 나우플리오스와 클리메네의 아들. 천칭, 주사위, 등대, 항해법 등 다양한 것들을 고안했고, 트로이 전쟁에서는 획기적인 전법으로 수많은 공적을 거둔다. 영웅 오디세우스의 원한을 사서 횡령죄의 누명을 쓴 채 투석형에 처해진다.

"유식하구나."

"지금 인터넷으로 검색했어."

"말하는 건 굼뜬 주제에 행동은 빠른데."

"……."

"'너희 방황하는 여행자들'이면 우릴 말하는 거야?"

"글쎄요."

aXe가 시치미를 떼듯 고개를 좌우로 갸웃했다.

"크리스털 로드? RPG 게임의 아이템 같잖아. 현자가 들고 다니는 지팡이 느낌이야. 루비콘? 들은 적 있는데."

"북이탈리아에 있는 강일세. 카이사르는 여기를 건너서 로마로 진군해 폼페이우스를 추방하고 정권을 잡았다네."

반도젠 교수가 말했다.

"팔라메데스는 현자라니까 로드를 드는 게 어울리지만, 루비콘은 뭐야? 팔라메데스는 그리스, 루비콘은 로마. 나라와 시대 둘 다 동떨어졌잖아."

"암호문이니까 그런 불일치는 신경 쓸 필요 없겠지."

"자아, 여러분, 곁가지에만 눈을 빼앗기지 마십시오."

aXe가 손뼉을 쳤다.

"그건 어디까지나 덤으로 드리는 힌트입니다. 수학으로 말하자면 보조선 같은 거죠. 설령 그 메시지를 해독했다 해도 근본적인 문제가 그대로 풀리지는 않아요. 반대로 그 메시지를 무시해도 사건 그 자체를 제대로 검토하면 진상에 당도할 수 있습니다. 그러니까 참고 정도로만 기억에 남겨두세요. 자, 정보를 다 제공했으니 일단 물어보겠습니다. 정답 아시는 분?"

"미안, 문제가 뭐였지?"

두광인은 다스베이더 마스크의 관자놀이를 두드렸다.

"봐요, 곁가지에 연연하니까 그렇죠. 이번 문제는……."

새빨갛고 굵은 글씨로 텍스트가 표시됐다.

범인이 다음으로 노리는 사람은 누구?

"이름을 들어 개인을 특정하지 않고 인물상만 말해도 됩니다. 1월 1일생 여자라든가, 2급 소형선박 면허를 가진 귀국자녀라든가 하는 식으로요. 다만, 그렇게 생각하는 이유도 덧붙일 것. 즉, 이번 테마는 미싱링크. 피해자들 간의 연결점을 찾아주세요. 그리고……."

연쇄살인범이 다음으로 노리는 사람은 누구?

다시 텍스트가 떠올랐다.
"아시는 분? 없어요? 없죠? 음, 그야 없겠죠. 살인사건은 아직 한 건밖에 안 일어났으니까. 또 다른 사건이 일어나기 전에 그 법칙성을 찾아내 미연에 사건을 방지하면 엘러리 퀸이나 긴다이치 고스케보다 뛰어나다는 말이죠. 만약 지금 이 단계에서 정답을 맞히는 사람이 있으면 제가 발가벗고 요코하마 랜드 마크 타워 1층부터 80층까지 뛰어올라 갈게요."
aXe가 여유작작하게 도끼로 얼굴에다 부채질을 했다. 그때 가느다란 목소리가 났다.
"70층."
"예?"
"랜드 마크 타워는 70층. 옥탑을 포함해도 73층."
044APD다.

"말하자면 그렇다는 거죠, 말하자면. 그렇게 장담할 만큼 어렵다는 말씀."

그렇게 도발해도 누구 하나 대답할 수 없다.

"그럼 삼 일간의 유예 기간을 드리죠. 각자 삼 일 동안 생각했는데도 정답이 나오지 않으면 두 번째 살인을 일으키겠습니다."

"고작 삼 일로 뭘 하라는 말인가? 네 녀석들은 학생이니 니트족°이니 해서 시간이 잔뜩 있겠지만, 이 몸은 평일 낮에는 움직일 수 없단 말일세."

반도젠 교수는 불만인 듯하다.

"이야, 너 사회인이었구나."

잔갸 군이 말했다.

"아."

"무슨 일 하지?"

"아니……."

"시스템 엔지니어? 세일즈맨? 내장 공사?"

"일한다는 게 아니라……."

반도젠 교수가 연극조의 말투를 깜박한 채 노란 아프로 머리를 마구 긁적였다.

"그럼 뭣 때문에 바쁜데? 자리에 드러누운 노인을 돌보기라도 하냐? 야야, 설마 경찰관은 아니겠지? 이거 잠입 수사가? 우효……."

"허세를 부리는 건지도 모르겠군. 어른인 척하지만 실은 중딩

● 일하지 않고 일할 의지도 없는 청년 무직자를 뜻하는 신조어.

이라든가."

두광인이 말했다.

"일리 있네. 시대에 뒤떨어진 말투도 나이가 많아 보이도록 하기 위해서 그러는 건지도 모르고 말이야."

"누구든 상관없어."

044APD가 말했다. aXe가 고개를 끄덕거렸다.

"맞습니다, 우리는 서로의 정체 알아맞히기를 하는 게 아니죠. 맞혀야 하는 건 다음 피해자입니다. 어쨌거나 유예 기간은 삼 일. 고작 삼 일이냐고 하지만 사실 그것도 너무 길어요. 이 문제는 직감으로 알아낼 수 없다면 일 년 생각해도 못 풀걸요."

"잘난 척하기는."

잔갸 군이 구시렁댔지만 aXe는 그 말을 무시했다.

"그럼 여러분, 72시간 후에 만납시다."

그리고 그가 나오던 창이 캄캄해졌다. 이어서 [반도젠 교수] [잔갸 군] 창이 어두워졌다.

"그럼."

아직 남아 있던 044APD에게 인사를 남기고 두광인도 로그아웃했다.

6월 28일

도쿄 메트로 유라쿠초선線 에도가와다리역駅 북동쪽, 콘크리트를 둘러친 간다가와강을 건너 구불구불한 좁은 언덕길을 올라가면, 고히나타 대지台紙 중턱에 유달리 높은 벽돌담에 둘러싸인 한 구역이 있다. 담 건너편에는 소나무, 가시나무, 히말라야삼목 등의 상록수가 울창하게 우거져 있고, 더 안쪽에는 담과 마찬가지로 벽돌로 만들어진 낡은 건물이 네다섯 채 늘어서 있다.

제1회 비디오추리회의를 마친 다음 날, 두광인은 전철을 세 번 갈아타고 이곳 하나비시 여자전문대학까지 발걸음했다. 하나비시 여전은 메이지明治 32년°에 창립된, 여자대학의 개척자적 존재다.

학교 정문은 좁은 일방통행 도로와 마주하고 있었다. 지나치면서 곁눈질로 훔쳐봤더니 정문 바로 건너편에 있는 다이쇼大正°° 시대의 파출소 같은 경비실에 회색 제복을 입은 초로의 남자 두 명이 서 있었다. 그 앞을 오가는 여학생에게는 상냥하게 말을 걸지만, 수상한 사람에게는 태도를 싹 바꾸고 딱딱한 얼굴로 앞을 막아서리라.

두광인은 문에서 10미터 정도 떨어진 곳에서 기다렸다. 짙은 쥐색 구름이 비늘처럼 층을 이루는 전형적인 장마철 하늘이었지만, 일단 비가 내릴 걱정은 없을 것 같았다.

소리 높여 이야기하며 나오는 3인조는 패스. 다음 두 사람도 무시한다. 그다음에 나온 여자는 혼자였지만 바로 또 다른 사람이 나왔기에 이 역시 그냥 보냈다.

° 메이지는 메이지 천황 시대(1868~1912)에 사용한 연호이다. 메이지 32년은 1899년.
°° 다이쇼 천황 시대의 연호, 1912~1926.

그렇게 몇 명이나 지나쳐 보낸 후에 겨우 안성맞춤인 학생과 마주쳤다. 토트백을 어깨에 메고 휴대전화를 만지작거리며 느릿느릿 언덕길을 올라간다. 앞뒤 30미터 안에 사람은 없다.

두광인은 그녀(A코라는 이름이라도 붙여두자)의 뒤를 쫓았다. 언덕길을 다 올라가서 첫 골목길에 접어드는 참에, 발걸음을 빨리해 A코를 쫓아가서 나란히 걷다가 앞지른 후에 뒤를 돌아보고 말을 걸었다.

"영양학과 학생입니까?"

물론 지금은 다스베이더 마스크 같은 건 쓰고 있지 않다.

팬츠룩을 차려 입은 A코는 깜짝 놀라 발을 멈추더니 귀에 거는 식의 이어폰 한쪽을 뺐다.

"영양학과 2학년이죠?"

두광인은 다시 물었다. 하나비시 여자전문대학에는 두 개 학과가 있고 각 학과에 1, 2학년이 있으니 확률은 4분의 1이다.

"그런데요?"

수상하다는 듯이 눈살을 찌푸리면서도 그녀는 분명하게 대답했다. 제1관문 돌파다.

"이런 사람입니다."

두광인은 윗도리 주머니에 간직해둔 수제 명함을 재빨리 꺼내 A코에게 쥐여주었다.

"TVJ 〈눈이 번쩍 뜨이는 와이드쇼〉 어시스턴트 디렉터……어? 텔레비전?"

A코가 눈이 휘둥그레진 채 두광인과 명함을 비교해보았다. 두

광인은 입술에 집게손가락을 대고 의미심장하게 한두 걸음 뒤로 물러섰다.

"마쓰오 아즈미 씨하고 동급생이죠?"

"예? 네, 맞아요."

"저는 TVJ 아침 와이드쇼 AD로 일하고 있습니다. 명함에 적힌 그대로예요."

두광인은 뒤로 계속 물러나 골목길로 들어갔다.

"눈이 번쩍 뜨이는 와이드쇼, 매일 아침마다 봐요."

A코도 따라왔다.

"감사합니다. 그런데 제가 이번에 일어난 불행한 사건, 그러니까 마쓰오 씨 사건을 취재하고 있습니다. 원래는 서면으로 이번 취재의 취지를 설명해드려야 하는데, 그런 느긋한 짓을 하고 있으면 방송이 안 되거든요. 텔레비전은 속보성이 생명입니다. 마쓰오 아즈미 씨 사건은 정말로 불행한 일이었습니다. 딱하고, 끔찍하고, 공포스런 사건이었죠. 사건이 발생한 지 한 주가 지났지만 범인은 아직 잡히지 않았습니다. 같은 연립주택에 사는 이웃들과 근처 주민들이 몹시 두려워하고 있습니다. 사이가 좋았던 학교 친구들 역시 마음이 아픈 한편, 하나비시 여전에 다닌다는 이유로 자기가 표적이 되지는 않을까, 무척 불안할 겁니다. 하나비시 대학교 학생들뿐 아니라 전국의 같은 연령층 여성들이 똑같은 불안에 시달리고 있죠. 그들의 부모도요. 모두 하루라도 빨리 해결되기를 바라고 있습니다. 수사는 어디까지 진행되었는지, 용의자는 드러났는지, 진심으로 알고 싶어 하지요. 하지만 경찰은 이모저모로 비밀 엄수를 유지하면서 그런 정보를 거의 밝히지 않습니다. 그래서 우리가 나선 겁니다. 독자적으로 조사해서 국민 여러분이 알고 싶어 하는 정보를 제공하는 거죠. 그게 공공방송을 추구하는 텔레비전 방송국의 사명입니다."

두광인은 적당한 말을 골라 빠르게 늘어놓았다.

"요컨대 제 코멘트가 필요하다는 거네요."

"탁 털어놓고 말해, 그렇습니다."

"상관은 없는데, 카메라는요?"

A코가 좌우로 고개를 돌리며 말했다.

"안 데리고 왔습니다. 코멘트 취재만 하는 거라서."

"흐음."

A코는 판단하기를 망설이는 듯 턱에 손을 댔다.

"협력해준다면, 소소하지만 이걸."

두광인은 가방에서 봉투를 꺼내 가슴 앞으로 들어 보였다. 하지만 A코에게 건네지는 않고 곧 다시 가방에 집어넣었다.

"협력해줄 거죠?"

"예, 알았어요."

A코의 눈매에 웃음이 깃들었다. 마음이 바뀌기 전에 서둘러야겠다고 생각하며 두광인은 질문을 시작했다.

"마쓰오 아즈미 씨는 어떤 친구였습니까?"

"귀여웠어요."

"성격이나 취미, 교우관계는요?"

"뭐, 평범했죠. 어찌 보면 좀 평범하지 않은 건지도 몰라요."

"평범하지 않다니요?"

"디즈니 애호가."

"그거, 여학생이라면 극히 평범한 거 아닌가요?"

"아즈미는 좀 극단적인 편이었거든요. 옷, 가방, 손수건, 우산, 목걸이, 노트, 샤프, 지갑, 대기화면, 착신 벨소리 전부 다 디즈니. 집에 한 번 놀러 갔었는데 컵, 테이블, 슬리퍼, 커튼, 마우스패드, 화면보호기, 비누, 변기 커버 죄다 디즈니라서 머리가 어질어질했어요. 삼십 분 정도 있었더니 기분이 안 좋아지더라고요."

aXe가 찍은 사진에도 미키마우스 상품이 가득했다.

"디즈니랜드에도 틈만 나면 갔어요. 학교 마친 후에도 가곤 했죠. 당연히 연간 패스포트도 있었고요. 그렇게 다니면서 상품을 하나하나 사오는 거예요. 아기 양말이나 남자용 트레이닝복 같은 것도요. 선물이 아니에요. 자기 컬렉션을 위해서죠. 아무리 돈이 많아도 모자랐을걸요. 그래서 그런 낡은 연립주택에 살았죠. 욕실도 없어요, 정말 믿기지가 않죠. 그러면서 가구라자카에 있는 목욕탕에 가는 거예요. 목욕 바구니를 들고 이다바시역 앞을 걷는다고요? 황거 외호길을 건너요? 말도 안 돼요."

"또 다른 취미는요?"

"없었어요. 디즈니 오타쿠죠."

"성격은 어땠습니까?"

"안 켜졌을 때는 얌전했어요."

"안 켜져요?"

"평소에는 정말 얌전했죠. 목소리는 작지, 말은 절대로 먼저 안 걸지, 강의실에서도 혼자 구석에 오도카니 앉아 있었거든요. 그런데 어쩌다가 디즈니랜드 이야기가 나왔다 하면요, '이번 일요일에 남친이랑 디즈니랜드에 가는데 말이야', 이런 이야기가 친구들 사이에 오가면 아즈미의 스위치가 켜지는 거예요. 교실 구석에서 곧장 달려와서 '디즈니 갤러리의 디즈니 드로잉 클래스를 추천할게. 디즈니 캐릭터를 그리는 법을 배울 수 있어. 겨우 500엔이야. 절대 손해 안 본다니까. 장소는 월드 바자, 입구를 통과해서 똑바로 가다가 왼쪽', 이런 식으로 엄청나게 떠들어대요. 분위기 다 깨죠. 걔가 입은 미키마우스 티셔츠를 보며 귀엽다고 한마디 해줬다간 이번에는 또, 이 옷은 무슨 이벤트 한정으로 툰타운의 뭐라고 하는 가게에서밖에 입수할 수 없다는 둥 뭐라는 둥 떠드니까 섣불리 말을 건넬 수가 없어요. 자신이 즉 세계인 셈이죠. 뭐, 나쁜 뜻은 없었겠지만 솔직히 말해 마음에 안 들었어요. 잡지 같은 데서 취재하러 온 건 부러웠지만."

"그런 의미에서는 마쓰오 씨를 모두가 거북하게 여겼다는 말이군요?"

"그렇죠. 응? 잠깐만요, 우리를 의심하는 거 아니에요?"

A코가 눈썹을 찡그렸다. 두광인은 당황해서 손을 내저었다.

"아닙니다. 음, 보자, 그만큼 돈이 드는 취미를 갖고 있었다면 아르바이트도 했겠군요."

"그럴지도 모르죠."

"마쓰오 씨가 했던 아르바이트에 대해 무슨 이야기 못 들었나요?"

"저는 들은 적 없어요."

"구체적으로 어디에서 일했다는 이야기가 아니라도 괜찮습니다. 웨이트리스를 했던 것 같다든지, 밤에 일했던 것 같다든지, 아르바이트하는 곳의 사람과 휴대폰으로 통화한 적이 있었다든가, 그런 정보라도 좋아요."

"못 들어봤는데요."

"남자친구는 있었습니까?"

"없다는 느낌이 팍팍 들던데. 애인은 미키마우스 아니었을까요?"

"서클은요?"

"안 들었을 거예요."

"학교 밖 서클에도요?"

"아마도요. 학교 마친 후에 저녁에도 디즈니랜드에 갔거든요. 서클 같은 데 쓸 시간이 없었어요."

"디즈니랜드에 특정 인물과 함께 가지는 않았습니까?"

"그러니까, 남자는 없었다고요."

"남자친구가 아니라 친구요. 같은 취미를 가진 사람, 디즈니 친구 말이죠. 성별은 상관없어요."

"누구랑 같이 가면 자기 페이스가 무너져서 싫다 그랬어요. 그래서 항상 혼자 갔죠. 이해가 안 되지 않아요?"

A코는 어깻부들기 앞에서 양 손바닥을 하늘로 향하며 어깨를 으쓱했다.

"그럼 단체 모임 같은 데는."

"절대 안 나왔죠. 시간도 돈도 없었거든요."

"마쓰오 씨의 본가는 어딘지 알아요?"

"음, 어디더라⋯⋯."

"가족은?"

"아, 본가는 오카야마예요. 눈이 번쩍 뜨이는 와이드쇼에 그렇게 나왔잖아요."

A코가 손뼉을 짝 치고 두광인을 가리켰다.

"아, 아니오, 저는 그쪽 취재는 담당하지 않았거든요. 그럼 이 정도쯤 해둘까요? 바쁜데 시간 내주어서 고마워요."

들통 나기 전에 물러가야겠다는 생각에 두광인은 아까 전의 봉투를 내밀었다. A코는 기다렸다는 듯 봉투를 잡아채더니 주저 없이 그 안을 들여다보았다.

"뭐예요, 이게?"

안에는 접은 종이가 들어 있었다.

"사례는 은행 계좌로 넣어드립니다. 그 종이에 계좌번호를 적어주세요."

"계좌로 들어오는구나."

A코가 실망한 듯이 입을 오므렸다.

"현장에서 직접 건네는 금액은 2만 엔 이하라고 사내 규정으로 정해져 있거든요."

"그럼 2만 엔 넘게 받을 수 있어요?"

"3만 엔입니다. 적을지도 모르지만 이것도 사내 규정이라."

"알았어요, 알았어요."

즐거운 표정으로 빙긋 웃더니 A코는 지갑에서 현금카드를 꺼내 TVJ 경리과 이름이 적힌 납입 확인서에 계좌번호를 적어 넣었다.

"그런데 이 말이 뭔지 짐작 가는 곳은 없습니까? 팔라메데스, 크리스털 로드, 루비콘."

대답은 없었다.

두광인은 A코와 헤어진 후 이다바시로 발걸음을 옮겼다. 도중에 가짜 납입 확인서를 역 쓰레기통에 버렸다.

마쓰오 아즈미가 살던 구지라오카장은 JR 이다바시역에서 걸어서 삼 분 걸리는 약간 높은 평지에 있었다. 바로 뒤편에 20층짜리 빌딩이 우뚝 서 있었는데, 구지라오카장은 지은 지 반세기는 흘렀음 직한 목조 2층 연립주택이라 마치 도시의 에어포켓˚ 같았다.

103호실 문과 그 옆의 작은 창문은 파란색 시트로 덮여 있었다. 두광인은 이웃 사람을 대상으로 탐문할 생각이었지만, 주변에 아직 경찰관이 있을 것 같아 연립주택 앞을 왔다 갔다만 하다가 물러났다.

집에 돌아온 후에 두광인은 인터넷으로 조사했다.

마쓰오 아즈미는 오카야마현 다마노시 출신. 56세의 아버지는 법인단체 직원, 53세의 어머니는 직업 불명. 오빠가 하나 있는 것 같은데 연령과 직업은 불명. 그 외에도 본가에는 86세의 할머니

˚ 비행기가 급강하 현상을 일으키는 하강기류 지역.

가 있는 모양이다. 초등학교 졸업 문집에는 장래 희망을 미용사라고 적어놓았다. 중학교에서는 연식 테니스부, 고등학교에서는 취주악부에 소속. 전문대학은 내년 3월에 졸업하지만, 취직 활동은 하지 않고 같은 계열 4년제 대학으로 편입하기를 희망하고 있었다.

두광인은 잠시 생각에 잠겼다.

하지만 다음에 누가 살해당할지는 도무지 짐작할 수 없었다.

7월 7일

"결국 아무도 대답 못 했네요. 추리 마니아라고 자부하는 댁들의 추리력이 그 정도 수준입니까?"

화면 속에서 aXe가 말했다. 하키 마스크 밑에서는 히죽대고 있으리라.

"자백은 됐어."

잔갸 군이 불쾌한 목소리로 되받아쳤다. 카메라는 여전히 수조 안의 늑대거북을 찍고 있다.

"그런고로 두 번째 사건이 발생했습니다. 이번 피해자는 세키모토 히로키 씨. 남성입니다."

세키모토 히로키
1973년 9월 4일생, 31세, O형

이런 텍스트가 표시되고 화상 파일 20001.jpg가 전송되었다. 조그만 데이팩을 멘 남자가 등을 위로 향한 채 쓰러져 있다. 머리 옆에는 반물색 야구모자가 떨어져 있다. 하얀 티셔츠의 옆구리 부분이 새빨갛게 물들어 있다.

이어서 20002.jpg. 마찬가지로 등을 위로 향한 채 쓰러진 남자의 모습인데, 아까 사진보다 물러서서 찍었는지 남자를 둘러싼 사람들의 모습도 보인다. 눈을 커다랗게 뜬 어린아이, 입에 손을 댄 할머니, 남자를 손가락질하는 갸루 화장을 한 여자, 휴대전화를 귀에 댄 중년 남자, 휴대전화를 얼굴 앞에 쳐든 학생 느낌의 젊은 이. 아마 쓰러진 남자를 촬영하고 있으리라.

"전철?"

두광인은 다스베이더의 목소리로 물었다. 쓰러진 남자를 둘러싼 사람들 사이에서 가느다란 은색 기둥을 알아볼 수 있었다.

"알 만한 사람이 보면 이 차량이 E231 계열의 500번대, 야마노테선 사양이라는 걸 딱 떠올리겠지만 댁들한테 거기까지 바라는 건 무리겠죠."

aXe가 거만한 태도로 집게손가락을 흔들었다.

"야마노테선?"

"고베 시영 지하철의 야마노테선이 아닙니다. JR 동일본의 야마노테선, 도쿄의 야마노테선, 도웅그란 녹색 야마노테선°."

° 요도바시 카메라에서 사용한 광고음악의 한 소절. 당시 순환선인 야마노테선의 전철이 녹색이었다.

"사건은 야마노테선 차내에서?"

"보시는 대로."

"피해자는 허리에서 피가 나는 것 같은데."

"오른쪽 허리 부분, 간 언저리를 찔렸습니다. 흉기로 사용된 칼은 범인이 가지고 갔기 때문에 현장에는 남아 있지 않습니다."

"전철 안에서 찌른 거야?"

"그렇다니까요. 거참, 끈질기군."

"여러 사람 눈앞에서 해치우다니, 네 녀석도 간이 제법 크군. 게다가 현장에 머무르면서 사진까지 찍고 말이야."

잔갸 군이 질렸다는 듯이 말했다.

"아니요, 붐비는 사람들 속에 섞여서 저지르는 살인이 의외로 남들 눈에 가장 안 띄는 법이거든요. 일요일 저녁 무렵, 마침 행락객들과 쇼핑을 마친 사람들이 집에 돌아가는 시간대라서 차내는 아주 혼잡했죠. 게다가 터미널인 도쿄역에 도착했을 때 갈아타는 손님들이 탁류처럼 문으로 향했고요. 누가 찔렀는지 아무도 못 봤고 보이지도 않았습니다. 만원 전철 안에서 치한이 안 잡히는 거랑 똑같아요. 사진도 저 혼자 찰칵찰칵 찍은 게 아니니까요. 여기저기서 휴대폰을 들이밀고 있었죠. 사람이 피를 흘리며 쓰러졌는데, 모두 무슨 정신머릴까."

"도쿄역……."

반도젠 교수가 중얼거렸다.

"야마노테선, 도쿄역, 일요일, 저녁 무렵, 남자, 칼, 등, 야마노테선, 도쿄역……."

반도젠 교수가 되풀이해 중얼거렸다. 오늘도 노란 가발에 소용돌이 안경을 썼다. 복장은 헐렁헐렁한 하얀 옷이다.

잭 푸트렐이라는 추리소설가가 있다. 20세기 초기에 활약한 미국 작가로 1912년 4월 14일, 타이타닉호와 운명을 함께했다. 그런 푸트렐의 작품에 '사고기계'라는 별명을 지닌 탐정이 나온다. 철학박사이자 법학박사이기도 하고 의학박사에 치학박사, 왕립학회 회원 등등 트림이 나올 정도의 직함을 가지고 있는데, 체스를 두면 말을 처음 잡아봤다면서도 명인을 열다섯 수 만에 이기고 만다.

이 명탐정, 아니 초인 탐정의 본명은 오거스터스 S. F. X 반 도젠. 반도젠 교수라는 닉네임은 그 이름의 패러디일 것이다. 풍모도 원조를 데포르메° 해놓았다. 반 도젠의 머리카락은 노르께하고 더부룩한 데다 그는 언제나 두툼한 안경을 끼고 있다. 또한 원조는 항상 깔끔하게 면도를 했고, 반도젠 교수는 그것을 흉내 내서 가짜 수염이 아닌 '가짜 면도 자국'을 달고 있었다. 푸르스름한 면도 자국을 그린 고무 마스크를 입가에 부착한 것이다. 나가시마 시게오°°를 흉내 내는 연예인이 뺨에서 턱까지를 필요 이상으로 푸르게 만드는 것 같은 느낌이다. 이것 역시 파티 용품이리라.

"이 몸의 기억에 따르면 야마노테선 차내에서 사람이 찔렸다는 뉴스를 최근에 보았는데. 설마 같은 사건은 아닐 터이지."

소용돌이 안경의 귀걸이를 손끝으로 만지작거리며 반도젠 교

° 회화, 조각 등에 의식적으로 대상을 과장, 변형해서 표현하는 것.
°° 1974년에 은퇴한 일본의 전설적인 야구 선수.

수가 고개를 내밀었다. 이 과장된 말투도 사고기계 코스튬 플레이의 일환일 것이다.

"아마 같은 사건이지 싶은데요."

aXe가 기쁜 듯이 대답했다.

"엥? 그 사건이야? 그거 네가 저지른 거야?"

두광인도 알아차리고 카메라 건너편에 있는 aXe를 손가락질했다.

"예, 제가."

"뭐야, 그 사건이라니?"

잔갸 군이 말했다.

"뉴스 정도는 좀 봅시다."

"시끄러! 무슨 사건인지 제대로 설명해. 정보가 없으면 추리할 수 없잖아."

7월 3일 오후 6시경, 도쿄역에 도착한 야마노테선 외선 순환 6호차 차내에 한 여자의 비명이 울려 퍼졌다. 등 뒤에서 누군가 세게 껴안기에 여자는 뭐야 하며 몸을 비틀었다. 순간, 그녀를 껴안았던 남자가 받침대를 잃은 듯이 바닥에 쓰러졌다. 남자는 바닥에 납작 엎드린 채 일어서려 하지 않았다. 낚여 올라온 물고기처럼 푸들푸들 경련했다. 입에서는 낮은 신음소리가 새어나왔고 티셔츠가 순식간에 붉게 물들었다. 괜찮습니까, 도와줘요, 만지면 안 돼, 꺅, 길을 비켜, 의사는 없습니까, 역원을 불러…… 차내와 승강장에 절규와 다급한 소리가 뒤섞이며 전장과도 같은 소란이 벌어졌다.

피해를 입은 남성은 아이치현에 거주하는 회사원으로, 프로야구를 관전하기 위해 전날 상경하여 이날 고베 구장에서 주간 경기를 본 후에 가스가이시의 자택으로 돌아가는 길이었다.

상처가 난 부위는 오른쪽 허리 한 군데뿐. 길이 3센티미터, 깊이 10센티미터의 상처로, 날이 한쪽에만 있는 칼에 찔렸다고 추정되었다. 흉기는 차내와 도쿄역 구내에서는 발견되지 않았다.

상처는 간까지 다다라 있었지만 피해 남성은 목숨을 건졌고, 현재 실려간 병원에서 입원치료 중이다. 용태는 안정적이고 의식도 명료해서 경찰 조사에도 응하고 있다.

세키모토 히로키는 고베 구장을 나온 후 아키하바라에 들러 프로야구 카드를 구매한 다음에 야마노테선을 타고 도쿄역으로 향했다. 그리고 신칸센으로 갈아타기 위해 전철에서 내리려고 했는데 갑자기 허리에 아픔이 느껴졌다고 한다. 범인의 얼굴은 보지 못했다. 그렇게 습격당할 이유도 무엇 하나 짐작되지 않는다고 한다. 발을 밟았다, 휴대전화를 사용했다, 이어폰에서 소리가 새어나왔다는 등의, 전철 안에서 일어날 만한 문제도 일절 없었다.

경찰은 불특정한 인물을 노린 무차별 범죄라는 견해를 제시하고 있다. 야마노테선이라는 도쿄의 상징적인 곳에서 발생한 만큼, 부상자가 한 명밖에 나오지 않은 작은 사건일 뿐인데도 신문, 텔레비전에서는 상당히 크게 보도했다.

"안 죽었어?"

잔갸 군이 낙담한 듯이 말했다.

"예정상으로는 죽었어야 하는데요."

aXe가 작게 한숨을 쉰다.

"실망이야."

"어쩔 수 없잖아요. 그런 곳에서는 몇 번이나 찌를 수도 없고."

aXe가 카메라를 향해 미니어처 손도끼를 휘둘렀다.

"별 볼일 없잖아."

"시끄러. 죽고 안 죽고는 큰 문제가 아니야. 중요한 건 이 세키모토 히로키라는 남자가 두 번째 목표물로 선택되었다는 거지. 제일 처음이 여대생, 다음이 회사원. 과연 두 사람 사이에는 어떤 연결점이 있을까? 앙? 자, 대답해봐."

aXe가 정색을 하고 퍼부었다.

"이번 피해자의 정보를 더 줘. 너무 적어서 추리할 방법이 없어."

견원지간인 두 사람을 떼어내듯이 두광인이 끼어들었다.

"근무처는 고마키에 있는 자동차 부품 제조회사. 직종은 영업, 근무 태도는 양호. 말을 잘해서 단골 거래처의 평판도 최상. 자택은 아이치현 가스가이시 다카야마초[町]. 양친과 같이 살며 미혼. 취미는 자동차랑 야구. 야구는 관전할 뿐만 아니라 그 역시 회사 풀뿌리 야구 팀에서 좌익수를 맡고 있음. 이쪽에서 파악한 프로필은 이상."

"출신은? 오카야마현 아니야?"

마쓰오 아즈미와 동향, 동창, 옛 연인…….

"글쎄요."

"디즈니랜드 애호가 아닌가?"

"글쎄요."

"이번 회사에 들어가기 전에 도쿄에서 일한 경험은? 또는 이번 회사에 있으면서 도쿄 근무 경험이 있다든가."

"모르겠는데요."

"대학은? 도쿄에 있는 대학교에 안 갔어?"

"이런 이런, 그 남자도 하나비시 여자전문대학 출신일 거라 보나요?"

aXe가 큭큭 웃었다. 두광인은 불끈 화가 나서 말했다.

"세키모토 히로키가 과거에 도쿄에 살았다면 마쓰오 아즈미와 이렇게 이어져 있을지도 몰라. 마쓰오 아즈미가 아르바이트하던 곳의 단골이었다, 구지라오카장 103호실의 예전 거주인이다, 둘은 우연히 같은 버스를 탔다가 사고를 당한 적이 있다."

"그렇게 추측해보는 건 탐정이 일하는 방식으로서 올바르다고 하겠죠. 하지만 아까 말했잖아요, '이상'이라고. 저는 그 이상은 모릅니다. 근무처의 회사명이나 형제의 유무, 자택 주소, 상벌, 병력病歷, 좋아하는 여성 타입 따위를 알고 싶다면 탐정 여러분이 조사해주세요."

두광인은 다스베이더 마스크 아래에서 얼굴을 찡그렸다.

"사진은 아까 전 두 장뿐이야?"

잔갸 군이 물었다.

"앞으로 두 장 더."

20003.jpg, 20004.jpg가 전송되었다. 20003은 피해자가 들것에 실려 나가는 사진. 야구모자가 가슴에 얹혀 있는 것이 완전히 죽은 사람의 모양새다. 20004에는 피해자의 모습은 없고 승객의 무

룰 아랫부분만이 몇 개나 찍혀 있다. 피해자를 찍으려고 했을 때 사람과 부딪혀서 렌즈 방향이 바뀐 걸까?

"……진."

희미한 소리가 났다.

"예? 콜롬보 씨?"

그렇게 불린 사람은 044APD다.

044APD는 콜롬보 경위의 애차인 고물딱지 푸조403 컨버터블의 차량 번호다. 아마도 044APD는 형사 콜롬보의 열렬한 팬이리라.

"들것 사진."

"20003 말이군요."

"시계."

"오, 알아차렸네요."

20003.jpg의 왼쪽 아래편 구석에 초점이 흐리게 찍힌 시계가 보인다. 촬영자인 aXe의 손목시계가 찍혀버린 것이리라. 멀리 있는 들것에 초점을 맞추었기에 가까이 있는 피사체는 흐려진다.

"3시?"

반도젠 교수가 고개를 갸웃했다. 손목시계의 아날로그 바늘은 3시 정각을 가리키고 있는 듯했다.

"아아."

두광인도 알아차렸다. 사건은 6시에 일어났다. 그 직후에 찍은 사진인데 어째서 3시일까. 초점이 맞지 않는다고는 해도 6시가 3시로 보일 리는 없다. 바늘의 각도가 완전히 다르다. 가령 이 인물이 손목시계의 위아래를 뒤집어 차고 있었다고 해도 6시가 3시로 보일 일은 절대 없다. 12시 30분 정도로 보인다.

"마쓰오 아즈미 때랑 똑같나? 의도적으로 시간을 조작했어."

잔갸 군이 말했다.

"정답."

aXe가 카메라에 도끼를 들이댔다.

"시계를 틀리게 하는 데 무슨 의미가 있지? 특히 이번에는 목격자가 많아서 6시라는 사건 발생 시각을 혼동시킬 수가 없잖아. 시계로 위장해봤자 소용이 없다고."

"그러니까, 의미를 생각하는 건 댁들 역할이라고요. 몇 번이나 말하게 하지 마세요."

"혼잣말이야, 얼간아."

"어럽쇼?"

반도젠 교수가 몸을 내밀었다.

"지난번 시계는 4시였고, 이번에는 3시. 한 시간 줄어들었구먼."

"카운트다운하는 거냐? 다음에 사건이 일어나면 현장에 있는 시계는 2시를 가리키겠군."

잔갸 군이 말했다. aXe가 바로 딱 잘라 부정했다.

"아닙니다."

"지는 게 분해서 부정하는 거 아니야? 그치?"

"그럼 묻겠습니다. 카운트다운하는 의미는?"

"계속 카운트다운해서 다음 사건에서는 1시가 되고 그다음은 결국 0시가 돼서 뭔가가 일어난다."

"뭐가요?"

"뭔가겠지."

"그 뭔가까지 대답하지 않고서는 이야기가 안 됩니다."

"연쇄살인이 완결된다."

"안 됩니다."

"망할, 조만간에 반드시 풀어낼 테니까 각오해둬."

"풀지 못했을 때의 각오도 해두십시오."

"뒈져라."

"……진."

옥신각신하는 두 사람 사이에 힘없는 말소리가 끼어들었다.

"콜롬보 씨?"

"다른 사진 한 장, 20004 쪽."

"20004?"

"발아래 종이."

"이런 이런, 콜롬보 씨는 잘도 알아차리는군요."

전위예술처럼 늘어선 다리, 다리, 다리. 그 사이에 하얀 것이 있었다. 검은 농구화 발끝이 가장자리를 짓밟고 있다. 무슨 글자가 쓰여 있다. 화상을 200퍼센트로 확대하자 글자를 판독할 수 있었다.

이것은 인생게임입니까?
아니요, 모노폴리입니다.

"범인이 보내는 메시지 제2탄?"

두광인이 확인했다.

"그런 것 같네요."

aXe가 뭉때리는 말투로 대답했다.

"인생게임이라면 그 인생게임? 룰렛을 돌려서 자동차 모양 말을 옮기고, 아이가 태어나면 성냥개비 같은 인형을 푹 꽂고서는 축의금을 받고, 보험에 들거나 주식을 사다가 마지막에 한 방 역전의 룰렛 도박."

"그렇겠죠."

"모노폴리는 그 모노폴리? 토지를 사고 건물을 지은 후에 멈춘 플레이어한테 요금을 징수하고, 공동기금 카드랑 찬스카드를 뽑고, 주사위를 굴려 더블이 세 번 연속 나오면 형무소행."

"그렇겠죠."

"'이것'은 이번에 일어나는 연쇄살인?"

"그렇게 해석하는 게 자연스러울까요."

"이 연쇄살인은 인생게임이 아니라 모노폴리다? 선문답만큼이나 의미를 모르겠네."

두광인이 목을 움츠렸다.

"모노폴리와의 유사점이 있지 않겠는가?"

반도젠 교수가 말했다.

"어떤 식으로?"

"모노폴리라는 게임의 특징이 살인에 반영된 거지."

"특징이라고 한마디로 말해도⋯⋯."

중학생이 되기까지는 두광인도 가족끼리 보드게임을 했다. 손위 형제인 그 녀석이 여섯 살 위인 탓도 있고 해서 나이에 맞지 않는 게임을 할 때가 많았다. 모노폴리도 그중 하나였는데, 초등학교 저학년의 나이로 부동산 매매의 흥정을 즐겼다. 당시의 기억은 지금도 남아 있기에 아틀란틱 거리, 벤트너 거리, 마빈가든 등 여러 부동산 물건의 명칭을 보지도 않고 말할 수 있다.

하지만 그 게임을 다시 떠올려봐도 첫 번째 살인과 두 번째 살인 어느 것과도 유의성을 찾을 수 없다.

"한편으로 인생게임은 아니라고 하니까 모노폴리와 인생게임을 비교해서 공통점을 버리면 모노폴리의 특징을 압축할 수 있지 않겠는가?"

"공통점 쪽이 적지. 둘 다 보드게임이지만 하나부터 열까지 다 달라. 말의 형태, 진행하는 방식, 통화 단위, 게임의 목적."

"인생게임은 영국 태생, 모노폴리는 미국."

044APD가 말했다.

"인생게임도 미국에서 만들어졌는데."

"원형은 19세기 영국에서 볼 수 있어."

두광인이 정정하자 바로 되받아치는 통에 두광인은 마스크 아래에서 혀를 찼다.

aXe가 도끼와 손을 마주 부딪쳤다.

"자자, 여러분, 이 메시지 역시 지난번과 마찬가지로 너무 연연하면 안 됩니다. 메시지를 해석하는 것보다 사건 그 자체를 잘 관찰하는 게 중요하다고요."

"그럼 처음부터 쓸데없는 메시지는 내놓지 마. 이런 수수께끼가 나오면 신경 쓰여서 견딜 수가 없어. 아니면 너 이 자식, 우리를 혼란시키려고 메시지를 남기는 거냐? 폼만 잡아놓고 실은 아무 의미도 없다든가. 매번 시계를 틀리게 하는 것도 단순히 분위기 만들기고."

잔갸 군이 물고 늘어졌다. aXe는 그 말을 완전히 무시하고 이야기를 계속했다.

"시간도 많이 지체되었으니 슬슬 오늘의 매듭을 지어볼까요? 정답 알아내신 분? 마쓰오 아즈미와 세키모토 히로키를 연결하는 미싱링크는 뭘까요? 그리고 다음 목표물은 어디의 누굴까요?"

이 새끼, 썩을 놈, 때려죽인다, 하고 잔갸 군이 상소리를 내지르는 한편으로 반도젠 교수가 혼잣말처럼 중얼거렸다.

"마쓰오 아즈미, 세키모토 히로키. 이름은 끝말잇기로 되어 있지 않군. 공통으로 쓰이는 한자도 없고. 이니셜은 AM에 HS. 이쪽도 끝말잇기는 안 되고 알파벳도 이어지지 않아. A, M, H, S를 바꿔 늘어놓으면서 단어를 만들 수 있나? 안 되나? 나이는 열아홉과 서른하나. 배수는 아니로군. 생년월일은 1986년 2월 23일에 1973년 9월 4일, 사용되는 숫자가 일치하는 것도 아니야. 별자리는 물고기자리랑 처녀자리, 이웃한 상태는 아니고. 혈액형은…… 오? 둘 다 O형이네. O형 연쇄살인사건."

"저기요, 그런 낮은 레벨의 문제를 낼 리 없잖아요. 지난번에 존 딕슨 카에 도전해서 테니스코트의 발자국 없는 살인을 출제한 저란 말입니다."

"지난번에는 정답자가 없어서 흥이 깨졌으니까 이번에는 난이도를 낮췄을지도 모르지 않는가."

"분명 지난번 일은 반성하고 있습니다. 최신 기술을 사용한 기계 트릭이었으니까요. 그 분야에 정통하지 않으면 절대 모르죠. 하지만 난이도를 낮춘다고 해도 정도라는 게 있잖아요."

"하지만 실제로 O형이 연속하고 있네만."

"그건 어쩌다 보니. 일본인의 30퍼센트가 O형이에요. 두 사람 정도라면 우연이 계속될 수도 있다는 말입니다. 사실 범인은 의도적으로 O형인 사람을 노리지 않았고, 애당초 두 사람의 혈액형 따위는 몰랐다, 라고 여기 있는 범인 본인이 말씀드리지요."

그러면서 aXe는 쑥스럽게 웃는 듯이 머리에 손을 댔다.

"그러므로 O형 연쇄살인사건은 각하. 답을 아시는 분? 없습니까?"

대답은 없다.

"어쩔 도리가 없는 탐정님들이네요. 그럼 생각할 시간을 조금 드리죠. 기한은 이번에도 삼 일 후. 그동안에 각자 머리를 쓰든 발을 쓰든 해서 열심히 미싱링크를 찾아주세요. 안 그러면 세 번째 희생자가 나옵니다."

aXe가 장난기 가득한 얼굴 앞으로 도끼를 휘둘렀다.

7월 21일

"오오, 탐정들이여, 세 번째 사람도 죽이고 말다니 딱하도다."

화면 속에서 하키 마스크가 깔보는 듯한 대사를 내뱉었다. 잔갸군이 바로 어깃장을 놓았다.

"드래곤 퀘스트 대사 치냐?"

"하지만 좀 뭣하네요. 여기 계신 고명하신 명탐정님들은 또 살인을 저지하지 못한 겁니다. 명탐정이라는 간판을 내리는 편이 좋지 않겠습니까?"

"명탐정은 대개 연쇄살인을 막지 못하는데. 탐정이 수수께끼 풀이를 행하는 때는 바로 범인이 연쇄살인을 완결했을 때."

"그럼 명탐정처럼 이 연쇄살인이 마지막 희생자에게 도달할 때까지 손가락만 물고 지켜보려고요? 하지만 이 사건은 겨우 다섯 명이 갇힌 눈 내리는 산장에서 일어난 것도 아니고, 친척 일가와 숨겨진 아이를 합해도 스무 명밖에 안 되는 전통 있는 가문에서 발생한 것도 아닙니다. 자칫하면 앞으로 백 명, 아니 십만 명이 살해당할지도 몰라요. 빨리 막지 않으면 엄청난 일이 벌어질 겁니다."

지난번 비디오추리회의 후에 두광인은 두 번째 희생자에 대해 인터넷으로 조사했다.

세키모토 히로키는 아이치에서 태어나 아이치에서 자랐고, 고등학교와 전문학교도 같은 지방인 데다 도쿄 근무 경험도 없다. 프로야구 시즌에는 한 달에 한 번쯤 상경했지만, 프로야구 관련 상품 가게는 돌아다녔어도 디즈니랜드나 디즈니 매장에 발걸음 한 적은 없는 듯했다. 구지라오카장에 지인은 살지 않는다. 가족이나 친척 중에 하나비시 여자전문대학 출신자가 있는 것도 아니다.

첫 번째 희생자 마쓰오 아즈미와의 접점은 전혀 보이지 않았다.

"네 녀석은 항상 자기 자랑이 길어. 그래서, 이번에는 어디의 어떤 놈을 죽였냐?"

잔갸 군이 기분 나쁜 듯한 목소리로 되받아쳤다. 화면 속에서는 올리브색 거북이 눈을 가늘게 뜨고 등딱지를 말리는 중이다.

"여기 이놈."

쇼다 유이치로
1951년 8월 3일생, 53세

"덧붙여 이 사람의 혈액형은 A형입니다. 이걸로 O형 연쇄살인 사건일 가능성은 사라졌습니다."

aXe가 쾌활하게 웃으며 화상 파일 30001.jpg를 보냈다.

남자가 널빤지를 깐 바닥에 쓰러져 있다. 엎드린 채 얼굴은 왼쪽을 향하고 있다. 양팔을 대각선 45도 방향으로 올리고 다리는 둘 다 쭉 뻗은 상태다.

위에는 하얀 티셔츠 한 장, 아래는 낙낙한 스트레이트 진바지, 갈색 양말과 같은 색깔의 샌들. 목과 허리에 굵은 끈 같은 것이 감겨 있다. 나비 매듭으로 묶여 있으니까 앞치마 끈인가?

나이에 걸맞게 머리숱이 적은 정수리가 검붉게 물들어 있다. 그 아래, 머리카락이 아직 남아 있는 뒤통수도 주먹만 한 크기로 불룩 부풀어 올랐다.

"처음이 여대생, 다음이 제2차 베이비붐 세대°. 세 번째는 반쯤 영감탱이. 완전히 제각각이로군."

"연령이 점점 높아지는데? 이것도 주목 포인트야?"

두광인이 말했다.

"자, 자."

aXe가 얼버무리듯 고개를 갸웃거리고 말을 이었다.

"쇼다 유이치로 씨에 대해 조금 더 자세히 이야기해둘까요? 그는 학교 사무직원이었습니다."

"하나비시 여자전문대학?"

"그건 이야기가 너무 잘 맞아떨어지는 거 같은데요. 가나가와현내의 사립 고등학교입니다. 다만 일 년 전까지 거기서 근무했고, 살해당한 시점에는 소로 대반점 신바시 3호점 점장이었습니다."

소로 대반점 신바시 3호점
도쿄도 미나토구 도라노몬 1-×-×, 사카모토 빌딩 1층

"중화요릿집?"

"몽골요립니다. 징기스칸 체인점이죠. 징기스칸, 최근에 인기 좋다니까요. 지방의 연소를 촉진하는 유기산이 함유되어 있다나. 카르니틴이랬나?"

"……요리."

° 일본에서 주로 1971년에서 1974년 사이에 태어난 세대를 말한다.

044APD의 목소리가 났다.

"뭐요?"

"징기스칸 철판구이는 일본 요리."

"예?"

"쇼와昭和° 초기에 홋카이도에서 생겨났어."

"엥?"

"마슈코 호수랑 고료카쿠五稜郭°°와 나란히 홋카이도 유산으로 선정됐지."

"엇, 징기스칸이란 칭기스 칸을 말하는 거 아닙니까? 몽골 제국의 시조요."

"그건 그거, 이건 이거."

"그럼 왜 일본 요리면서 징기스칸 철판구이라는 거냐고요."

"분위기."

"뭐야, 그게?"

"양羊이 몽골 분위기를 살리지. 철판 형태가 몽골 투구풍이야."

대화를 즐기고 있는지 044APD의 목소리는 여느 때보다 들뜬 것처럼 느껴졌다. 하지만 [044APD]의 영상은 평상시처럼 초점이 극도로 맞지 않아서 표정은 파악할 수 없었다.

"아, 이보시게!"

소용돌이 안경을 낀 반도젠 교수가 말참견을 했다.

° 쇼와 천황 때의 연호, 1926~1989.

°° 에도시대에 지금의 홋카이도 하코다테시에 건설된 별 모양 성곽.

"징기스칸이 몽골 요리인지 일본 요리인지, 그게 사건 해결의 중요한 열쇠인가?"

"아니요, 실은 프랑스 요리라고 해도 상관없습니다."

"그럼 요점만 빨리 말해주지 않겠는가? 이쪽은 바쁘다네."

"역시 사회인이냐?"

잔갸 군이 말했다.

"어쨌든 요점이네, 요점. 조목별로 쓴 것처럼 척척 말이야."

반도젠 교수가 카메라를 향해 집게손가락을 흔들었다.

30002.jpg가 전송된다. 파일을 열자 '소로 대반점'이라는 글자가 눈으로 뛰어 들어왔다. 새빨간 글자로 그린 화려한 간판이다. 그 아래에 나무문이 있다.

"그게 소로 대반점 신바시 3호점의 외관. 그리고 안은 어떤가 하면, 처음에 보낸 사진이 안입니다."

"근무하는 곳에서 살해당했는가?"

"예."

"사건이 발생했을 때 점원이나 손님은 없었는가?"

"있을 리 없죠. 다른 사람이 있었다면 저는 지금쯤 유치장에 있을걸요."

aXe가 분명치 않은 웃음소리를 흘리며 얼굴에다 미니어처 도끼로 부채질을 했다.

"혼자서 꾸려나가는 한가한 가게였는가?"

"점원은 고용했죠."

그 후에 전송된 30003.jpg에는 타임레코더와 그 옆의 타임카드

꽂이가 찍혀 있었다. 카드 꽂이에는 카드가 다섯 장 꽂혀 있었고, 이름난에서 스미타, 오타키, 리, 핫산, 사토라는 글자를 판독할 수 있었다.

"경찰에 따르면 살해 시각은 7월 18일 오전 1시에서 3시 사이. 폐점은 11시니까 손님은 없었고, 점원도 한참 전에 돌아갔죠."

"그런 시간에 혼자서 뭘 했지? 청소? 돈 계산?"

"글쎄요."

"필요한 정보는 숨기지 않고 제공하는 게 룰이야."

잔갸 군이 말했다.

"정말 모릅니다. 몇 번 말하게 하는 겁니까? 신경 쓰이면 그쪽이 알아서 조사하세요."

"바꿔 말하면 폐점 후에 쇼다 유이치로가 한 행동은 추리에 필요불가결한 정보가 아니다. 그렇지?"

두광인이 확인한다.

"뭐, 그런 셈입니다. 조사하면 조사하는 대로 뭔가 힌트를 얻을 수 있을지도 모르지만요. 이것도 늘 하는 말이죠. 댁들은 학습 능력이 현저하게 결여돼 있네요."

"시체를 발견한 사람은 누군가?"

반도젠 교수가 물었다.

"배송업자요. 같은 날 오후 2시 반에 식재료를 배달하러 왔더니 점장이 플로어에 쓰러져 있었다. 이건 신문보도입니다."

"사인은?"

"경부 압박에 따른 질식사."

"맞아 죽은 게 아닌가?"

사진으로는 머리 부분에 출혈을 동반한 상처를 입은 듯하다.

"마쓰오 아즈미 때는 잠든 사이에 습격, 세키모토 히로키는 등 뒤에서 푹. 하지만 이번에는 그런 기습이 불가능할 것 같아서 우선 스턴건을 목덜미에 갖다 댔습니다. 충격에 기가 꺾여 등을 돌렸을 때 둔기로 퍽. 한 방으로 쓰러진 후에 다섯 방 더 때렸더니 움직이지 않게 되었습니다만, 죽었는지 안 죽었는지 몰라서 만약에 대비해 앞치마 끈으로 목을 졸랐죠. 경찰 발표로는 질식사였으니까 때리기만 했다면 혹시 목숨을 건졌을지도 모르죠. 결정적으로 마무리 짓길 잘했습니다."

"제법 하잖아, 범인."

"뭐 그 정도를 가지고."

잔갸 군이 놀리자 aXe가 얼굴에다 도끼로 부채질을 했다.

"피해자의 자택은?"

반도젠 교수가 물었다.

"가와사키입니다. 자세한 사항은 알아서 조사해주십시오. 분명 번지까지 몽땅 보도됐습니다."

"가족은?"

"그걸 조사하는 것도 댁들의 일일 텐데요. 하나부터 열까지 범인한테 정보를 제공하라고 하다니, 탐정 실격."

그렇게 말하리라 생각하고 두광인은 아까부터 사건에 관련된 기사를 인터넷으로 찾고 있었다.

쇼다 유이치로의 자택은 가나가와현 가와사키시 나카하라구

가미코다나카 2초메丁目에 위치한 맨션이다. 그가 안정적인 수입과 더할 나위 없는 복리후생을 바랄 수 있는 사립 고등학교를 그만두고 징기스칸 요릿집 점장으로 전직한 이유는 슬롯머신에 미친 끝에 학교 공금에 손을 댔기 때문이다. 그 일이 발각되어 사실상 해고당했다. 아내와 아이는 완전히 질린 나머지 집을 나가고 말았다. 그리고 쇼다는 징기스칸 요릿집 점장으로 전직했다. 최근에 붐이 일었기에 확실히 벌이가 되리라고 생각한 것이다. 하지만 세상은 만만하지 않았다. 생각처럼 손님이 늘지 않아 적자가 계속되고 있었다. 사건 당일도 새로운 메뉴를 고안하기 위해 문을 닫은 후 가게에서 고군분투하고 있었다.

이상과 같은 가십 정보를 얻을 수 있었지만, 첫 번째와 두 번째 희생자와의 관계는 전혀 보이지 않았다. 쇼다가 근무하던 학교는 가나가와현 안에 있으니 오카야마 출신인 마쓰오 아즈미의 모교는 아니다. 집을 나간 그의 딸은 아즈미와 비슷한 나이지만, 하나비시 여자전문대학 학생이 아니다. 아내의 친정은 미야기현이기에 세키모토 히로키와도 연결되지 않는다.

"이것 말고 제공할 수 있는 정보는?"

반도젠 교수가 조바심 내며 묻자 30004.jpg에서 30016.jpg까지 화상 파일이 전송되었다. 하나는 피해자의 경부 확대 사진이고 나머지 열두 장은 가게 안 여기저기를 촬영한 사진이었다. 투구 같은 징기스칸 철판이 놓인 빨간 테이블, 메뉴를 써서 벽에 붙여놓은 조붓한 종이, 기름기가 도는 주방 바닥, 냉장고 안의 고깃덩이, 자동문 입구와 그 옆의 계산대……

"여보세요, 거기 범인 씨!"

두광인은 어떤 사실을 알아차리고 aXe를 불렀다.

"뭐죠?"

"돈 훔쳤지?"

"아, 들켰나요?"

"금고가 열려 있어."

"이런 놀이를 하면 여러모로 돈이 들지 않습니까. 도랑 치고 가 재도 잡았다고 할까요."

"죽인 남자의 지갑에서도 훔쳤어?"

"뭡니까, 설굽니까? 댁이 뭔데요, 뭔데요?"

aXe가 도끼를 휘둘렀다.

"아니야. 카드도 훔쳤나?"

"카드는 꼬리 잡히기 쉬우니까 자중했습니다."

"그럼 됐어."

"저기 말이죠, 금고 같은 것보다 더 주목해야 할 것이 있지 않을 까요?"

"아!"

잔갸 군이 소리 질렀다.

"알아차렸습니까?"

"지금 지도를 보고 있는데, 이번 현장의 정확한 위치를 알고 싶 어서 말이야. 그랬더니 뭐야 이거, 사쿠라다몬 앞에 있는 경시청 본부랑 엎어지면 코 닿을 데 아냐!"

"뭐, 가깝죠."

"그런 곳에서 죽였냐? 너 이 자식, 배짱이 두둑한데? 좀 다시 봤다. 1센티미터 정도."

"가까운 곳이라고 해도 서너 블록은 떨어져 있는 데다 가게 출입을 감시하고 있는 것도 아니니까요."

"솔직하게 기뻐하시지. 앞으로 일절, 영원토록 칭찬받을 기회는 없을지도 모르니까."

"경찰 본거지와 가깝든지 멀든지, 그게 무슨 의미가 있죠? 그게 그렇잖아요, 금고랑 지갑 속에 현금이 없다는 점에서 경찰은 절도 목적의 범행이라고 간주하고 있습니다. 두 주 전에 야마노테선에서 일어난 사건과 연관이 있다고는 손톱만큼도 생각 안 해요. 그쪽은 무차별 범죄자의 소행으로 본다고요. 헛짚어도 한참 헛짚었지. 등잔 밑에서 발생한 사건인데도 이렇다니까요. 웃겨 죽겠네. 해이한 거 아닙니까, 경시청?"

aXe가 익살스런 모습으로 카메라에 도끼를 들이댔다가 바로 말을 이었다.

"그게 아니거든요, 현장이 경시청에 가깝다는 사실 역시 아무래도 좋거든요. 더 주목해야 할 점이 있잖아요. 댁들 정말 학습 능력이 없네."

"시계?"

두광인은 중얼거리며 화상 파일을 다시 들여다보았다. 어딘가에서 시계를 본 기억이 있다.

30003.jpg였다. 타임레코더가 찍혀 있다. 타임레코더는 철재 받침대에 놓여 있다. 타임레코더의 아날로그시계는 11시 정각을

가리키고 있다. 받침대 가장자리에서 아래로 축 늘어진 AC 코드의 플러그가 공중에 달랑 매달려 있다. 따라서 시계는 작동하지 않는다.

"또 범인이 공작했는가?"

"아무래도 그런 모양이네요."

반도젠 교수가 말하자 aXe가 시치미 떼는 말투로 대답했다.

"플러그를 뽑았을 뿐 아니라 바늘도 많이 움직였군."

"그렇게 추리할 수 있지요."

피해자의 사망 추정 시각은 오전 1시에서 3시 사이. 플러그를 뽑았을 뿐이라면 시계는 그 언저리의 시각을 가리킨 채 멈췄을 터이다.

"시계를 멈추어놓고 바늘을 일일이 조작하는 데 무슨 의미가…… 아니야, 아니야, 그걸 생각하는 건 우리 일이지. 4시, 3시에서 이번에는 11시. 카운트다운은 아니었나……."

"삼영영일일."

"예?"

"화상 파일 30011."

044APD였다. 30011.jpg는 벽에 붙은 메뉴 사진이다.

"'모듬김치' 옆에."

오른쪽에는 '밥 200엔'이라고 적힌 메뉴 종이, 왼쪽에는 메뉴 종이와는 형태가 다른 종이가 붙어 있다. 세로쓰기로 뭔가 타이핑되어 있다. 확대하지 않아도 알아볼 수 있다.

우리는 쌍둥이, 한날한시에 태어나 어깨를 나란히 하고 자랐지만, 결코 섞일 수 없는 슬픈 운명.

"항상 나오는 수수께끼?"

두광인이 묻자 aXe가 고개를 끄덕였다.

"아이다 미쓰오°의 글이 붙여져 있는 줄 알고 그냥 넘겼는데."

"됐어, 이번에도 그냥 넘어가. 그건 그냥 폼만 잡는 것뿐이고 의미 따위 없다니까. 이른바 가짜 단서야. 무시해, 무시. 구체성이 있는 정보를 사용해 추리하자고."

잔갸 군이 밉살스럽게 내뱉었다. 그 의견에는 두광인도 찬성이었다.

"첫 번째가 교살. 두 번째가 자살刺殺°°, 실제로는 안 죽었지만. 세 번째가 교살. 그러면 다음은 자살? 아니, 그건 수법의 공통성이지 피해자를 연결하는 미싱링크는 아니야……."

반도젠 교수가 중얼중얼 말하다 입을 다문다.

"아즈미 짱이 이 징기스칸 가게에서 아르바이트를 했다든가."

잔갸 군이 말했다.

"타임카드 사진 안 봤습니까? 그 여자 이름이 있었어요?"

aXe가 부정했다.

"한 달 전에 죽었으니까 카드는 없는 게 당연하지."

° 시인이자 서예가.
°° 칼 따위로 찔러 죽임.

"듣고 보니 그러네요. 하지만 마쓰오 아즈미는 소로 대반점 신바시 3호점에서 일하지 않았습니다."

"그럼 이 가게 단골이었구나. 세키모토 히로키도 상경할 때마다 이용했고."

"아닙니다."

"아즈미 짱은 원조교제를 하고 있었다. 세키모토랑 쇼다는 그상대. 그녀의 핸드폰에는 그 외에도 원조교제 상대의 이름이 저장되어 있는데, 그걸 보고 모조리 살해할 예정."

"저기요, 어림짐작은 금지입니다. 제대로 추리를 합시다, 추리를."

"어림짐작 아니야. 그 애는 디즈니에 돈을 쏟아붓고 있었어. 상품을 사고 또 사고 무작정 사댔지. 욕실 없는 연립주택에 살 정도니까 부잣집 애는 아니야. 스스로 자금을 벌 필요가 있는 거지. 시급 800엔을 받으며 바지런히 일하면 디즈니랜드에 갈 시간이 줄어들어. 손쉽게 벌려면 몸을 파는 게 제일이지. 어떠냐? 이 멋진 추리가."

"추리가 아니라 억측이네. 마쓰오 아즈미가 원조교제를 했다는 증거가 어디 있어? 세키모토 히로키, 쇼다 유이치로가 그 상대였다는 증거는? 욕실 없는 연립주택에 살았다는 것도, 부모한테서 달마다 생활비를 30만 엔씩 받았지만 디즈니 상품을 하나라도 더 사고 싶어서 굳이 싸구려 연립주택에 살았다고 해석할 수도 있잖아. 가령 그런 억측으로 내놓은 답 중 하나가 진상과 일치했다 해도 그건 정답으로 인정 못 하지. 이건 추리 퍼즐이니까 왜 그렇게 생각하는지 증거에 기초한 설명이 있어야 한다고."

잔갸 군의 말에 aXe도 쉴 새 없이 퍼붓는다. 서로를 향해 기름을 들이붓듯 쏘아대는 모습이, 그냥 내버려두었다간 서로 주먹을 날릴 기세다.

"피해자의 나이가 걸리는데."

두광인은 두 사람을 갈라놓듯이 대화에 끼어들었다.

"회를 거듭할수록 피해자의 연령이 올라간다고 말했을 때 aXe는 무시하고 화제를 바꿨어."

"그랬던가요?"

"뭔가를 숨겼는지 구렸다고."

"코가 나쁜 거 아닙니까?"

"처음이 열아홉 살, 두 번째가 서른한 살, 세 번째가 쉰세 살. 얼핏 보면 무작위지만, 나이 차에 주목해봐. 첫 번째와 두 번째의 나이 차는 12, 두 번째와 세 번째는 22."

두광인이 거기서 말을 멈추자 잠깐 뜸을 들이다 반도젠 교수가 말했다.

"세 번째와 네 번째의 나이 차는 32라고 예상된다?"

"53에 32를 더하면 얼맙니까?"

aXe가 질린 듯이 말했다.

"여든다섯 살이 뭐? 일본인의 평균수명은 알아?"

두광인이 되받아친다.

"그 규칙에 따르면 네 번째와 다섯 번째의 나이 차는 42. 85 더하기 42는 백스물일곱 살! 이건 아무리 뭐라 해도 무리죠."

"다섯 번째는 없어. 네 명으로 끝이니까."

"겨우 네 명으로 끝?"

"시작이 있으면 끝도 있지. 이건 만물의 필연. 아니면 이 연쇄살인은 65억 인류가 마지막 한 명이 될 때까지 계속되는 건가?"

"65억까지는 너무했고, 일단 서른 명 정도는 피해자 후보에 올려두었어요."

"서른 명? 그렇게 계속돼?"

"어디까지나 후보자지만요. 실제로 그만큼 죽이려면 상당한 체력과 기력이 필요하니까, 솔직히 말해 모두 싹 죽일 자신은 없습니다. 하지만 이대로 세 사람 만에 끝나지는 않죠. 지금 이 시점에서 명탐정 여러분이 미싱링크의 수수께끼를 풀지 못하는 한은요. 나이 차가 10씩 늘어나는 사실에는 아무 의미도 없습니다. 범인은 그런 계산을 하고 목표물을 고르지 않았습니다. 그냥 우연이죠. 네, 그렇다고 범인이 말하고 있네요."

"우연이라고 해도……."

어딘가 찜찜한 구석이 남았지만 표현할 말이 잘 떠오르지 않는다. 두광인이 말을 우물거리자 "소수" 하고 작은 목소리가 났다.

"19, 31, 53. 피해자의 나이는 모두 소수."

확실히 그렇다. 1과 그 수 자신 말고는 약수가 없다.

"피해자 후보는 서른 명 정도라고 했지?"

044APD가 중얼거렸다. 곧이어 화면에 텍스트가 표시되었다.

2, 3, 5, 7, 11, 13, 17, 19, 23, 29, 31, 37, 41, 43, 47, 53, 59, 61,

67, 71, 73, 79, 83, 89, 97, 101, 103, 107, 109, 113

"소수를 작은 수부터 순서대로 서른 개. 이 나이의 사람을 죽인다. 백세 살이면 일본 어딘가에 존재할 거라고 봐. 찾지 못해도 문제는 없지. 딱 서른 명을 죽인다고 선언한 건 아니니까 백세 살은 대상에서 제외하면 그만. 백아홉 살, 백일곱 살을 찾지 못했을 때도 똑같아."

"너 천재구나! 하얏호!"

잔갸 군이 기묘한 소리를 질렀다.

"이야, 엄청난 우연이 있었네요!"

aXe가 손뼉을 짝짝 쳤다.

"소수 연령 연쇄살인사건 아니야?"

"아닙니다. 범인은 그 나이의 사람을 노린 게 아닙니다. 우연이에요."

aXe가 대답한 다음 순간이었다.

"교활해!"

깜짝 놀랄 만큼 큰 소리가 울려 퍼졌다.

"설령 범인이 의도하지 않았다 해도 그런 생각 역시 성립하잖아. 입학시험에서 출제자가 준비한 답 외에 문제의 조건을 만족시키는 해답이 나오면 어떡하지? 그것도 정답 처리하잖아. 이번 미싱링크 찾기에서도 네가 준비한 답이 뭐든지 간에 피해자 나이가 소수라는 점은 명백한 사실이야. 피해자들의 나이 차가 12, 22, 이렇게 규칙적으로 늘어나는 것도 마찬가지고. 나랑 두광인이 내놓은 답도 정답으로 인정해야 해."

뒤집어진 목소리로 044APD가 마구 쏘아붙였다.

이제껏 겪어보지 못한 시퍼런 서슬에 나머지 네 사람이 말도 못 하고 멍하니 있자니, 아무런 예고도 없이 [044APD] 창이 캄캄해졌다. 잠시 동안 기다려도 044APD는 돌아오지 않았다.

"녀석이 하는 말에도 일리는 있어."

독살스러운 언동에 기가 꺾였는지 잔갸 군이 얌전한 어투로 말했다.

"찜찜했던 부분을 대변해준 느낌이네."

두광인도 불쑥 중얼거렸다.

"그럼 이렇게 하죠."

aXe가 도끼를 한 번 휘두르고는 말했다.

"가까운 시일 안에 네 번째 사람을 죽이겠습니다. 그자의 나이가 소수거나 32를 더해 여든다섯 살이면 정답으로 간주하죠. 그리고 제가 준비한 답도 밝히겠습니다. 그럼 되죠?"

8월 10일

"약속대로 네 번째를 해치웠습니다."

aXe가 말했다. 이어서 피해자의 기초 정보가 화면에 나타났다.

인나미 요시카즈

1947년 12월 4일생, 57세, A형

주거 부정, 재작년 말에 실직, 현재도 구직 중

"57은 소수가 아니죠? 53에 32를 더한 나이도 아니죠?"

이의를 제기하는 사람은 없었다. 044APD도 마찬가지다. 요전에는 갑자기 열을 받아서 채팅 도중에 모습을 감춘 044APD였지만, 오늘 채팅에는 아무 일도 없었다는 듯이 참가했다. 시간이 지나면서 자연스럽게 머리가 식은 건지, 아니면 아직도 응어리가 맺혀 있는지는 헤아리기 어렵다. 여전히 카메라의 초점이 맞지 않아서 표정을 읽을 수가 없다. 인사도 없이 채팅에 참여하더니 그대로 침묵을 지키는 것도 평상시와 같다.

"주거부정에 무직? 노숙잔가?"

반도젠 교수가 말했다.

"가마타역 주변 공원이나 다마가와강 하천 부지에 머물렀던 모양이에요."

"쉰일곱에 명예퇴직, 노숙자. 비참하구먼. 가족은 어떻게 되었지? 원래 독신이었는가? 응?"

전에 없이 숙연하게 중얼거린 후 반도젠 교수는 소용돌이 안경다리를 손가락으로 눌렀다.

"뭔가 걸리는 일이라도?"

"이 몸은 이 이름을 어딘가에서 들은 적이 있네. 인나미 요시카즈, 인나미⋯⋯."

"뉴스에서 꽥꽥 떠들어대니까요."

"설마하니 그건가? 청산가리가 든 우롱차."

"딩동댕!"

"홋, 그거 네놈 짓이었냐? 굉장하다!"

잔갸 군이 괴상한 소리를 질렀다.

"별일도 아닌걸요."

aXe가 하키 마스크 코 부분을 긁적였다.

두광인도 그 사건은 알고 있었다.

때는 8월 7일, 장소는 미나토구 히가시신바시에 위치한 일본 중앙 경마회 윈즈WINS˚ 시오도메. 이날은 일요일로 중앙 경마가 개최되었다. 메인 레이스는 하코다테 2세 스테이크스˚˚로, 출장하는 열한 마리의 말이 패덕Paddock˚˚˚을 돌기 시작한 오후 3시가 지났을 무렵에 사건이 일어났다.

9층 건물인 윈즈 시오도메는 3층부터 6층이 무료로 입장할 수 있는 일반 투표 플로어다. 그중 6층 플로어의 22번 자동 발매기에 늘어선 줄에서 한 남자가 쓰러졌다. 술에 취한 것도, 사람들의 훈김에 정신이 어지러워진 것도 아니었다. 남자는 심하게 구토하며, 낚여 올라온 물고기처럼 경련하다 곧 움직임을 멈췄다. 그가 들고 있던 중국차 페트병에서는 시안화합물이 검출되었다.

"하지만 잠깐, 이 노숙자 안 죽었잖아?"

"안 죽었죠……."

˚ 일본 중앙 경마회의 장외승마투표권 발매소의 애칭.
˚˚ 하코다테 경마장의 1200미터 잔디 코스에서 시행하는 3등급 중상(重賞) 경주.
˚˚˚ 레이스 전에 말을 관객에게 선보이는 장소.

aXe는 거북한 듯이 마스크 쓴 얼굴을 숙였다.

"쪽팔리게시리. 또 실패냐?"

"어쩔 수 없잖아요, 치사량에 달하지 않았으니까."

"약을 팍팍 안 집어넣으니까 그렇지, 돌탱아."

"충분히 넣었습니다. 하지만 안 들었다고요."

"충분히 넣었는데 안 들을 리 없지, 새대가리야. 노숙자는 상한 음식을 먹는 데 익숙하니까 독에 내성이 생겼다고 변명이라도 할 테냐?"

"보관 상태가 안 좋으면 그럴 수도 있어요. 공기와 접촉하면 청산이 이산화탄소랑 반응해서 독성이 약해진다고요."

"보관 문제? 역시 네 녀석이 잘못했네, 등신아."

"아아, 그래요. 제가 바보였습니다. 넣기 직전까지 뚜껑을 열지 말 걸 그랬네. 하지만 처음 입수한 거라 신기한 걸 어떻게 하냐? 매일 밤마다 뚜껑을 열고 귀이개로 떠내봤다고. 아아 그래, 바보다, 바보야."

aXe가 얼굴을 들고 적반하장격으로 떠들어대며 도끼를 휘둘렀다.

"자자, 잠깐 괜찮을까? 범인 씨한테 확인할 게 있어."

두광인이 손뼉을 치며 끼어들었다.

"보도에 따르면 그 노숙자는 우롱차 페트병을 윈즈 안에서 주웠다고 했다던데. 4층 발코니 흡연실에서. 그 보도는 맞아?"

"맞습니다."

aXe가 뾰로통하게 대답했다.

"그 사람은 정말 주운 거지?"

"질문의 의미를 모르겠는데요."

"범인이 '이거 줄게' 하고 건넨 게 아니라, 놓여 있던 페트병을 피해자가 멋대로 집어 갔다."

"그렇죠. 조리빵[*]이랑 같이 편의점 봉투에 넣어서 놔뒀을 뿐이에요. 그걸 멋대로 가져가서, 멋대로 마시고, 멋대로 중독을 일으켰죠. 청산가리는 뚜껑을 열고 넣었어요. 주사기로 주입하고 구멍을 접착제로 막는 따위의 수준 높은 짓은 안 했다고요. 자, 마셔볼까, 하고 뚜껑을 돌렸더니 별 느낌 없이 열리네. 갓난애도 아니고, 이상하다는 생각을 안 하는 쪽이 잘못됐다고요. 중독된 건 자업자득."

"하지만 안 죽었지."

잔갸 군이 찬물을 끼얹었다. aXe가 민감하게 반응했다.

"시끄러! 죽고 안 죽고는 사소한 문제잖아. 중요한 건 이 남자가 네 번째 목표물로 선정됐다는 사실이야. 마쓰오 아즈미, 세키모토 히로키, 쇼다 유이치로와의 연관성을 맞혀봐, 이 자식아."

소동이 확대되기 전에 두광인이 이야기를 되돌렸다.

"다시 한 번 물을게. 독이 든 페트병은 흡연실에 두었다?"

"끈질기네."

"중요한 확인 사항이니까."

---

[*] 통상의 빵 제조공정과는 별도로 조리한 재료를 얹거나 끼워 넣어 만드는 빵으로 샌드위치, 피자, 햄버거 카레빵 등을 일컬음.

"됐습니다. 4층 흡연실에."

"피해자는 그걸 주웠다?"

"그렇죠."

"그 말은즉, 어쩌면 그는 안 주웠을지도 모르겠네. 주워도 수상하게 여겨서 안 마셨을지도 모르고."

"예."

"그 사람 말고 다른 사람이 주울 가능성도 있었다?"

"예."

"그렇다면 이번 살인은 인나미 요시카즈라는 특정 인물을 노리지는 않았다는 말이 돼. 누가 주워서 누가 죽어도 상관없었다. 즉, 무차별 살인."

"오, 괜찮은 논리 전개인데요! 겨우 댁이 하고 싶은 말을 알았습니다."

aXe의 목소리가 다시 밝아졌다.

사람들은 요즘 집단 패닉에 빠져 있었다. 스포츠 이벤트에 음료수 반입이 금지되거나, 편의점에서 페트병 판매가 중단되기도 했다. 인나미 요시카즈 개인이 목표였다면 설령 그가 목숨을 잃었다 해도 이처럼 엄중한 경계 태세를 펼치지는 않을 것이다. 그러나 누구 할 것 없이 무차별로 목숨을 위협받자 사회는 보이지 않는 공포에 벌벌 떨었다.

"여어, 뭔가 이상하지 않아?"

잔갸 군이 말했다. 헤살을 부릴 때의 말투와는 다르다.

"우리는 뭘 하고 노는 거냐. 살인 놀이? 아니지. 추리게임이야. 살인사건의 수수께끼 풀이를 즐기고 있어. 출제자는 흥을 더 하기 위해 여러 가지 궁리를 해서 사람을 죽이고, 남은 네 명은 지혜를 짜내어 답을 찾아. 발자국 없는 살인의 수수께끼라든가, 죽은 사람이 보낸 편지, 보이지 않는 흉기 등 매번 주제를 설정 하지. 그리고 이번 문제는 미싱링크야. 연쇄살인의 피해자 사이 에 가로놓인, 보이지 않는 법칙을 추리하는 거지. 모든 피해자가 1971년 7월 17일, 번개를 동반한 비가 내리는 고라쿠엔 구장에 서 록밴드 그랜드 펑크 레일로드의 공연을 보았다든가, 마쓰오 아즈미, 미요시 겐사쿠, 쿠보타 다다시, 시나가와 유리, 라는 식 으로 이름이 꼬리를 물고 이어진다든가. 혹은 인나미, 시라이, 아 즈마, 니시구치, 다이토, 나카쓰카, 가사이, 시로카네, 나구모, 히 가시데, 주부, 난죠, 아나카, 니시야마로 4만 8천 점이라든가."

"마지막 건 뭐야?"

印南, 白井, 東, 西口, 大東, 中塚, 葛西, 白金, 南雲, 東出, 中部, 南, 谷中, 西山

"응? 어떻게 이어진 거야?"

"자리를 재배치해봐."

東, 東出, 大東, 印南, 南雲, 南条, 西口, 西山, 葛西, 中塚, 中部, 谷中, 白井, 白金

"쯔이소ㅊ-ℓ°! 역만°°살인사건입니까. 그것참 괜찮은 소재인데요. 예로 들고 나서 버리기는 아까울지도 모르겠어요."

"즉, 피해자 간에 링크를 걸려면 세밀한 인물 선정이 필요하다는 말이지. 그 인물을 정확하게 노려서 죽인다. 시라이白井가 아니라 모모이百井를 죽이면 링크가 성립되지 않아. 반칙이야."

"방석 한 장°°°!"

"하지만 이번 살인은 어떠냐? 인나미 요시카즈를 노리고 죽인 게 아니래. 독이 든 페트병을 방치해뒀더니 인나미 요시카즈가 우연히 주웠지. 어쩌면 인나미가 줍지 않고 다사카 고지가 주웠을지도 몰라. 야나이 가오루나 도마노 가쓰미가 죽을 가능성도 있었어. 그렇게 무작위 추출로 선정된 사람이랑 과거 세 건의 피해자 사이에 합리적인 링크가 성립한다고는 도저히 생각 못 하겠는데."

두광인이 의문스럽게 생각한 것도 바로 그 점이었다.

"생각이 얕네요."

쯧쯧 하고 aXe는 집게손가락을 흔들었다.

"뭐라고!"

"작위성 있는 무작위입니다."

● 마작에서 글자패 東, 南, 西, 北, 白, 發, 中의 일부 혹은 모두를 사용해 완성한 역, 이때 역이란 마작패를 가지고 완성한 일정한 패턴을 말한다.
●● 난이도가 높은 일부의 역을 지칭하는 말.
●●● TV 프로 〈쇼텐〉의 오오기리 코너에서 사회자의 질문에 재치 있게 답변한 출연자에게 방석을 주는 데서 유래한 말, 애니메이션 등에서 뭔가를 잘했을 때 '방석 한 장'이라고 표현하기도 한다.

"에엥?"

"과연, 알겠네."

반도젠 교수가 손을 들었다.

"무차별로 죽인 게 아니야. 윈즈 시오도메에 있는 사람을 무차별로 죽인 거지."

"정답. 힌트를 좀 많이 줬나? 이 부분이 핵심에 상당히 관련되어 있답니다."

aXe가 머리 뒤에다 깍지를 끼고 몸을 뒤로 젖혔다. 그 말에 반도젠 교수는 한층 자신을 얻은 듯하다.

"그렇다면 윈즈 시오도메에 모이는 사람은 누구일까? 말할 필요도 없이 경마 애호가지. 여기서 무차별 살인을 실행하면, 누가 죽든지 간에 프로필의 취미 항목에는 '경마'라고 적힐 걸세. 즉, 이번 피해자의 요건은 경마 애호가라는 점이 아닐까, 하고 추측해보네. 그 사실에 입각해 지난번 사건을 되돌아보자고. 쇼다 유이치로 씨는 분명 슬롯머신 때문에 직장을 잃었지."

"도박으로 연결?"

두광인이 짝 하고 손뼉을 쳤다.

"그렇게 생각할 수밖에 없겠지. 어쨌거나 네 번째 피해자의 특징은 경마 하나밖에 없거든. 여기에 대응하는 세 번째 피해자의 프로필은 슬롯머신 말고는 눈에 띄지 않아."

"첫 번째랑 두 번째 피해자도 도박을 좋아했다고요?"

aXe가 말한다.

"그런 셈이지."

"마작? 바카라? 친치로링*?"

"두 번째 남자는 야구 도박이겠지."

"설마 그 사람이 야구 팬이라서 그렇게 말하는 건 아니겠죠? 그렇게 치면 전국 몇천만의 야구 팬은 모두 야구 도박을 하는 셈입니다."

"……."

"첫 번째 피해자는 디즈니를 좋아하는 미성년자 여대생이라고요. 도박과는 제일 먼 곳에 있는 듯한 인상입니다만."

"그건 지금부터 조사하겠네."

"그리고 다음 피해자가 누구인지도 지적해주세요. '도박 애호가' 따위의 답은 못 받아들입니다. 무슨 도박을 좋아하는지, 왜 그 도박인지, 왜 수많은 도박 애호가 중에 그 사람을 골랐는지, 최소한 그 정도까지는 추리해주셔야죠."

"그렇게 자신만만하다니, 도박으로 연결된 게 아닌가 보군. 다른 가능성을 찾는 편이 나을 것 같아."

잔갸 군이 콧김을 내뿜었다.

"본심을 감추려고 엉뚱한 소리를 하는지도 몰라."

반도젠 교수가 오기를 부렸다.

"사건은 항상 도심에서 일어났어."

044APD의 작은 목소리가 끼어들었다.

---

* 세 개의 주사위를 밥그릇에 떨어뜨려 그중 두 개의 숫자가 같을 때 남은 한 개의 숫자로 승패를 가르는 도박.

"그게 미싱링크라고? 도쿄에서 일어났으니 그야 뭐 그렇지. 그러니 다음 사건도 도쿄에서 일어나겠지? 그런 답이 먹히겠냐!"

잔갸 군이 자화자비自画自非한다.

"도회 중의 도회."

"엥?"

"현장은 네 곳 다 야마노테선 안쪽."

"어?"

마쓰오 아즈미가 살던 연립주택은 지요다구 후지미 1초메, 징기스칸 요릿집은 미나토구 도라노몬 1초메, 윈즈 시오도메는 미나토구 히가시신바시 2초메. 지도를 보자 확실히 전부 야마노테선 안쪽에 위치하고 있었다. 두 번째 사건은 야마노테선의 차내에서 일어났으니 이 역시 안쪽이라 해석해도 상관없으리라.

"어이, 도끼쟁이! 야마노테선 안쪽에서 발생했다는 사실에 의미가 있냐?"

잔갸 군이 물었다.

"없어요."

"뭐야, 그냥 우연이냐?"

"하지만 완전히 헛짚은 것도 아니에요. 뭐랄까, 착안점은 상당히 좋습니다. 하지만 관대하게 봐도 정답이라고는 할 수 없어요."

"맞냐, 안 맞냐? 어느 쪽이야?"

"현장은 야마노테선 안쪽? 아쉽습니다. 다음 사건은 야마노테선 바깥쪽에서 발생합니다."

"벌써 결정한 거야?"

"서른 명 정도의 목표물을 리스트에 올려놓았다고 했을 텐데요."

"그건 누굴 죽일지에 관한 거잖아. 어디서 죽일지도 결정해둔 거구나."

"음, 뭐 다음은요."

어딘지 모르게 얼버무리는 듯한 대답이었다.

"어디서 죽일 건데? 한마디로 야마노테선 바깥쪽이라고 해도 홋카이도나 하와이 역시 바깥쪽이야."

"그건 지금은 말할 수 없습니다. 규슈일까요, 알래스카일까요?"

"그렇구나. 살해 대상이 누구인지뿐만 아니라, 살해 장소가 어디인지도 수수께끼 풀이에 크게 연관되는군."

aXe는 쓰다 달다 한마디 말도 없었다.

"어이, 콜롬보 짱, 무슨 말 좀 해봐. 모처럼 내놓은 야마노테선 안쪽설이 부정당하잖아."

잔갸 군의 재촉을 받고 044APD가 한마디 중얼거렸다.

"현장 사진."

이야기의 흐름은 완전히 무시한 상태다.

"아차, 깜박했습니다."

aXe가 화상 파일 세 개를 보냈다.

40001.jpg는 윈즈 시오도메의 외관. 고대 그리스·이오니아식 열주列柱를 모방한 장식이 눈을 끈다. 40002.jpg는 연기로 부예진 부스 안에 사람들이 북적대는 사진. 청산가리를 넣은 우롱차를 놓아둔 4층 발코니 흡연실인 듯하다. 이렇게 혼잡하다면 충분히 누구에게도 들키지 않고 편의점 봉투를 놓고 떠날 수 있다.

40003.jpg는 바닥에 쓰러진 쑥대머리 남자와 그를 둘러싼 많은 사람이다.

"제군들, 세 번째 사진의 왼쪽 아래를 확대해보게나."

반도젠 교수가 말했다.

40003의 왼쪽 아래에는 구경꾼들의 발이 찍혀 있다. 발아래에는 경마신문과 승마투표권이 어지러이 널려 있다. 그 가운데 신문도 마권도 아닌 것이 딱 한 장 섞여 있었다. 복사용지처럼 보인다. 300퍼센트까지 확대하자 거기 적혀 있는 글자를 판독할 수 있었다.

A	B
포세이돈	에비스°
바즈라 대장	부동명왕°°
유다	라파엘
한신 타이거즈	디트로이트 타이거즈
물고기자리	O형

이 사람은 A, B 중 어느 쪽?

"질리지도 않고 또 교란하기 위한 메시지냐?"

잔갸 군이 혀를 찼다.

° 일본의 칠복신 중 하나, 어업과 상가의 수호신.
°° 불교의 5대 명왕 중 하나.

"'이 사람'이란 바닥에 쓰러진 인나미 씨를 말하는 건가?"

두광인이 aXe에게 물었다.

"예, 이번에는 뚜껑을 열어볼 때까지 어디의 누가 피해자가 될지 몰라서 그렇게 표기할 수밖에 없었습니다."

"A는 무슨 그룹인가 하니, 포세이돈은 그리스의 신이고 바즈라 대장은 약사여래를 신앙하는 사람을 수호하는 호법신 중 하나니까 신들의 그룹이다 싶었는데, 유다는 그거 맞지? 예수를 배신한 이스칼리오테°의 유다."

"그것보다 아까 말한 거 눈치 챘습니까? '뚜껑을 열어본다'가 두 가지 의미를 가지고 있었어요."

aXe가 쿡쿡 웃었다.

"알아. 유다는 인간이니까 A를 신으로 묶을 수는 없고. 하지만 사도使徒는 종교 관계자니까 신과는 밀접한 관계에 있지. 그런데 한신 타이거스? 물고기자리?"

그룹 B도 칠복신 중 하나인 에비스, 불교의 부동명왕, 대천사 라파엘, 여기까지는 종교와 관련해 하나로 묶을 수 있지만, 디트로이트 타이거스? O형? 나머지 두 가지는 아무리 머리를 굴려도 같은 무리로 추가할 수 없다.

그렇다면 시점을 바꾸어 가로로 한번 보자. 처음 항목, 포세인돈과 에비스는 국적은 다르지만 둘 다 바다의 신이다. 포세이돈은 그리스, 에비스는 일본. A와 B는 동서양으로 나뉜 걸까? A가 외

° 칼리오테 사람이라는 뜻의 헤브라이어.

국이고 B가 일본.

하지만 네 번째 항목을 보면 A가 일본 프로야구 구단, B가 미국 메이저리그 구단이니까 동서양의 관계가 앞의 항목과는 반대다. 무엇을 기준으로 그룹을 나누었는지 전혀 알 수 없다.

"다른 피해자도 A, B 중 한쪽으로 분류할 수 있는 건가?"

"그렇습니다."

"마쓰오 아즈미는?"

"A."

"그녀는 물고기자리인 동시에 O형인데."

2월 23일생이다.

"그거 웃으라고 하는 소립니까? 이건 수수께끼입니다. 피해자의 별자리나 혈액형으로 단순하게 분류하지 않았어요. 좀 더 지혜를 활용하세요."

aXe가 질렸다는 듯이 말했다.

"생각하면 할수록 범인의 계략에 빠지는 거야."

잔갸 군이 말참견을 했다.

"한 가지 충고. 이번에는 잘 생각해서 손해 볼 거 없습니다. 지금까지 나온 것 이상으로 커다란 힌트니까요."

"무시해, 무시."

"범인이 힌트를 주는 것도 이번뿐입니다. 이유는…… 단순히 수수께끼거리가 떨어졌기 때문이지만요, 하하하."

"무시해, 무시."

"사진을 보내줘."

이야기의 흐름을 무시하고 044APD가 말했다.

"응? 그쪽에는 도착 안 했습니까?"

aXe가 물었다.

"세 장밖에 안 왔어."

"세 장이면 맞습니다."

"한 장 더 남았어."

"이번에는 세 장뿐입니다. 현장에서는 이 사진의 열 배는 더 찍었습니다만, 전부 비슷비슷한 장면이라서요."

"시계."

"오?"

"이 세 장에는 시계가 안 찍혀 있어. 지난번까지 현장 사진에는 반드시 시계 사진이 있었지. 시간이 안 맞는 시계 사진이."

"과연 로스앤젤레스 시경의 경위님은 못 당하겠네요."

aXe의 쓴웃음과 함께 40004.jpg가 도착했다.

"이 자식아, 정보를 은폐하다니, 공평하지 않잖아."

잔갸 군이 덤벼들었다.

"잠깐 시험해봤을 뿐입니다. 아무도 눈치 못 채면 제가 먼저 건넬 생각이었어요, 진짜로요."

사진에는 하얀 헬멧을 쓴 소방대원 두 명과 담요에 감싸인 채들것에 묶인 남자, 그 모습을 멀찍이 둘러서서 바라보는 사람들이 있다. 그리고 오른쪽 아래에 오렌지색 글자로 '2005/8/7 9:00'이라고 찍혀 있다. 카메라 본체의 설정에 의해 표시된 날짜와 시각이다. 사건은 오후 3시가 지나서 일어났기 때문에 9:00이 오전이

든 오후든 간에 바른 시간을 나타내지는 않는다.

"일부러 시간을 움직여놓고 촬영한 거지?"

어리석은 질문인 줄 알면서도 두광인이 확인했다.

"그렇습니다."

첫 번째 사건이 발생한 시각은 자정에서 2시 사이. 그 현장에 있던 시계가 나타낸 시각은 4시. 사망 추정 시각 한가운데인 1시를 사건이 발생한 시각이라고 치면, 1시와 4시의 차이는 세 시간. 두 번째 사건이 발생한 시각은 오후 6시고 시계가 나타낸 시각은 3시. 둘 사이의 차이는 세 시간.

양쪽 다 세 시간 차이다.

하지만 세 번째 사건이 발생한 시각은 오전 1시에서 3시, 중간치를 잡아 2시라고 치고, 시계의 시각은 11시. 아홉 시간 차이다. 네 번째 사건도 발생 시각이 오후 3시고 시계는 9시, 차이는 여섯 시간.

사건이 발생한 실제 시각과 범인이 조작한 시계의 시각 사이에는 아무런 연관성도 없다.

"무시해, 무시하자고. 시계도 교란용이야. 뭔가 의미가 있는 듯이 움직여둔 것뿐이라니까. 매번 수고하시는군."

잔갸 군이 말했다. 지체 없이 aXe가 말을 이었다.

"수수께끼 같은 문장은 그냥 힌트. 무시해도 미싱링크의 수수께끼를 풀 수는 있습니다. 하지만 시계는 힌트가 아니라 범행의 일부입니다. 이걸 무시하고서는 진상에 도달할 수 없어요, 절대로."

말투로 판단하건대 오기를 부리느라고 그냥 하는 말은 아닌 듯했다.

"이 몸이 공통점을 발견했소이다."

반도젠 교수가 손을 들었다.

"처음이 4시, 다음이 3시, 그리고 11시, 9시. 시계는 반드시 정각을 가리키고 있네. 일 분도 어긋나지 않았어."

"오, 착안점이 괜찮네요. 그러면 정각인 까닭은?"

"모르겠네."

"그럼, 숙제. 집에서라도 조금 더 생각해보세요. 그 외에 뭔가 알아내신 분?"

없어요? 없어? 라는 말에 맞추어 aXe가 도끼를 휘둘렀다.

"먼저 말해두겠는데, 피해자가 번갈아가며 사망, 생존, 사망, 생존한 건 그냥 우연이에요. 저는 어디까지나 죽일 생각이었습니다."

"어이, 하나 물어봐도 될까?"

잔갸 군이 말했다. 또 덤벼드는가 싶었지만 그렇지 않았다.

"청산가리는 어디서 손에 넣었지?"

"비, 밀."

"정보는 모조리 밝히는 게 규칙이잖아."

"청산가리의 입수 경로는 이번 문제와 관계없는걸요. 얼마든지 손에 들어오니까 필요하다면 조달해드리겠습니다."

"아아, 부탁할게. 네놈을 죽일 때 말이야."

"즐거이 기다리겠습니다."

8월 26일~10월 20일

살인은 계속되었다.

8월 29일 아침, 지요다구 간다콘야초[町]에 위치한 빌딩 공사장에서 동남아시아계 외국인 남성의 시체가 발견됐다. 시체의 후두부에 생긴 열상이 치명상이었다. 근처에는 핸드볼 공 크기의 피 묻은 콘크리트 덩어리가 떨어져 있었다. 적어도 열 번은 구타당했다고 한다.

사망 추정 시각은 26일 심야에서 27일 새벽녘 사이. 죽은 후 시체가 이틀이나 방치된 이유는 사건이 주말에 발생해서 다음 주가 될 때까지 공사 관계자가 오지 않았기 때문이다.

살해당한 사람은 베트남 국적의 구엔 신 홍, 1983년 5월 29일생으로 22세, 혈액형은 불명. 그는 이 년 전 일본에 건너와 우에노에 있는 전문학교에서 침구술을 배우는 한편, JR 간다역 근처의 선술집에서 일했다. 사건에 휘말린 것은 아르바이트에서 돌아오는 길이었다.

26일 오후 11시 45분, 구엔은 일을 마치고 선술집을 나섰다. 이것이 살아 있는 그가 마지막으로 목격된 장면이다. 구엔은 다이토구 미스지 1초메에 위치한 낡은 연립주택의 다다미 여섯 장짜리 방 한 칸을 동포 남성과 함께 쓰고 있었다. 가장 가까운 역은 지하철 긴자선의 다하라역으로, 간다역에서 타면 환승하지 않고 다섯 정거장을 팔 분 만에 올 수 있다. 하지만 구엔은 절약을 위해 편도 2킬로미터의 길을 눈이 오나 비가 오나 걸어서 오갔다. 그 도중에 습격을 받았다.

습격을 감행한 사람인 aXe의 말에 따르면 이렇다.

"'친구가 몸이 안 좋아서 쓰러졌어요. 일으키는 걸 도와주세요'
라고 말해 공사 현장으로 끌어들인 후, 미리 준비해둔 콘크리트
덩어리로 뒤에서 뻑 소리가 나게 갈겨줬습니다."

간다콘야초 일대는 저층 잡거 빌딩과 개인 영업 제작소, 오래된
민가가 처마를 나란히 한 재개발 전 구획으로, 음식점과 유흥업소
는 없고 밤에는 사람의 왕래가 극히 적다. 다섯 번째 범행은 도시
한가운데서 아무도 모르게 실행되었다.

살해 장소가 된 공사 현장은 JR 간다역에서 동쪽으로 200미터
떨어진 곳으로, 야마노테선 바깥쪽에 위치한다. aXe가 예고한 대
로다.

또 하나의 다른 예고대로 이번에 수수께끼 형식의 힌트는 현장
에 남아 있지 않았다.

한편 '맞지 않는 시계'는 이번에도 존재했다. 피해자가 차고 있
던 아날로그식 손목시계가 7시 정각을 가리킨 채 멈춰 있었다.
사건이 발생한 시각은 심야에서 새벽 사이니 싸우다가 부서진 것
은 아니다. 범인이 의도적으로 7시에 맞춰놓았다. 이번에도 정각
이다.

그런데 이 베트남 청년의 손목시계는 헬로 키티 캐릭터 상품이
었다. 우리가 흔히 아는 그 키티 짱이다. 휴대전화 줄에도 게 모양
모자를 쓴 키티 짱이 달려 있었다.

보도에 따르면, 그는 이 년 전 일본에 왔을 때 나리타 공항 매점

에서 처음 키티 짱을 접하고는 자기 평생 이렇게 귀여운 캐릭터는 처음 본다면서 한눈에 반해버렸다. 그 이후 생활비를 아껴가며 키티 짱 상품을 사 모은 모양이다. 사 모았을 뿐 아니라 키티 짱 인형이나 네쓰케˚를 베트남의 가족과 친척에게도 보냈다. 이 일은 일전에 '북위 15도의 키티라˚˚'라는 제목으로 지방판 신문에 소개되었고, 기사를 읽은 독자들이 그에게 키티 짱 상품들을 많이 선물했다고 한다.

그 사실을 알았을 때 두광인의 머릿속에서 뭔가가 번쩍였다.

최초 희생자인 디즈니 마니아 마쓰오 아즈미는 좁은 방 안을 디즈니 상품으로 가득 채웠다. 그리고 이번 희생자인 구엔.신 홍은 키티 짱 애호가다.

다른 희생자도 뭔가 캐릭터를 모으고 있지 않았을까. 즉, 뭐든지 캐릭터와 관련된 사람이 연속해서 살해당한다. 그런 시점으로 나머지 세 명을 보면 어떨까.

세키모토 히로키의 취미는 야구, 일부러 아이치에서 도쿄까지 관전하러 올 정도니까 상당히 빠져 있었던 듯하다. 사건 당일 세키모토 히로키가 진구神宮 구장에서 본 시합은 야쿠르트 대 주니치中日 전. 아이치 사람인 데다 다른 지방에 살아본 경험도 없는데 야쿠르트 팬일 수 있을까? 95퍼센트 이상의 확률로 세키모토 히로키가 응원하는 구단은 주니치일 것이다˚˚˚.

˚ 일본 남자들이 담배쌈지 등을 허리에 찰 때 장식으로 매달던 조그만 세공품.
˚˚ 자기 물건들을 키티 관련 상품으로 가득 채우는 키티 마니아.
˚˚˚ 야쿠르트의 연고지는 도쿄, 주니치의 연고지는 아이치현 나고야시다.

주니치 구단에는 마스코트 캐릭터가 셋 있다. 코알라를 모티프로 한 도알라, 용의 모습을 한 샤오롱과 파오롱. 셋 다 캐릭터 상품이 다수 판매되고 있다. 주니치의 팬이라면 보통 몇 가지는 가지고 있으리라. 열렬한 팬이라면 휴대전화나 자가용을 장식하는 봉제인형이라든가, 수건, 팬티 등을 모두 도알라나 샤오롱 상품으로 마련해도 이상하지 않다.

이상은 단순한 상상이 아니라 개연성이 높은 추리다. 다만 뒷받침할 증거가 없다. 정말 세키모토가 그런 사람인지 아닌지 보도나 인터넷 정보만으로는 알 수 없다. 본인 주변을 실제로 조사해볼 필요가 있다. 하지만 발을 쓰기 전에 머리를 좀 더 사용해서, 나머지 두 사람도 뭔가 캐릭터와 연관시켜두지 않으면 헛걸음이다.

쇼다 유이치로가 점장이었던 소로 대반점은 체인점이다. 전국에 일흔 개의 점포가 있으니까 상당한 규모다. 오리지널 마스코트 캐릭터를 가지고 있어도 이상하지 않다. 귀엽게 데포르메한 늑대라든가. 하지만 소로 대반점의 사이트를 봤더니 그 같은 캐릭터는 존재하지 않았다.

인나미 요시카즈는 경마 애호가. JRA에는 터피라는 말 마스코트 캐릭터가 있다. 그 외에도 실제 경주마를 모티프로 한 봉제인형 등의 상품을 판매한다. 하지만 인나미는 노숙자였다. 캐릭터 상품에 집착했다고는 생각하기 어렵다. 하루벌이를 위해 경마장이나 JRA에서 개최하는 이벤트에서 터피 인형 옷을 입고 있었을까? 이것은 추리라고는 할 수 없는 한낱 상상이다.

또, 가령 모두 캐릭터와 무슨 관련이 있다고 해도 설마 그런 이유만으로 목표물을 선택하지는 않았으리라. 미싱링크 찾기라는 추리 퀴즈로서는 레벨이 너무 낮다. 적어도 왜 그 캐릭터에 관련된 사람을 선택했는지까지 지적할 필요가 있다. 왜 그랬는지 추리하지 못하면 다음 피해자를 맞힐 수도 없다.

그렇다. 다음 피해자를 예측하는 것도 탐정 역할이 떠안은 임무다. 피해자를 예측하지 못하는 한 이 연쇄살인은 끝없이 계속된다. '어떤 캐릭터를 좋아하는 누군가'로는 아무리 해도 정답이라할 수 없다.

아무도 정답에 도달하지 못한 채 제한 시간이 다 되어 9월 20일 여섯 번째 사건이 발생했다.

피해자는 **구니토모 치사**, 1973년 9월 2일생으로 32세, 혈액형은 A형. 신주쿠구 와카바 1초메에 있는 자택 맨션에서 목이 졸려 숨졌다. 사망 추정 시각은 20일 오전 6시에서 10시 사이.

"상주 관리인이 없고 오토록Auto Lock도 달려 있지 않은 맨션이라서요, 택배업자로 가장하고 침입했습니다. 방문한 시각은 아침 7시. 화요일이었지만 구니토모 치사는 쉬는 날이라 푹 잠들어 있었죠. 상식적으로 생각해 아침 7시에 물건이 배달될 리 없잖아요. 하지만 한참 자는 참에 문을 두드려 깨우면 혼동을 일으키기 쉽거든요. 파자마 차림으로 순순히 문을 열어주더군요. 바로 밀고 들어가 검 테이프로 입을 막고 로프로 목을 감아서 한 건 완료했죠."

이 말은 aXe의 해명.

피해 여성은 혼자 살았다. 발견한 사람은 직장 동료. 다음 날인

21일에 무단결근한 데다 연락도 되지 않아 퇴근길에 찾아가봤더니, 문도 잠겨 있지 않고 현관에 구니토모가 쓰러져 있었다.

구니토모 치사는 도야마현 출신으로 도쿄의 사립 대학교를 졸업한 후에 국가 공무원 시험에 합격해 도쿄 세관 직원이 되었다. 사망 당시는 도쿄항의 오이大井 출장소에서 마약 탐지견을 다루는 핸들러로 근무하고 있었다.

신주쿠 와카바는 JR 주오中央선의 요쓰야역 근처다. 사건 발생 현장은 다시 야마노테선 안쪽으로 되돌아온 셈이다. 야마노테선 안이냐 밖이냐는 관계없다는 말이지만, 도심 중의 도심에서 발생한다는 044APD의 지적은 계속 들어맞고 있다. 세타가야나 아다치 등의 주변 구区에서는 한 건도 발생하지 않았다.

종전과 마찬가지로 시계도 조작되어 있었다. 전지가 빠진 자명종 시계의 바늘이 4시를 가리킨 채 멈춰 있었다. 이번에도 정각이었다. 4시는 최초 사건의 시각에 이어 두 번째 등장했다.

그런데 전국 세관에는 공통적인 이미지의 캐릭터가 존재한다. 커스텀 군이라는 포동포동한 몸집의 개 캐릭터다. 구니토모 치사의 방에서는 커스텀 군 메모장과 볼펜, 휴대전화 줄이 다수 발견되었다. 역시 이 연쇄살인사건은 캐릭터가 열쇠를 쥐고 있는 걸까?

하지만 왜 그 캐릭터를 선택했는지, 다음에는 무슨 캐릭터를 선택할지 아무도 대답하지 못한 채 또다시 제한 시간이 끝났다.

10월 20일 이른 아침, 지요다구 간다스루가다이 4초메에 위치한 니콜라이당* 서쪽 공원에서 신문 판매점 아르바이트 배달원이 피투성이가 된 남자를 발견하고 JR 오차노미즈역 오차노미즈바시 출구 앞의 파출소로 뛰어 들어갔다. 남자는 왼쪽 가슴을 몇 군데 찔렸고 숨은 이미 끊어진 상태였다. 이번에도 도심 중의 도심에서 벌어진 일이었다.

피해자는 현장에서 가까운 간다오가와마치의 출판사에 근무하는 미나카미 겐사쿠, 1965년 9월 20일생으로 40세, 혈액형은 B형. 전날 밤에 업무 관계자와 간다진보초町의 꼬치구이집에서 술을 마시고, 혼자 간다스루가다이의 스낵바를 찾았다가 오전 1시에 가게를 나선 후에 사건에 휘말렸다. 스낵바 점원의 말에 따르면 혀가 잘 돌아가지 않고 걸음걸이가 불안한 상태였다고 한다. 경찰 조사로 밝혀진 혈중 알코올 농도는 0.4로, 수치상으로도 만취 상태였다. 지바현 이치카와시의 자택에 언제 들어가겠다는 연락은 없었다.

"공원에서 자고 있었어요. 걷어차도 안 일어나던데요. 올라타서 푹, 푹, 푹. 지금까지 중에 제일 간단한 살인이었습니다."

aXe가 말했다.

시체에서 5미터 떨어진 지면에는 범인이 손수 그린 직경 30센티미터의 원이 남아 있었다. 원의 중심에서 원주를 향해서는 길고 짧은 직선 두 개가 그려져 있었다. 얼핏 보기에 어린아이의 낙서 같았지만, 이것은 범인이 탐정을 위해 남겨둔 선물이었다. 직선

● 정식 명칭은 도쿄 부활 대성당으로 그리스 정교회의 대성당.

두 개는 60도 각도를 이루며 10시 정각을 나타내고 있었다.

캐릭터와 관련해 미나카미 겐사쿠의 주변에서는 아무것도 눈에 띄지 않았다. 근무처인 출판사는 학술 서적 전문이라 마스코트 캐릭터 따위는 없었고, 휴대전화에 장식품도 달지 않았다.

11월 30일

"여덟 번째 사건 발생."

aXe가 가라앉은 목소리로 말했다.

"너 이 자식, 해이해진 거 아냐?"

잔갸 군이 바로 덤벼들었다.

"뭐가요?"

"지난번 살인에서 한 달이나 지났어. 그전에도 그랬고, 또 그전에도. 좀 더 시원시원하게 죽여."

"……."

"너무 굼뜨니까 이쪽도 긴장감이 떨어지잖아."

"……."

"솔직히 말해 이 사건은 이제 질렸어. 그게 다 범인이 느려터져서 그래. 아, 이제 미싱링크는 영원히 미싱링크인 채로 남아도 괜찮다는 느낌이야. 다음으로 갈까? 다음 출제자는 교수였나?"

"탐정들이 돌팔이라서 그렇지!"

aXe가 소리를 지르더니 도끼도 치켜들었다.

"시원시원하게 죽여? 그럴 수 있겠냐, 멍청아! 모기나 바퀴벌레를 죽이는 게 아니라고! 손으로 때리고 발로 짓밟기만 하면 끝나겠냐? 사람을 죽이려면 체력이 필요해. 게다가 아무나 막 죽여도 되는 게 아니잖아. 노린 사람을 정확하게 죽이려면 머리도 엄청 써야 한다고. 하나나 둘이라면 별일도 아니지만, 여덟 명? 나 이제 힘들어 죽겠다. 이게 다 네놈들이 돌팔이 탐정이라 그래. 도대체 몇 명을 죽여야 직성이 풀리겠냐? 빨리 좀 해결해."

그리고 비어 있는 손의 가운뎃손가락을 세웠다.

"죽인 건 여섯 명이잖아. 두 명은 죽이는 데 실패했어."

"시끄러, 시끄러! 그렇게 질렸으면 포기해. 그러면 답을 알려주지. 지금 바로 가르쳐줄게. 헤이, 기브 업?"

"답은 별로 알고 싶지 않아. 흥미 없어졌어."

"그럼 너한테는 안 가르쳐줘. 답 알고 싶으신 분?"

aXe가 도끼를 흔들며 기브 업? 기브 업? 하고 되풀이했다.

"탐정은 범인에게 머리를 숙이지 않아. 백 명이 살해당하더라도."

044APD가 가느다란 목소리로 말했다.

"여덟 번째 사건은 벌써 일어났잖은가. 그럼 우선 그 사건을 상세하게 들려주겠나? 그다음에 백기를 들어도 늦지 않아."

반도젠 교수가 달래듯이 말하자 aXe는 말없이 키보드를 두드렸다.

유키히라 마나미

1969년 12월 10일생, 35세, B형, 주부, '서클 자나두' 골드 멤버

사인 : 경부 압박에 따른 질식(교살)

사망 추정 시각 : 11월 28일 오후 1~3시

살해 현장 : 지요다구 이다바시 4-×-× 메종 드 히미코 707호실(자택)

발견자 : 회사에서 귀가한 남편

"오후 1시? 오전의 잘못이겠지."

잔갸 군의 지적을 무시하고 aXe가 사진을 전송했다.

소파에서 미끄러져 떨어진 채 숨진 피해자, 목에 감긴 전기코드가 클로즈업된 모습, 다다미 위에 쌓인 박스, 오토록 자물쇠가 달린 현관 등 전부 열 장이었는데, 빛의 상태로 판단하건대 어느 사진이나 한낮에 찍은 것이었다. 백주에 당당하게 저지른 범행이 틀림없다.

시계 사진도 있었다. 부엌 벽에 걸린 작은 아날로그시계가 5시 정각을 가리키고 있었다.

"또 택배업자를 가장해 침입했나?"

"회원이 되고 싶다고 했더니 냉큼 오토록을 해제하고 방에 들여보내 줬어."

"회원?"

"서클 자나두."

"무슨 서클이래?"

"자칭 네트워크 비즈니스래. 보충제를 사고 회원이 되면 그 보충제의 판매권을 얻을 수 있고, 열 세트를 팔 때마다 캐시 백, 자기가 판 세트를 사서 회원이 된 사람이 열 세트를 팔아도 캐시 백,

그 회원이 끌어들인 회원이 열 세트를 팔아도 캐시 백."

"피라미드 판매 아닌가?"

반도젠 교수가 소용돌이 안경 사이로 눈썹을 찡그렸다.

"법률상으로는 연쇄판매 거래, 이른바 다단계 상법이라고 생각하는데, 넓은 의미로는 피라미드지. 보충제는 가짜 티가 확 나는데다 상대가 약하게 나온다 싶으면 쿨링오프Cooling-off[*]를 무시하는 모양이니 언제 적발돼도 이상하지 않아."

"호오, 웬일로 세상과 사람을 위한 살인을 했군."

"뭐, 별로. 심판자인 양 나댄 건 아니야. 그런 것보다 답은?"

aXe가 언짢은 듯이 말했다.

"모르겠지롱."

잔갸 군이 되는대로 대답하자 aXe가 더 언짢아진 듯이 응수했다.

"좀 알아차려라. 빨리 맞혀달라는 소원을 담아서 이번에는 노골적인 실마리를 제시해뒀단 말이다. 그것도 모르겠다는 거냐? 멍청한 놈."

"이다바시에서 두 번."

044APD가 중얼거렸다.

첫 번째 사건 현장인 마쓰오 아즈미의 연립주택이 이다바시에 있었다. 초[町]의 명칭은 '이다바시'가 아니라 '후지미'지만 가장 가까운 역은 이다바시이기에 이런 경우는 일반적으로 이다바시라

---

[*] 판매자의 강요로 물품을 구입한 소비자가 일정 기간 안에는 위약금 없이 계약을 해제할 수 있는 제도.

고 일컬어진다.

"신바시에서도 두 번 발생했다네."

반도젠 교수가 말했다.

"신바시에서는 한 번."

"두 번이지. 세 번째와 네 번째. 징기스칸 요릿집과 윈즈도 신바시야."

"소로 대반점은 도라노몬."

"주소는 도라노몬으로 되어 있네만, 신바시 3호점이잖나. 넓은 의미로는 신바시지."

"역 말이야."

"응?"

"가장 가까운 역은 신바시가 아니라 도라노몬."

지도를 보자 세 번째 사건이 일어난 소로 대반점 신바시 3호점에서 가장 가까운 역은 분명 신바시가 아니다. 도쿄 메트로의 도라노몬 쪽이 훨씬 가깝다. 한편 JRA의 사이트에 따르면 윈즈 시오도메에서 가장 가까운 역은 신바시 혹은 도영 지하철 오에도선의 시오도메다.

"이다바시역 근처에서 다시 사건이 발생한 점에 의미가 있다고?"

"있어……."

"무슨 의미가?"

"그럴 것 같은 느낌이……."

"마쓰오 아즈미와 유키히라 마나미, 근처에 산다는 것 말고 무슨 공통점이 있지? 둘 다 여자? 그런 걸 공통점이라고 할 수는 없다네. 아까 전 사진에 디즈니 상품이 찍혀 있던가? 마쓰오 아즈미가 살던 곳에 보충제가 있던가?"

"……."

044APD의 말문이 막히자 쐐기를 박듯이 두광인이 말했다.

"지도를 봐봐. 지금까지 사건은 어디서 일어났지? 첫 번째, 두 번째, 다섯, 일곱, 여덟 번째가 지요다구. 세 번째, 네 번째는 미나토구, 하지만 북쪽 가장자리니까 지요다구와 인접한 상태지. 여섯 번째는 신주쿠구지만 이 역시 동쪽 끝이니까 지요다구 바로 옆이야. 즉, 거의 지요다구라고."

자, 다시 지요다구 지도를 봐봐. 한가운데에 뭐가 있지? 성역이 상당한 면적을 차지하고 있잖아. 연쇄살인범이 결코 발을 들여놓을 수 없는 성역이. 지요다구는 안 그래도 도쿄 23구 중에서 다섯 번째로 좁은데, 거기서 황거를 빼면 어떻게 되지? 범죄를 일으킬 수 있는 장소는 상당히 한정된다고. 살인이 발생한 장소가 우연히 같은 곳으로 겹친다 해도 이상하지 않아."

[044APD] 창에서 초점이 어긋난 얼굴이 고개를 푹 꺾는다. 한숨과 이 가는 소리가 들리는 것 같다.

"그래서? 누가 뭔가 알았다는 거야, 모른다는 거야?"

aXe가 귀찮다는 듯이 물었다.

"보채지 마. 검토 중이다."

잔갸 군이 되받아쳤다.

"쥐뿔, 맞지도 않는 검토는 개뿔. 오, 멋진 라임인데."

"닥쳐! 정신 흐트러지잖아."

"엉뚱한 검토는 시간 낭비야. 포기할래?"

"안 해."

그렇게 대답한 사람은 잔갸 군이 아니라 044APD다. 결연한 말투였다.

"고집도 세군. 아까도 말했듯이 난 이제 피로에 찌들었어."

aXe가 머리 뒤로 깍지를 끼고 말을 이었다.

"그럼 이렇게 할까요? 앞으로 두 사람 더 죽이겠습니다. 지금까지보다 더 명백한 힌트를 제공하지요. 그런데도 모른다면 포기 의사 유무에 상관없이 미싱링크가 뭐였는지 밝히겠습니다. 물론 꼭 자기 힘으로 풀고 싶다면 듣지 않아도 괜찮습니다만. 어쨌거나 이 연쇄살인사건은 앞으로 두 번만 더 진행한 후 마무리 짓고 다음 게임으로 옮깁니다. 이러한 조건으로 어떻습니까?"

"좋아."

두광인이 제의를 받아들였고 반도젠 교수와 044APD가 그 뒤를 이었다.

"그렇게 피곤하면 한 명만 하고 때려치워."

잔갸 군은 아무래도 한마디 하지 않으면 성이 차지 않는 모양이다.

"그렇게 하고 싶은 마음은 굴뚝같지만, 다음과 그다음, 두 가지 세트로 커다란 힌트가 만들어지거든요."

"어떤?"

"그건 시체가 나오고 난 뒤를 기대해주세요."

12월 24일

세밑과 크리스마스이브 그리고 토요일이 겹친 이날, 도쿄의 번화가는 어디든지 아침부터 사람으로 들끓었다. 밤이 되어도 변함없이 떠들썩한 가운데 아홉 번째 사건이 일어났다.

지요다구 유라쿠초町 2-×-×, JR 유라쿠초역 근처의 골목길에서 늙수그레한 남성이 옆구리를 찔렸다. 피해를 당한 사람은 마쓰바세 아키카즈, 1932년 1월 30일생으로 73세, 혈액형은 A형. 아내와는 사별했고 아들 세 명은 이미 독립했기 때문에 아다치구 미야기에서 혼자 살고 있었다.

노점상인 마쓰바세는 이날 오전부터 사건이 일어난 골목길에 작은 판매대를 내놓고 정월용 거울떡鏡餅˙과 시메카자리˙˙를 판매하고 있었다. 그는 사십여 년 전부터 세밑마다 그곳에서 장사를 해왔다.

오후 9시, 마쓰바세는 하루 장사를 마치고 판매대를 정리하는 중이었다. 그때 습격을 받았다. 누군가가 옆으로 부딪히더니 왼쪽 옆구리에 격통이 스쳐지나갔다. 잠시 그 자리에 쪼그리고 앉아 옆구리를 문질렀으나 아픔이 가시지 않았다. 손바닥에 미지근하고 축축한 것이 느껴졌다. 가로등에 비춰보자 새빨갛게 물들어 있었다.

˙ 정월 같은 때에 신불에게 바치는 둥글납작한 찰떡.
˙˙ 정초에 사당, 현관 등에 종교적 의미로 걸어놓는 밧줄.

마쓰바세는 통행인에게 도움을 요청했고, 구급차로 병원에 옮겨졌다. 상처는 15센티미터 깊이까지 달해 있었지만 장기에는 손상이 없어 목숨을 건졌다.

"형편없잖아."

잔갸 군이 헐뜯자 aXe가 반론했다.

"사람들 눈이 많았어. 밤이라고는 해도 심야도 아니고. 몇 번이나 푹푹 찔렀다가는 위험한 상황이었단 말이야. 부딪히는 척하고 딱 한 번 찌르는 것도 겨우 했다니까. 번지점프하는 것만큼이나 정신적인 부담이 컸어. 번지점프는 해본 적 없지만."

이번에도 사건은 지요다구에서 발생했다. 틀림없이 범인은 이 좁은 구에 한정해 사건을 일으키고 있었다. 하지만 왜 지요다구를 노렸는지 그 의미를 지적할 수 있는 탐정은 여전히 없었다.

또한 현장에는 긴자에 위치한 양식집 전단지가 떨어져 있었다. 가게 이름은 쇼고테이, 아날로그시계를 모티프로 한 로고마크의 시곗바늘은 12시 정각을 가리키고 있었다.

2월 14일

"두 달이나 건너뛰어? 피곤하다는 걸 감안해도 간격을 너무 뒀어."

화상 채팅이 시작되자마자 잔갸 군이 물고 늘어졌다.

"죄송합니다. 목표물이 눈에 띄지 않거나 죽일 타이밍이 맞지 않아서요."

aXe가 도끼를 휘휘 흔들었다.

"뭘 그렇게 까불대! 전혀 반성 안 하잖아!"

"매일 두 시간은 기회를 노렸는데 말이죠."

"시간을 두 배로 들였으면 한 달 만에 죽일 수 있었어."

"이봐요, 단 거 먹습니까?"

"뭐라?"

"당분이 부족하면 성말라진다고 하잖아요. 그렇다면 오늘 초콜릿을 못 받은 거군요."

잔갸 군이 열 받기 전에 두광인이 끼어들었다.

"이번에도 지요다구?"

aXe가 키보드로 대답했다.

아나모리 시게루

1948년 10월 7일생, 57세, A형, 중고차 판매업

후쿠시마현 고리야마시 시마 2-×

"후쿠시마?"

"그건 자택 주소입니다. 살해당한 장소는 여기."

지요다구 유라쿠초 2-10-1 도쿄 교통회관

"교통회관이라면 야마노테선에서 보이는, 꼭대기 층이 회전 레

스토랑인 건물?"

"예, 패스포트 센터가 있는 빌딩이오. 그 빌딩 지하 남자 화장실 칸막이실에서 목이 졸렸습니다."

"또 유라쿠초……."

044APD가 중얼거렸다. 지난번에 일어난 노점상 살해 미수도 유라쿠초였다. 게다가 2초메라는 점까지 동일하다.

"아무개 씨가 트집을 잡기 전에 말해두겠습니다. 이번에는 미수가 아닙니다. 틀림없이 죽었어요. 다만 경찰이 발표한 사망 추정 시각은 불명입니다."

"불명일 리 없잖아. 정보를 감추지 마."

잔갸 군이 이쪽에다 트집을 잡는다.

"아직 발표되지 않은 사항은 가르쳐드릴 방도가 없지요."

"응?"

"어쩌면 아직 발견되지 않았을지도 몰라요."

"엥?"

"막 죽여서 따끈따끈합니다. 저, 방금 집에 돌아온 참이거든요."

작은 술렁임이 퍼져나갔다.

"비누로 씻어서 깨끗하다고요."

aXe가 양 손바닥을 카메라에 들이댔다.

"꼴값 떨지 마."

"그러므로 당연히 보도되지도 않았죠. 하지만 사건은 이미 발생했습니다. 이게 증거입니다."

그 후 전송된 화상 파일은 열 장. 상앗빛 바닥에 쓰러진 점퍼 차림의 남자, 클로즈업한 경부에 새겨진 암적색 끈 자국, 발치에 떨어진 남자용 손가방, 거기서 튀어나온 지갑, 흰빛이 도는 봉투 다발…….

"시계 사진을."

두광인이 재촉했다. 피해자는 금색 메탈 밴드가 달린 손목시계를 차고 있었지만 문자반이 보이지 않는다. 피해자의 시계 이외에 시계가 찍힌 사진은 없다. 시계를 은유적으로 표현하는 낙서 따위도 눈에 띄지 않는다.

"없습니다."

"없어?"

"이번에는 없습니다."

"서두르다 조작하는 걸 깜박했어?"

"미리 말해두겠습니다만, 이번에 가방과 지갑 내용물은 일절 빼돌리지 않았습니다. 다만 본인의 프로필을 확인하기 위해 한 차례 뒤졌죠. 이름과 생년월일, 현주소는 운전면허증에서, 혈액형과 직업은 수첩에서 각각 조사했습니다."

aXe는 두광인의 질문을 무시했다. 두광인이 그에 관한 불만을 늘어놓으려는 찰나 반도젠 교수가 입을 열었다.

"이것 참 개성적인 취미로구먼그래."

피해자의 옷차림을 보고 하는 말이다. 윗도리는 쇼와 초기의 향기가 감도는 퀼팅* 점퍼에 바지는 반물색 슬랙스. 여기까지는 나

---

* 안감과 겉감 사이에 솜, 털 등을 넣고 누빈 것.

이에 걸맞게 수수한데 신발은 웨스턴 부츠. 그것도 엷게 노란빛이 도는 바탕에 검은 얼룩무늬가 있는 그건 뱀가죽인가? 벨트도 마찬가지로 요철이 느껴지는 얼룩무늬, 손가방과 지갑도 똑같다. 뱀남자다.

"교수의 모양새도 거창하잖아."

잔갸 군이 웃었다.

"이 몸은 코스튬 플레이를 한 거네만."

"이 남자도 코스튬 플레이를 했는지 모르지."

그렇게 두 사람이 즐거운 듯이 이야기를 주고받는 가운데 두광인의 머릿속에 어떤 의문이 싹텄다.

"아까 뭐라고 했지? 본인의 프로필을 확인하기 위해 소지품을 조사했다고?"

"예."

aXe가 대답했다.

"면허증에서 이름을?"

"예."

"그 말은 이 남자의 이름을 모르고 죽였다는 소리잖아."

"괜찮은 곳을 찔러 들어오네요."

"생년월일, 주소, 직업, 혈액형 다 몰랐다. 뒤집어 말하면 목표물을 선정하는 데는 이름, 생년월일, 주소, 직업, 혈액형 다 필요없었다. 다시 한 번 표현을 바꾸면, 앞서 말한 사항은 추리에는 필요 없다."

"부정은 하지 않겠습니다."

"그럼 무슨 기준으로 이 남자를 목표물로 정했을까?"

"그건······."

"말할 필요 없어. 그걸 추리하는 게 탐정의 역할. 알아. 하지만 현시점에서는 아무것도 보도되지 않았어. 즉 추리할 재료가 없지."

"재료는 있는 데다 이미 알아차리지 않았습니까?"

"유라쿠초."

044APD가 말했다.

"그것도 그렇고요."

"어쩌면····· 시계가 없는 거?"

두광인이 말한다.

"그것도 그렇고요."

그다음은 아무도 대답할 수 없었다.

"정말이지 이런 돌팔이 탐정들이 다 있나. 피해자의 옷차림 말입니다. 신발이랑 벨트, 가방과 지갑. 이것들은 전부 뱀가죽이라고요."

"보면 알아. 그게 어쨌는데?"

잔갸 군이 말한다.

"뱀가죽인 줄 알면서 그 앞으로 나아가지 못하다니 문제가 정말 심각하네요. 하지만 이대로 두면 정답자 없이 끝날 테니 이쯤에서 서비스로 추리의 길잡이를 제시해드리지요. 사건이 표면화됐을 때는 틀림없이 보도될 사항이기도 하니까요."

"또 자백이 시작됐다."

"뱀가죽으로만 치장한 건 코스튬 플레이가 아닙니다. 영험을 바라는 거죠. 뱀은 변재천°의 사자로서 금운을 가져옵니다."

"아아. 뱀꿈을 꾸면 돈을 줍는다고들 하지."

"허물을 지갑 속에 넣기도 하죠. 그리고 가방에서 나온 봉투 다발에 주목을."

표면에 자잘한 반물색 글자가 인쇄되어 있는 것처럼 보인다. 300배로 확대해서 보니 '권'이라든가 '미즈호'°°라는 가나仮名°°°를 읽을 수 있었다.

"복권이냐?"

"복권입니다."

"복권이라니, 야, 도대체 몇 장이나 있는 거야?"

봉투는 열 장, 아니 스무 장은 겹쳐져 있다. 봉투 하나에 열 장 들어 있다고 치고 계산하면 이백 장이다.

"봉투는 가방 속에도 가득 차 있습니다. 천 장은 샀겠죠."

"천 장? 한 장에 100엔이라고 해도 10만 엔!"

"이건 한 장에 300엔씩 하는 점보복권."

"뭐야, 이 아저씨는!"

"머리를 쓰면 그렇게 놀랄 일도 아니라고 생각합니다만."

"뭐라고?"

"현장은 어딥니까? 유라쿠초. 유라쿠초에서 대량의 복권을 산다고 하면 스키야바시의 니시긴자 백화점 찬스센터죠. 일본 제일

° 힌두교 신화에 나오는 지혜와 음악의 여신.

°° 미즈호 은행, 복권 발행 업무를 위탁받아 복권 대부분을 발행하는 은행.

°°° 한자의 일부를 빌려 그 음훈을 이용해 만든 일본의 표음문자.

의 고액 당첨 복권 판매소. 자, 어제의 텔레비전 방송이 떠오르네요. 어제 2월 13일부터 제502회 전국자치복권, 통칭 그린점보복권이 발매됐고, 텔레비전에서는 니시긴자 백화점 찬스센터 앞에 생긴 장사진을 중계했습니다. 하지만 영문을 모르겠네요. 점보복권이 발매될 때마다 일일이 뉴스로 방송하다니, 도대체 무슨 의미가 있을까요? 각 보도기관은 일본복권협회랑 제휴하는 걸까요? 그건 접어두고, 오늘 교통회관에서 살해당한 남자도 그린점보를 사기 위해 오지 않았을까, 하고 추측할 수 있습니다. 니시긴자 백화점 찬스센터는 복권 마니아의 성지이기에 후쿠시마에서든 홋카이도에서든 그곳으로 사러 옵니다. 뱀가죽으로 온통 치장하고 있었다는 점에서도 그가 상당한 복권 마니아였을 공산은 크지요. 그 정도까지 정성을 들였다면 당연히 한 시간 동안 줄 서는 것도 꺼리지 않고 1번 창구에서 구입했겠죠. 창구 다섯 군데 중에서 제일 당첨이 잘 된다고 일컬어지는 창구입니다. 보세요, 지리와 사진만으로 이만큼 추리할 수 있습니다. 하지만 진짜 추리는 지금부터죠. 지금까지는 기초 만들기에 지나지 않습니다. 그것조차 만들 줄 모르는 탐정뿐이라 곤란하지만요."

"닥쳐!"

"다스베이더 경이 꿰뚫어본 것처럼 범인, 즉 저는 이번에 죽인 남자의 프로필을 사전에 몰랐습니다. 이름조차도요. 하지만 이 일련의 사건은 무차별 살인과는 다르기 때문에 범인은 아나모리 시게루에게서 특별한 뭔가를 찾아내 목표물로 선정했을 겁니다. 이름, 주소, 생년월일, 혈액형과도 다른 뭔가를. 이쯤에서 과거를 한번 돌아봅시다. 윈즈 시오도메에서 일어난 네 번째 살인을 말이죠."

"미수."

"시끄러. 그때도 범인, 즉 저는 사전에 목표물의 프로필을 몰랐습니다. 언뜻 보기에는 무차별 살인 같았죠. 하지만 윈즈라는 특별한 장소에서 발생했다는 점에서 목표물의 조건은 '경마 팬'이 아닐까, 하고 추리할 수 있었습니다. 마찬가지로 이번에도 키워드는 '복권 마니아'가 아닐까, 범인은 복권을 사러 온 사람을 죽이고 싶지 않았을까, 하고 가설을 세울 수 있지 않을까요? 한 걸음 더 나아가서, 범인은 복권을 산 사람의 뒤를 밟아 남의 눈이 없는 곳에서 죽이려고 했다, 하지만 한낮 도심에서는 좀처럼 죽일 기회를 얻을 수 없었다, 그래서 실행하기까지 두 달 가까이 걸리고 말았다. 이런 추리도 펼칠 수 있지 않겠습니까? 좀 더 세심하게 생각하면요. 잠깐만 기다려봐, 복권을 사러 온 사람을 죽이고 싶다면 윈즈 때와 마찬가지로 판매소 근처에 독이 든 페트병을 넌지시 놓아두면 되지 않나, 뒤를 밟아서 직접 죽이는 건 몹시 성가신데, 그런데도 굳이 그렇게 한 건 복권 구입자라 해도 아무나 죽이면 안 되기 때문 아닐까, 복권 마니아 이외의 조건도 만족시킬 필요가 있는 데다 그런 인물을 딱 집어서 죽이려면 독이 든 페트병은 적당하지 않겠지, 그러니 직접 손을 댈 필요가 있었다. 이런 결론에 다다르지요. 탐정 여러분, 추리를 한다는 건 이런 겁니다. 그렇다기보다 지금까지 말한 내용은 사실입니다. 여기까지 속마음을 밝혔으니까 오늘이야말로 진상을 맞혀주세요, 부탁입니다. 단도직입적으로 말해 미싱링크는 무엇?"

화를 내리라 생각했으나 뜻밖에도 잔갸 군은 침묵을 지켰다. 도발을 받아들일 작정인 듯하다.

다른 멤버도 입을 열지 않았다. 두꽝인도 과거 아홉 건의 사건을 되돌아보며 생각의 나래를 펼쳤다.

지루한지 aXe가 지껄이기 시작했다.

"복권도 넓은 의미에서는 도박이라고 해서 또다시 도박으로 연결되어 있다든가 하는 말은 꺼내지 마십시오. 지난번 노점상 할아버지는 어떤 도박과도 관계없었잖아요. 그전의 여자는 피라미드나 다름없는 장사를 하고 있었으니까 도박이라고 할 수도 있겠지만, 그전의 출판사 사원이랑 세관 직원의 신변에 도박 낌새는 없었어요. 어쨌거나 저는 이해를 못 하겠네요. 왜 모두 니시긴자 백화점 찬스센터에 사러 갈까요? 전국 어느 판매소에서 복권을 사든 당첨 확률은 똑같을 텐데 말이죠. 1등이 일본에서 제일 많이 나옴과 동시에 꽝도 일본에서 제일 많이 나온다고요. 당첨 매수와 당첨 확률의 차이를 알고 있는 걸까요? 그런데도 먼 길을 마다 않고 찾아오다니, 돈이랑 시간을 엄청 낭비하는 거라니까. 자기가 사는 지역에서 사면 교통비 몫만큼 많이 살 수 있으니까 고액 당첨 가능성이 높아지는데 말이야. 뭐, 그런 합리적인 사고가 가능한 인간은 뱀 관련 상품을 몸에 치렁치렁 두르지는 않을 테니."

"정신 사나워!"

결국 잔갸 군이 열 받……은 것은 아니었다.

"집중하게 해줘. 조금만 더 있으면 되니까."

044APD였다.

"호오, 이제 알아내셨나요?"

"게임판의 배치는 알았어. 칸칸의 내용물을 특정할 수 있을 것 같으면서도 안 되네."

"이야, 정말 알아낸 모양이네요!"

"이 몸도 알아들을 수 있도록 이야기해주지 않겠는가?"

반도젠 교수가 말했다.

"그럼 콜롬보 씨, 어디까지 알았는지 모두가 이해할 수 있도록 설명해주십시오."

하키 마스크가 카메라로 확 다가왔다. [044APD] 창 속에서 초점이 맞지 않는 얼굴이 살짝 고개를 끄덕인다.

"이번 살인을 이전 아홉 건의 사건과 비교할게. 결정적인 차이가 하나 있어. 범인이 시간을 조작한 시계가 존재하지 않아."

"예."

"그리고 지지난번에 범인이 선언한 말을 떠올려봐. '정답자가 나오든 안 나오든 연쇄살인은 이번이 마지막이다.'"

"선언했습니다, 했지요."

"존재하지 않는 시계와 종결 선언, 이 두 가지를 대조해보면 시계는 다음 살인에 관련된 뭔가를 예고하고 있던 것 아닐까, 하고 추리할 수 있지. 이번은 최종회니까 다음 살인을 예고할 필요가 없었어. 애니메이션에서도 최종회에는 다음 회 예고가 없지."

"오오, 멋진 비유."

"다음으로, 범인이 시계로 뭘 예고하고 싶었는지 추리할게."

그렇게 말하고 044APD는 키보드로 타이핑했다.

❶ 시계가 가리킨 시각은 항상 정각이다.

❷ 아홉 번 중 여덟 번은 아날로그시계가 사용되었다. 디지털시계였던
때 표시된 시각은 9시. 따라서 15시나 21시 같은, 12시를 넘은 시각
은 한 번도 나오지 않았다.

❸ 지난번 사건의 시계는 12시.

"지난번에 표시된 12시라는 시각이 이번 사건 속에서 어떻게
반영되었는지 밝히기 위해 지난번과 이번 사건을 견주어서 검토
해볼게. 그럼 어떤 커다란 공통점이 보이지. 둘 다 유라쿠초에서
발생했어. 초메까지 동일한, 몹시 근접한 장소인 데다 가장 가까
운 역도 유라쿠초. 유라쿠초에서 12시가 표시된 다음 차례에 다시
유라쿠초. 12에서 똑같은 장소로. 그리고 퍼뜩 깨달았지. 12에서
원래대로 돌아오는 것. 그건 아날로그시계."

"오오!"

잔갸 군이 소리를 질렀다. 두광인도 등줄기가 오싹했다. 본능
적으로 모든 것을 알아차린 듯한, 그런 감각이었다. 하지만 구
체적으로 뭘 알아차렸는지는 아직 머릿속에서 끌어낼 수 없다.
044APD의 설명이 이어진다.

"12에서 원래대로 돌아온다! 이 연쇄살인은 아날로그시계를
은유적으로 표현한 것 아닐까? 그런 가설을 세운 다음에 사건을
되돌아보자. 같은 장소에서 발생한 적이 과거에도 있었어. 이다바

시야. 한 장소에서 여러 번 일어난다는 말은 즉, 이 살인범이 일정 지역을 순환한다는 소리 아닐까? 시계 침처럼. 거기서 또 떠오르는 게…….”

044APD가 말을 멈추고 키보드를 두드렸다.

이것은 인생게임입니까?
아니요, 모노폴리입니다.

“두 번째 사건 때 범인이 남긴 메시지. 인생게임과 모노폴리의 차이는 뭘까? 인생게임은 경로의 양 끝에 출발 지점과 골인 지점이 배치되어 있고, 도중에 돌아가는 경우도 있지만 기본적으로 길은 한 번밖에 통과하지 않아. 한편 모노폴리엔 골인 지점이라는 게 없어. 고리 상태의 게임판을 돌다가 한 사람을 제외한 다른 플레이어가 파산했을 때 게임이 끝나. 즉, 이 메시지는 사건이 특정 지역 안을 순환하며 발생한다는 사실을 암시하는 것 아닐까?”

“굉장하다!”

잔갸 군이 감탄하는 소리를 냈다. 두광인은 다스베이더 마스크 아래에서 입술을 깨물었다. 양쪽 게임 다 잘 알고 있었는데 전혀 생각이 미치지 않았다.

“그럼 특정 지역이란 어딜까? 어쩐지 지요다구가 아닐까, 하고 이미 추정해두었지만, 사건이 모노폴리처럼 계속 빙글빙글 돈다면 지요다구 안이라 해도 어디든 괜찮지는 않을 거야. 순환하는 특정 코스가 있을 터. 그걸 투시하기 위해 시점을 좀 바꿀게. 시계가 12시일 때 사건 발생 현장은 똑같아져. 시곗바늘처럼 어떤 회전 경로를 빙그르르 한 바퀴 도는 거지. 그렇다면 시계가 3시나 7시였을 때는 어떻게 될까. 여기서 제일 처음 메시지를 떠올려봐."

현자 팔라메데스가 말하기를,
너희 방황하는 여행자들이여,
내 크리스털 로드를 따라 루비콘을 건너라.

"크리스털은 수정, 로드는 막대기. 이 두 물체의 조합에서 연상되는 건 아날로그시계야. 현재 시계의 무브먼트Movement°는 대부분이 수정, 수정진동자, 막대기는 시곗바늘을 말하지. 루비콘 강을 건너서 로마로 진군했을 때 카이사르는 말했어. '주사위는 던져졌다.' 그리스 신화 속의 지장인 팔라메데스는 천칭, 등대, 군함등 수많은 발명을 했는데 개중에는 주사위도 있었지. 즉, 이 메시지는 '시계를 주사위로 보고 나아가라'라고 해독할 수 있지 않을까? 시계가 나타내는 시각을 주사위 눈으로 치환한다. 3시라면 3, 5시라면 5, 11시일 경우는 주사위를 두 개 굴려서 5와 6이 나왔다고 해석하는 거지. 어중간한 시각, 예를 들어 9시 28분 따위는 주사위 눈으로 바꿀 수 없지만, 현장에 있던 시계는 항상 정각을 가리키고 있었으니까 반드시 바꿀 수 있어."
"과연."

° 시계를 움직이게 하는 기계 부분을 총칭하는 말.

"'시계를 주사위로 보고 나아가라'니까 시계가 3시를 가리키면 3만큼 전진하지. 그럼 뭘 3만큼 전진하느냐. 세 걸음 걸을까, 신호등 세 개분만큼 전진할까, 세 정거장 앞의 버스 정류장까지 갈까? 사건의 무대가 도쿄 한가운데라는 점을 고려하면 걷거나 차를 타는 것보다 적합한 진행 수단이 떠오르지. 세 번째 현장에 남겨진 메시지에도 이렇게 적혀 있어."

우리는 쌍둥이, 한날한시에 태어나 어깨를 나란히 하고 자랐지만, 결코 섞일 수 없는 슬픈 운명.

"이 수수께끼의 답은 '선로'. 즉, 철도 선로 위를 나아가라, 시계가 3시라면 역을 세 개 나아가라는 말이 아닐까? 그럼 구체적으로는 어느 철도 노선일까? 그걸 특정하기 위한 조건은……."

❶ 지요다구 안을 달린다.
❷ 고리 모양이다.
❸ 12가 나오면 같은 역으로 돌아오니까 역의 수는 전부 열두 개.

"도쿄에서 고리 모양 선로 하면 제일 먼저 야마노테선이 떠오르지. 하지만 야마노테선의 역은 스물아홉 개나 돼. 도영 지하철 오에도선도 순환하지만, 이쪽은 야마노테선 이상으로 역의 수가 많아. 그러니까 지요다구를 중심으로, 단일 노선이 아니라 복수의 노선을 짜 맞춘 고리를 생각해보자고. 그러면 JR 주오선, 야마노테선, 도쿄 메트로 긴자선, 마루노우치선에 의해 다음과 같은 고리가 생기지."

요쓰야 ─ 이치가야 ─ 이다바시 ─ 스이도바시 ─ 오차노미즈 ─ 간다 ─ 도쿄(이상 주오선) ─ 유라쿠초 ─ 신바시(이상 야마노테선) ─ 도라노몬 ─ 다메이케산노 ─ 아카사카미쓰케(이상 긴자선) ─ 요쓰야 (마루노우치선)

"역 수는 딱 열두 개. 검증해보니 연쇄살인은 틀림없이 이 열두 역 근처에서 발생했어. 그리고 각 현장에 남겨진 시계의 시각만큼 역을 전진함으로써 다음 사건 현장에 도달한다는 사실도 검증됐지. 아날로그시계를 비유적으로 표현했으니까 당연히 진행 방향은 시계 방향이야."

❶ 지요다구 후지미 : 이다바시역 4시
　　　⋮ 네 정거장
❷ 도쿄역 구내 : 도쿄역 3시
　　　⋮ 세 정거장
❸ 미나토구 도라노몬 : 도라노몬역 11시
　　　⋮ 열한 정거장
❹ 미나토구 히가시신바시 : 신바시역 9시
　　　⋮ 아홉 정거장
❺ 지요다구 간다콘야초 : 간다역 7시

⋮ 일곱 정거장

❻ 신주쿠구 와카바 : 요쓰야역 4시

⋮ 네 정거장

❼ 지요다구 간다스루가다이 : 오차노미즈역 10시

⋮ 열 정거장

❽ 지요다구 이다바시 : 이다바시역 5시

⋮ 다섯 정거장

❾ 지요다구 유라쿠초 : 유라쿠초역 12시

⋮ 열두 정거장

❿ 지요다구 유라쿠초 : 유라쿠초역

"정리. 주오선, 야마노테선, 긴자선, 마루노우치선으로 만들어
지는 순환철도 노선 위의 열두 개 역을 칸으로 삼고, 시계를 주사
위로 사용한 쌍륙ᄊᄌ°의 성질을 띤 살인게임이 벌어졌다."

"대단해, 대단해!"

잔갸 군이 되풀이해 말했다.

"브라보!"

반도젠 교수도 손뼉을 쳤다. 하지만 044APD는 가라앉은 목소
리로 대답했다.

"전혀 대단하지 않아. 겨우 절반을 해독할 수 있었을 뿐이지. 사
건 현장의 규칙은 알았어. 하지만 피해자의 규칙을 모르겠다고.

° 두 개의 주사위를 던져 나오는 사위대로 말을 써서 먼저 궁에 들여보내는 놀이.

목표물로 선정된 이유를 말이야."

"여기까지는 맞냐?"

"경청할 가치가 있는 설이기는 합니다."

잔갸 군이 묻자 aXe가 도끼 끄트머리로 머리를 긁적이며 대답했다.

"좋아, 맞다는 말이군. 그럼 다음을 생각하자."

"그러니까 생각하는 중이었다고. 그런데 시끄럽게 지껄이기나 하고. 일단 사고가 끊어지면 원래 상태로 돌아가는 데 시간이 걸리는데."

044APD가 불만스럽게 말을 내뱉었다.

"다음은 나한테 맡겨둬."

때를 기다리던 두광인은 가슴을 두드린 후 미리 써놓은 텍스트를 모두에게 송신했다.

A	B
포세이돈	에비스
바즈라 대장	부동명왕
유다	라파엘
한신 타이거스	디트로이트 타이거스
물고기자리	O형

이 사람은 A, B 중 어느 쪽?

"윈즈 시오도메에 남겨져 있던 메시지야. 영문을 알 수 없어 계속 방치해두었는데, 지금 콜롬보의 이야기를 듣는 중에 직감적으로 느낀 게 있었어. 이 연쇄살인에는 시계가 크게 관련되어 있지. 사건의 무대는 아날로그시계와도 같은 순환선, 역의 수는 아날로그시계의 정각 숫자와 동일한 열두 개. 현장에는 반드시 시계가 남겨져 있었고, 가리키는 시각은 12시 이하. 즉 키워드는 '12'란 말이지. 그러니까 12라는 시점에서 A, B를 보자면…… 포세이돈은 올림푸스의 열두 신에 속해 있는 반면 짝을 이루는 에비스는 칠복신. 바즈라 대장은 12신장이고 부동명왕은 5대 명왕 중 하나. 유다는 예수 그리스도의 12사도, 라파엘은 4대천사. 오? A에 선택된 건 전부 12와 관계가 있잖아. 그럼 한신 타이거즈는? 일본의 프로야구 구단은 모두 합쳐 열두 개. 짝을 이룬 디트로이트 타이거스가 소속한 미국 메이저리그는 전부 서른 개 구단. 물고기자리는 점성술에서 말하는 황도 12궁 중 하나, O형은 혈액형 점으로 분류되는데, ABO식 혈액형은 네 종류. 역시 A 그룹은 12와 관련이 있어."

"네놈도 제법 하는구나."

잔갸 군이 분한 듯이 말했다.

"이 말인즉, '이 사람' 그러니까 네 번째 희생자가 된 인나미 요시카즈도 A 쪽에 속한 것 아니냐고 추측할 수 있다는 소리지. 그 사람뿐만 아니라 마쓰오 아즈미와 세키모토 히로키는 물론 연쇄살인범의 먹잇감이 된 열 명 모두 말이야. 그렇다면 그들은 무슨 그룹일까? 아마도 그 그룹에는 12신장이나 황도 12궁처럼 12가 붙은 명칭이 딸려 있을 거란 생각이 들어."

두광인은 거기서 입을 다물었다. 오 초, 십 초…… 침묵이 이어진다.

"그래서?"

잔갸 군이 다음 이야기를 재촉했다.

"이상."

"으엥?"

"거기까지밖에 생각 안 했어."

"야야야. 아까 칭찬한 말은 철회."

"한 걸음 전진했잖아."

"뭐, 그렇지만 '맡겨둬'라고 허세를 부릴 정도의…… 아!"

"응?"

"이 어르신은 천재일지도 몰라."

"뭐라고?"

"바로 지금, 파바박 번쩍였어. 우오, 뜨겁구나! 뭐냐, 관자놀이의 이 통증은?"

"아스피린 먹는 게 어때?"

"그게 아니야."

"그러니까 뭐?"

"동물이다."

"뭐?"

"처음에 살해당한 아즈미 짱은 디즈니 마니아였고, 그중에서도 미키마우스 수집가였지. 미키마우스는 쥐."

"허어."

"간다에서 살해당한 베트남 사람은 키티 짱 상품 수집가였어. 키티 짱은?"

"본명은 키티 화이트. 쌍둥이 여동생은 미미. 연인은 다니엘."

"얼빠진 소리 하지 마. 고양이잖아. 그리고 윈즈 시오도메에서 독을 마신 노숙자는 경마 애호자."

"말."

"여섯 번째 피해자 구니토모 치사는 마약 탐지견 핸들러였어. 마약 탐지견, 개. 징기스칸 요릿집의 아저씨는 양. 오늘 살해당한 사람은 뱀 상품으로 무장한 뱀 남자. 어떠냐, 모두 동물과 연관돼 있어."

"전철 안에서 찔린 남자는?"

"주니치 팬이었잖아. 주니치 드래곤즈니까 용."

"이다바시의 두 번째 피해자는?"

"그 아줌마는…… 뭔가 애완동물을 기른 거야. 맨션에서도 기를 수 있는 애완견, 고양이, 작은 새, 햄스터, 페럿, 장수풍뎅이."

"그런 어림짐작은 안 돼. 도박 애호가나 캐릭터 관련성을 생각했을 때도 단순한 상상이라면 얼마든지 말할 수 있었어."

"깐깐하기는. 알았어. 다시 한 번 현장 사진을 자알 관찰해서……."

"쥐 아닌가? 그 여성은 피라미드 판매*나 다름없는 장사를 하고

---

* 원문은 네즈미코(ネズミ講)로 이 말은 쥐(ネズミ)의 왕성한 번식력을 예로 들어 등비급수를 다룬 네즈미잔(鼠算)이라는 계산법에서 유래했다.

있었네."

반도젠 교수가 말했다.

"그래그래, 쥐, 쥐다. 나이스 어시스트."

"그럼, 공원에서 찔려 죽은 샐러리맨은?"

두광인이 또 물었다.

"호랑이."

이 역시 반도젠 교수가 대답했다.

"호랑이?"

"주정뱅이를 보고 속된 말로 그렇게 표현하지."

"아아, 그런가. 그럼 유라쿠초의 또 한 사람은?"

"노점상 할아범 말인가?"

"한 사람이라도 해당하지 않으면 동물 연관성은 각하야."

"알고 있네."

반도젠 교수는 '붙인 면도 자국'이 있는 입가를 손으로 덮은 채
굳어버렸다.

"모피를 입고 있지 않았나? 아니면 가죽점퍼."

잔갸 군이 말했다.

"위는 작업용 점퍼 느낌이 나는 옷, 아래는 코듀로이 바지, 신발
은 1천 엔에 샀음 직한 운동화."

사진을 확인하며 두광인이 말한 이후로는 발언이 멈추고 말았
다. 신음소리와 마우스를 클릭하는 소리가 이따금 주위에 울렸다.

"시간도 다 되었고 하니 포기하겠습니까?"

aXe가 도발한다.

"뱀……."

044APD가 중얼거렸다.

"이 영감탱이도 뱀가죽 지갑을 가지고 있었나?"

잔갸 군이 말했다.

"노점에서 거울떡을 팔고 있었어."

"시메카자리도 같이 말이지. 응? 설마 밧줄이 뱀을 닮았다던가? 아니야, 역시 그건 너무 갖다붙이는 격이겠지."

"거울떡이 뱀."

"뭐?"

"똬리를 트는 모습에 비유할 수 있어."

"이봐 이봐, 그것도 너무 억지……."

"민속학자가 그렇게 말했어."

"정말이냐?"

"지금 조사했어. 거울鏡은 뱀의 눈을 의미한다고도 나와 있었지. 거짓말인 것 같으면 URL을 보낼 테니까……."

"알았어 알았어. 좋아, 이걸로 열 명 모두 동물과 연결됐군. 야 도끼쟁이, 쫄았냐?"

"전혀요."

aXe가 도끼를 흔들었다.

"너 인마, 전에도 말했을 텐데. 그쪽이 준비한 답과 달라도 문제의 조건을 만족시키면 그것도 정답으로 인정하라고."

"어째서 그 동물과 관계있는 사람을 노렸는지, 거기까지 설명하지 않으면 안 돼."

두광인이 말했다.

"그렇습니다."

"뱀, 뱀. 쥐, 쥐."

044APD가 중얼거린다. 의미 없는 혼잣말이라 생각해 두광인이 무시하고 있자니, 잠시 후에 반도젠 교수가 말을 꺼냈다.

"아아, 유라쿠초는 둘 다 뱀인가?"

이다바시는 둘 다 쥐였다.

"아무래도 역마다 특정한 동물을 설정해놓은 것 같구먼."

그렇게 말하고 반도젠 교수가 팔짱을 낀 직후였다.

"알았다! 진짜로 알았다고!"

잔갸 군이 소리 질렀다.

"이 어르신은 역시 천재야."

"그러니까 뭘 알았다는 거야?"

두광인이 재촉했다.

"역을 순서대로 늘어놓고 대응하는 동물의 종류를 적어 넣어 봐. 이다바시에서 시작하면 알기 쉬워."

이다바시 : 쥐

스이도바시 : ?

오차노미즈 : 호랑이

간다 : 고양이

도쿄 : 용

유라쿠초 : 뱀

신바시 : 말

도라노몬 : 양

다메이케산노 : ?

아카사카미쓰케 : ?

요쓰야 : 개

이치가야 : ?

"12지구나!"

반도젠 교수가 손뼉을 짝 쳤다.

"맞는 말씀! 이다바시를 기점으로 시계 방향을 따라 자, 축, 인…… 간지가 하나씩 배정되어 있지."

"그래서 모두 합쳐 열두 개 역이로군."

"역이 열둘, 시계가 열둘, 그리고 12간지. 이걸로 정합성이 갖추어졌어."

"그러므로 각 역의 간지를 기준으로 삼아 살인이 발생한다."

"이다바시 근방에서는 쥐와 연관된 사람이, 신바시에서는 말과 연관된 사람이 살해당하는 거지."

"이보세요? 댁들은 유치원에서 안 배웠습니까?"

두광인이 차가운 목소리로 끼어들었다.

"뭐를?"

"고양이가 쥐를 쫓는 이유는 쥐에게 속아서 12간지에 선정되지 못한 원한 때문이지."

"그게 뭐?"

"간다, 간다 말이야. 도대체 언제부터 고양이 해가 생겼지?"

"아우."

잔갸 군이 얼빠진 소리를 질렀고, 반도젠 교수도 할 말을 잃었다. 하지만 044APD가 말했다.

"들어맞아."

"뭐?"

"고양이는 12지 중 하나."

"엥?"

"베트남에서는."

"어?"

"토끼가 없고 고양이가 있어."

"정말이냐?"

잔갸 군도 반신반의하는 모습이다.

"지금 조사했어. 소는 물소, 양은 산양, 멧돼지는 돼지로 대신한다고도 나와 있었지. 거짓말인 것 같으면 URL을 보낼 테니까……."

"알았어 알았어."

"과연. 간다에서 살해당한 사람은 베트남 사람이었지. 그래서 토끼가 아니라 고양이가 맞는 거군."

반도젠 교수가 팔짱을 끼고 고개를 끄덕였다.

"겨우 결론이 났나 보군요."

aXe가 박수를 짝짝 쳤다.

"정답?"

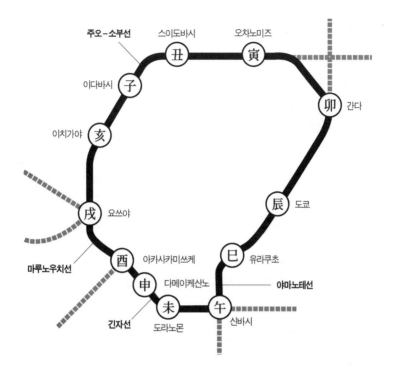

두광인이 확인한다.

"정답. 하아, 겨우 끝났네."

aXe가 머리 뒤로 깍지를 끼고 몸을 뒤로 젖히며 말했다.

"출제자로서 일단 정리하겠습니다. 주오선, 야마노테선, 긴자선, 마루노우치선에 의해 형성되는, 역 수가 열두 개인 순환철도노선에 이다바시역을 기점으로 12지를 배치하고, 사건 현장에 남아 있는 시계가 가리키는 시각에 따라 시계 방향으로 진행하다가

멈춘 역의 간지와 연관된 사람을 죽인다. 그런 게임이었습니다. '범인이 다음으로 노리는 사람은 누구?'라는 질문의 답은 매번 달라지는데요. 예를 들어 제일 처음 사건이 일어난 후였다면 '도쿄역 근처에 존재하는 진(珍)에 관계된 사람'이 되죠. 이상! 이야, 길었다 길었어."

"네 녀석이 척척 안 죽여서 그렇잖아."

잔갸 군이 밉살스러운 말을 했지만 aXe는 상대하지 않고 말을 이었다.

"그럼 수고했다는 의미에서 쫑파티라도 할까요?"

"지금부터 말인가?"

반도젠 교수가 옆으로 비스듬히 얼굴을 돌린다. 시계를 보는 걸까?

"시간을 신경 쓰는 걸 보니 역시 직장인인가?"

잔갸 군이 물고 늘어졌다.

"오늘밤 중에 봐야 할 DVD가 있다네."

"오호라."

"정말일세."

반도젠 교수가 조바심 나는 듯 노란 아프로 머리를 긁어댔다.

"날을 새로 잡을까요?"

aXe가 말했다.

"날을 새로 잡으면 기분이 다운돼."

두광인이 반대했다. 그래그래 하고 잔갸 군이 맞장구를 쳤다.

"알겠네. 지금 시작해도 괜찮아."

반도젠 교수가 무연히 대답했다.

"난 안 마실 거야."

044APD가 불쑥 말했다.

"감상전感想戰도 할 겁니다."

aXe가 말했다.

"다음에 봐."

그 한마디를 남기고 [044APD] 창이 캄캄해졌다. 044APD의 냉정한 행동은 늘 있는 일이기에 그에 대해 뭐라고 하는 사람은 아무도 없었다.

"그럼 각자 술을 가지고 올까요?"

키보드 옆에 도끼를 놓고 aXe가 일어섰다.

"젠장! 집에 술 없어, 아마도."

두광인은 다스베이더 마스크 아래에서 얼굴을 찌푸렸다.

"커피는?"

"마시고 싶은 기분."

"편의점은 가깝습니까?"

aXe가 엉거주춤 선 채 부자연스럽게 머리를 기울이고 카메라를 들여다보았다.

"오 분 이상 십 분 미만."

"그럼 속공으로 사오세요. 건배하지 않고 기다리겠습니다."

"응."

"누옥에도 사둔 술이 없었던 것 같은데."

반도젠 교수가 고개를 갸우뚱했다.

"사러 가서 그대로 자취를 감춘다든가?"

잔갸 군이 놀리듯이 말하자 반도젠 교수가 말없이 가운뎃손가락을 세웠다.

✂

두광인은 웹캠 카메라 스위치를 끈 후 다스베이더 마스크를 벗고 두 귀에서 이너 이어폰을 뺐다. 커널형이라 불리는, 귓구멍에 쏙 집어넣는 타입의 이어폰이다. 다스베이더 마스크는 머리 전체를 가리는 헬멧 같은 것이라서 그런 이어폰을 쓰지 않으면 컴퓨터에서 나는 소리를 알아들을 수가 없다.

마스크와 이어폰을 의자 위에 놓고 두광인은 책상 앞에서 물러났다. 잠가놓은 문을 열고 방을 나와 캄캄한 주방으로 들어가 불을 켰다. 식탁 위에 휘갈겨 써놓은 메모가 있었다.

목련회 모임 때문에 늦을 거야.
카레 만들어놨다. 냉장고에 샐러드도 있어.
엄마^^

'엄마'라는 글자 뒤에 미소를 지은 이모티콘이 붙어 있었다.

메모지를 구겨서 쓰레기통에 버리고 냉장고를 열자 랩을 씌운 샐러드 그릇은 있었지만 맥주와 추하이°는 보이지 않았다. 냉장고와 싱크대 사이의 좁은 공간에서 레드 와인 병을 발견했다. 먼지를 뒤집어쓴 코르크 마개를 뽑아 코를 갖다 대자 벽에 바르는 흙 냄새가 나서 도로 제자리에 돌려놓았다.

이 집에는 냉장고가 하나 더 있다. 작은 투 도어 타입 냉장고가 동쪽의 다다미 여섯 장짜리 방에 놓여 있다. 두광인의 형제인 그 녀석이 기거하는 방이다. 하지만 두광인은 그 방 앞을 그냥 지나쳤다. 예전에 노크의 대답을 기다리지 않고 문을 열었다가 주먹으로 얻어맞은 후로는 이 방을 가까이하지 않고 있다. 두광인은 자기 방으로 돌아가 다운재킷과 니트 모자로 무장하고 집을 나섰다.

편의점에서 차가운 알코올음료와 따뜻한 국물이 든 오뎅을 샀다. 물건을 사기 전에 별 생각 없이 잡지 따위를 뒤적인 탓에 귀가가 이십 분 늦었다.

엄마는 아직 집에 돌아오지 않았다. 그 녀석은 집에 있었지만 현관문 소리가 나도 누가 왔는지 나와보지 않았다. 이 집 사람들은 모두 제 마음 내키는 대로 살며 서로의 행동에 간섭하지도 않는다.

두광인은 자기 방으로 직행해 문을 잠근 후 이어폰과 다스베이더 가면을 착용하고 컴퓨터 앞에 앉아 웹캠 스위치를 켰다.

° 증류주와 탄산음료를 섞은 음료.

추리게임의 밤은 깊어가고

2월 14일

"수고하셨습니다!"

aXe의 목소리로 쫑파티가 시작됐다. aXe는 캔 맥주를, 반도젠 교수는 칵테일 음료가 든 병을, 두광인은 캔 추하이를 들고 있었다. 잔갸 군은 건배 하고 외칠 때만 옆에서 카메라 앞으로 손을 뻗어 맥주 롱캔을 쳐들었다.

"이번 MVP는 이 어르신인가?"

잔갸 군이 말했다. 화면은 늑대거북으로 돌아온 상태다.

"누구요? 뭐? 스피커 상태가 안 좋네."

aXe가 바로 딴청을 부리더니 캔 맥주를 입으로 가져간다. 편하게 마시기 위해 마스크를 입 부분만큼만 위로 밀어 올렸다. 보통 가려져 있는 그곳에는 수염이 듬성듬성 자라나 있었다.

"피해자들이 동물과 연관됐다고 간파한 사람이 누구냐? 그게

12지 동물이라는 사실을 알아차린 사람도 이 어르신이라고."

"토대를 마련한 사람은 콜롬보 님이라고 생각하네만."

반도젠 교수가 말했다.

"콜롬보는 알맞은 시기마다 정확한 사항을 짚어냈다고 봐."

두광인도 말했다.

"아, 그러셔? 뭐, 됐어. MVP가 됐다고 해서 뭘 받을 수 있는 것도 아니고."

잔갸 군이 실쭉해졌다. 꿀꺽꿀꺽 목구멍을 울리며 맥주를 넘기는 소리가 난다.

모처럼 MVP로 인정받았는데, 044APD는 아까 사라진 채로 깜깜무소식이다. 건배하기 전에 불러보았지만 응답이 없었다.

"그만큼 정보를 제공하고 빤히 들여다보이는 힌트까지 내놓았는데도 열 명이 죽을 때까지 못 풀었으니까 MVP는 없는 거죠. 그게 상식적인 판단이에요."

aXe가 캔을 얼굴 앞에서 흔들면서 거드름을 부렸다.

"일곱 명밖에 안 죽었지롱."

"뭐랄까, MVP는 출제자?"

"뒈져라."

"출제자에게 질문이 있는데."

두광인이 손을 들었다.

"뭐죠? 맞다 맞다, 항상 생각하는 건데요, 그러면 취기가 빨리 돌지 않습니까?"

aXe가 화면 속에서 집게손가락을 들이댄다. 두광인이 마시는 방법을 말하는 듯하다. 마스크가 있기 때문에 두꽝인은 항상 빨대로 마시는 스타일을 고수하고 있다.

"별로. 캔으로 직접 마시든, 글라스에 부어서 마시든, 빨대를 사용하든 시간당 섭취량이 동일하면 취하는 정도는 똑같지."

"마시기 힘들지는 않나요?"

"별로. 굵은 빨대를 사용하거든. 교수가 훨씬 마시기 어려울 것 같은데."

"익숙해지면 아무렇지도 않네."

반도젠 교수가 솜을 물어 불룩해진 뺨을 쓰다듬는다. 수분을 섭취해도 계속 부풀어 있는 모습을 보아하니, 솜이 아니라 스펀지 같은 소재로 되어 있으리라.

"그런 것보다, 여기 질문."

두꽝인이 말했다.

"하시죠."

"열두 개의 역을 칸으로 삼은 살인 보드 게임이었던 거지?"

"그렇죠."

"설정된 열두 개 역 중에 실제로 사건이 일어난 곳은 여덟 개 역, 남은 네 개 역에서는 발생하지 않았어. 구체적으로는 스이도바시, 다메이케산노, 아카사카미쓰케, 이치가야. 왜 이 네 역에서는 사건이 발생하지 않았는가, 하는 것이 질문."

그러자 aXe는 왜냐고 물어도 곤란하다는 듯이 목을 움츠리고 말했다.

"모노폴리든 인생게임이든 쌍륙이든 간에 한 번 게임을 할 때 모든 칸에 멈춥니까? 말이 몇 번이나 멈추는 칸도 있고, 아무도 멈추지 않은 채 허무하게 게임 종료라는 목소리를 듣게 되는 칸도 있죠. 그렇게 치우치는 건 자연스러운 현상입니다."

"주사위를 별 조작 없이 굴렸다면 자연스레 불규칙이 발생했다고 해석할 수 있지. 하지만 이번 게임에서 주사위 대신 사용한 시계가 가리킨 시각은 자연스레 발생하지 않았어. 플레이어가 자의적으로 바늘을 움직였지. 즉, 사기야. 멈추고 싶은 칸에 멈췄다고. 뒤집어 말하면 멈추고 싶지 않은 칸을 지나쳤어."

"그런 거냐? 목표물로 적당한 사람이 발견되지 않은 역은 통과했다는 말이군."

잔갸 군이 코웃음을 쳤다.

"묻고 싶었던 건 바로 그 점이야."

두광인이 카메라에 손가락을 들이댔다.

"얕보시면 곤란합니다."

aXe는 태연한 목소리로 말하더니 느긋하게 맥주를 들이켠 뒤 말을 이었다.

"말했을 텐데요, 후보는 서른 명 정도 골라두었다고요. 물론 아무 일도 일어나지 않은 네 역에서 고른 목표물도 그 안에 포함됩니다. 우연히 죽이지 않았을 뿐이죠. 아아, 잠깐만요. 댁들이 다음에 무슨 말을 하고 싶은지는 알겠습니다. 말뿐이라면 얼마든지 할수 있다는 거죠? 그럼 구체적으로 예를 들어보죠. 일단 스이도바시. 축ㅍ에 해당하는 여기에는 후보가 두 명 있었습니다."

가이도 시게키: 역 앞 소고기덮밥집 아르바이트 점원

우ᅡ시타 히로미치: 슬롯머신 가게 점원

"다음은 다메이케산노."

스와 히데요시: 근처의 상사 회사원

"과연. 히데요시라서 원숭이로군[*]."
반도젠 교수가 중얼거렸다.
"아카사카미쓰케는 미쓰케의 교차로에 위치한 산토리[**] 사원 중 누군가랑, 히토쓰키 길의 마사다 빌딩에서 일하는 누군가. 이치가야는⋯⋯."
"잠깐, 산토리는 알겠어. 새랑 연관시켰구나."
두광인이 확인했다.
"뭐랄까, 도리이 신지로鳥居信治郎 씨가 창업한 도리이 상점이 근간이라 그런 사명이 붙었으니까요[***]."
"마사다 빌딩은? 새 조鳥자가 들어가는 이름이라든가, 새 조자가 들어가는 회사에 근무한다는 조건은 없어?"
"없죠. 마사다 빌딩 관계자면 아무도 상관없습니다. 빌딩 그

[*] 전국시대 일본을 통일한 도요토미 히데요시의 풍모가 원숭이를 닮았다.
[**] 일본 음료 회사 .
[***] 산토리는 태양을 가리키는 SUN에 창업자의 성을 합친 이름이다.

자체가 새거든요. 옥상에 도리이^{鳥居}*가 있어요."

"아아."

"그리고 이치가야는 역 근처의 돈가스 가게에서 일하는 중국인 누님. 멧돼지를 돼지로 대용하는 건 사기다? 아니죠, 사기가 아닙니다. 베트남에서는 고양이가 토끼를 대신하는 것처럼 중국에서는 멧돼지가 아니라 돼지가 12지에 들어갑니다."

"허어."

"이렇듯 후보는 한 역마다 두 명이나 세 명씩 열두 역 전부 준비해두었습니다. 마음만 먹으면 백 명이든 이백 명이든 명부를 만들 수 있었죠."

"그건 말이 지나친데."

"제 정보 수집력을 사용하면 손쉬운 일입니다."

"인터넷 검색의 달인이라는 거냐?"

"인터넷보다 강력한 소재 수첩이 있거든요."

aXe가 득의양양하게 턱을 치켜올렸다. 그때 잔갸 군이 옆에서 치고 들어왔다.

"역 앞에 소고기덮밥집이나 돈가스 가게, 징기스칸 요릿집이 있다는 사실은 가보면 알지. 한가한 니트족이 시간을 들이면 백 명이든 천 명이든 골라낼 수 있어."

"가보기만 하면 거기 중국인 점원이 있다는 사실을 알 수 있단 말입니까?"

● 신사 입구에 세우는 두 기둥의 문.

aXe가 바로 응전한다.

"일본에 중국인이 얼마나 사는데 그래. 우연히 찾아낸 돈가스 가게에 우연히 중국인이 일하고 있어도 '허' 소리가 나오는 정도겠지. 그게 핀란드인이었다면 '히엑'이겠지만."

"다메이케산노에 가보기만 하면 근처에 히데요시 씨가 있다는 사실을 알 수 있을까요? 요쓰야에 마약 탐지견을 다루는 세관 직원이 산다는 사실은? 세밑에만 노점을 차리는 할아버지가 있다는 것도 유라쿠초에 가기만 하면 알 수 있습니까? 흐음."

"그거야말로 인터넷으로 조사할 수 있잖아."

"그럼 검색해보세요. 다만, 각각의 사건이 일어난 후에는 방대한 양의 정보가 나돌고 있으니까 사건 이전의 정보에 한정해서 말이죠."

"인터넷에는 안 나오는 기사도 있어. 미키마우스를 좋아하는 여대생은 잡지에 실렸던가? 베트남인 키티 애호가는 지방판 신문. 국회 도서관에 가면 대부분의 간행물은 조사할 수 있지. 어떠냐, 한가한 놈."

"이다바시에서 피라미드 판매를 하던 여자는요? 그런 치는 자기 정보가 밖으로 나돌지 않도록 조심한다고요."

"알 게 뭐야."

"그 말은 즉, 제 특별한 정보 수집 능력을 인정했다는 뜻이로군요."

"예이, 예이, 인정했사옵니다. MVP든 뭐든 다 가져가."

잔갸 군이 되는 대로 말을 내뱉고 꿀꺽꿀꺽 소리를 내며 맥주를 마셨다.

"그럼 상품으로 그걸 먹겠습니다."

aXe가 화면 속에서 손가락을 들이댄다. 두광인은 손에 들고 있던 감자칩 봉지를 카메라를 향해 내밀었다.

"그게 아니라. 교수의."

반도젠 교수가 어육 소시지를 내밀었다.

"잘 먹겠습니다."

aXe가 카메라 앞으로 바싹 다가와, 덥석 깨물듯 입을 움직였다.

"요런 짓을 못 하는 게 가상 회식의 단점이죠."

aXe는 고개를 움츠리고 몸을 원래 자리로 되돌린 후 두 번째 캔 맥주를 땄다.

"다음 출제자는 누구였지?"

두광인이 묻자 반도젠 교수가 손을 살짝 들었다.

"연쇄살인은 그만두자. 이번처럼 반년이나 끌면 맥이 풀려."

"맞아 맞아, 집중력이 떨어진다고. 결국에는 진상 따윈 개나 줘 버리라는 기분이 들지."

잔갸 군도 입을 열었다.

"반년이나 끈 게 제 탓이라고요?"

aXe가 불끈했다.

"당연하지. 다음부터는 그런 점도 배려해서 문제를 만들어."

"나쁜 쪽은 번쩍이는 직감과 지혜 둘 다 모자란 얼간이 탐정들이겠죠."

"아, 제군들, 다음 출제 말인데……."

타이밍 좋게 반도젠 교수가 끼어들었다.

"누가 순번을 바꿔주지 않겠는가?"

"문제 내기 어려운가요?"

aXe가 물었다.

"문제의 시나리오는 완성했네. 다만 지금 바빠서 실행할 시간을 낼 수 없을 것 같구먼."

"문젯거리가 없다고 솔직히 말해."

잔갸 군이 쏘아붙였다.

"정말로 시나리오는 완성했네. 하지만 이걸 실행하려면 여행을 떠나야 해."

"여행 미스터리?"

"비슷한 걸세. 하지만 지금 이 몸에게는 여행할 만한 시간 여유가 없어."

"역시 일하는 거로군."

"그런 게 아니야."

"요즘 시기에 휴가를 낼 수 없을 정도로 바쁜 일은 뭘까?"

"회계연도° 말이니까 대부분의 회사는 바쁘지 않나?"

두광인이 말했다.

"일이 아닐세. 멋대로 상상하게나. 어쨌든 당장은 움직일 수 없을 것 같아. 짧은 시간에 실행 가능한 다른 시나리오를 처음부터 다시 생각한다고 쳐도 역시 시간이 필요하지. 그래서 이 몸의 순

° 일본의 회계연도는 4월부터 이듬해 3월 말까지다.

번을 뒤로 미루고 다른 누가 출제해주길 부탁하는 걸세. 이렇게 말이야."

반도젠 교수가 키보드의 양옆에 손을 대고 고개를 숙였다.

"알았다. 쫄았구나."

잔갸 군이 또 놀린다. 반도제 교수가 고개를 들고 말했다.

"이 몸은 과거에 두 번 문제를 출제했단 말일세. 즉, 이미 두 사람을 죽였다는 말이지. 이제 와서 뭘 두려워하겠는가."

반도젠 교수가 권총 모양으로 만든 손을 카메라에 들이댔다.

"바꿔도 상관은 없는데, 어쩐지 석연치 않단 말이야."

"낼 문제 있어?"

두광인이 잔갸 군에게 물었다.

"거의 확정적이지. 여하튼 반년 전부터 숙성시켜온 계획이니까. 내일 당장 실행하라면 좀 무리지만, 한 주 후라면 그럭저럭 가능하고 보름만 시간을 주면 완벽하게 해낼 수 있어."

"그럼 바꿔주면 되잖아."

"하지만 말이야, 그런 식으로 어리광 부리는 건 좀 그렇잖아."

잔갸 군이 투덜투덜하더니 맥주를 꿀꺽꿀꺽 삼켰다.

"교수님, 시나리오는 다 만들어놓은 거죠?"

aXe가 물었다.

"만들어놓았지. 의심스럽다면 메모해놓은 글을 이 자리에서 일부 공개할 수도 있네."

반도젠 교수의 오른쪽 팔꿈치부터 앞쪽이 프레임 밖으로 나간다. 대학 노트를 들고 되돌아왔다.

"일부가 아니라 전부 공개하는 건 어떻습니까?"

"응?"

"실행할 시간이 없으면 시뮬레이션으로 해도 상관없습니다. 이 자리에서 문제편 시나리오를 낭독해주세요. 그걸 근거로 추리할 테니까. 괜찮죠?"

aXe가 다른 두 사람에게 동의를 구했다.

"하지만 그래서야 옛날 옛적 쇼와 시대부터 존재한 단순한 추리 퀴즈잖아. 이 모임의 취지는 2차원 세계를 뛰쳐나와 3차원 속에서 현실적인 탐정 게임을 추구하는 데 있는데 말이야."

두광인이 말했다.

"가끔은 취향을 바꿔 가상으로 해봐도 괜찮지 않을까요? 게다가 술안주도 됩니다. 어육 소시지는 못 먹었잖아요. 그렇죠, 교수님?"

"하지만……."

반도젠 교수가 손목시계에 눈길을 주었다.

"오늘은 용서해줄게. 교수, 볼일이 있으면 가봐도 돼. 잘 자."

그렇게 말한 사람은 잔갸 군이었다.

"모처럼 술안주로 삼으려고 했는데."

aXe는 수긍하지 못하는 모양이다.

"그리고, 엄청 바쁜 것 같으니까 이 어르신이 출제 순번을 바꿔줄게."

"무슨 바람이 불었기에 이러지? 갑자기 이해심이 많아졌네. 뭔가 꾸미는 거지?"

"꾸미고 있지."

"뭘?"

"등신이냐? 그걸 말하면 계획이 엉망이 되잖아. 교수, 오늘은 봐줄 테니까 조만간 그 시나리오인지 뭔지를 공개해주겠어? 그럼 순번을 바꿔주지."

"조만간이라면?"

경계하는 듯한 모습으로 반도젠 교수가 물었다.

"24일은 어때? 다음 주 금요일. 아무래도 일에 쫓기는 것 같은데, 주말이니까 좀 늦어져도 상관없지?"

"주말에는 여자친구와 방사房事를 해야 해서 바쁘지만, 뭐 괜찮겠지."

"방사! 너 이 자식, 몇 살이냐? 아저씨 확정이로군. 그래서 일하느라 바쁘군. 그렇지?"

반도젠 교수가 움찔하면서 상체를 뒤로 물리더니 나지막하게 웃으며 얼굴을 들고 말했다.

"연령 사칭 트릭에 멋지게 걸렸군그래."

"글쎄, 어떨까. 지금 태도야말로 연기 아니냐?"

"이 몸은 열여섯 살일까, 아니면 쉰 살이 넘었을까? 열심히 고민해보아야 할 일이로군. 그건 그렇고 24일 몇 시지?"

"시간은, 그렇지. 8시 무렵부터 한두 시간은 어때? 아침이 아니야, 오후 8시."

"8시…… 좀 이르군."

"아직 일에서 돌아올 시간이 아니야? 장거리 근무?"

"끈질기기는."

"일단 8시 즈음으로 정해놓고 늦으면 늦는 대로 상관없어. 마시면서 기다려주지."

"알겠네."

"그럼 냉큼 돌아가주시지요."

반도젠 교수가 로그아웃했다. 잔갸 군, aXe, 두꽝인 세 사람은 한 시간쯤 더 가상 회식을 계속했다.

2월 24일

드디어 [잔갸 군] 창이 열려 거북의 모습이 크게 비춰진 순간 aXe가 소리를 질렀다.

"늦었잖아!"

"미안해, 미안."

잔갸 군은 전혀 주눅 든 기색을 보이지 않았다.

"8시라고 지정한 사람이 누굽니까?"

"그러니까 미안하다잖아."

"댁은 베이징에 삽니까?"

"뭐라?"

"베이징은 지금 8시잖아요."

"비아냥거리기는. 조금 늦었을 뿐인데."

"조금? 한 시간이?"

"애당초 8시라고 말한 기억은 없어. 8시 무렵이라 그랬지."

"이야, 9시가 8시 무렵입니까? 처음 듣는 소리네요."

"인간 끈끈이로군. 땡땡이 쳤으면 모를까, 왔으니까 하찮은 일로 조잘대지 마."

"바람직하지 않은데요. 한 사람이 기다리다 지쳐 돌아갔습니다."

[044APD] 창이 보이지 않는다. 그는 삼십 분 전에 로그아웃하고 말았다.

"그건 미안하게 됐어."

"이 몸도 적잖이 불쾌하군그래. 어떻게든 시간을 내서 8시에 맞춰 왔는데."

반도젠 교수가 말했다.

"미안해. 자, 한잔하자고."

잔갸 군은 카메라 앞으로 들이댄 맥주 캔을 기울였다. 반도젠 교수도 장단을 맞추어 카메라 앞에 컵을 내밀었다. 말만큼 불쾌하지는 않은 모양이다.

"왜 늦었습니까?"

aXe는 아직 불쾌한 듯하다.

"그건 뭐, 말할 수 없어."

"뭐야, 그 태도는! 자기가 잘못한 주제에."

"뭐야, 그 계집애처럼 끈질긴 태도는!"

"언제까지 계속할 거야?"

두광인이 하품 섞인 소리로 말했다.

"뭐, 됐어요."

aXe가 될 대로 되라는 듯이 얼굴을 옆으로 돌렸다.

"그럼, 문제를 피로披露하도록 할까?"

반도젠 교수가 소용돌이 안경 다리를 손끝으로 밀어 올렸다.

"그전에…… 거북은 죽었어?"

두광인이 목소리를 낮추어 물었다. 잔갸 군의 웹캠 카메라가 비추고 있는 것은 항상 눈을 감고 있는 올리브색 늑대거북이 아니라, 까만 눈을 크게 뜬, 황록색 등딱지에 네 발이 새하얀 거북이었다. 아무리 봐도 봉제인형이었다.

"맘대로 죽이지 마. 그 녀석은 집 보고 있어."

"집을 봐? 지금 밖이야?"

"바깥. 그래도 야외가 아니라 호텔방이지만. 데려올 수도 있었지만, 관리하기가 귀찮아서 관뒀어. '오늘은 대타입니다. 잘 부탁해요.'"

플레임 밖에서 손이 불쑥 나타나 봉제인형을 붙잡더니, 복화술을 하는 듯한 목소리로 인형을 좌우로 살짝 움직였다.

"아아, 그런 겁니까?"

aXe가 두세 번 고개를 끄덕였다.

"뭐가?"

"보도방 아가씨를 불러서 놀았군요. 약속 시간을 잊고서."

"저기 말이지."

"그럼 왜 호텔에 있죠?"

"사적인 질문에는 대답 못 해."

"부모님이랑 싸우고 가출 놀이라도 하는 겁니까? 귀여워라."

"맘대로 지껄여라. 머지않아 알 날이 올……지도 모르지. 그것보다 교수, 문제를."

잔갸 군이 이야기를 원래대로 되돌렸다. 반도젠 교수가 에흠, 하고 기침을 하더니 노트를 펼쳤다.

"사건이 일어난 때는 일주일 전으로 할까? 2월 17일 금요일이지. 장소는 JR 동일본 특급 구사쓰 5호 차내. 이 특급열차는 도쿄 우에노와 아가쓰마선의 만자·가자와구치를 연결한다. 구사쓰 온천과 만자 온천으로 가는 교통편이다."

"아……."

두광인이 내뱉었다.

"왜 그러나?"

"아 아니, 아무것도 아니야. 계속해."

"2월 17일, 구사쓰 5호는 운행 장애 없이 14시 47분 정각定刻에 만자·가자와구치에 도착했다. 이 역은 종점으로 승무원이 차내 점검을 실시했다. 그러자 일곱 량輛으로 편성된 차량 중 가장 뒤 차량에 한 사람이 남아 있었다. 좌석번호는 16D, 순방향 우측 열, 뒤에서 두 번째 창문 좌석이다."

"좀 천천히. 우측 어디라고?"

잔갸 군이 말했다.

"순방향 우측 열, 뒤에서 두 번째 창문 좌석. 앞에서 보면 열여섯 번째."

"복잡하군. 키보드로 치든지 그림을 보내줘. 불친절하기는."

"듣기도 탐정에게 필요한 능력일 텐데. 필요하다고 생각하면 메모를 하든지 그림을 그리든지 마음대로 하게나."

"알았어. 그래서 그 자리 승객이 죽었다는 말이야?"

"그러하네. 노경老境에 든, 몸집이 작은 남자다. 창문에 옆머리를 댄 채 눈을 감고 회灰색 코트를 몸 앞에 이불처럼 걸치고 있어서 얼핏 보면 잠들어 있는 듯했다. 하지만 차장이 말을 걸어도 눈을 뜨지 않는다. 어깨에 손을 대고 흔드는 순간 코트가 발아래로 떨어졌다. 차장은 비명을 질렀다. 남자의 왼쪽 가슴에 아이스피크가 꽂혀 있었던 것이다. 바로 구급차를 불렀으나 손쓸 방도가 없었다. 그 후 경찰이 도착해 조사가 시작됐지만 절차는 생략. 이삼 일 동안 알아낸 사실을 순서에 관계없이 말하겠네. 한 번만 말할 테니 알아서 메모하도록."

"음성은 하드디스크에 기록되어 있습니다."

aXe가 말했다. 반도젠 교수는 고개를 끄덕이고 이야기를 계속했다.

"피해자는 도쿄도 가쓰시카구에 사는…… 야마다 타로라고 해둘까? 연령은 예순한 살. 작년에 정년퇴직하고 유유자적한 노후를 보내고 있었다. 이번에는 일주일 예정으로 만자 온천에 왔다. 구사쓰 5호에는 시발역인 우에노에서 승차했다."

"동행은?"

"없네."

"남자 혼자서 온천이라니, 그런 사람은 거의 없는데."

"요양하러 간 거지. 만자는 유화수소 함유량이 일본에서 제일 많은 온천으로, 특히 고혈압에 효험이 있어."

"허."

"야마다의 사인은 혈액 심장막증. 심장막 안에 혈액이 고여 심장의 움직임을 방해했다. 출혈은 심하지 않아 셔츠 가슴 부분만 젖었을 정도고 바닥은 전혀 더러워지지 않았다. 그래서 통로를 지나다닌 승객과 승무원은 변고를 알아차리지 못했다."

"옆자리 승객은?"

"이 차량은 지정석 차량으로, 옆자리는 우에노에서부터 계속 비어 있었다. 통로를 끼고 건너편 자리인 16A, B도 비어 있었다. 한 차량 예순여덟 개 좌석 중 채워진 자리는 모두 스무 석에 지나지 않았다. 비성수기의 평일로, 편성 차량 전체를 보아도 승차율은 30퍼센트 정도였다."

"죽이는 입장에서는 더 바랄 나위 없는 상황이었겠군."

"그렇지."

"죽인 사람은 물론 교수."

"하지만 이 몸에게는 확고한 알리바이가 있다네."

"동행이랑 함께 다른 차량에 있었나?"

"아니, 더 확고한 알리바이야. 이 열차 구사쓰 5호에는 타지 않았네. 다른 열차로 여행 중이었어."

반도젠 교수는 의미심장한 웃음을 지어 보였다.

"철도를 이용한 알리바이 무너뜨리기냐? 무지막지하게 고리타분하네."

잔갸 군이 코웃음 쳤다.

"그런 험담은 문제를 풀고 나서 해줬으면 하는데."

반도젠 교수도 코웃음을 쳐주었다.

"교수님은 어디를 여행하고 있었습니까?"

aXe가 물었다.

"여행이랄까, 스노보드를 타러 갔었네."

"스노보드!"

잔갸 군이 또 코웃음을 쳤다.

"또 실례되는 소리를 하려고 그러는군."

"만들어낸 이야기라고는 하지만, 좀 현실적으로 설정해줘. 스키라면 몰라도 스노보드라니, 그건 아니지. 있잖아, 스노보드란 건 젊은이한테 인기 있는 스포츠라고. 아저씨, 알겠어?"

"이 몸은 실제로 취미가 스노보드네만."

"아, 예예."

"시즌에 열 번은 겔렌데에 올라가지."

"그럼 그렇다고 해두지 뭐. 그래서?"

"이번에는 2월 17일부터 삼 일간 다니가와다케산┘ 덴진다이라 스키장에서 탔네. 야마다 타로의 시체가 발견된 17일 오후 3시 무렵에는 산장에 도착해 후딱 한 번 타야겠다고 옷을 갈아입는 중이었지. 만자·가자와구치와는 직선거리로도 50킬로미터는 떨어져 있어. 열차나 차로 가면 두 배는 되겠지. 거기는 산악지대라서 빙 둘러 가야 하거든."

"발견된 시각은 상관없겠죠. 문제는 살해 추정 시각에 어디 있었느냐입니다."

aXe가 말했다.

"우선 야마다의 사망 추정 시각을 말해두어야겠군. 해부 결과, 17일 오후 1시 전후라고 판명되었네. 그리고 그때 이 몸은 특급 미나카미 5호 차내에 있었지. 6호차의 2B 좌석이야. 시발역인 우에노에서 종착역인 조에쓰선 미나카미역까지 타고 갔고, 거기서부터는 택시로 덴진다이라 스키장에 갔네. 옆 좌석의 다나카 이치로가 증명해줄 걸세. 12시 정각에 출발해서 오후 2시 20분에 도착할 때까지 줄곧 함께였으니까. 야마다가 살해당한 오후 1시 전후는 그 시간대에 포함되지. 사이타마현 북부를 달리고 있지 않았을까?"

"다나카 씨란 사람은 친굽니까?"

"동행은 아닐세. 이 몸은 레저나 헌팅을 목적으로 스노보드를 타지 않아. 순수하게 활강 기술 향상을 추구하고 있다네. 구도자에게는 파트너나 동아리는 필요 없어. 항상 혼자 가지. 이때도 마찬가지야. 다나카 이치로와는 미나카미 5호에서 우연히 알게 되었네. 이 몸이 보드를 가지고 있어서 그랬겠지, 그쪽에서 먼저 말을 걸더군. 처음에는 귀찮았지만 알고 보니 그쪽도 뼛속까지 스노보더라서 의기투합했다네. 게다가 행선지가 이 몸이랑 똑같아서 계속 스노보드 이야기를 했지. 이 몸이 통로 쪽인 2B, 다나카 이치로가 창 쪽인 2A. 사실 이 몸이 원래 구입한 지정석은 통로를 끼고 건너편 창 쪽인 5D였다네. 하지만 아까도 말했다시피 승객이 별로 없어서 그 사람 옆자리로 옮긴 거야. 차장의 허가도 받았으니 의심스러우면 물어보게나."

"우아, 알리바이 공작이라는 인상이 팍팍 풍기잖아."

잔갸 군이 웃었다.

"덧붙여 우리가 탄 6호차는 특실 객차였어. 우아하지? 미나카미 5호의 특실 객차는 앞에서 두 번째에 위치한 한 량뿐이라네. 즉, 선두 차량이 7호차고 후미 차량이 1호차란 말이지. JR 동일본의 특급열차는, 상행선은 선두 차량이 1호차, 하행선은 후미 차량이 1호차로 편성되어 있다네."

"덧붙여 그 현학적 지식은 추리에 도움이 됩니까?"

aXe가 물었다.

"정보의 취사선택은 탐정이 할 일이라고 누가 거듭 말한 기억이 있네만."

aXe가 쓴웃음을 짓고 말을 이었다.

"모르는 승객에게 말을 거는 건 인상을 남기기 위해 하는 흔해빠진 행동이죠. 그렇다면 트릭 자체도 흔해빠졌을 것 같군요. 교수님이 탄 열차는 시발역이 우에노고 종착역이 조에쓰선의 미나카미였죠?"

"맞네."

"야마다 타로가 탄 건 우에노에서 출발해서 아가쓰마선의 만자·가자와구치에 도착하는 열차고요."

"그렇지."

"둘 다 우에노에서 출발해 도중까지는 같은 노선을 달리네요. 다카자키선이랑 조에쓰선이요. 시부카와까지는 같이 갑니다. 시부카와에서 조에쓰선이랑 아가쓰마선으로 나뉘죠. 그렇다면 표준적인 열차 이동 트릭을 사용할 수 있을 것 같은데요."

aXe는 말을 멈추고 키보드를 두드렸다. 다른 멤버들의 화면에 텍스트가 떠올랐다.

X역에서 미나카미 5호선을 내려 뒤이어 오는 구사쓰 5호에 승차,

구사쓰 5호 차내에서 야마다 타로를 살해,

Y역에서 구사쓰 5호를 하차, 뒤이어 오는 열차 Σ에 승차,

Σ는 미나카미 5호를 앞질러 Z역에 먼저 도착,

Z역에서 뒤이어 오는 미나카미 5호로 되돌아간다.

"미나카미 5호는 특급이네. 특급을 뒤따라가 앞지르는 열차가 있겠는가?"

반도젠 교수가 웃었다.

"특급을 넘어선 초특급이라는 게 있습니다만?"

"신칸센?"

"그렇죠. 다카자키선이랑 조에쓰선과 병행하여 조에쓰 신칸센이 운행 중입니다."

aXe가 도끼 날 끝을 카메라에 들이댔다. 하지만 반도젠 교수는 점점 더 볼의 긴장을 풀며 말했다.

"유감이네만 이용하지 않았네. 증거? 있지. 다나카 이치로야. 시발역 우에노에서 종착역 미나카미까지 계속 함께 있었다고 그가 증언해줄 걸세."

"계속? 화장실에도 안 가고 착 달라붙어 있었냐?"

잔갸 군이 말했다.

"둘 다 화장실에는 갔지. 하지만 고작 십 분 정도야. 겨우 십 분만에 열차를 갈아타고, 죽이고, 또 갈아타서 돌아올 수 있겠나? 불가능해. 방금 전 가설이라면 세 번 갈아타야 하지. 대기 시간만 해도 십 분은 가볍게 넘어갈 걸세."

"확실히 그래. 헬리콥터를 타도 무리겠군. 이봐, 다스베이더 경, 계속 잠자코 있는데 무슨 의견 없어?"

그러자 두광인이 빨대에서 입을 뗐다. 오늘은 캔 커피를 마시고 있다.

"벌써 정답을 말해도 되나?"

"엥?"

"답은 처음부터 알고 있었어. 하지만 다짜고짜 답을 말해버리면 분위기 파악도 못 한다고 할까 봐 일단 가만있었지."

"처음부터?"

"예전에 탄 적이 있거든. 구사쓰 5호라고 들은 순간 설마 했어. 미나카미 5호도 등장한 덕분에 확신했지."

"허풍 좀 그만 떠시지."

"대답해도 돼?"

"해봐."

"하시죠."

aXe도 동의했다. 두광인은 고개를 끄덕이고 말했다.

"미나카미 5호에서 내려 구사쓰 5호에 탄다. 살해한 다음 구사쓰 5호에서 내려 미나카미 5호로 돌아온다."

"저하고 똑같잖아요."

"다르지. 넌 제3의 열차 Σ를 사용했잖아. 난 미나카미 5호랑 구사쓰 5호밖에 사용 안 해. 물론 헬리콥터나 경비행기도 필요 없어."

"그렇다면 더더욱 살해 후에 미나카미 5호로 돌아올 수 없죠."

"그런데 돌아올 수 있어. 게다가 십 초도 안 걸려."

"응?"

"미나카미 5호랑 구사쓰 5호는 도중까지 한 몸이거든."

"뭐요?"

"우에노에서 신마에바시까지는 7량 편성 구사쓰 5호 뒤에 7량 편성 미나카미 5호가 연결되어 기다란 14량으로 주행해. 맞지?"

두광인은 [반도젠 교수] 창에 눈길을 주었다. 반도젠 교수는 턱을 괸 채 엉뚱한 방향을 보며 담배를 피우고 있었다.

"그럼 신마에바시에서 분리되기 전에는 차내를 걸어서 미나카미 5호와 구사쓰 5호를 오갈 수 있잖아요?"

aXe가 힘 빠진 목소리로 말했다.

"이런 등신이!"

잔갸 군이 욕설을 퍼부었다.

"음, 그러니까 차내를 오갈 수는 없어. 차량 연결 부분은 양쪽 다 막혀 있으니까. 분리한 후에 안전성을 확보하기 위해서지. 어디까지나 독립적으로 편성된 차량이 두 개 이어져 있다고 생각하면 돼. 차내를 오갈 수 없으니까 미나카미 5호와 구사쓰 5호에는 차장과 차내 판매원이 따로따로 존재하지. 그러니까 양쪽 차량을 오가려면 정차한 역에서 일단 내린 후에 플랫폼을 이동해 옆 차량을 타야 해. 밖으로 나갈 필요가 있다고는 해도 뒤따라오는 열차를 기다릴 때처럼 시간 낭비는 하지 않지. 사실 차내를 이동하는 것과 몇 초 차이 나지도 않아. 다만, 차내를 이동하는 것과는 달리 열차가 역에 멈췄을 때만 오갈 수 있다는 한계가 있지. 게다가 X역에서 구사쓰 5호로 이동한 후에 다음 정차역 Y까지의 거리가 멀면 미나카미 5호로 돌아오는 시간이 늦어질 수밖에 없어. X에서 Y까지 삼십 분이나 한 시간이 걸리면 잠깐 화장실에 갔다 왔다는 변명은 통하지 않겠지만……."

두광인은 말을 멈추고 키보드를 두드렸다.

구마가야 12:49 도착, 12:49 출발
후카야 12:58 도착, 12:58 출발
혼조 13:05 도착, 13:06 출발

"야마다 타로가 살해당했다고 추정되는 오후 1시 전후의 정차역은 이래. 보다시피 구마가야-후카야 구간과 후카야-혼조 구간은 역과 역 사이가 가깝지. 구마가야에서 미나카미 5호를 내린 후 플랫폼을 이동해 구사쓰 5호에 타서 살해하고 후카야에서 미나카미 5호로 돌아왔다면 구 분. 후카야에서 살해하러 가서 혼조에서 돌아왔다면 칠 분. 그 정도 시간이라면 볼일 보러 갔다는 말로 속여 넘길 수 있지. 이동에 걸리는 시간은 거의 생각하지 않아도 돼. 그도 그런 게 교수 자리와 야마다 타로의 자리는 상당히 가깝거든. 교수가 탄 미나카미 5호의 6호차는 결합해서 달리는 열차의 선두에서 아홉 번째 차량에 해당해. 구사쓰 5호가 앞이고 미나카미 5호가 뒤, 양쪽 다 7량 편성, 차량 번호는 상행선, 즉 도쿄로 오는 쪽이 작은 번호로 시작한다고 했으니까. 한편, 야마다 타로는 구사쓰 5호 제일 뒤 차량에 탔다고 했으니까 이쪽은 앞에서 일곱 번째 차량이지. 봐, 사이에는 한 량밖에 없어. 가는 데 삼십 초도 안 걸려. 이상, 어떻습니까?"

두광인은 웹캠을 가만히 쳐다보았다. [반도젠 교수] 창 속에서는 노란색 아프로 머리에 소용돌이 안경을 쓴 인물이 부풀어 오른 볼과 푸르스름한 턱을 초조하게 만지작대고 있다. 이윽고 반도젠 교수가 간신히 알아들을 수 있는 목소리로 대답했다.

"정답……."

"시시해."

잔갸 군이 한숨 섞인 말을 내뱉었다.

"뭐, 술안주로는 이 정도 문제가 딱 좋을 것 같네요."

aXe가 어깻부들기로 들어 올린 양손을 펼쳤다. 그는 잔갸 군을 기다리는 동안 캔 맥주 두 개를 비웠다.

"너 이 자식, 정말 그런 소재를 실행하려고 했냐?"

"음……."

교수가 힘없이 고개를 끄덕였다.

"이봐, 그런 짧은 정보에 의존한 트릭을 사용하면 수수께끼를 풀어봤자 카타르시스가 전혀 없다고, 멍청아. 애당초 시각표를 조사하면 대번에 들키잖아."

"설욕할 기회를……."

"당연하지. 정신 똑바로 차리고 다시 해라."

"다만 당장은 바빠서……."

"다음번에는 내가 출제할 테니 그동안에 제대로 된 문제를 생각해둬."

"분명 훌륭한 문제겠죠?"

"당연하지. 기괴, 환상, 불가능, 삼박자를 모두 갖춘 미스터리야."

"호오. 그건 언제 공개할 겁니까?"

"다음 주."

"정말 기대되네요."

"다망한 누군가를 배려해서 또 금요일 밤으로 할까? 역시 8시는 너무 이르니까, 이번에는 10시에 모이도록 하자."

"실제로는 11시란 말이죠."

"시끄러."

"그럼 이 몸은 이만."

반도젠 교수가 손을 획 들었다.

"야, 기다려. 찌질한 문제를 내놓고 먼저 돌아가면 안 되지. 반성회를 열 테니까 잠깐 거기 앉아 있어."

마치 먹살을 잡는 듯이 봉제인형 거북 저편에서 갈퀴처럼 펼친 손이 쑥 뻗어 나왔다. 자기가 지각해서 폐를 끼친 일 따위는 완전히 잊어버린 모습이다.

요코하마 교외에서 태어난 두광인은 몇 번쯤 이사를 한 뒤 중학교에 입학하면서 이 분양 맨션에 자리 잡았다. 그해 여름 가족끼리 군마현에 있는 구사쓰를 방문했다. 초원 스키에 시라네산 등산, 유리 세공 도전, 온천욕 따위를 즐기다 보니 2박 3일은 순식간에 지나갔다. 구사쓰 5호는 그때 탔다. 당시는 극히 일반적인 가정이었다.

현재 두광인은 도쿄 도내의 사립대학에 재학 중이다. 공학부 2학년이나 3학년 아니면 4학년, 그 언저리다. 본인은 몇 학년인지 확실히 모른다.

두광인은 어릴 때부터 물건 만들기를 좋아해서 열 살 때 톱질을 했고, 납땜인두기를 손에 잡았다. 그런 까닭에 공업 고등학교에 진학하기를 희망했지만, 부모와 담임교사의 맹렬한 반대에 부딪혀 인문계 시험을 쳤다. 공고는 바보나 불량 학생이 가는 곳이야, 학력이 있는 학생은 인문계에 가는 게 상식이란다, 삼 년 뒤

공과 대학을 가렴…….

삼 년 뒤 두광인은 공학부 학생이 되었다. 하지만 정기 승차권을 산 건 처음 3개월뿐이고, 그 후로 학교에 간 것은 손에 꼽을 정도다. 공업 고등학교 진학을 제지당한 시점에서 열의가 시들었다. 공학에 대한 흥미뿐 아니라 학교 공부 전반에 대한 의욕이 꺾여버렸다. 그저 관성에 이끌려 진학했을 따름이다.

학업을 제쳐놓고 동아리 활동에 전념하는 것도 아니다. 학우라고 부를 수 있는 존재도 없다. 동아리 활동에 냉소적이라거나 사람을 싫어하는 건 아니다. 다만 학교 안에는 매력적인 동아리도 없고 딱히 사귀고 싶은 친구도 없을 뿐이다. 그런 사실도 모르고 자못 친구라는 듯한 면상을 하고 다가오거나, 전화번호와 메일 주소를 달라는 사람이 많았던 것도 두광인을 캠퍼스에서 멀어지게 만든 요인이었다.

두광인은 이 학교에 다니는 이유를 무엇 하나 찾아낼 수 없다. 따라서 오늘 당장 그만두어도 상관없지만 절차를 밟기가 번거로워서 학생 신분을 몇 년이나 방치해두었다.

그래도 방에 틀어박힌 그 녀석보다는 낫다고 두광인은 생각한다. 자기에게는 대학생이라는 신분이 있지만 그 녀석에게는 없다. 일도 하지 않는다. 수험에 세 번 실패한 후 사수를 맞이한 여름에 과거의 노력과 미래의 꿈을 포기하고 말았다.

두광인의 아버지는 도쿄증권거래소 1부 상장 기업에 근무하는 샐러리맨이다. 삼십 년 남짓 근속해서 지금은 중역 일보 직전의 요직에 있다. 취미는 텔레비전에서 하는 야구 관전과 골프다.

두광인의 어머니는 지방의 유서 있는 집안에서 태어난 넷째 딸로 사교적이다. 아르바이트를 하거나 친구와 미술전에 가거나 지역 활동에 참가하면서 매일 분주하게 돌아다닌다.

두 명의 자식에 비해 부모님은 꽤 평범하다. 하지만 겉보기에 그럴 뿐이다.

홀로 간사이 방면으로 부임한 아버지는 철마다 한 번밖에 집에 오지 않는다. 어머니는 자원봉사 활동에도 관심이 있어서 여러 단체의 일을 겸임할 정도지만, 그것은 황폐해진 가정에 등을 돌리기 위한 구실이자 면죄부이다. 이 가정이야말로 누군가의 도움이 필요한 상황인데.

일찍이 이 가정은 평범했다. 두광인은 이복형제가 있는 동급생이나 부모 자식이 모두 음악가인 이웃집을 보며 우리 집은 너무 평범해서 재미없다고 한탄했었다. 평범과는 멀어진 지금, 옛날에는 평범하지 않은 걸 왜 그리 부러워했을까, 하고 쓴웃음이 나온다.

이 집이 언제 이상해졌는지 두광인은 모른다. 커다란 한 가지 사건이 계기가 되어 하룻밤 사이에 180도 변해버린 것 같기도 하고, 몇 년이라는 세월에 걸쳐 천천히 좀먹어 들어간 것도 같다.

3월 3일

[aXe] 창이 열리고 제이슨 마스크가 나타나자마자 잔갸 군이 소리 질렀다.

"늦었잖아!"

오늘은 봉제인형이 아니라 여느 때와 같은 늑대거북이다. 수조 속에서 눈을 기름하게 뜨고 등딱지를 말리고 있다.

"10시 집합이었는데요."

"일 분 삼십 초 지각."

"저기요."

"지각은 지각이지. 일 분만 늦어도 전철에는 못 타."

"완전 초딩이네."

aXe가 한숨을 쉬었다. 그때 가느다란 목소리가 끼어들었다.

"문제를."

"콜롬보 짱, 저번 주에는 미안했어. 예정이 좀 엇나가서……."

"문제."

"변함없이 퉁명스럽군. 예예, 그럼 문제를 냅지요. 자, 이 어르신은 누구를 죽였을까요? 힌트 없이 맞히면 100만 엔입니다."

"초딩."

aXe가 다시 한숨을 쉬었다.

"아는 사람? 없냐? 이야, 너희들 참 유감이다. 100만 엔을 날렸네. 그럼 힌트. 지금 가장 뜨끈뜨끈한 사건."

"오늘 이바라키에서 여자애가 유괴당했는데."

두광인이 말했다.

"아닙니다. 두 번째 힌트, 도쿄."

"도쿄에서 한 해에 몇 명이나 살해당하는지 압니까?"

aXe가 말했다.

"세 번째 힌트, 오타구."

"23개 구 중에 제일 넓은 구잖아요. 돗토리현보다 인구가 많다고요."

"네 번째 힌트, 의류 상자."

"뭐라고?"

"다섯 번째 힌트, 목과 몸의 눈물 젖은 이별."

"아?"

"마지막 힌트, 꽃병."

"아!"

"그거?"

두광인도 알아차리고 소리를 질렀다.

"그래, 그거."

잔갸 군은 곧 화상 파일을 하나 보냈다.

벽 옆에 컬러 박스가 있다. 그 위에 주둥이가 넓은 꽃병이 놓여 있다. 그 주둥이에 끼워 넣은 것처럼 사람 머리가 얹혀 있었다. 꽃병에 잘린 머리가 꽂혀 있는 것이다.

"이게 화제의 '두꽂이'구나. 댁이 했습니까?"

aXe가 감탄하듯이 한숨을 내쉬었다.

오늘 유괴 사건이 일어날 때까지 이번 주 뉴스는 이 토막 살인 일색이었다.

처음에 몸이 발견됐다. 2월 25일 오후 1시가 지난 무렵, 도쿄도 오타구 니시코지야 3초메에 위치한 어린이 공원에서였다. 아이와 놀던 엄마가 화장실 건물 뒤편에서 커다란 골판지 의류 상자를 발견했다. 상자를 열어보자 안에는 머리가 없는 시체가 담겨 있었다.

시체는 알몸이었다. 속옷도 입지 않은 데다 반지 하나 끼고 있지 않았다. 왼쪽 가슴의 자상이 치명상이라고 추정되었다. 사망 추정 시각은 전날 오후 9시 전후.

의류 상자에는 알몸 시체 말고 신원을 나타낼 만한 물건이 아무것도 없었다. 시체는 전과가 없었던 듯 지문을 통한 신원 확인도 불가능했다. 발견 당시에는 신체적 특징을 조사해 30대에서 50대 정도 연령의 황인종 남자라는 사실밖에 알아낼 수 없었다.

신원이 밝혀지지 않은 채 삼 일이 흘러 2월 28일이 되었을 때,

니시코지야 2초메 ×번지 ×호에 위치한 야요이장이라는 연립주택에서 남자의 머리가 발견되었다. 먼저 발견된 몸과 대조한 결과 동일 인물임이 판명되었다.

피해자는 1층 4호실에 사는 다가야 마코토라는 사람으로, 가까운 판지 가공 공장에서 일하는 53세의 독신이었다. 27일에 공장을 무단결근한 다가야가 28일에도 나타나지 않고 전화도 받지 않자 쓰루마키라는 동료가 집으로 찾아가봤더니 무참한 모습으로 꽃병에 장식되어 있었다.

잘린 머리의 뒤통수에는 타박상 흔적이 있었다. 하지만 이는 단순한 타박상일 뿐, 다가야를 죽음에 이르게 한 요인은 처음에 추정한 대로 가슴의 상처였다. 다가야는 뒤에서 머리를 얻어맞아 정신을 잃고 비틀거리는 순간 가슴을 찔린 것이었다.

다가야의 방에는 피로 더러워진 비닐 시트가 펼쳐져 있었고, 마찬가지로 피에 물든 옷이 어지러이 널려 있었다. 범인은 다가야를 살해한 다음에 옷을 벗기고 시트 위에서 해체한 것 같았다.

잘려나간 머리는 꽃병에 장식되었고 몸은 공원의 의류 상자 안에 있었다. 정말이지 일반 대중의 흥미를 끌 만한 사건이다.

하지만 잘린 머리가 꽃병에 꽂혀 있었다는 말만 전해졌을 뿐 사진은 어느 미디어에서도 발표되지 않았다. 너무나 충격적인 모습이기 때문이다. 인터넷에도 유출되지 않아서 두광인도 지금 처음 보는 것이다.

"범인은 도대체 어디 사는 미치광이냐, 범죄 예술가라도 된 양 거드름 피우는 거 아니냐, 이러면서 세간 사람들은 오로지 사건의 엽기성에만 흥미를 보이며 범인의 프로파일링에 기를 쓰고 있지. 하지만 너희들은 그런 짓을 하며 골머리 썩일 필요 없어. 범인은 바로 이 어르신. 다가야 모 씨에게 깊은 원한을 품었기 때문에 그런 것도 아니거니와, 세상을 충격과 공포에 빠뜨리고 싶어서 그런 것도 아니며, 미쳐서 그런 것도 아니야. 동기는 바로 리얼 추리 게임이지. 그렇다면 이번에 네 녀석들이 풀어야 할 수수께끼는 무엇인고 하니, 바로 시체의 운반 방법이야. 상황으로 판단하건대 피해자는 자택에서 살해된 다음 그 자리에서 목을 절단당한 듯한데, 그 후에 범인이 시체의 몸체를 어떻게 공원까지 옮겼는지 전혀 설명이 안 되거든."

2월 24일, 다가야 마코토는 오후 7시 45분에 혼자서 혼하네다 3초메의 직장을 나섰다.

그는 게이큐공항선의 오토리이역에서 남쪽으로 1킬로미터 정도 내려간, 다마가와 강변에 있는 작은 마을 공장과 같은 역의 북쪽에 있는 야요이장을 매일 걸어서 오갔다.

귀가 도중 다가야는 오토리이역 교차로에 있는 편의점에서 한 홉짜리 소주 두 병과 도시락, 경마 신문 등을 구입했다. 오후 8시의 일이다. 다가야는 거의 매일 이 편의점을 이용했기에 점원은 그를 잘 알고 있었다. 일을 마치고 귀가하다 들르면 반드시 한 홉짜리 소주를 사서 가게를 나가자마자 병뚜껑을 열고 마시면서 돌아갔다고 한다.

8시 20분, 도로 공사의 경비원이 니시코지야 2초메 길에서 소주병을 한 손에 들고 갈지자걸음으로 걷는 다가야를 목격했다. 경비원은 그에게 발밑을 조심하라고 주의를 주었다.

8시 반, 야요이장 3호실에 사는 사람이 4호실을 방문해 다가야가 집에 없는 동안에 맡아둔 다가야의 짐을 건넸다.

9시 15분, 3호실에 사는 사람이 4호실에서 나는 이상한 소리를 들었다. 외침, 울부짖음, 신음, 울음, 뭐라고도 형용할 수 없는 이상한 소리였기에 3호실 사람은 몹시 걱정이 되어 옆집을 방문했다. 하지만 노크해도 대답이 없는 데다 문이 잠겨 있어서 그냥 돌아왔다.

그리고 사 일이 지난 2월 28일 오전 10시 반에 야요이장 4호실에서 다가야의 머리가 발견되었다.

"경찰에 따르면 다가야의 사망 추정 시각은 2월 24일 오후 9시 전후야. 9시 15분에 다가야의 방에서 외치는 소리가 났으니 이때 살해당했다고 보는 견해가 유력하지. 방문이 잠겨 있던 건 범인이 방에 있었으니까. 방해받지 않도록 문을 잠그고 살해와 뒤이은 해체 작업을 행하지 않았을까? 그렇다면 9시 15분에 살해를 저질렀다고 치고, 시체의 몸체 부분을 옮긴 건 몇 시일까? 이르면 9시 20분, 늦어도 다음 날 25일 오후 1시 전에는 옮겼지. 공원에서 1시가 지난 시간에 발견되었으니까."

"9시 20분? 아무리 뭐라 해도 오 분 만에 해체하는 건 무리지. 최대한 빨리 잡아도 10시 정도가 타당한 선이라고 보네만."

반도젠 교수가 끼어들었다.

"목을 잘라낼 뿐이야. 삼십 분이나 걸리지는 않지. 당연히 잘 드는 날붙이랑 숙련도는 필수지만."

"하지만 오 분은 좀……."

"가능합니다."

aXe가 말했다. 그리고 동영상 파일을 하나 전송했다.

눈가리개를 쓴 백인 사내가 의자에 묶여 있다. 등 뒤에 두건으로 얼굴을 가린 남자가 서 있다. 이 남자의 피부는 거무스름하다. 두건을 쓴 남자가 백인 사내의 머리카락을 한 손으로 잡고 위로 끌어올린다. 다른 한 손에 들고 있는 칼을 사내의 목에 댄다. 꾹, 꾹, 누르는 듯한 느낌으로 잘라나가자 이윽고 머리가 몸에서 떨어졌다. 남자는 잘라낸 머리를 카메라 쪽으로 쑥 내밀었다. 잘린 머리가 흔들흔들 흔들린다. 금방 수확한 파인애플 같다. 걸린 시간은 겨우 삼십 초.

"그래그래, 이런 식으로 싱겁게 잘린다니까."

잔갸 군이 말했다.

"뭐야, 이거?"

두광인이 물었다.

"중동의 반미 조직에 납치된 미국인 저널리스트의 처형 장면입니다. 본보기로 삼기 위해 조직이 인터넷에 유포했죠."

"흠, 보물 같은 영상이군. 고마워."

"그럼 9시 20분에는 운반할 수 있었다 치고, 뭐가 문제지?"

반도젠 교수가 잔갸 군에게 물었다.

"다가야의 몸이 방에서 밖으로 운반된 건 2월 24일 오후 9시 20분에서 다음 날 25일 오후 1시 사이라고 추정된다. 이건 알겠지?"

"음."

"그런데 이 시간대에 그런 짐을 들고 야요이장을 나간 사람은 없어."

"그 연립주택에는 입구에 관리인이 상주하고 있는가?"

"아니. 다다미 여섯 장짜리 방 한 칸뿐인 낡은 연립주택이지. 감시하던 사람은 도로공사 관계자. 야요이장은 막다른 골목의 끝부분에 있는데, 그 막다른 골목 바깥쪽 큰길에서 밤새 공사를 했어. 정부 회계연도 말에 늘 하는 장부 맞추기 공사 말이야."

"갈지자걸음으로 귀가하는 모습이 목격된 곳인가?"

"맞아. 골목을 드나들면 작업원이랑 경비원의 눈에 띄지. 하지만 공사 관계자들은 골목 안쪽에서 수상한 인물은 나오지 않았다고 입을 모아 증언했어."

"경비원이 오가는 사람들을 지켜보았다 해도 그들을 일일이 기억하고 있다고는 볼 수 없네."

"전부 기억하지는 못하겠지. 하지만 특징적인 인물이라면 이야기는 별개야. 조심하라고 말을 건 갈지자걸음 아저씨에 대해서는 확실하게 기억하고 있었어. 그렇다면 상당히 큰 짐, 어른이 들어갈 정도의 상자를 껴안은 사람이 지나가면 그 역시 분명히 기억에 남겠지. 하지만 그런 짐을 든 사람은 야요이장 쪽에서 한 명도 나오지 않았대."

"차로 운반하면 눈에 안 띄잖아."

두광인이 말했다.

"공사 때문에 차로 골목을 드나들 수 없는 상태였어."

"뒤로 나오면 되죠."

aXe가 말했다.

"너 이 자식, 막다른 골목의 의미를 모르냐?"

"뒷집으로 몰래 들어가서 반대쪽 길로 빠져나가는 겁니다."

"몰래 들어갈 수 있을 것 같으면 들어가봐."

뒤이어 잔갸 군이 전송한 사진에는 목조 연립주택을 감싼 콘크리트 벽이 찍혀 있었다. 높이는 2미터 정도 될까. 단순히 침입하는 거라면 모를까, 시체를 짊어지고 넘어가기는 어려우리라.

"사다리를 사용하거나 매달아 올릴 수도 있죠."

"생각나는 대로 지껄이면 다냐. 매달아 올린 증거를 가져오라고. 사진은 신용할 수 없다, 벽 귀퉁이에 구멍이 뚫려 있을지도 모른다, 요렇게 의심할 거면 현지에 가서 구멍 사진을 찍어 와."

aXe는 잔갸 군이 되받아친 말에 입을 다물었다. 잔갸 군이 이야기를 계속했다.

"이렇듯 연립주택 전체가 일종의 밀실 상태에 있었다는 말이지. 범인은 그 상태를 어떻게 돌파해서 시체를 공원까지 옮겼을까? 네 녀석들은 이 수수께끼에 도전하는 거야. 그렇지, 밀실이라고 하면 다가야의 방 역시 밀실이었지. 28일에 쓰루마키라는 공장 동료가 찾아갔을 때 다가야의 방은 잠겨 있었어. 현관문, 창문 양쪽 다 잠겨 있었지. 그래서 사정을 들은 집주인이 열어줬어."

"자물쇠는 어떤 타입인가?"

반도젠 교수가 물었다.

"창문 자물쇠는 가장 일반적인 거야. 달팽이 모양 자물쇠."

"크레센트Crescent."

044APD가 작은 소리로 말했다.

"그래, 그거. 현관 자물쇠는 문손잡이랑 일체화된 거야. 실내 쪽 손잡이 중앙에 있는 돌기를 누르면 잠기는 그거야."

"실린드리컬록Cylindrical lock."

044APD가 또다시 말했다.

"정말이지, 그게 어딜 봐서 밀실입니까? 버튼을 누르고 밖에서 문을 닫으면 잠기잖아요. 수수께끼고 뭐고 없다고요."

aXe가 양손을 펼쳤다.

"이야기는 끝까지 들어. 현관문에는 보조 자물쇠도 달려 있었어. 끝부분이 갈고리 모양인 놋쇠 걸쇠를 동그란 잠금 고리에 끼우는 타입이지. 갈고리 모양 걸쇠가 문틀에, 잠금 고리가 문짝에 달려 있어."

"문 버팀쇠."

044APD가 말했다.

"쓰루마키가 찾아갔을 때 이 문 버팀쇠도 걸려 있었어. 이건 밖에서 걸고 벗길 수가 없지. 집주인도 실린드리컬록은 여벌 열쇠로 열었지만 문 버팀쇠에는 두 손 들었어. 결국 문을 힘껏 잡아당겨 문 버팀쇠를 부수고 안으로 들어갔대. 집주인도 두 손 든 자물쇠를 범인은 어떻게 걸었을까? 밖에서는 걸 수 없어. 안에서는 걸 수 있지만 그러면 밖으로 못 나오지."

"그런 원시적인 자물쇠는 밖에서 실로 여차저차하면 되죠. 고물딱지 연립주택이니까."

aXe가 손을 팔랑팔랑 흔들었다.

"겉보기엔 낡았어도 문에 실이 통과할 만한 틈은 없어."

"그럼 조그만 얼음을 잠금 고리 위에 얹어두면 돼요. 시간이 흘러 얼음이 녹으면 갈고리 모양 걸쇠가 잠금 고리 구멍으로 떨어지도록 설치하고 방을 나가면 되죠. 얼음은 드라이아이스로 대체해도 무방합니다. 원시적인 밀실 트릭이네요."

aXe가 집게손가락을 흔들며 쯧쯧 혀를 찼다. 그러자 잔갸 군이 말했다.

"최종 답변?"

"예?"

"최종 답변?"

"뭐, 뭔데요?"

"최종 답변?"

"최, 최종 답변……."

움츠러들면서도 aXe가 대답했다. 그러자 잔갸 군이 말했다.

"정답!"

"뭐야, 정말 그게 정답입니까? 너무 어이없는데."

aXe가 왼쪽 가슴을 누르며 하아, 하고 숨을 내뱉었다.

"그러니까 문제로 내지는 않았잖아. 문제는 어디까지나 시체의 운반 방법이야. 어떻게 사람 눈에 띄지 않고 옮길 수 있었을까?"

"그럼 무슨 대단한 수수께끼가 있다는 듯이 '밀실이었다' 같은 말은 하지 말라고요."

"이 밀실은 문제가 아니라 힌트야."

"예?"

"이 밀실 트릭이 메인 수수께끼를 푸는 데도 연관되어 있어. 어이쿠, 더 이상은 뭘 물어도 대답 안 할 거야. 이제 너희들의 반쯤 상한 회색 뇌세포를 써먹어 보라고. 이것들도 참고로 해서 말이지."

잔갸 군은 화상 파일을 잇달아 보냈다. 야요이장 4호실을 찍은 사진이다. 범행을 마친 후 잔갸 군 자신이 찍었으리라.

맨바닥이 그대로 드러난 다다미 반 장 크기의 현관에는 허름한 가죽 구두 두 켤레와 샌들 한 켤레가 놓여 있다. 현관문 자물쇠는 잔갸 군이 설명한 대로 손잡이 중앙에 누름 버튼이 달린 타입이다. 놋쇠로 된 문 버팀쇠도 있다.

현관을 올라가면 널빤지를 깐 다다미 세 장 크기의 부엌이 나온다. 작은 투 도어 냉장고 위에 전자레인지가 놓여 있다. 싱크대는 더러운 젓가락과 작은 접시로 가득하다. 바닥에는 빈 컵라면 용기와 반찬통이 어지러이 널려 있다. 그 옆의 발포 스티로폼 상자에는 빈 병이 빼곡하게 들어차 있다. 전부 같은 소주병인 듯하다. 오른쪽 문 너머는 욕조와 변기가 함께 있는 욕실이다.

그리고 제일 중요한 다다미 여섯 장짜리 방. 현관, 부엌, 다다미 방 순으로 쭉 이어져 있다. 부엌과 방은 우윳빛 유리를 끼운 미닫이문으로 구분된다. 모퉁이방이라 창문이 두 군데 있다. 양쪽 창문 전부 커튼을 쳐놓았다. 창문 자물쇠를 클로즈업한 사진을 보자 잔갸 군의 설명대로 크레센트 자물쇠다. 나게시長押*에 달린 훅에는 점퍼와 데이팩, 야구모자가 걸려 있다.

* 일본 건축에서 기둥과 기둥 사이에 수평으로 댄 나무.

고타쓰°와 할로겐 히터가 방구석에 처박혀 있고, 전등 바로 아래에는 투명한 비닐 시트가 펼쳐져 있다. 검붉게 더러워진 시트다. 시트 주위에는 스웨터, 맨투맨티, 바지, 브리프, 양말이 어지러이 널려 있다. 상아색 맨투맨티는 왼쪽 가슴을 중심으로 장미꽃이 핀 것처럼 붉게 물들어 있다.

벽 옆 컬러 박스 위에 놓인 꽃병에는 잘린 머리가 꽂혀 있다. 얼굴은 벽을 보고 있다. 정수리의 머리숱이 적다는 점에서 그런대로 나이를 먹은 남자라는 사실을 알 수 있다.

컬러 박스 옆에는 14인치 정도 크기의 작은 텔레비전과 전화기가 다다미 위에 놓여 있다. 전화기 앞에 떨어진 남성용 주간지 몇 권이 보인다.

"방이 휑뎅그렁하네. 뭔가 훔치지 않았어?"

두광인이 물었다.

컴퓨터나 비디오 설비는 물론 옷장조차 없다.

"어떤 놈이랑 똑같이 취급하지 마. 철저히 심플 라이프를 지향하던 아저씨란 말이야."

잔갸 군이 말했다. 두광인은 나머지 사진을 확인했다.

고타쓰 위에는 열쇠와 소주병, 편의점 도시락, 그리고 경마 신문이 놓여 있다. 병의 내용물은 1센티미터 정도 줄어들어 있다. 랩이 중간까지 벗겨진 상태로 뒤집어진 도시락 때문에 탁자 위판에 갈색 국물이 흥건하다. 신문의 경주마 출장표에는 빨간 펜으로

° 탁자 밑에 방열 기구를 넣고 그 위에 이불을 덮은, 일본의 겨울철 난방기구.

○나 △를 그려놓았다.

반침 속을 찍은 사진도 있었다. 상단에는 이불, 하단에는 플라스틱 의류 상자와 선풍기, 반침 위에 위치한 선반에는 이불 보관함과 찌그러뜨린 박스. 그뿐이다. 반 이상 비어 있다.

"자, 구멍이 뚫릴 정도로 보라고. 그럼 마지막으로 질문을 받아볼까?"

기다렸는 듯 044APD가 말을 꺼냈다.

"오카야마랑 관계있나?"

"오."

"나고야는?"

"오오."

"관계있어?"

"과연 콜롬보라고 자칭할 만하군. 무시무시한 직감이야."

"무슨 의미입니까? 두 사람만의 세계에서 놀지 말고 우리도 알수 있게 이야기해요."

aXe가 도끼를 휘둘렀다. 044APD가 말했다.

"비교적 최근에 토막 살인이 두 건 발생했어. 작년 11월에 오카야마에서, 올해 들어서는 나고야에서."

"어? 그것도 댁이 저질렀습니까?"

"저질렀지."

잔갸 군이 말했다.

"뭐야. 연쇄살인은 늘어지니까 문제로 적합하지 않다고 실컷 트집 잡은 주제에."

aXe가 도끼를 더 세차게 휘둘렀다.

"멍청아, 이건 연쇄살인사건이랑은 달라."

"무슨 의미인지 모르겠는데요. 실제로 연속해서 죽였지 않습니까? 그런 걸 연쇄살인사건이라고 한단다. 알겠니, 아가야?"

"오카야마랑 나고야 사건은 수수께끼 풀이할 필요 없어. 그건 연습으로 했을 뿐이야."

"연습?"

"무대에 설 때를 대비해 스튜디오에서 리허설하는 거랑 똑같아."

"목을 잘라내는 연습인가?"

반도젠 교수가 물었다.

"그것도 포함해서. 연습한 덕에 본무대에서는 삭둑삭둑 잘라낼 수 있었어. 중동의 과격파처럼 말이지. 지루하게 이어지는 12지 살인을 기다리는 시간을 유용하게 썼다는 말씀이야."

aXe가 말없이 가운뎃손가락을 세웠다.

"'그것도'라는 말은 또 다른 것도 연습을 했다는 소린가?"

"그래. 하지만 그쪽은 비밀이야. 답으로 직결되거든. 아차, 이런 말을 하기만 해도 상당한 힌트가 되는데. 더 이상은 노코멘트. 그리고 하나 일러줄까? 오카야마랑 나고야의 토막 살인을 조사하고 싶다면 마음대로 해. 하지만 시간 낭비야. 그쪽을 조사해봤자 이번 문제를 푸는 데 도움은 안 돼."

"답으로 직결된다, 하지만 문제를 푸는 데 도움은 안 된다. 이건 모순일세."

"모순 아니야. 무슨 연습을 했는지 알면 답도 알 수 있지만, 그

두 가지 사건을 조사해봤자 무슨 연습을 했는지는 알 수 없어. 발견된 시체에 연습의 흔적은 남아 있지 않았을 테니까. 아, 또 힌트를 주는 말을 했네. 이제 절대 말 안 할 거야. 또 다른 질문은?"

아무도 입을 열지 않았다.

"그럼, 이제 각자 단서를 주워 모아서 추리해줘. 인터넷으로 조사해도 괜찮고, 현지로 날아가도 돼. 경찰 네트워크에 침입해도 상관없고. 제군들의 건투를 빌겠네."

3월 6일

'오토리이'라는 역 이름은 메이지 35년서기 1902년에 역이 세워졌을 때 근처에 아나모리이나리 신사의 커다란 도리이가 있었다는 것에서 유래한다. 헤이세이平成° 시대인 현재, 일찍이 참배길이었던 순환 8호선 좌우에는 비즈니스 호텔에 고층 맨션, 편의점에 선술집이 늘어서 있다. 도리이는 어디에서도 찾아볼 수 없다.

다스베이더 마스크를 벗은 두광인은 전철을 두 번 갈아타고 오토리이역에 내렸다. 이틀 정도 인터넷에 나도는 정보를 뒤지거나 예전 신문을 다시 읽으며 추리의 재료를 찾았지만, 입맛에 맞는 정보가 없어서 현지에 가보기로 했다.

오타구의 남동쪽 구역인 이곳은 도쿄도 전체적으로 보았을 때

● 아키히토 천황 때의 연호, 1989~2019.

도 남동쪽 끝부분에 해당한다. 동쪽은 도쿄만이고 남쪽을 흐르는 다마가와강 건너편은 가나가와현이다. 어촌이었던 지난날의 풍경은 더 이상 볼 수 없다. 순환 8호선과 산업도로가 종횡으로 뻗어나가는 육로의 요충지다. 순환 8호선은 하네다 공항으로 이어지고 산업도로는 도쿄와 가와사키를 연결한다.

그 순환 8호선과 산업도로의 교차점에 편의점이 있었다. 다가와 마코토가 늘 다니던 편의점은 여기일지도 모른다.

큰 도로는 차로 꽉 막혀 있었지만, 좁은 옆길로 들어서면 오가는 차나 사람도 별로 없다. 군데군데 마을 공장이 있는 오래된 주택가다. 공장이 있다고는 해도 귀에 거슬릴 정도의 소음은 없다. 전철로 세 정거장만 더 가면 하네다 공항이지만 비행기가 하늘을 정신없이 날아다니지도 않는다.

별달리 헤매지도 않고 십오 분쯤 만에 야요이장에 도착했다. 오래된 목조 2층 연립주택이다. 분명 막다른 골목길 안쪽에 위치해 있었다.

두광인은 골목길 입구에 우두커니 서서 시골에서 도시로 구경 나온 사람이라는 듯한 표정을 지었다. 잘린 머리가 발견된 지 육 일밖에 지나지 않았다. 경찰과 보도 관계자가 신경 쓰였다. 만약 그들이 있는 것 같으면 저속한 취미를 즐기는 구경꾼이라는 얼굴을 하고 바로 물러갈 작정이었다. 그런 사람으로 보이도록 일부러 촌스러운 복장을 하고 왔다.

연립주택 앞은 조용했다. 형사나 보도 관계자 같은 사람은 보이지 않는다. 구경꾼들도 모여 있지 않다. 서 있는 자동차나 자전거도 없다. 신발 끈을 고쳐 매는 척하며 잠시 기다렸지만 연립주택에서 나오는 사람도 없었다.

두광인은 골목길 안쪽으로 발을 들여놓았다. 누가 어디에서 나타나든 둘러댈 수 있도록 아주 신기한 것을 보는 듯한 표정을 유지했다.

누구와도 마주치지 않고 야요이장 문 앞까지 당도했다. 모르타르를 바르지 않은 갈색 판자벽에는 거스러미가 일어나 있었다. 오늘처럼 건조한 날에 불을 붙이면 시원스레 타오를 듯한, 그야말로 쇼와 시대의 유물이다.

건물 정면의 쌍바라지문은 활짝 열려 있었다. 문은 이것 하나밖에 보이지 않는다. 각 세대의 문은 건물 안에 있으리라. 여기서 주저하면 도리어 의심받으리라는 생각에 두광인은 짐짓 여기 사는 사람이라는 표정을 지으며 안으로 들어갔다.

문을 통해 들어가자 콘크리트 바닥이 안쪽으로 쭉 이어져 있었다. 천장에는 갓을 씌우지 않은 알전구가 하나. 기껏해야 40와트 전구이기에 복도 안쪽까지 빛이 닿지 않는다. 인공 동굴 같은 공간에 쾨쾨한 걸레 같은 냄새가 괴어 있었다.

콘크리트 복도의 한쪽 편에 문이 네 개 있다. 문 옆에는 세탁기와 박스, 빈 병에 우산이 아무렇게나 놓여 있었다. 그리고 제일 안쪽 문 앞에는 조의품인 꽃과 술이 산더미처럼 쌓여 있었다.

4호실 문은 테이프 따위로 봉인되어 있지는 않았다. 두광인은 일단 손잡이에 손을 뻗었다가 마음을 바꾸고 옆집인 3호실 문을 가볍게 두드렸다. 인터폰 같은 그럴듯한 물건은 달려 있지 않다.

세 번 두드려도 대답은 없었다.

두광인은 밖으로 나왔다. 골목길로 들어온 사람이 없다는 사실을 확인한 다음 건물 뒤로 돌아갔다. 잔갸 군이 보낸 사진과 마찬가지로 부지의 좌우와 뒤편은 콘크리트 담으로 가로막혀 있었다. 높이는 2미터 정도 되지만, 50센티미터 간격마다 수평 방향으로 홈이 나 있었기에 그것을 발판이나 손잡이 삼아 넘어갈 수는 있다. 이 정도 높이라면 시체 역시 밧줄로 끌어올려 담 너머로 떨어뜨리는 것도 불가능하지는 않으리라.

하지만 두광인은 이번 범인이 실제로 그랬을 가능성은 극히 낮다고 판단했다. 이 사건은 보통 살인이 아니다. 추리게임이다. 트릭이라고도 부를 수 없는 그런 시시한 답이라고는 생각하기 어렵다.

두광인은 앞으로 되돌아가 야요이장을 뒤로 했다. 그리고 골목길 입구에서 발을 멈추었다.

도로 표면이 선명한 검은색이다. 왼쪽, 오른쪽 할 것 없이 새로 깐 포장도로가 시야 끝까지 이어져 있다. 공사는 이미 끝났다. 사건이 일어난 날 밤에 수상한 인물이 지나갔는지 확인하려고 해도 물어볼 상대가 없다.

공사 관계자를 찾아낼 수는 있다. 공공 공사이기 때문에 해당 기관에 조회하면 도급 맡은 업자를 알아낼 수 있고, 당일 일한 작업원이나 경비원도 조사해낼 수 있다. 하지만 그렇게까지 해서 이야기를 들을 필요가 있을까? 즉각 판단을 내리지 못한 두광인은 일단 결론을 보류하고 다음 목적지를 향해 걸음을 옮겼다.

시체가 들어갈 정도로 큰 짐을 들고 야요이장 쪽에서 나온 사람은 없다고 공사 관계자는 말했다고 한다. 하지만 밤에 일어난 일이다. 경찰은 어두워서 미처 못 봤을 가능성을 염두에 두고 수사하고 있을 터이다. 지극히 현실적인 판단이라고 할 수 있으리라. 하지만 두광인은 이것이 보통 사건이 아니라는 사실을 안다. 추리게임인 것이다. 어두워서 못 봤다는 진부한 정답일 리 없다.

가능성이 있다고 하면, 못 본 것이 아니라 보이지 않은 것이다. 범인은 분명히 시체를 가지고 공사 현장을 통과했다. 경비원은 그 모습을 확실히 목격했다. 하지만 수상하다고 느끼지 않았다. 수상한 느낌을 주지 않는 트릭이 사용되었기 때문이다. 예를 들어, 이 것은 과장스런 예이지만, 시체는 빈손으로 지나간 남자의 윗도리 아래에 감추어져 있었다. 경비원의 눈에 그 사람은 옷을 잔뜩 껴입은 남자로밖에 비치지 않았다. 수상하고 말고를 떠나서 어떤 사람이 지나갔는지 들어두면 트릭을 간파하는 데 큰 도움이 된다. 공사 관계자를 찾아본다고 해도 손해는 없다.

그런 생각을 하는 사이 목적지에 도착했다. 상자에 담긴 몸이 유기된 공원이다. 연립주택에서 느긋한 걸음으로 오 분 거리였다.

빨강, 파랑, 노랑으로 나누어 칠한 미끄럼틀에 그네, 동물 모양을 한 벤치, 콘크리트 산山에 토관土管 터널. 사십 년 전부터 똑같은 모습으로 존재한 듯한, 낡고 조그마한 어린이 공원이었다. 안에 어른이 두 명 있었지만, 경찰이나 보도 관계자로는 보이지 않았다. 두광인은 공원으로 발을 들여놓았다.

시체가 유기된 장소는 바로 알 수 있었다. 공중 화장실 뒤편에 꽃다발이 산을 이루고 있었다. 두광인은 참배하는 척하며 잠시 그

자리에 머물렀다.

몸은 의류 상자 안에서 발견되었지만, 야요이장에서부터 그 상태로 옮길 필요는 전혀 없다. 방금 전 예를 들자면, 연립주택에서 공원까지는 옷 속에 감추어 운반한 후 여기서 미리 준비해둔 의류 상자에 담았다고도 생각할 수 있다.

두광인은 공원을 떠났다. 순환 8호선으로 나가 적당한 패밀리 레스토랑에서 두 시간 정도 휴대폰 게임을 하며 시간을 때우다가 5시가 지난 후에 다마가와강 쪽으로 향했다.

다가야 마코토가 일하던 혼하네다 판지 공업은 다마가와강의 제방을 등에 지고 서 있었다. 슬레이트 벽 옆에는 노란 지게차가 세워져 있었고, 입구 양옆에는 다발로 묶은 골판지가 신전 기둥처럼 쌓여 있었다.

지게차 뒤편에 작업 점퍼 차림의 남자가 두 명 있었다. 한 말들이 양철캔을 사이에 두고 마주 보며 담배를 피우는 중이다. 공장 주변에는 그 두 사람밖에 없었다. 시야를 넓혀 둘러보아도 경찰이나 보도 관계자로 추정되는 사람은 보이지 않았다.

두광인은 두 사람에게 다가가 싹싹하게 말을 걸었다.

"수고하십니다. 여기 쓰루마키 씨라는 분 계시죠?"

두 사람은 얼굴을 마주 보더니 나란히 눈살을 찌푸렸다. 한 사람은 안색이 좋지 않고 눈초리가 사나운 20대 중반 청년이고 다른 한 사람은 통통한 중년 남자다.

"취재하러 왔소?"

중년 남자가 고개를 내밀었다.

"예. 쓰루마키 씨는 근무 중이십니까?"

두광인은 공장 입구에 눈길을 주었다. 공장 안에서 기계 소리가 난다.

"제가 쓰루마키입니다만."

청년이 나직하게 말했다.

"아, 이거 실례했습니다. 저는 이런 사람입니다."

두광인은 TVJ의 명함을 내밀었다.

"또 취재야? 인기 좋네."

중년 남자가 웃으며 담배 연기를 훅 뿜어냈다.

"다가야 씨에 대한 이야기를 듣고 싶어서요."

두광인이 설명하자 알겠다면서 쓰루마키는 명함을 낚아챘다.

"눈이 번쩍 뜨이는 와이드……."

"TVJ의 아침 와이드쇼입니다. 저는 AD를 맡고 있습니다."

"눈이 번쩍 뜨이는 와이드쇼의 취재는 전에 받았는데요."

쓰루마키는 잘린 머리를 제일 처음 발견한 사람이다. 취재를 받는 것이 당연하다.

"요전에는 큰 도움을 받았습니다. 오늘은 추가로 듣고 싶은 사항이 있어서요."

두광인은 준비해둔 변명을 했다. 쓰루마키는 가늘고 단정한 눈썹을 찌푸렸다. 마치 매스컴 관련자라고 밝힌 사람을 평가하는 듯한 시선이었다.

"이야기해줘. 또 돈 받을 수 있잖아."

중년 남자가 누런 이를 드러냈다.

"물론 사례는 준비했습니다. 근무가 끝난 후라도 괜찮습니다만."

두광인은 가방에서 봉투를 슬쩍 꺼내 보였다.

"아, 이제 마치려는 참입니다."

쓰루마키는 담배를 양철통에 버리고 공장 안으로 들어갔다.

"이보쇼, 나도 뭔가 이야기할까요?"

중년 남자가 능글맞게 웃으며 말했다. 두광인은 붙임성 있는 웃음만 되돌려주었다.

쓰루마키가 다운재킷 소매에 팔을 집어넣으며 나타났다.

"그런데 뭐가 듣고 싶습니까?"

"저쪽으로 가실까요?"

두광인은 제방 쪽을 가리켰다. 벚나무 가로수가 늘어선 산책길이다.

"다음에 한턱 내."

중년 남자가 능글맞게 웃으며 쓰루마키에게 손을 흔들었다.

"카메라는?"

쓰루마키는 걸음을 옮기며 주변을 둘러보았다.

"오늘은 확인만 할 거라서요."

아아, 그래요, 하며 쓰루마키는 담배에 불을 붙인 뒤 이야기를 시작했다.

"다가야 씨는 직원들의 귀감이었습니다. 업무가 시작되기 삼십 분 전에 작업복으로 갈아입고 바닥을 쓸거나 기계에 기름칠을 했어요. 9시 전에는 몇 분을 일하든 한 푼도 못 받는데 말이죠. 점심시간에도 십 분 만에 도시락을 다 먹고 벨트를 조정하고는 했어요. 무급 잔업 두세 시간은 기본이었고, 부탁하면 일요일, 중추절, 정월 가릴 것 없이 다 나왔습니다. 지게차도 다룰 줄 알고 대형 면허도 가지고 있었고요. 다가야가 세 명이면 빌딩을 세울 수 있다는 말이 우리 사장의 입버릇이었죠. 저는 지각, 조퇴, 무단결근이 기본인지라 다가야 씨의 발톱 때만큼이라도 따라가라고 한 주에 한 번은 사장한테 혼났지만요. 하지만 발톱 때만큼도 따라가기 전에…… 도대체 누가 다가야 씨를! 성실함을 그림으로 그린 것 같은 사람이었습니다. 일밖에 모르는 데다 술을 마셔도 사장 욕을 한 적도 없어요. 보너스를 받은 다음에 아무리 꼬여내도 소프랜드*에는 안 갔죠. 경마는 하지만 빚은 없고 배당률 열 배 이하의 마권만 샀습니다. 그야 뭐 말주변이 없고 퉁명스러운 편이라, 뭘 그리 잘난 척하냐며 다가야 씨를 불쾌하게 여긴 녀석들도 없다고는 할 수 없죠. 하지만 고작 그런 일로 그렇게 무지막지하게 살해당해야 할까요? 말도 안 됩니다. 도대체 범인은 어디 사는 미치광이야!"

취재에 익숙해졌는지 부드럽게 숨을 고르며 단숨에 이야기를 마쳤다. 하지만 두광인에게는 쓸모없는 정보였다. 피해자의 사람 됨을 알아봤자 추리에는 도움이 되지 않는다. 범인과 동기는 이미 알고 있다.

"쓰루마키 씨가 다가야 씨의 상황을 살피러 집으로 찾아가셨다고 하던데요."

두광인은 이야기의 주도권을 빼앗았다.

---

* 욕조가 있는 방에서 여종업원이 남자 손님을 상대로 성적 서비스를 제공하는 가게.

"예. 무지각 무결근으로 소문난 사람이 무단결근했지 않습니까. 게다가 이틀 연속으로요. 전화해도 받지도 않고요. 누가 보고 오라며 사장이 걱정하기에 제가 가기로 했습니다. 당당하게 일을 빼먹을 수 있어서 운이 좋다고 생각하며 가벼운 마음으로 나섰는데……."

"불러도 나오지 않고 문은 잠겨 있었다. 그래서 집주인을 부르셨다고요."

"연립주택에 사는 사람에게 물어보니 집주인이 근처에 산다고 해서요. 사정을 설명한 다음에 와달라고 했습니다. 하지만 체인 같은 게 걸려 있어서 결국 세게 잡아당겨서 억지로 문을 열었죠. 집주인은 문이 부서진다면서 투덜댔지만 저는 바보 아니냐고 일축했습니다. 방안에서만 걸 수 있는 자물쇠가 걸려 있으니 다가야 씨가 안에 있다는 소리잖아요. 그런데 대답을 안 하다니, 정말 이상하지 않습니까?"

쓰루마키는 동의를 구하듯 두광인 쪽으로 고개를 쑥 내밀었다.

"방 안에는 당신이 들어갔습니까? 아니면 집주인이?"

"둘 다 들어갔습니다."

"그때 이야기를 들려주셨으면 하는데요. 우선 이걸 봐주십시오."

두광인은 쓰루마키에게 몇 장의 사진을 내보였다.

"이건……."

쓰루마키가 눈을 부릅떴다.

"다가야 씨의 방입니다."

추리의 소재로 잔갸 군이 보낸 사진 중에 필요할 것 같은 사진을 프린터로 뽑아 왔다.

"방송국은 현장에 들어가서 사진을 찍을 수 있군요."

쓰루마키는 놀란 듯한 눈으로 두광인을 보았다.

"경찰이 자료로 나누어준 사진입니다. 방송에서는 사용하지 않는다는 조건을 붙여서요. 자주 있는 일이에요. 예를 들어 소년 범죄가 일어났을 때 가해자의 본명과 얼굴 사진은 보도하지 않습니다만, 우리 매스컴이 그걸 모르는 건 아니죠. 이름, 주소, 학교 모두 경찰이 알려줍니다."

두광인이 아무렇게나 말하자 쓰루마키는 흠, 하고 고개를 끄덕였다. 진심으로 이해했는지는 분명하지 않지만 두광인은 더 이상 둘러대지 않았다. 말이 많으면 오히려 수상해 보인다.

"그런데 쓰루마키 씨, 당신이 본 다가야 씨의 방은 그 사진과 동일했습니까?"

"그런데요."

"잘 보십시오. 당신이 봤을 때랑 달라진 곳은 없습니까?"

쓰루마키는 사진을 한 장 한 장 천천히 넘겨보고 나서 말했다.

"똑같습니다."

"이 사진에 찍힌 물건 중에 당신이 방에 들어갔을 때는 없었던 물건이 있습니까?"

그 '물건'을 이용해 절단한 몸을 옮겼다, 잔갸 군이 사진을 찍은 것은 몸을 옮기기 전이므로 그것도 찍혀 있지만, 그 뒤 방에서 가지고 나왔기 때문에 잘린 머리가 발견되었을 때는 방에 존재하지 않았다. 두광인의 가설은 이랬다. 하지만 쓰루마키는 다시 한 번 사진을 훑어보고 나서 말했다.

"아니요."

"이번 사건이 일어나기 전에 다가야 씨의 방을 방문한 적은 있습니까?"

"공장 사람 몇 명과 놀러 간 적이 한 번 있습니다. 그렇다기보다는 술김에 우르르 몰려간 거지만요."

"그때 방에 있던 물건 중에 이 사진에는 찍혀 있지 않은 물건이 있습니까?"

그 '물건'을 이용해서 절단한 몸을 옮겼다, 사진을 촬영했을 때는 아직 방 안에 있었지만, 사진으로 찍으면 트릭이 일목요연하기에 의도적으로 촬영 대상에서 제외했다. 두 번째 가설이다. 하지만 쓰루마키는 이 말에도 부정적이었다.

"없는 것 같은데요."

"그렇습니까? 이 방에는 부자연스러울 만큼 물건이 적네요. 뭔가 들어낸 것 같은 느낌이 들지 않습니까?"

"음, 적네요. 하지만 원래부터 그런걸요. 다가야 씨는 헤어진 가족한테 생활비를 보낸다면서 철저하게 검소한 생활을 했습니다. 술과 경마가 낙이었죠. 술이라고는 해도 아가씨가 있는 가게에는 안 갔어요. 방에서 홀짝홀짝 마시든지, 소고기덮밥집에 가서 맥주를 반주로 마셨죠. 제일 통 크게 써봤자 가마타의 꼬치구이집이었어요. 그렇게까지 알뜰하게 살던 사람이 어째서 그렇게 험한 꼴을 당했는지 원."

쓰루마키는 이쑤시개를 날려 보내듯 담배를 내뱉고는 안전화

뒤꿈치로 밟아 뭉갰다. 두광인의 가설도 짓밟혔다.

"바쁘신데 갑자기 찾아와서 죄송합니다. 사례금은 이번 주 안에 납입하겠습니다. 여기에 계좌번호를 써주십시오."

들통 나기 전에 철수 작업에 착수했다.

"납입? 전에는 그 자리에서 줬는데요."

"갑작스런 취재라서 때맞춰 경리과에 청구를 못 했습니다. 죄송합니다."

쓰루마키는 불만스러운 듯 납입 확인서를 받아들고 사진들을 돌려주었다.

"그거, 부엌입니까?"

지갑에서 현금카드를 꺼내면서 쓰루마키가 물었다.

"예?"

"제일 위에 있는 사진 말입니다."

바닥에 쓰레기가 어지러이 널려 있는 사진이다.

"예, 부엌입니다."

그러자 쓰루마키는 가볍게 고개를 갸웃거리더니 현금카드로 눈길을 되돌렸다.

"이 사진이 왜요?"

"음, 그게 좀."

"이상한 점이 있습니까?"

"이상하달까."

"어떤 거죠?"

"아무래도 상관없는 일이기는 합니다만."

"아무리 사소한 사항이라도 괜찮습니다. 뭡니까?"

"빈 병이 있잖아요."

쓰루마키가 볼펜으로 두광인의 손 언저리를 가리켰다. 발포 스티로폼 용기에 빈 소주병이 빼곡하게 들어차 있다.

"요전에 들어갔을 때는 소주병도 컵라면 용기랑 같이 바닥에 아무렇게나 놓인 채 뒤죽박죽이었습니다. 하마터면 쓰러진 병을 밟고 자빠질 뻔했죠. 그런데 이 사진에서는 병을 따로 모아뒀네요. 뭐, 제가 넘어질 뻔한 걸 보고 자기도 넘어질까 봐 그렇게 치워놓았을지도 모르니, 꼭 이상하다고 볼 수만도 없겠죠."

이제 보니 좀 이상한 장면이 눈에 들어온다. 병은 한쪽에 치워놓았는데 다른 쓰레기는 바닥에 내팽개쳐져 있다. 봉지에 모아두지도 않았다. 행동이 어중간하다. 두광인은 이 사실을 기억에 새겨놓기로 했다.

쓰루마키와 헤어진 두광인은 패밀리 레스토랑에서 게임을 하면서 시간을 때우다가 8시가 지나자 다시 한 번 야요이장으로 향했다.

야요이장으로 이어지는 골목길 입구 부근에 가로등은 없었다. 안쪽에서 나오는 사람을 확실하게 인식할 수 있으리라고는 생각할 수 없었다. 경비원도 이 골목길을 감시하기 위해 서 있었던 것은 아니다. 어떤 트릭을 사용했든 이 어둠이 플러스 요소로 작용했으리라.

이 시간까지 기다린 보람이 있었는지 다가야의 옆집에 불이 켜져 있었다. 두광인이 예의 가짜 명함을 내밀며 취재를 요청하자 3

호실 주인은 주저 없이 두광인을 집으로 맞아들였다. 언제 경찰이나 진짜 매스컴 관계자가 나타날지 모르는 상황이라 두광인은 무척 다행스런 마음이었다. 하지만 방으로 들어오라는 호의는 거절하고 현관 바닥에 선 채 질문을 시작했다.

"저번 달 24일 밤에 옆집에 짐을 건네주러 가셨다면서요?"

"응, 갔어."

이와토라는 이 남자는 오래전에 이미 서른 살을 넘긴 듯한데 말투는 정말 어렸다.

"8시 반이었죠?"

"응, 옆집 아저씨가 돌아왔기에 바로 가져갔지."

"그 짐은 택배로 배달 온 겁니까?"

"응, 집이 비었으니까 맡아달라 그랬어. 부재 전표를 붙여두면 될 거라고 생각했는데, 전표에 집을 비웠을 때는 옆집에 맡겨달라고 적혀 있었어. 죽은 사람을 나쁘게 말하기는 싫지만, 남의 선의에 의존하다니 뻔뻔하다니까."

이와토가 얼굴 반쪽을 찡그렸다.

"보내는 사람이 누군지는 보셨습니까?"

"봤지만 기억은 안 나. 무슨 회사 같았는데."

"배달은 몇 시쯤에 왔습니까?"

"8시 넘어서. 옆집 아저씨가 돌아온 시간이랑 거의 엇비슷했지."

"짐 크기는요?"

"요 정도."

이와토는 가슴 앞에서 양팔로 상자 모양을 만들었다. 세로 50

센티미터, 가로 70센티미터, 높이 40센티미터 정도일까.

"전표 품명란에 뭐라고 적혔는지는 보셨습니까?"

"게."

"게?"

"대게였어. 맡아줘서 고맙다면서 한 개 주더라고. 마리라고 세는 거였나? 제법 큰 놈이었지만 생것은 별로 달갑지 않아. 요리하기 귀찮으니까. 결국 아직도 냉동실 속에 있지."

"짐을 건네러 갔을 때 옆집에 다가야 씨 말고 다른 사람은 없었습니까?"

"혼자였어."

"그리고 잠시 후에 다가야 씨 방에서 외치는 소리가 났다면서요."

"응, 외치는 소리랄까, 울부짖는 소리랄까, 아니면 짐승이 으르렁대는 소리랄까, 어쨌든 지금까지 들어본 적 없는 이상한 소리였어."

그러더니 이와토는 입가에 손을 대고 "오오우우오오오옹" 하고 괴상한 소리를 냈다.

"그건 몇 시에 일어난 일입니까?"

"9시 15분쯤에."

"목소리를 들은 직후에 옆집을 찾아가셨죠?"

"응, 너무 괴상한 소리라서 좀 걱정됐어."

"하지만 문을 두드려도 다가야 씨는 나오지 않았고요."

"응, 대답도 안 했어."

"문은 잠겨 있었고요."

"응, 못 들어갔어."

"4호실에 사람이 있는 기척을 느끼지 못하셨습니까? 무슨 소리가 났다든가, 창문 너머로 그림자가 보였다든가요."

"으으응."

"연립주택 복도에는 누군가가 있었습니까?"

"으으응."

"그런데 그 외침 소리 말인데요, 다가야 씨 목소리가 틀림없습니까?"

"응?"

"예를 들면 말이죠, 옆집 텔레비전 소리라고는 생각할 수 없을까요? 텔레비전 방송에서 나온 외침 소리요."

"음."

"이와토 씨는 그분과 어느 정도로 친하게 지내셨습니까?"

"친분은 전혀 없는데. 요전에 짐을 맡을 때까지 이름도 몰랐어. 문패도 안 걸어놨잖아. 복도에서 만나면 '안녕하세요' 하고 가볍게 고개를 숙이는 정도였어. 그거야 뭐 피차일반이지."

이와토가 고개를 갸웃거렸다.

"즉, 다가야 씨의 목소리를 잘 모른다는 말씀이시군요."

"그러니 텔레비전 소리랑 옆집 아저씨 소리를 혼동해도 이상하지 않다고?"

"예, 하나의 가능성으로서요."

"그건 아니지. 직접 내는 목소리랑 텔레비전 소리는 느낌이 전혀 다르지 않나? 잘못 듣지는 않는다고. 게다가 텔레비전이었다면 외침 소리 한 번 나오고 나서 뚝 그치지는 않아. 평범하게 말하는 목소리나 음악 소리가 계속 나오지. 하지만 외침 소리가 난 다음에 벽에 다가가서 귀를 기울여도 아무 소리도 안 들렸어."

"그렇지만 9시 15분에 난 목소리가 다가야 씨 본인의 목소리라는 확증은 없는 거군요."

"확증? 잠깐만, 뭐야 그 말버르장머리는! 내가 무슨 잘못이라도 했다는 거야?"

이와토는 눈살을 찌푸리고 두광인을 노려보았다.

"아, 단순한 확인일 뿐입니다. 불쾌하셨다면 사과드리겠습니다."

두광인은 미소를 지으며 시끄러, 뒈져라, 하고 마음속으로 내뱉었다. 그리고 머릿속으로는 한 가지 추리를 완성해나갔다.

3월 10일

"전원이 출석한 가운데, 자, 누가 대답할래?"

"여기."

"저요."

"이 몸이."

잔갸 군이 말하자 세 사람이 연이어 대답했다.

"내가 제일 빨랐어."

두광인이 주장했다.

"저는 손도 들었습니다만."

하지만 aXe도 양보하지 않는다.

"승부일세."

[반도젠 교수] 창 한가운데에 주먹이 나타났다. 두광인과 aXe도 저마다 웹캠 앞에 손을 내밀었다.

"그럼 먼저 하겠네. 미안하지만 자네들이 나설 차례는 없어. 대번에 정답을 맞힐 테니까 말이야."

가위바위보는 반도젠 교수가 이겼다. 야무진 서론을 늘어놓고 추리를 시작했다.

"범인은 목을 절단한 몸을 어디에서 어떻게 옮겼는가? 별것 아닐세. 연립주택 정문으로 나가서 골목길을 똑바로 빠져나간 후 공사 현장 옆을 당당하게 통과해 공원까지 가져갔지. 시체를 담은 의류 상자를 끌어안고 걸었든지 짐수레에 싣고 민 거야. 하지만 골목길 출구를 지키던 공사 관계자는 그런 큰 짐을 운반하는 사람은 나오지 않았다고 한결같이 말하고 있네. 어두웠기 때문에 알아차리지 못한 걸까? 아니야, 아닐세. 공사 관계자의 눈은 커다란 짐을 옮기는 남자를 분명히 목격했지. 하지만 그 남자를 수상한 사람이라고 인식할 수 없었어. 이건 전형적인 '보이지 않는 사람'의 패턴이지."

반도젠 교수는 분위기를 잡듯이 말을 멈추었다. 충분히 뜸을 들이다 다시 입을 열었다.

"택배 배달원이 박스를 운반한다고 해서 누가 그 사람을 시체가 담긴 상자를 옮기는 살인귀라고 의심하겠는가?"

"택배 배달원이라면 다가야 마코토가 집에 없을 때 물건을 배달하러 왔다가 옆집에 맡긴 그 사람? 그 배달원이 범인, 즉 이 어르신이라고?"

잔갸 군이 말했다.

"아니, 그 배달원은 아닐세. 만약 그 사람이 범인이라면 다가야 마코토의 짐을 옆집 사람에게 맡길 이유가 없어. 다가야가 집을 비웠으면 짐을 맡기지 않고 있다가, 시간이 흐른 후에 다시 방문해서 '배달 왔습니다' 하고 말해 문을 열게 한 다음 습격하는 게 보통이겠지. 옆집에 짐을 맡기면 제3자에게 얼굴이 알려진다는 쓸데없는 문제도 생기고 말이야."

"그럼 그날 밤에 배달원 두 명이 야요이장을 방문했다는 말이로군. 진짜 배달원 A는 다가야의 짐을 옆집에 맡기고 야요이장을 떠났다. 그 후에 배달원 B가 찾아가서 다가야를 죽이고 해체한 다음 택배 물건으로 위장해서 시체를 옮겼다. 그 배달원 B가 이 어르신이라고?"

"그러하네. 운송회사 유니폼과 모자로 코스튬 플레이를 한 가짜 배달원."

"그게 교수의 결론이야?"

"그러하네."

"최종 답변?"

"최종 답변."

몇 초가 흐른 후 잔갸 군이 말했다.

"오답!"

"아닌가?"

반도젠 교수가 고개를 내밀고 소용돌이 안경의 다리를 손끝으로 살짝 밀어 올렸다.

"아니야. 그럼 다음 해답자는……."

"잠깐 잠깐. 택배 배달원이 아니라 음식점 배달원으로 변장했나? 초밥집?"

"아니야."

"메밀국수 가게?"

"아니야?"

"피자?"

"아니야."

"그래! 도로공사 작업원이로군! 진짜 작업원과 똑같은 옷을 입고 헬멧을 쓴 다음 시치미를 뚝 떼고 공사 현장 옆을 통과한 걸세. 시체는 공사용 시트로 감쌌겠지."

"아니라니까. '보이지 않는 사람'이라는 발상 자체가 빗나갔어."

"틀렸는가?"

반도젠 교수가 어안이 벙벙한 모습으로 고개를 더 내밀었다.

"성인 남자의 몸을 옮겨야 한다고. 상자에 넣든지 시트로 감싸든지 간에 상당한 크기야. 무게도 장난 아니지. 야간에 그런 물건을 영차 영차 옮겼다가는 설령 배달원이나 작업원 차림을 하고 있었어도 기억에 남았을걸."

"그럴지도 모르지만 남지 않을지도 모르지. 마음에 새기느냐 새기지 않느냐에는 개인차가 있네. 즉 인식 불가능했다는 가능성은 부정할 수 없는 거야. 그렇다면 진상이 어떠하든지 이 '보이지 않는 사람' 설도 정답으로 인정해야 하겠지. 경찰 수사에서 이런 추리는 허용되지 않겠지만, 이건 퀴즈일세. 전에도 이런 이야기가 나오지 않았던가? 그렇지?"

반도젠 교수는 044APD에게 동의를 구했으리라. 하지만 [044APD] 창 속의 흐릿한 실루엣은 고개를 저었다.

"치명적인 착오를 아직 못 알아차렸습니까?"

그렇게 말한 사람은 044APD가 아니라 aXe였다.

"뭐라고?"

"'보이지 않는 사람'을 들고 나와도 설명이 안 되는 부분이 있어."

두광인도 말했다.

"들어봐야겠군."

반도젠 교수가 난감한 기색으로 재촉했다.

"교수님은 다가야 마코토의 몸이 연립주택 밖으로 옮겨진 게 언제라고 생각합니까?"

aXe가 물었다.

"2월 24일 오후 9시 15분 이후지."

"그때 이웃집 사람이 피해자의 비명을 듣고 무슨 일인지 걱정되어 보러 갔지만 문이 잠겨 있어서 못 들어갔습니다. 그 시점에 범인은 4호실 안에 있었다는 말이죠. 그러니 시체가 밖으로 옮겨진 건 그 이후, 즉 9시 15분 이후가 됩니다."

"그렇지. 목을 절단하는 시간을 넣으면 9시 20분 이후가 되겠구먼. 몸은 다음 날인 25일 오후 1시가 지난 시간에 공원에서 발견되었으니 늦어도 오후 1시까지는 옮겨놓은 걸세. 하지만 그사이에 골목길 출구에는 늘 공사 관계자의 눈이 있었네. 그러니 '보이지 않는 사람'이 아닌 한 통과할 수 없다고 하는 거야."

"그럼 묻겠습니다. 다가야 마코토를 죽인 건 누굽니까?"

"누구라니, 거기 있는 잔갸 군님이지."

반도젠 교수가 화면을 손가락질했다.

"2월 24일 밤에 이 거북이 양반은 뭘 하고 있었죠?"

"뭐라니, 그러니까 다가야 마코토를 죽였지. 그다음 목을 절단하고 몸을 공원에 옮겼네."

"24일 밤에 교수님은 뭘 했습니까?"

"이 몸 말인가? 질문의 의도를 모르겠네만."

"컴퓨터 앞에 앉아 있었지요, 오늘처럼."

"응?"

"화상 채팅 했잖아요, 오늘처럼."

"24일……."

"교수가 고안한, 힘이 쭉 빠지는 알리바이 무너뜨리기를 한 날이야."

잔갸 군이 말했다.

"아아, 그날이로군."

"이 어르신의 기억에 따르면, 그 자리에는 이 어르신도 있었을 텐데."

"그래, 있었지."

"한 시간이나 지각했지만요."

aXe가 말꼬리를 잡자 "시끄러" 하고 잔갸 군이 대들었다.

"잔갸 군은 9시에 채팅에 참가했어. 야요이장 4호실에서 비명이 들린 시간은 9시 15분. 잔갸 군은 다가야를 죽일 수 없는 상황 아닌가?"

두광인의 말에 반도젠 교수의 입이 '아' 모양으로 벌어진 채 굳어버렸다.

"겨우 이해했냐? 이번 문제는 말이야, 밀실 파해인 동시에 알리바이 무너뜨리기이기도 하다고. 이 어르신에게는 철벽의 알리바이가 있어. 다가야가 살해당한 시간은 9시 15분? 이 어르신은 그때 네놈들이랑 놀고 있었어. 다가야를 살해할 수도 없는 데다 보이지 않는 사람이 되어 시체를 옮길 수도 없었다는 말이야."

잔갸 군이 의기양양하게 말했다.

"잠깐 잠깐……."

반도젠 교수는 혼란을 가라앉히려는 듯이 노란 아프로 머리를 쥐어뜯었다.

"살인은 다른 사람이 대신 했나? 채팅이 끝난 건 몇 시였지? 11시? 12시? 그다음에 현장으로 가서 보이지 않는 사람으로 변장해 시체를 운반했나?"

"야야, 대리 살인을 부탁하다니. 누가 살인을 책임지고 떠맡는다는 거야? 밀실이나 알리바이보다 그쪽이 더 큰 수수께끼다."

"그럼…… 그렇구나! 다른 사람이 대신 채팅을 하고 잔갸 군님 자신은 살인을 하러 나간 걸세. 이인일역 트릭이야."

"그것도 무리지. 얼굴은 나오지 않아도 상관없다지만, 누가 이 어르신이랑 똑같이 이야기할 수 있다는 거야?"

"형제?"

"그러니까 뭐냐, 그 녀석은 예전부터 추리게임을 할 때는 항상 이 어르신 곁에서 네놈들과 나누는 대화를 보고 듣고 있었다는 말이냐? 교수가 지랄같이 시간을 신경 쓰는 것도, 도끼쟁이가 끈 질긴 놈이라는 것도, 다스베이더 경이 빨대로 술을 마시는 것도, 콜롬보 짱이 붙임성 없는 녀석이라는 것도 전부 파악하고 있었다고? 엄청 사이좋은 형제로군. 이 어르신한테 그런 형이나 동생은 없는데. 애당초 그런 건 추리라기보다 상상이지. 이 어르신이 대리인을 썼다는 물증이 어디 있어? 이 어르신의 파트너는 이 녀석뿐이야."

[잔갸 군] 창으로 손이 쑥 뻗어 나오더니 늑대거북의 등을 쓰다듬었다.

"이인일역을 하지 않았다는 물증도 없잖아."

"그러니까 이인일역설도 정답으로 인정하라고? 안 되지, 안 되고말고. 왜냐하면 이건 퍼즐이니까. 조각이 남은 상태로는 끝이라고 인정할 수 없어."

"조각?"

"경찰 수사는 퍼즐이 아니야. 퍼즐이 아니라는 말이 무슨 뜻인가 하면, 살인사건이 일어나서 범인이 단서를 백 개 남겼다고 해도 경찰은 백 개 전부를 주워 모을 필요가 없지. 극단적으로 말해 단 하나밖에 줍지 못해도 그걸로 범죄를 입증할 수 있으면 그만이야. 남은 아흔아홉 개는 몰라도 오케이. 하지만 우리가 하는 건 범죄 수사가 아니야. 추리게임, 추리 퍼즐이라고. 직소 퍼즐은 조각이 하나라도 남아 있으면 완성품으로 인정받을 수 없어. 그렇지? 마찬가지로 출제자가 흩어놓은 단서를 남김 없이 회수해서 밑판에 빈틈없이 채워 넣어 한 장의 그림으로 완성해야지. 미스터리 소설에 빗대어 말하자면 깔아놓은 복선은 모두 회수하라는 소리야. 하지만 교수의 답으로는 그림이 나오지 않아. 줍지 않고 남겨놓은 조각이 있거든. 예를 들면……."

"……에……진……트."

모기가 앵앵대는 듯한 소리가 겹쳐졌다.

"안 들려."

"미아……."

"사과 같은 건 안 해도 되니까 좀 더 소리를 크게 내. 평소보다 작잖아."

미안해, 감기라서.

잔갸 군의 말에 044APD는 타이핑을 쳐서 대답했다.

"딸딸이 친 다음에 아랫도리 안 입고 잤구나. 그래서 뭐?"

남아 있는 조각 하나. 방에 펼쳐진 비닐 시트.

"오, 역시 콜롬보 짱."

남아 있는 조각 둘. 봉제인형 거북.

"응응."

남아 있는 조각 셋. 꽃병.

"이봐, 이제 됐어. 그럼 교수, 보이지 않는 사람 설이든 이인일
역설이든 상관없으니까 지금 제시된 조각을 추리 안에 집어넣을
수 있겠어?"

반도젠 교수는 신음할 뿐 말을 꺼내지 않았다.

"그럼 교수는 실격이야. 다음은?"

두광인과 aXe가 가위바위보를 했다.

"제기랄."

aXe가 주먹을 부들부들 떨었다.

"내 차지다."

두광인은 펼친 손을 살랑살랑 흔들었다. 그리고 추리하기 시작
했다.

"시체를 밖으로 옮기려고 하니까 조각이 남는 거지. 시체는 연
립주택에서 공원으로 가지고 간 게 아니라, 공원에서 연립주택으
로 가지고 들어온 거야."

두광인은 느닷없이 핵심을 찔렀다.

"윽, 앞지르기 당했다."

aXe가 머리를 감싸 안았다.

"공원에서? 가지고 들어와?"

반도젠 교수가 고개를 갸우뚱했다. 두광인은 고개를 끄덕이고 말을 이었다.

"다가야 마코토는 자택이 아니라 공원에서 살해당했어. 귀가하는 도중에."

"공원이라면 편의점에서 물건을 산 다음이겠군?"

"그래, 8시가 지나서 일어난 일이야. 억지로 공원에 끌고 들어갔든지, 아니면 공원 벤치에서 한잔하고 있을 때 습격했겠지. 살해한 다음 범인은 공원 안에서 다가야의 목을 잘라냈어. 연습한 보람이 있어서 불과 오 분 만에 종료. 다음으로 옷을 벗기고 미리 준비해둔 의류 상자에 몸을 넣었지. 이것도 연습해두었다면 오 분으로 충분할 거야. 그리고 자른 머리를 연립주택으로 옮겼어. 머리랑 몸의 차이는 비교해볼 것도 없지. 머리는 부피가 작으니까 보통 가방에 넣어서 옮길 수 있어. 그걸 보고 의심할 사람은 없다고."

"과연! 아니 잠깐만. 다가야는 연립주택 부근에서 목격되었네. 공원에서 살해됐는데 어찌하여…… 아아, 그런가, 범인이 변장한 거로군. 벗긴 윗도리와 바지를 입고서는 편의점 봉지를 들고 소주를 마시는 척하면서 술 취한 다가야 행세를 한 거야."

반도젠 교수는 혼란스러워하면서도 필사적으로 머리를 굴렸다.

"그래, 그건 변장한 범인이야. 보충하자면, 다가야의 방을 찍은 사진을 봐봐. 나게시에 야구모자가 걸려 있어. 다가야는 공장에 갈 때 이걸 쓰고 다녔지. 살해당했을 때도 마찬가지고. 범인은 야구모자도 변장에 이용한 게 틀림없어. 푹 눌러쓰면 얼굴을 숨길 수 있으니까. 그리고 야구모자 옆에는 데이팩도 걸려 있어. 이것도 통근 때 사용하던 건데, 범인은 이 안에 자른 머리를 넣어서 운반하지 않았을까? 편의점 봉지에 수박처럼 넣어서 옮기는 방법도 있지만 말이야."

두광인은 다가야가 통근할 때 모자를 쓰고 데이팩을 메고 다녔다는 사실을 편의점 점원에게 확인해두었다.

"연립주택에 도착하자 3호실의 이와토가 배달된 물건을 전해주러 왔지만, 다가야인 체하고 대응했지. 이웃 간의 교제는 거의 없었던 터라 모자로 얼굴을 가리고 속여 넘길 수 있었어."

"제가 조사한 바에 따르면 택배를 보낸 사람은 '연해 진미 통판'이라고 되어 있었습니다."

aXe가 끼어들었다.

"하지만 아무래도 이건 가명 냄새가 풍겨요. 주소는 주오 구 긴자라고 되어 있었습니다만, 해당 주소에 그런 단체는 존재하지 않습니다. 아마도 거기 카메라 앞에 있는, 잔갸 군이라고 자칭하는 범인이 스스로 보낸 짐이겠죠. 뭐 때문일까요? 범행 시각을 위장하기 위해서입니다. 다가야 마코토로 위장하고 짐을 받으면, 그 시점에는 아직 다가야 마코토가 분명히 살아 있었다고 오인시킬 수 있지요. 귀가 전에 살해해 머리를 집으로 옮긴다는 역전의 발상을 우리들 탐정의 머릿속에서 배제할 수 있는 겁니다. 택배를 보낼 때는 24일 야간에 도착하도록 배달 시간을 지정해둔다, 다가야 마코토를 일치감치 살해할 수 있으면 야요이장 4호실에서 짐이 도착하기를 기다렸다가 다가야로 위장해 배달원에게서 직접 짐을 받는다. 이게 계획의 기본입니다. 다만 다가야가 늦게까지 잔업을 해서 죽이는 게 늦어지면 연립주택에 도착하기 전에 배달될지도 모르지요. 그러면 배달원에게 살아 있는 다가야 마코토를 보여줄 수가 없습니다. 그래서 보험을 들어둔 겁니다. 이른바 계획 B지요. 집을 비웠을 때는 이웃집에 맡기도록 전표에 적어두었습니다. 이렇게 해두면 만약 먼저 배달돼도 이웃 사람에게 살아 있다는 사실을 확인시킬 수 있습니다. 결국은 보험의 효력이 나타났다는 소립니다. 그런데 이 짐 말입니다, 전표에는 '게'라고 되어 있었지만, 실제 내용물은 꽃병 아니었을까요? 잘린 머리를 얹어둔 꽃병요. 왜 그렇게 생각할 수 있느냐, 다가야의 방을 보십시오. 더할 나위 없이 간소한 살림살이인 데다 치장한 기색은 찾아볼 수도 없습니다. 그런 방에 원래부터 꽃병이 있었다고는 생각할 수 없지요. 이 꽃병은 범인이 반입한 게 틀림없습니다. 직접 들고 가도 상관없지만, 어차피 택배를 보낼 거니까 그 안에 넣어두면 운반하는 수고를 덜 수 있지요."

"가위바위보에 진 사람한테 대답할 권리는 없어."

두광인은 aXe의 달변을 막았다.

"다가야인 척하고 옆집 사람과 접촉한 다음에 연립주택의 방을 살해 현장으로 꾸몄어. 고타쓰 위에 소주병이랑 도시락을 놔뒀지. 집에 돌아와서 밥을 먹으려는 참에 습격당했다는 구도야. 그리고 살해당한 후에 이 방에서 알몸이 되어 목이 잘린 것처럼 보이도록, 다가야의 피로 더러워진 비닐 시트를 다다미 위에 펼치고 주위에 다가야한테서 벗겨낸 윗도리와 아랫도리를 흩어놨지. 마무리로 컬러 박스 위에 꽃병을 놓고 공원에서 가지고 돌아온 잘린 머리를 꽂았어. 비닐 시트는 공원에서 목을 잘라낼 때 사용한 물건이야. 땅에 직접 대고 자르면 절단면이 흙으로 더러워져서 살해 현장이 다가야의 방이라는 점에 의문을 품을 수도 있거든. 시트를 일부러 연립주택으로 가져온 이유는 다가야의 피가 필요했기 때문이고. 방이 피로 더러워져 있지 않으면 다가야가 방에서 살해된 후 해체당했다는 생각을 우리에게 심어줄 수 없어. 시트는 공원에서 작업할 때 두 장 겹쳐서 사용한 뒤에 위의 한 장만 연립주택으로 가져왔을 거야. 한 장만 깔고 작업하면 시트 한쪽이 흙으로 더러워져서 밖에서 해체했다는 의혹을 주니까. 잘 생각해봐, 방 안에 시트가 펼쳐져 있다니 이상하지 않아? 어째서 직접 다다미 위에 대고 작업하면 안 되지? 남의 집이라고. 다다미나 살림살이가 더러워진들 알 바 아니잖아. 그렇게 신경 쓰이면 욕실에서 절단 작업을 끝낸 다음에 물로 씻어내면 돼. 즉, 비닐 시트는 집이 더러워지는 걸 방지하기 위한 대책이었다고 파악하는 건 부자연스러우니까, 무엇 때문에 시트를 사용했는지 그 용도를 생각하면 진상이 보이지. 지금까지 말한, 집 안에서 처리해야 할 작업은 오 분이면 충분할 거야. 그러면 범인은 8시 35분에 야요이장을 떠날 수 있어. 그다음에 범인은 어디로 갔을까? 범인이란 말할 필요도 없이 잔갸 군이야. 그날 밤에 화상 채팅에 참가한 잔갸 군은 여느 때의 늑대거북이 아니라 봉제인형이었지. 잔갸 군은 호텔이라서 진짜 거북을 데려올 수 없었다고 설명했는데, 그건 진실이었어. 야요이장에서 나온 후에 미리 방을 잡아둔 근처의 호텔로 급히 이동해서 우리 채팅에 참가한 거야. 어느 호텔인지는 특정할 수 없지만, 오토리이역 앞에 비즈니스 호텔이 있으니까 예컨대 거기로 가정해보자고. 8시 35분에 야요이장을 나오면 9시에 채팅에 참가하는 건 식은 죽 먹기지. 그리고 채팅이 한창 진행 중인 9시 15분에 다가야가 살해당한 것처럼 꾸며서 알리바이 위장을 완성하는 거야."

두광인은 그쯤에서 한숨 돌리며 빨대로 캔 커피를 빨아 마셨다.

"이웃 사람이 들은 비명이 위장이로군. 그렇지, 이미 죽었으니 소리를 지를 수 있을 리 없지."

반도젠 교수가 말했다.

"녹음해둔 음원을 재생한 겁니다."

aXe가 호응했다.

"카세트 라디오인가?"

"요즘 세상에 기록 매체로 카세트테이프를 사용할까요? CD나 플래시 메모리*가 일반적이겠죠. MP3 플레이어를 독Dock형 액티브 스피커에 꽂든지 해서요."

"그걸 타이머로 조작했단 말이지?"

"그렇겠죠. 9시 15분에 재생되도록 조작해놓고 다가야의 방을 떠난 거예요."

"하지만 카세트 라디오 따위의 물건은 없었는데. 추리를 방해하기 위해 일부러 촬영하지 않은 건가?"

"그런 속임수는 안 썼어."

---

* 전원이 끊겨도 저장된 정보가 지워지지 않는 기억장치.

잔갸 군이 바로 되받아쳤다.

"재생 장치는 범인이 반입했습니다. 꽃병이랑 함께 택배로 보낸 거죠."

"경고. 해답권이 없는 사람은 입 다물고 있도록."

두광인은 빨대 끝을 [aXe] 창에 들이댄 후에 말을 이었다.

"뭐, 그런 식으로 9시 15분에 비명 소리가 나게 기계적 장치를 설치해두고 아파트를 떠나 호텔방에서 채팅에 참가한 거야. 그리고 채팅이 끝난 다음 다가야의 방에 돌아가 재생 장치를 회수했지. 경찰 수사가 시작되기 전에 회수하지 않으면 트릭이 들통 날 테니까."

3호실의 이와토는 텔레비전 소리와 사람이 직접 내는 목소리를 잘못 알아들을 리 없다고 자신 있게 말했다. 하지만 텔레비전이 아니라 CD 따위에 녹음된 비명이었다면 어떨까. 텔레비전은 켜져 있는 동안에 음성이 연속해서 흘러나온다. 설령 비명이 났다고 해도 그다음에 음악이나 웃음소리가 흘러나오면 그것이 텔레비전 소리라는 걸 분명히 알아차릴 수 있다. 반면에 CD 따위의 기록 매체에 저장한 비명만을 재생하면 비명이 난 후에 다른 소리가 나지 않는다. 이 경우에는 사람이 직접 낸 소리인지 아닌지 판정하기가 힘든 것이다.

"이상?"

잔갸 군이 말했다.

"이상."

두광인이 대답했다. 그리고 곧 다시 입을 열었다.

"자물쇠에 대해 보충 설명 해둘까? 다가야의 방에서 다양한 위장 공작을 끝낸 범인은 물러날 때 현관문을 잠갔어. 잠가두지 않으면 비명에 반응한 이웃집 사람이 멋대로 안을 들여다볼지도 모르니까 말이야. 그러면 비명을 발생시킨 장치가 발견되고 말아. 그걸 방지하기 위해 문을 잠그고 나갔는데, 다만 이때는 실린드리컬록을 잠갔을 뿐 문 버팀쇠는 걸지 않았어. 얼음이나 드라이아이스를 사용하면 밖에서도 문 버팀쇠를 걸 수 있지만, 일단 걸고 나면 억지로 잡아당겨 부수지 않는 한 밖에서는 열 수 없으니까. 그러면 채팅을 마치고 돌아온다 해도 방에 들어가지 못하니까 음향 장치를 회수할 수 없어. 문 버팀쇠를 걸지 않으면 실린드리컬록을 열고 안에 들어가는 건 아주 간단해. 방을 나갈 때 다가야가 평소 사용하던 열쇠를 슬쩍 빌리기만 하면 되거든. 애당초 공원에서 다가야를 살해한 다음에 자른 머리를 연립주택에 들여놓을 때도 그가 가지고 있던 열쇠를 사용했을 테고 말이야. 빌린 열쇠는 음향 장치를 치우고 두 번째로 방을 나오기 전에 고타쓰 위에 되돌려 놓았어. 그리고 시간이 지나면 문 버팀쇠가 걸리도록 손을 봐놓고 손잡이 버튼을 눌러 문을 닫은 후에 바이바이. 범인은 24일 밤에 야요이장에 두 번 간 셈이야. 하지만 두 번 다 부피 있는 짐은 들고 있지 않았기 때문에 공사 관계자의 기억에 남지 않았지. 이상, 보충 완료."

"정말 우등생 같은 대답이네."

웃음을 머금은 목소리로 잔갸 군이 말했다.

"유감이지만 학급위원장이나 학생회장으로 뽑힌 적은 없는데."

"다섯 색깔 볼펜이나 형광펜을 바꿔가면서 열심히 노트 필기하는 녀석 있잖아. 별표 표시하고 포스트잇도 붙여가면서 말이야. 하지만 꼭 그런 놈이 성적은 그저 그렇거든. 정리정돈에 만족한 나머지 거기서 뭔가를 끌어내는 작업을 잊어먹는다고."

"설마 답이 틀렸다는 거야?"

두광인은 화면 속의 늑대거북을 노려보았다.

"교수의 답보다는 훨씬 낫다마는."

"뭐라고?"

이번에는 반도젠 교수가 골을 냈다.

"그럼, 다음 사람. 제이슨인가?"

"지금 답 틀렸습니까?"

aXe가 어리둥절한 표정으로 고개를 갸우뚱했다.

"뭐야, 네 녀석도 같은 실수를 저질렀냐?"

"틀렸어?"

납득이 가지 않은 두광인이 다그쳤다.

"공교롭게도 이 어르신은 우등생이 아니야. 더 몰상식하고 파괴적이지. 그 성격은 트릭에도 나타난다고."

"모순 없이 설명했잖아."

"교수가 대답했을 때도 말했을 텐데. 줍지 않은 조각이 남았어."

"아직도 남은 조각이 있어?"

"있지. 교수보다는 빠뜨린 조각이 적으니까, 멀리서 보면 완성된 그림으로 보이지만, 다가가면 여기에도 저기에도 덜 칠한 곳이 있어서 감상할 가치가 없어."

"어떤 조각이 남았는데?"

"그걸 설명하면 답을 밝히는 거나 마찬가지란 말이다. 아마도 저기서 방관하고 있는 양반은 알겠지만, 그렇지?"

잔갸 군이 이야기를 돌렸다.

"응⋯⋯."

044APD는 속삭이듯 대답하고 키보드를 두드렸다.

왜 머리를 일부러 꽃병 위에 얹었는가?

"범인의 자기 과시욕이 그렇게 만들었겠죠. 엄청 잔학한 짓을 해서 세상을 깜짝 놀라게 하고 싶었다. 누가 뭐래도 잔갸 군이니까 말이죠."

aXe가 대답했다.

하지만 이건 우리 다섯 명이 수수께끼 풀이를 즐기기 위한 게임이지. 세상에 뭔가를 내세우려고 하는 행위는 아니야.

"자기 과시욕은 꼭 세상을 향한 것이라고는 할 수 없습니다. 처음에 잘린 머리 사진을 봤을 때 콜롬보 씨는 어떻게 생각했죠? 제기랄, 거창하게 해치웠구먼, 저는 그렇게 생각하면서 마스크 밑에서 입술을 깨물었다고요. 그날 밤은 잠을 쉽사리 못 이뤘을 정도입니다. 누군가는 한숨을 쉬지 않았던가요? 그렇게 우리 네 명이 질투하는 모습을 보고 우월감에 빠지고 싶었던 겁니다, 이 바보는."

"그런 생각이나 하니까 백 년이 지나도 못 푸는 거야, 등신아."

잔갸 군이 코웃음을 쳤다. 코웃음에 aXe가 반응하는 바람에 또 두 사람의 싸움이 시작됐지만, 044APD는 상관하지 않고 이야기를 계속했다.

대상이 세상이든 채팅 멤버든 간에 연출을 목적으로 머리를 꽃병 위에 두었다면 얼굴을 감추지는 않았을 거야.

"얼굴을 감춰?"

잔갸 군과 aXe의 말다툼이 계속되는 가운데 두광인이 물었다.

얼굴 정면이 벽을 향해 있었어.

두광인은 잘린 머리 사진 파일을 열었다. 분명 꽃병 위의 잘린 머리는 벽을 정면으로 보고 있었다.

잔혹함이나 예술성을 자랑하고 싶었다면 얼굴을 실내 쪽으로 돌려뒀겠지. 얼굴을 감추면 놀라움이나 공포도 반감돼.

"듣고 보니……. 하지만 의식적으로 그렇게 놓았다고는 할 수 없잖아. 급한 나머지 얼굴 방향을 신경 쓸 여유가 없었을지도 몰라."

조각은 또 남아 있어. 문 버팀쇠를 건 이유는?

044APD는 두광인의 발언을 기다리지 않았다.

보통 문 버팀쇠는 실외에서 걸 수 없어. 걸려면 실로 조작하든지 얼음이나 드라이아이스를 사용해 시한 장치를 만들 필요가 있지. 어쨌거나 시간이 걸려. 그렇게까지 해서 문 버팀쇠를 건 이유는?

"확실히 그렇군. 조작이 간단한 실리드리컬록만 잠가도 문은 열리지 않는데 말이지. 그건 그렇고 아까 전 이야기 말이야, 사람을 깜짝 놀라게 할 목적 말고 잘린 머리를 꽃병에 장식할 이유가 있을 것 같지는 않은데."

있어.

"콜롬보는 답을 알아낸 거야?"

아마도.

"뭔데?"

말해도 되나?

"괜찮아."

잔갸 군과 aXe는 여전히 서로 욕을 퍼붓고 있다.

잘린 머리가 있던 방을 찍은 사진을 봐. 네 변 중에 인접한 두 변에 창문이 있어. 이걸로 야요이장 4호실이 모퉁이방이라는 사실을 알 수 있지.

사진을 볼 필요도 없었다. 두광인은 현지로 이동해 야요이장 4호실이 모퉁이방이라는 사실을 확인해두었다.

창문이 없는 두 변 중 한 변은 벽이고, 다른 한 변에는 우윳빛 유리를 끼운 미닫이문이랑 반침 장지문이 보이지. 미닫이문 건너편은 부엌. 즉 벽의…… 아, 큰일이네.

"왜?"

배터리 부족 경고 메시지가.

"배터리?"

컴퓨터 배터리가 다 됐어.

"콘센트에 꽂아."

없어.

"무선으로 하는 거야?"

그래. 안 되겠다. 끊어진다.

다음 순간, [044APD] 창이 깜깜해졌다.
"이봐, 이봐!"
불러봤지만 대답도 없고 텍스트도 표시되지 않는다.
[044APD] 창도 밝아지지 않았다.
"무슨 일이야?"
잔갸 군이 말했다.
"컴퓨터 배터리가 다 됐나 봐."
"어이, 콜롬보 짱?"
역시 044APD의 반응은 없다.
"설마 습격당했나?"
반도젠 교수가 작은 소리로 말했다.
"왜 습격당해야 하는 건데?"
"콘센트가 없다고 했으니 집 밖에 있었겠지. 시간도 시간이니만큼 이상한 패거리가 시비를 걸었는지도 모르네."
"그건 아니야. 배터리가 떨어졌다고 스스로 말했으니까."
두광인이 말했다.
"하지만 이런 시간에 밖에 있다니 어찌 된 일이지? 외출 자체야

별 문제 아니네만, 콘센트가 없다고 했으니, 호텔 같은 시설의 실내가 아니라 문자 그대로 밖에 있었다는 말일 걸세. 밖에서 화상 채팅? 콜롬보 님은 무슨 생각을 하는 걸까?"

"하하아, 과연 그랬군."

aXe가 손뼉을 짝 쳤다. 하지만 조그맣게 고개를 끄덕거릴 뿐 아무 말도 하려 하지 않았다.

"뭐가 과연 그랬군이야?"

조바심 난 잔갸 군이 재촉했다.

"감기 때문에 목소리가 나오지 않는다는 변명, 그건 거짓말입니다. 주변에 사람이 있어서 차마 말은 못 하고 키보드를 두드린 거죠."

"그래서?"

"이상."

"이제 와서 그런 걸 알아차려봤자 무슨 소용이야? 왜 밖에 있었고, 어디에 있었는지가 중요한 문제일 텐데, 멍청아."

"어쨌든······."

두광인은 질리지도 않고 부딪치는 두 사람 사이에 끼어들었다.

"사건이나 사고에 휘말린 것 같지는 않으니까 내버려두자고. 언제 어디로 나가든 그건 그 녀석 마음대로니까."

"배터리가 다 된 척했을 뿐이었다든가요."

aXe가 말했다.

"척? 왜?"

"무슨 용건이 있었던 겁니다. 하지만 도중에 빠지겠다는 말을 꺼낼 수 없어서 방편을 마련했죠. 사실 배터리는 떨어지지 않았고 밖은커녕 집 안에 있었다는 결론.”

“얼간아.”

잔갸 군이 말했다. 이제는 호흡이 척척 맞는다.

“그 녀석은 전형적인 자기중심적 인간이야. 매번 술자리에는 끼지도 않지, 요전에는 이 어르신을 기다리지도 않고 돌아갔어. 허울 좋은 변명은 때려치우고 ‘돌아간다’는 말 한마디만 남긴 채 당연하다는 듯이 로그아웃할 거야.”

“한 시간이나 지각하면 누구든지 화낼 것 같은데요.”

“자자, 잘린 머리 사건으로 돌아가자.”

두광인이 손뼉을 쳤다.

“그래그래, 아직 미해결이란 말이다. 하지만 풀 수 있는 가능성을 감추고 있던 유일한 사람이 없어진 지금은 더 이상 진행해도 의미가 없잖아.”

잔갸 군이 한숨을 쉬었다. [044APD] 창은 여전히 어둡다.

짐짓 꾸민 듯한 헛기침 소리가 났다.

“이 몸이 있지 않은가.”

“있는데 그게 뭐?”

“그 무슨 실례의 말을. 이 몸이 풀어 보이겠노라고 하는 걸세.”

“또 해답을 내놓을 거냐? 질리지도 않나 봐.”

“정말 무례하구먼. 아까 콜롬보 님 이야기를 듣는 동안에 콜롬보 님이 무슨 말을 하려는지 알아차렸단 말이야.”

“이야! 그럼 순직한 콜롬보 경위의 유지를 이은 교수의 대답을 들어볼까?"

"죽기는 누가 죽어!"

두광인은 일단 그렇게 받아쳤다.

"다스베이더 경이 피로한 추리의 전반 부분, '실제 범행 현장은 공원이고 자른 머리를 연립주택에 반입했다'는 그대로 유용하도록 하겠네. 가짜 비명으로 범행 시각을 오인시켰다는 점도. 하지만 소리의 발생 방법이 다르지. 역시 잘린 머리의 방향이 중요했던 걸세."

반도젠 교수는 말을 멈추고 진짜 교수가 학생을 둘러보듯이 고개를 왼쪽에서 오른쪽으로 천천히 움직였다.

"벽을 향해 있던 것 말입니까?"

aXe가 물었다.

"그러하네. 벽 건너편에는 뭐가 있지?"

"옆방요."

"그렇지. 모퉁이방이기 때문에 두 방향은 창문이고, 한 방향은 장지문과 우윳빛 유리 미닫이문이 반씩 차지하고 있어. 이 세 방향의 건너편은 바깥과 자기 집 부엌이니까, 벽을 이루고 있는 남은 한 방향의 건너편은 당연히 이웃 세대지."

"설명이 복잡하네요."

"벽 너머에 사람이 있다는 사실을 논리적으로 설명했을 뿐일세. 복잡해진 김에 말하자면, 4호실은 모퉁이방이기 때문에 이웃 세대는 한 집밖에 없어. 이와토 모님이 사는 3호실이지. 즉, 잘린 머리는 세상이나 채팅 멤버가 아니라 벽 너머의 이와토 님을 향해 놓인 거야.”

“이거 놀랍네요. 벽 너머로 잘린 머리를 보여준 겁니까? 3호실 사람에게 투시능력이 있었나요? 대단하네요, 대단해.”

aXe가 교과서를 읽듯이 말했다.

“그렇게 장난치는 걸 보아하니 아직 모르는 모양이로군. 잘린 머리를 보여준 게 아닐세. 들려준 거야.”

“들려줘요? 뭘를?”

“당연히 목소리지. 다가야 마코토의 비명 말이야.”

“카세트 라디오?”

“임자는 도대체 무얼 묻는 건가? 잘린 머리라고 했을 텐데.”

“음원을 잘린 머리 속에 장치한 겁니까? 아니면 꽃병 속에? 건전지로 작동되는 조그만 액티브 스피커라면 들어가겠지만, 일부러 장치할 이유는 없잖아요. 도리어 소리가 고여서 작아지는 단점이 생깁니다.”

“정말이지. 아직도 모르겠는가?”

반도젠 교수는 한숨을 쉬고 말했다.

“애당초 너무 황당무계해서 이 몸도 당장은 믿기 어려웠네만. 그러나 상식적인 가능성이 죄다 사라진 지금은 그렇게 해석할 수밖에 없네.”

“자자, 뜸 들이지 말고.”

두광인이 손뼉을 치며 재촉했다.

“제군들은 죽은 자가 말했다는 이야기를 들은 적 없는가? 죽은 지 몇 시간이나 지났을 시체가 갑자기 목소리를 내서 주위 사람들의 간을 떨어뜨리지. 되살아났나 싶어 죽은 자의 손을 잡고 귓가에 대고 그 사람의 이름을 거듭 불러봐도 온기는 돌아오지 않고 대답도 없네. 의사를 불러 확인해도 심장과 폐는 정지 상태고 뇌 역시 활동하지 않아. 그럼 방금 전에 난 목소리는 무엇이었을까? 환청 따위는 아니야. 몇 명이나 되는 사람이 들었거든. 알고 나면 목소리의 정체는 별것 아닐세. 체내에 고인 부패 가스가 배출될 때 난 소리가 죽은 자의 목소리로 들린 거야."

"엥? 다가야의 잘린 목이 가스 때문에 소리를 냈다고요?"

aXe가 괴상한 소리를 냈다.

"그런 셈이지."

"몸이 없다고요. 머리에 붙은 살만으로 충분한 부패가스가 발생한다고는 생각할 수 없습니다. 아니, 애당초 사후 한 시간 만에 가스가 발생할 리 없죠."

"그러하네. 부패 가스는 발생하지 않아. 그래서 인공적으로 발생시켰지."

"인공적으로?"

"탄산가스."

"탄산? 아? 어?"

"드라이아이스가 승화하면 탄산가스가 발생한다는 건 초등학생도 안다고 생각하네만."

"알긴 알지만요, 어디 보자, 그러니까 드라이아이스를 꽃병에 넣고 잘린 머리로 막았다고요?"

aXe는 당황스러운 기색으로 말했다.

"그 말대로야. 승화해서 꽃병에 가득 찬 탄산가스는 잘린 머리의 목구멍을 통해 밖으로 나가려고 한다네. 그때 성대가 진동해서 비명 같은 목소리가 발생한 걸세. 그 소리가 이웃집에 잘 전달되도록 소리의 출구, 즉 얼굴 정면을 벽을 향해 놓아두었지. 잘린 머리가 벽을 마주 보고 있었던 이유는 그걸세."

"아아."

"콜롬보 님은 일부러 트릭까지 사용해서 문 버팀쇠를 건 이유가 무엇이겠냐고 지적했는데, 그건 바로 범인이 보내는 메시지였네. 메인 트릭에도 드라이아이스를 사용했다는 메시지."

"그러고 보니 출제할 때 '이 밀실은 문제가 아니라 힌트다' 같은 말을……."

"드라이아이스는 아마도 꽃병과 함께 택배로 보냈을 걸세. 배송 중에 드라이아이스는 점점 승화하지만, 단열재로 된 용기와 냉장 택배를 이용하면 그럭저럭 쓸 만한 양은 남지."

두광인은 문득 생각났다. 다가야의 집 부엌에 발포 스티로폼 용기가 있었다. 드라이아이스와 꽃병은 그 용기에 담아 보내지 않았을까? 그리고 빈 단열 용기를 노골적으로 방치해두면 드라이아이스가 연상되니까 빈 소주병을 담아서 쓰레기통으로 위장했다. 그렇게 해석하면, 다가야는 빈 병을 따로 모아두지 않았었는데 이상하다고 생각한 쓰루마키의 의문도 설명할 수 있다.

"이상. 이번에야말로 모든 조각이 맞추어졌네."

반도젠 교수는 소용돌이 안경 다리를 손끝으로 밀어 올리며 카메라를 응시했다.

"뭘 그렇게 거들먹거려! 50퍼센트는 다스베이더 경이, 45퍼센트는 콜롬보 짱이 해결한 셈이잖아. 교수는 공략본을 보면서 게임을 끝냈을 뿐이라고."

잔갸 군이 야유하자 반도젠 교수는 욱, 하고 목멘 소리를 냈다.

"오카야마와 나고야에서는 드라이아이스 실험도 한 거구나."

두광인이 혼잣말처럼 중얼거렸다.

"했지. 옷 벗기는 연습이나 목 자르는 연습보다 오히려 드라이아이스 실험을 하고 싶었어. 드라이아이스가 너무 많으면 잘린 머리가 일찍 소리를 내거나 몇 번이나 소리를 내서 알리바이 위장이 안 돼. 반대로 양이 적으면 아무 소리도 못 내지. 게다가 승화 상태에는 실온도 관련이 있단 말씀이야. 시행착오 끝에 적당한 드라이아이스 양을 알아냈을 때는 비전의 라면 국물 조리법을 훔쳐낸 기분이었어."

"다음 출제는? 교수님, 슬슬 가능할 것 같습니까?"

aXe가 분위기를 싹 바꾸어 밝은 목소리로 말했다.

"야 인마, 왜 이야기를 돌리는데? 감상 하나 정도는 말해."

잔갸 군이 불끈했다.

"뭐, 그럭저럭."

"그것뿐이냐?"

"하나 말했잖아요."

"이 새끼……."

"잔갸 군님, 한마디 해도 되겠는가?"

"교수, 너까지 빈정대려고?"

잔갸 군이 한숨을 쉬었다.

"아닐세, 사실 확인이야."

"뭔데?"

"택배는 어떻게 보냈지?"

"어떻게라니, 네 녀석이 보낼 때랑 똑같아. 편의점에 가져가서 전표 쓰고 요금을 지불했지. 보내는 사람을 가공의 법인注人으로 한 거랑 냉장 택배로 보낸 것, 배달 시간을 지정하고 집에 없을 때는 옆집에 맡기라고 써둔 게 특별하다면 특별하지만."

"편의점…… 방범 카메라에 찍혔을 걸세."

"뭐야, 그런 걸 걱정했어? 괜찮아. 생활권에서 멀리 떨어진 편의점에서 보냈고, 얼굴이 제대로 찍히지 않도록 나름대로 궁리도 했어. 덧붙여 말하자면, 전표를 쓸 때도 자를 사용해 필적을 속였지. 기본이라고, 기본."

"그러한가?"

"오늘도 일본 어딘가에선 편의점에 강도가 들었고, 현금 자동 인출기에서는 보이스 피싱 인출이 행해졌어. 양쪽 다 방범 카메라가 설치되어 있었고, 범인의 모습이 찍혔지. 하지만 조만간에 범인이 잡힐까? 그런 거야."

"음."

"교수님, 문제는 준비됐습니까?"

aXe가 말했다.

"이 자식아, 분위기 좀 파악해라. 사람이 모처럼 진리를 설명하고 있는데 말이야."

잔갸 군이 혀를 찼다.

"문제는 일단 만들어놓았네."

반도젠 교수는 선서하듯이 얼굴 옆에 손을 세웠다.

"하지만 실행할 시간이 없겠죠. 언제쯤 한가해집니까?"

aXe가 물었다.

"다음 달에는 발표할 수 있을 걸세."

"뭐야, 그렇게 일찍요? 여름까지 기다려야 하는 줄 알고 걱정했습니다."

"이번에는 오도리코 3호? 아즈사 2호?"

두광인이 반쯤 놀리는 투로 말했다.

"이 어르신이 이만큼 한 다음에 그런 문제를 내면 용서하지 않겠어."

잔갸 군의 말에는 서슬이 퍼렇게 서려 있었다.

"걱정 붙들어 매게나."

반도젠 교수는 손을 살랑살랑 흔들고 말을 이었다.

"사건은 일찍이 겪어본 적 없는 거대한 규모로 전개될 걸세. 이 게임을 시작한 지 이 년, 처음으로 시도하는 당당한 해외 진출이야. 마음 단단히 먹고 기다리게나."

여덟 살 때 손에 든 『바스커빌 가문의 개』˚가 두광인의 추리소
설 원체험이다. 홈스, 루팡, 이십면상…… 집에는 그 녀석이 모은
낡은 소년 취향 탐정소설이 잔뜩 있었는데, 두광인은 그 책들을
모조리 읽었다. 거실에 있는 텔레비전에서 추리 영화나 드라마를
하면, 일찍 자라는 모친의 말을 무시하고 그 녀석 옆에 눌러앉아
있었다.

청소년용 소설이 성에 차지 않게 된 후로는 어른 취향 소설로
눈길을 돌렸고, 사방에 안테나를 뻗으며 '추리'라는 이름이 붙은
만화책, 애니메이션, 연극, 비디오 게임, 보드 게임을 탐욕스럽게
찾아내 자기 속에 채워 넣었다. 이것은 추리소설 애호가라면 누구
나 통과하는 길이기에 일부러 자세하게 이야기할 내용은 아니다.

단순히 수동적 독자에 머무르는 것에 만족하지 않았다는 점이

˚ 코넌 도일이 쓴 셜록 홈스 시리즈 작품 중 하나.

두광인과 다른 독자들의 차이였다. 두광인은 소설 속에 '바늘과 실을 이용한 밀실'이 등장하면 그 트릭이 실제로 실행 가능한 것인지 바늘과 실을 이용해 집 문에다 검증해보았다. 일 분 만에 열차 갈아타기에 도전했고, 음성 변조기를 사용한 일인이역이 통하는지 시험해보는가 하면, 봄방학의 반을 할애해서 시간이 지나면 독이 녹아 나오는 얼음을 완성했다.

중학교 때는 비소의 독성 실험을 행했다. 과학실에서 비소를 훔쳐내 교무실 주전자에 매일 조금씩 섞으면서 교사들의 상태를 관찰했다. 관찰은 교사 한 사람이 병원에 입원할 때까지 계속됐다. 그 교사에게 원한이 있었던 것도 아니고, 다른 교사들에게 불만은 품었던 것도 아니다. 두광인은 그저 시험해보고 싶었을 뿐이었다.

고등학교 때 수학여행지는 간사이 방면이었다. 사흘째 되는 날 밤 두광인은 축구부 동급생의 열쇠를 훔친 후 그다음 날의 자유 행동 시간을 이용하여 도쿄로 돌아왔다. 열쇠 주인의 집을 난장판으로 만든 다음 학교로 가서 열쇠를 야구부실에 버리고는 집합 시간이 되기 전에 오사카의 숙소로 돌아갔다. 이 역시 줄타기와도 같은 알리바이 트릭을 실천해보고 싶은 마음이었을 뿐 누구에게도 원한은 없었다.

혼자서 즐기는 재미있는 놀이였다. 독서나 비디오 게임과는 다른 쾌감과 달성감을 얻을 수 있었다.

그런 한편으로 두광인의 마음속에는 고작 이런 거였나, 라는 시들한 감정이 항상 자리 잡고 있었다. 텔레비전에서 소개한 라멘 가게 앞에 한 시간 동안 줄서서 먹었을 때의 기분과 어딘가 비슷했다.

대학에서 멀어짐에 따라 두광인은 인터넷 속에서 많은 시간을 보내게 되었다. 추리와 관계된 사이트도 돌아다녔다. 게시판을 읽고, 블로그에 댓글을 달고, 소셜 네트워킹 서비스SNS에서 논쟁을 벌였다. 수많은 동호인과 만나고 헤어지는 동안에 다섯 명이 남았다.

그들이 바로 반도젠 교수, aXe, 잔갸 군, 044APD였다. 두광인은 딱히 그들과 마음이 맞았다고는 생각하지 않는다. 오히려 취미와 의견의 대립이 많았다는 기억밖에 없지만 자연스럽게 다섯 명이 커뮤니티를 형성했다.

그러던 어느 날 누군가가 제안했다.

"극한의 탐정 놀이를 해보지 않을래?"

4월 8일

"제군들, 사 주 동안 격조하였네."

로그인한 반도젠 교수를 포함해 다섯 명이 다 모였다.

"기분이 상당히 좋은가 보군. 해외가 그렇게 좋았냐?"

잔갸 군이 말했다.

"그렇지도 않아. 일정이 빡빡해서 지쳤을 뿐이라네."

"어디 갔었는데?"

"맞혀보겠는가?"

반도젠 교수가 카메라에 얼굴을 들이댔다. 노란색 아프로 머리에 소용돌이 안경, 붙인 면도 자국, 부자연스럽게 부풀어 오른 볼. 두광인에게는 여느 때와 다름없이 보였다.

"……는……섬."

거의 숨소리와도 같은 목소리가 났다.

"뭐라고?"
잔갸 군이 되물었다.

미안. 편도선이 부어서.

044APD가 키보드로 대답했다.
"뭐야? 아직도 안 나았냐? 그런데 뭐라고?"

남쪽에 있는 섬. 탔으니까.

그러고 보니 확실히 피부가 좀 검어져 있었다.
"스키장에서 탔는지도 모르지."
피부가 탔다는 사실을 먼저 알아차리지 못한 것이 분해서 두광인은 억지를 부리듯이 말했다.
"뭐, 추리할 수 있는 건 거기까지겠지. 관광 상품은 지니고 있지 않으니까 말일세."
그렇게 말하며 반도젠 교수는 얼굴을 뒤로 물렸다. 옷은 평상시와 마찬가지로 헐렁헐렁한 흰 티다.
"하와이? 괌? 피지?"
aXe가 물었다.
"발리섬? 이스터섬? 남이섬?"
두광인도 물었다.
"마지막은 뭔가?"

"모르면 됐어. 하지만 국제 문제로 발전하는 건 딱 질색이라고!"

"국제 문제?"

"바다 건너편에는 인종이나 종교, 역사 인식 등등 다양하고 복잡한 문제가 있잖아. 살인 한 건이 국가 간의 전쟁으로 발전할 수도 있어."

"뭐, 역사의 재창조라는 의미에서는 전쟁도 나름대로 괜찮지 않겠냐?"

잔갸 군이 웃었다. 반도젠 교수는 고개를 살며시 저었다.

"쓸데없는 걱정이라고 해야 할까, 아니면 기대에 부흥하지 못해 유감이라고 해야 할까. 해외여행은 하고 왔지만 사람은 죽이지 않았네."

"응? 외국에서 죽이겠다고 예고했잖아."

"이 몸은 해외 진출한다고는 예고했지만, 거기서 살인을 저지르겠다고는 하지 않았네."

"무슨 소리야?"

"자, 들어보게. 사건이 일어난 때는 이번 주 화요일인 4월 4일, 장소는 시즈오카현 하마마쓰시 밋카비초ᵀ 사쿠메뜸 사키야마⋯⋯."

"이봐 이봐, 어디라고?"

시즈오카현 하마마쓰시 밋카비초 사쿠메뜸 사키야마 7-1

"뜸*? 어디 처박힌 촌구석이냐?"

"하마나코 호수."

"이야."

"그 주소는 도메이 고속도로 하마나코 호수 휴게소라네."

"아하, 알겠습니다. 예산 사정으로 해외 진출은 단념하고 국내 살인사건으로 계획을 변경했군요."

aXe가 야유하듯이 카메라에 집게손가락을 들이댔다.

"이야기는 끝까지 듣게나. 4월 4일 오전 10시경, 도메이 고속도로 상행선 하마나코 호수 휴게소에서 화장실에 가려고 수학여행 버스에서 내린 학교 관계자가, 주차 중인 승용차 안에 피투성이가 된 여성이 쓰러져 있는 것을 발견했네. 여성은 바로 병원으로 옮겨졌지만 목숨은 건지지 못했지. 지방에서 발생한 탓인지, 아니면 피해자가 흥미를 자아내지 못한 탓인지 전국 뉴스에서는 거의 무시당한 사건일세."

오제키 시즈코
61세, 시즈오카현 가케가와시 가쓰라가오카 ×-×-×

"이 사람이 피해자라네. 전날에 어머니께 문안드리기 위해 아이치현 도요가와시의 친정을 방문해 하룻밤 머물고 가케가와의 자택으로 돌아가던 중이었나 보더군. 그녀는 남편과 아들 부부,

---

* 한 동네 안에서 몇 집씩 따로 모여 있는 구역.

손자, 이렇게 다섯이서 살고 있었지만 가족은 도요가와에 가지 않았어. 자동차에는 다른 동승자도 없었네.

사인은 실혈성 쇼크. 목에 예리한 날붙이로 인해 생긴 상처가 있었어. 차 안에 흉기는 남아 있지 않았고, 휴게소 내부에서도 발견되지 않았지. 덧붙여 피해자의 차에서는 가방이 사라졌네만, 이것은 동기를 절도로 위장하기 위해 이 몸이 가지고 간 거야. 다른 이유는 없네. 경찰 수사를 교란하기 위한 전술이지. 따라서 제군들이 추리할 때 가방 내용물은 무시해도 상관없어. 현금카드와 신용카드는 사용하지 않았고, 운전면허증이나 보험증으로 따로 신용대출도 이용하지 않았으니 그쪽 방면에서 이 몸에게 수사의 손이 뻗어올 걱정도 없지. 가방은 내용물과 함께 적당히 처리했다네."

"그래서 문제는 뭔데? 살해 방법?"

"그 역시 제군들의 머리를 썩힐 필요 없네. 피해자의 목에는 창상 외에 화상 같은 흔적이 있었어. 스턴건을 댄 자국이지. 이 몸은 뭔가 묻는 척하면서 오제키 시즈코에게 차창을 열게 한 후 스턴건으로 반쯤 기절시키고 목을 그었네. 잔재주고 뭐고 없이 백주에 당당하게 여러 사람의 눈이 있는 곳에서 저지른 범행이지. 대담하게 행동하면 의외로 아무의 눈에도 띄지 않는 법이야. 흉기로 사용한 나이프는 집에 가지고 돌아갔다네."

"그럼 뭐가 문젭니까?"

"오제키 시즈코가 살해된 시각은 4월 4일 오전 10시네만, 그때 이 몸은 해외에 있었네."

"그렇게 나왔군요."

aXe가 손뼉을 짝 쳤다.

"또 그쪽 계열이냐? 진부하군."

잔갸 군은 코웃음을 쳤다.

"일부러 같은 노선으로 한 걸세. 알리바이 무너뜨리기의 설욕은 알리바이 무너뜨리기로 하는 거야."

"아아, 그러냐. 그래서 어느 나라에 있었다고?"

"하마나코 호수에서 5천 킬로미터나 멀리 떨어진, 중국과 유럽의 교차점, 아시아의 은둔지, 비에남에 오신 것을 환영합니다."

반도젠 교수는 양손을 펼치며 가부키 배우가 취할 법한 몸짓을 해 보였다.

"비…… 뭐라고?"

"일본식으로 발음하면 베트남이지."

"베트남에 있었다는 증거는?"

"보시게나."

사진이 한 장 전송되었다. 다리가 짧은 평상 같은 긴 의자에 세 명이 나란히 앉아 있다. 한가운데는 노란색 아프로 가발과 소용돌이 안경을 착용하고 흰 옷을 입은 반도젠 교수, 왼쪽은 긴 흑발, 오른쪽은 짧은 갈색 머리. 양쪽 다 젊은 여자다. 세 사람은 각각 글라스를 들고 건배 포즈를 취하고 있다.

"호치민 거리에서 찍은 스냅 사진일세. 일본인 여행자에게 말을 걸어서 함께 찍었지. 이 몸이 마시고 있는 건 베트남의 아이스 밀크커피인 카페수어다. 왼쪽 여성이 들고 있는 건 사탕수수 주스인 누옥미아. 오른쪽 여성이 들고 있는 건 일본의 안미쓰°와 비슷한 단 음식인 쩨."

"베트남 커피라면 가당 연유가 잔뜩 들어간 그거 말하는 거잖아."

두광인이 말했다.

"그러하네."

"최근에는 일본에서도 제법 눈에 띄지. 토속적인 단 음식도 여러 가지 들어와 있고."

"일본에서 찍은 사진이라는 건가? 주변을 잘 보게나."

남자 몇 명이 세 사람의 등 뒤에 있는 허술한 테이블을 둘러싸고 앉아 있다. 모두 피부가 거무스름하고 분명히 그쪽 계열의 용모를 지니고 있었다.

"최근 일본은 상당히 무국적이야. 도쿄의 요요기우에하라에는 모스크가 세워져 있고, 회전초밥집에 가면 흑인 형씨가 초밥을 만들고 있지. 군마 오이즈미초ᵀᵀ는 인구의 6분의 1이 브라질이랑 페루 출신자라고 하잖아."

"가부키초ᵀᵀ의 포장마차 거리가 이런 느낌이지."

잔갸 군이 웃었다.

"가게 안쪽에 텔레비전이 있잖은가. 그걸 확대해보게나."

크레인 차가 중국식 사원의 문을 처박아서 노란 기와지붕이 무참하게 떨어져 내린 상태다.

° 젤리처럼 굳은 우무와 체리, 귤, 파인애플 등의 과일 위에 팥소와 시럽을 얹은 음식.

"마침 지방 뉴스를 하고 있었지. 자막도 살펴보게."

알파벳 같지만 ˜, ˋ, ˆ 따위의 악센트 기호가 많이 사용되는 데다 X로 시작되는 단어도 있어서 뭐라고 읽어야 할지 전혀 짐작이 가지 않는다.

"이런 건 얼마든지 합성할 수 있어."

"의심스러우면 마음대로 조사해보게."

"조사하라고 해도 이 어르신한테 그런 기술은 없어. 애당초 머리카락과 안경도 합성일 텐데."

"아닐세. 둘 다 내가 부담해서 가지고 갔지."

반도젠 교수가 아프로 머리 정수리를 탁탁 두드렸다.

"정말로? 베트남에서 코스튬 플레이 했나?"

"물론 메콩 강에서 배 탈 때랑 돈 코이 거리에서 쇼핑할 때는 맨얼굴이었네. 이 몸도 그렇게까지 할 정도의 용기는 없어. 이 사진을 찍을 때만 착용했지."

"그것 때문에 일부러 가져갔다고?"

"안 되는가?"

"그 바보다움을 높이 사서 이 사진은 틀림없이 베트남에서 찍은 거라고 믿어주마."

"촬영지가 틀림없는 베트남이라고 해도 촬영일시는요? 일 년 전에 여행했을 때 찍은 사진인지도 모릅니다."

aXe가 말했다.

"이 몸의 손목시계를 확대해보게. 오른쪽 여성의 시계도 그럭저럭 알아볼 수 있을 거야."

반도젠 교수의 손목시계는 날짜와 요일이 표시되는 디지털식이었다.

06-4-3 Mon 21:02

오른쪽 여성의 시계도 같은 날짜와 시간을 표시하고 있었다.

"시계 표시 같은 건 얼마든지 조작 가능합니다만."

"방송국에 문의하면 거기 찍혀 있는 뉴스가 이번 주 월요일 오후 9시에 방송되었다는 사실을 확인할 수 있을 걸세."

"베트남 방송국에 어떻게 조회하라고요?"

"못할 것 같으면 이 몸을 믿을 수밖에. 이 사진에는 어떤 날조도 없네. 사실이 그대로 찍혀 있어. 그걸 전제 삼아 문제에 도전해주게."

반도젠 교수는 위엄을 내보이듯 가슴을 펴고 턱을 쑥 내밀었다.

"믿어줄까?"

잔갸 군이 말했다.

"오케이."

aXe도 찬성했다.

"전혀 말이 안 되잖아."

그런 두 사람과는 반대로 두광인은 이의를 제기했다.

"아무도 파고들지 않으니까 말하겠는데, 살인사건은 4월 4일 오전 10시에 발생했어. 그때 자기는 베트남에 있었다면서 교수는 스냅 사진 한 장을 제출했지. 이 사진이 촬영된 시간은 4월 3일 오후 9시. 시간이 전혀 다르다고. 알리바이가 안 돼."

"시차를 생각해."

잔갸 군이 말했다.

"베트남 시간으로 4월 3일 오후 9시는 일본 시간으로 4월 4일
오전 10시라고? 즉 베트남은 일본보다 열세 시간 느리다? 그렇게
시간 차이가 나나? 마이너스 열세 시간이면 지구 반대편이잖아.
미국 언저리라고."

"일본과 베트남의 시차는 두 시간일세. 베트남이 두 시간 늦지."

반도젠 교수가 말했다.

"두 시간! 그럼 베트남 시간으로 4월 3일 오후 9시는 일본 시간
으로 같은 날 오후 11시잖아. 뭐가 '그때 이 몸은 해외에 있었네'
야! 거짓말하지 마."

"다스베이더 경은 텔레비전을 안 보는가 보이."

"뭐?"

"'효도르 VS 크로캅, 광고 후에 바로 찾아뵙겠습니다!' 이런 자
막이 나왔다고 해서 광고 후에 시합이 시작되던가? 광고 후에는
효도르의 과거 시합 하이라이트가 나오지. 다음 광고가 끝나면
크로캅의 성장 과정을 담은 VTR이 나오고. 그다음 광고가 끝나
면 시작하는가 싶었지만, 줄루라는 브라질 사람이 나오더란 말이
야. 결국 한 시간을 기다려야 효도르 VS 크로캅 경기의 공이 울리
는 거라네. 텔레비전은 모두 이런 식으로 감질나게 하지 않는가.
자칫 잘못하면 '광고 후에 바로!'로 질질 끌던 끝에 방송 마지막이
다 돼서야 시합을 맛보기로만 보여주고는 '다음 주에 무삭제 방

송!' 같은 자막을 뻔뻔스럽게 띄우는 꼴이 나고 말지. 제군들은 그걸 보고 방송법 제3조 2항 '보도는 사실을 왜곡하지 말아야 한다'에 저촉된다면서 방송 면허를 취소하라고 항의할 건가? 기다리게, 이건 거짓말이 아니라 수사법이야. 긴 인생에 비하자면 한 시간 정도는 '바로' 아닌가."

"교수, 당신 재미있군."

잔갸 군은 껄껄 웃었지만 두광인은 끄떡도 하지 않았다.

"변호는 됐어. 게다가 문제의 본질은 표현에 있는 게 아니야. 사건은 다음 날 오전 10시에 발생했어. 열한 시간이나 되는 유예 시간이 있지. 그 정도면 여유롭게 일본으로 돌아올 수 있잖아."

"유감이지만 무리일세."

"동남아시아에서 일본까지는 비행기로 대여섯 시간 거리일 텐데."

"설령 한 시간 거리라 해도 비행기편이 없으면 귀국할 수 없지."

"비행기가 없어? 동남아시아라면 현지에서 야간에 출발해 아침에 일본에 도착하는 패턴이 보통 아니었나?"

두광인이 호치민에서 출발하는 비행기편을 조사하려고 했을 때였다.

"있다."

aXe가 말했다.

"하마나코 호수에 가장 가까운 국제공항은 주부국제공항입니다. 0시 5분에 호치민 출발, 7시 15분에 주부 공항 도착. 이런 비행기편이 있네요. 호치민 시가지에서 공항까지의 거리는 어느 정도입니까?"

"탄손누트 국제공항까지 8킬로미터라네."

반도젠 교수가 대답했다.

"8킬로미터라면……."

"자동차로 이십 분 정도였던가."

"하네다 공항에서 도쿄 도심에 가는 것보다 훨씬 가깝지 않습니까? 오후 9시 2분에 사진을 찍은 다음 베트남 쌀국수를 먹어도 0시 5분 비행기편에 여유롭게 탈 수 있겠네요. 그럼 일본에 도착하고 나서는 어떻게 되느냐. 공항 내의 이동, 입국 심사, 세관 심사를 고려하면 아무리 빨라도 7시 45분은 되어야 공항에서 나오겠네요. 하마나코 호수까지는 자동차로 가는 게 제일이죠? 주부 국제공항 연결도로에서 지타 횡단도로, 지타 반도도로를 통과해서…… 잠깐만 기다리세요."

잠시 키보드와 마우스를 조작하는 소리가 이어졌다.

"도메이 하마나코 호수 휴게소까지는 한 시간 십오 분 걸립니다. 주부 공항을 7시 45분에 나온 후에 교통 정체에 말려들지 않으면 9시에 도착하지요."

"10시까지는 육십 분의 유예 시간이 있어. 완전 껌이네."

두광인은 카메라 건너편에 있는 반도젠 교수를 손가락으로 가리켰다. 화면 속의 반도젠 교수가 쯧쯧 소리를 내며 집게손가락을 흔들었다.

"비행 계획표를 잘 보게나. 계획표란 바깥까지."

"아."

aXe가 혀를 찼다.

"출발 요일은 월, 수, 금? 4월 3일은 월요일이니까 비행기편이 있지만, 0시 5분은 실질적으로 일요일 심야 비행이지요. 월요일 오후 9시에 호치민 시내에 있던 사람이 공항으로 이동한다 해도 당연히 월요일 비행기편에는 탈 수 없습니다. 날이 바뀌어 4일이 되면 화요일이라서 비행기편이 없기 때문에 방금 전의 가정은 애초부터 성립하지 않지요."

말을 마친 aXe가 한숨을 섞으며 고개를 저었다.

"국제공항은 또 있어. 나리타랑 간사이."

두광인이 바로 지적했다.

"그쪽 비행기편이 있는지는 알아서 조사하세요. 이렇게 불평을 늘어놓으면서도 조사하는 나는 얼마나 친절한가. 이 따위 쓸데없는 말을 하는 동안에 호치민-나리타선 시각표를 찾아냈습니다. 오후 11시 55분에 호치민 출발, 다음 날 아침 7시 25분에 나리타 도착이네요. 요일도 체크해보자. 매일 비행하는군. 좋아 좋아. 하지만 이건 못 써먹을 것 같은데요. 나리타 공항에서 나오는 시각이 8시 무렵인데 두 시간 만에 하마나코 호수까지 갈 수 있을까요? 무리일 것 같지만 일단 조사해보죠. 신新공항 인터체인지에서 고속도로를 타고 히가시칸토 자동차 도로, 게이요 도로, 수도 고속도로로 와서 도메이…… 아아, 역시 말이 안 되네요. 다섯 시간이나 걸립니다. 그럼 간사이 국제공항은 어떨까요? 음, 이쪽도 매일 비행하는군. 오후 11시 40분 출발, 오전 6시 35분 도착. 지금까지 중에서 도착 시간이 제일 빠르네요. 좋아 좋아. 간사이 국제공항에서 7시 정각에 나왔다고 치고 한와 자동차 도로, 긴키, 니시메이한, 일단 국도 25호선으로 내려와서 히가시메이한, 이세완간, 도메이…… 안 되네요. 네 시간 걸립니다. 하마나코 호수 휴게소 도착은 11시예요. 아니, 아니야, 아직 포기하기는 일러. 전철이라면 어떨까요? 노조미*호를 타면 희망이 있다, 요건 언어 유희."

aXe가 썰렁한 개그를 덧붙이자 044APD가 키보드를 쳤다.

하루카 4호—간사이 공항 7:27 출발, 신新오사카 8:37 도착
노조미 116호—신오사카 8:40 출발, 나고야 9:35 도착
고다마 570호—나고야 10:01 출발, 하마마쓰 10:53 도착

"가볍게 넘어가네요. 나고야에서 이십육 분 기다리는 시간이 큰 타격입니다. 그럼 나고야에서 차로 달리면 어떻게 됩니까? 이십오 분으로는 무립니까?"

도메이 하마나코 휴게소까지 약 한 시간

"안 되는구나. 신오사카에 도착한 다음에 재래선에서 신칸센으로 갈아타는 데 걸리는 삼 분도 상당히 껄끄럽네요. 어떻게 해도 10시까지 갈 수가 없어요."

aXe가 등받이에 몸을 기대고 항복하는 자세를 취했다.

• 일본어로 '노조미(のぞみ)'는 희망이라는 뜻.

"호치민에서 후쿠야마로 가는 비행기편도 있지만, 도착 시각이 8시라서야 10시까지 하마나코 호수에 도착하기는 도저히 무리지."

두광인도 aXe를 흉내 내 양손을 어깻부들기까지 들어 올렸다.

"그렇지? 이 몸의 알리바이는 완벽하다네. 자, 이 알리바이를 어떻게 무너뜨릴 텐가?"

팔짱을 낀 반도젠 교수가 붙인 면도 자국에 손을 대고 젠체하는 자세를 취했다.

"공항에서 하마나코 호수까지 헬리콥터를 띄웠나?"

잔갸 군이 웃으면서 말했다. 그리고 삼 초 후 위협적인 목소리로 덧붙였다.

"우아함이 결여된 그런 정답이면 가만 안 둔다."

"이 몸은 마음은 귀족, 호주머니 사정은 서민일세."

"뭐?"

"헬리콥터 띄울 돈은 없어."

"지금 이게 영감탱이랑 할망구를 대상으로 한 소설이냐?"

"아니, 여기는 중요한 대목일세. 요전에 구사쓰 5호를 이용한 문제는 시뮬레이션이었지. 시뮬레이션은 탁상공론이야. 현실의 자신에게는 실현 불가능해도 이론상 실행이 가능하면 문제없네. 경비행기나 헬리콥터, 자가용 제트기의 사용은 물론이고 케이시 라이백*처럼 열차 지붕을 타고 이동하는 것도 허용되네. 하지만 이번에는 시뮬레이션이 아니야. 이 몸은 실제로 사람을 죽였

---

* 열차가 배경이 된 할리우드 액션 영화 〈언더시즈 2〉의 주인공.

네. 그래, 이미 끝난 일이지. 따라서 이론상은 가능해도 살아 있는 이 몸에게는 불가능한 트릭은 사용하지 않았어. 그렇다고는 해도 제군들은 이 몸의 본모습을 모를 터이니 이참에 간단히 설명해두지. 일반적인 '서민', 이 한마디로 정의할 수 있는 극히 흔해빠진 인간이라네. 일반적인 인간이 자가용 제트기를 가지고 있는가? 헬리콥터를 빌릴 수 있어? 간사이 국제공항에서 하마나코 호수 휴게소까지는 육로로 약 300킬로미터, 포르쉐 복스터를 시속 200킬로미터로 달리면 한 시간 반 만에 도착할 수 있지. 7시 반에 출발해도 9시에는 도착하니까 살해를 실행할 10시까지는 아침을 먹을 수 있을 정도로 여유만만이지만, 이 몸은 이단 헌트가 아닐세.° 요컨대 이번에 이 몸은 하등의 특별한 짓도 하지 않았네. 상식적인 범위 안에서 행동했다는 말이야. 이건 상당한 힌트지? 애당초 자가용 제트기를 사용할 수 있었다면 쩨쩨하게 나리타나 간사이 국제공항에서 타지 않고 호치민에서 하마나코 호수로 직행할 걸세."

반도젠 교수는 입가를 누그러뜨리며 싱긋 웃더니 그 틈새에 담배를 끼워 넣었다.

"설마 그럴 리 있겠느냐마는."

두광인은 사진을 언뜻 보았을 때부터 신경 쓰이던 사항을 확인하기로 했다.

"이 사진에 찍힌 아프로 가발을 쓴 사람, 진짜 교수야?"

° 톰 크루즈가 이단 헌트로 분한 〈미션 임파서블 2〉의 추격 장면에 포르쉐 복스터가 등장한다.

"무슨 소리를 하는가 했더니만."

"베트남 여행을 하는 지인에게 아프로 가발을 쓰고 사진을 찍어달라면서 가발이랑 선글라스를 맡기고 자신은 줄곧 일본에 있었다. 엄청 고전적인 이인일역을 한 거지."

"손때가 잔뜩 묻은 그런 진상이면 때려죽인다."

잔갸 군이 다시 으름장을 놓았다.

"이 몸이 그렇게까지 얕보이고 있었단 말인가? 슬프군."

반도젠 교수는 옷소매로 눈물을 닦는 척한 뒤 카메라를 향해 오른손을 쑥 내밀었다.

"어린 시절에 자전거를 타고 가다가 배수로에 빠진 적이 있네. 단순한 타박상이라고 지껄인 의사 말을 믿고 찜질만 했는데 실은 뼈가 부러져서 이런 꼴이 되고 말았지."

새끼손가락이 안쪽으로 구부러져 있었다. 멀리서 보면 알아차리지 못할 정도지만, 두 번째 관절부터 보통은 불가능한 각도로 약손가락을 향해 구부러져 있었다. 호치민에서 찍었다는 사진을 확대해보니 아프로 가발을 쓴 인물의 오른손 새끼손가락도 그렇게 구부러진 것처럼 보였다.

"포토샵으로 손봤다는 생트집은 잡지 말게나. 그런 잔재주는 부리지 않았다고 아까 말했지 않은가. 이 아프로 가발을 쓴 사람은 틀림없이 이 몸이라네. 일본 시간으로 4월 3일 오후 11시에는 분명히 베트남 호치민에 있었어. 도메이 하마나코 호수 휴게소에서 살인이 발생한 시각은 4월 4일 오전 10시. 호치민에서 출발하는 정기편에 타도 열한 시간 만에는 도착할 수 없네. 자가용 제트기도 갖고 있지 않아. 자, 이 몸은 어떻게 오제키 시즈코를 죽였을까?"

반도젠 교수는 단상에서 학생들에게 질문하듯이 고개를 왼쪽에서 오른쪽으로 천천히 움직였다.

"일본에 돌아올 수는 없다. 대리인도 쓰지 않았다. 남은 가능성은 원격 살인? 기계 트릭? 베트남으로 여행 가기 전에 운전석에 앉은 사람의 목을 베는 장치를 피해자 차에 설치해두었다. 아냐, 교수는 사건을 설명할 때 '이 몸이 가방을 가지고 갔다'라든가 '이 몸은 차창을 열게 했다'라고 자신을 주어 삼아 설명했어. 즉, 교수 자신이 하마나코 호수 현장에서 손을 썼다는 말인데. 하지만 그때 교수는 베트남에 있었으니까……."

aXe가 계속 중얼거렸지만 들을 가치가 있는 말은 나오지 않았다. 다른 사람들에게서도 새로운 추리는 나오지 않았다.

"이렇게 기다리는 것도 시간 낭비니 오늘은 이쯤에서 파하지 않겠는가?"

반도젠 교수가 시계로 눈길을 떨어뜨렸다.

"숙제로군."

두광인이 고개를 끄덕였다.

"기한은 다음 주말로 하는 게 어떻겠나? 그때까지 아무도 정답을 못 맞히면 이 몸의 승리……."

"잠깐 기다려."

잔갸 군이 반도젠 교수의 말을 막았다.

"뭔가 떠올랐는가?"

"이 어르신은 아무 생각도 안 나. 하지만 매번 숨을 죽이고 우리의 토의를 엿보고 있다가 결정적인 순간에 나타나서 MVP를 낚아채는 누구 씨가 있잖아. 그분 의견을 들어두는 게 좋지 않겠어?"

반쯤은 비아냥이었으리라. 하지만 044APD는 그런 공기는 느끼지 못한 듯 타이핑했다.

상식적인 범위 안에서 해결하자면, 생각할 수 있는 방법은 하나밖에 없다고 봐.

"정말 아는 거냐?"

잔캬 군이 감탄과 어이없음이 뒤섞인 한숨을 쉬었다.

"아마도."

044APD는 한마디 내뱉은 뒤 타이핑을 계속했다.

베트남에 있던 교수는 진짜. 일본에서 살해를 실행한 사람도 교수 자신. 에르빈 슈뢰딩거는 하나의 원자가 두 곳의 다른 장소에 동시에 존재할 수 있지 않겠느냐고 몽상했지만, 21세기가 된 이후로도 증명되지는 않았지. 베트남과 일본에 동시에 존재할 수 없다면, 교수가 베트남에서 일본으로 돌아와 살해를 실행했다고밖에 생각할 수 없어.

"야, 지금까지 뭐 들었냐?"

베트남과 일본을 연결하는 교통수단은 배나 비행기지만, 배로는 아무리 해도 열한 시간 만에 도착할 수 없어. 비행기는 여섯 시간 정도 비행하니까, 탑승 전후의 이동을 포함해도 열한 시간이면 충분할 거야.

"비행기도 무리라니까. 일본 땅을 밟아도 하마나코 호수에는 10시까지 갈 수 없어."

하마나코 호수가 살해 실행 현장이니까, 거기에 제일 가까운 주부 공항을 이용했을 가능성이 가장 높아.

"진짜로 하나도 안 들었냐? 주부 공항에 도착하는 비행기편은 월, 수, 금뿐이야. 제일 처음에 검토했을 텐데. 뒈져라."

그건 정기편.

"뭐?"

정기편 외에도 수많은 여객기가 날아다니지. 다만 그 비행 계획은 일반 시각표에는 나와 있지 않아.

"응?"

전세기.

"이 자식이, 진짜로 뒈져라. 자가용 제트기도 이용하지 않았다고······."

자가용 제트기와 전세기는 전혀 다른 물건. 자가용 제트기는 특권 계급의 소유물이지만, 항공 회사가 소유한 전세기는 일반 서민도 이용할 수 있어.

"5만 엔이나 10만 엔으로 빌릴 수 있다고? 등신 같은 소리 하지 마."

개인이 빌리는 게 아니야. 여행 회사가 전세 내서 투어에 이용하지.

"투어?"

근처 여행 대리점에서 신청할 수 있는 일반 투어. 어느 정도의 인원수를 확실히 기대할 수 있다면 한 기 전세 내는 편이 이득이야. 해외로 나가는 정기편이 없는 지방 공항에서 발착하는 투어는 전부 전세기를 이용해. 전세기 투어는 일상적으로 이루어지고 있으며, 특별할 건 하나도 없어. 하지만 부정기 운항편이기 때문에 보통 시각표에는 실리지 않아.

"교수는 전세기를 타고 베트남 투어에 참가했다? 그런 말입니까?"
aXe가 소리를 지르며 도끼를 대각선으로 한 번 휘둘렀다.
하마나코 휴게소에 가장 가까운 공항은 어디인가? 후지산 시즈오카 공항은 아직 개항하지 않았으니 노도 공항을 제외하면 주부 공항이리라. 그 전세기가 월, 수, 금 정기편과 같은 무렵에 주부 공항에 도착하면 도메이 하마나코 호수 휴게소에 10시까지 가서 살해를 실행할 수 있다.

"시각표에 실려 있지 않은 전세기를 이용했다. 그게 정답이냐?"

잔갸 군이 확인했다.

"자, 자."

반도젠 교수는 질문을 어름어름 넘기며 부풀어 오른 뺨을 찰싹 찰싹 때렸다.

"그런 거지?"

"정답이라고 해둘까. 틀리지는 않았으니까. 자, 정답."

"뭐야, 그 말투는! 볼꼴 사나워. 깨끗하게 패배를 인정하라고."

반도젠 교수라는 사람은 극히 공정한 성격을 지녔다고 생각해.

"네놈은 또 무슨 잠꼬대 같은 소리를 하는 거냐."

구사쓰 5호를 이용한 문제.

"응?"

나는 참가하지 않았지만, 나중에 이야기를 들어보니 교수가 공평함을 중시하는 게 느껴졌어.

"무슨 소릴 하고 싶냐?"

문제 속에서 상행 열차는 선두 차량의 번호가 작고, 하행 열차는 그 반대라고 설명했지. 이건 일반 상식의 범주에 들기 때문에 사전에 정보로서 일러두지 않아도 불공평하지 않아.

"이 어르신은 몰랐는데. 그게 상식인 사람은 철도 마니아 정도겠지."

설령 몰랐다고 해도 시각표 등을 통해 간단히 조사할 수 있는 사항이야. 그런 사항을 성실하게 명시한 건 철저하게 공정한 게임을 하고 싶다는 마음이 있어서겠지.

"그러니까 뭔 소리야?"

이번 문제에서도 똑같은 세심함이 느껴져. 예를 들어, 자신은 서민이라 자가용 비행기는 가지고 있지 않다고 부정했을 뿐만 아니라, 만약 가지고 있다면 국내의 이동에 쓰지 않고 베트남에서 직접 날아오겠다면서 전세기의 존재를 암시하는 발언을 했지.

"그게 어쨌는데?"

사건의 개요 설명 속에도 부자연스럽게 자세한 표현이 있었어. 차 안에 쓰러져 있는 피투성이 여성을 발견한 사람은 '화장실에 가려고 수학여행 버스에서 내린 학교 관계자'라고 했지. 어째서 '지나가던 남자'면 안 될까? 어째서 '수학여행'이나 '화장실' 얘기를 해야만 했을까.

"학교 관계자!"

두광인은 소리를 질렀다. 그리고 웹캠을 딱 가리키며 말했다.

"학교 관계자, 즉 학교 선생이다!"

"뭡니까, 갑자기!"

aXe가 심장을 눌렀다.

"교수한테 한 말이야. 교수, 당신 학교 선생이지? 학생들을 인솔해서 베트남으로 수학여행을 간 거야."

"수학여행!"

"이제는 해외로 수학여행 가는 일도 드물지 않지. 베트남은 전쟁의 비참함을 가르치기에 적합한 나라야."

"그렇구나, 수학여행이라면 사람 수가 많으니까 전세기를 이용해도 이상할 게 없죠."

"현지 시간으로 4월 3일 오후 9시에 호치민 시내에서 이 사진을 찍은 다음에 공항으로 가서 전세기에 탑승했다. 수학여행으로 베트남에 갔다는 말이 사실이라면, 이 사진 좌우에 앉은 젊은 일본인 여성은 자기 학교 학생이라고도 생각할 수 있어."

"오오."

"전세기는 일본 시간으로 4일 아침 주부 공항에 도착했어. 보통 투어라면 거기서 해산하겠지만 수학여행이잖아. 학교에서 해산하겠지. 그렇다면 공항에서 학교까지는 뭘 타고 갈까? 이 같은 단체의 경우는 일반적으로 전철이 아니라 전세 버스를 이용할 거야."

"음 음."

"대규모 인원이 떠난 여행이기 때문에 자기 혼자만 재빠르게 행동할 수는 없어. 인원 점검이다, 짐 분실이다, 세관 검색이다 해서 버스에 탈 때까지 한 시간은 넘게 걸리겠군. 가령 전세기가 주부 공항에 도착하는 시각이 월, 수, 금 정기편과 마찬가지로 7시 15분이라고 치면 공항을 빠져나오는 시각은 8시 반 정도? 하마나코 호수 휴게소까지는 한 시간 십오 분 걸리니까 도로가 다소 혼잡해도 10시에는 도착하지. 화장실에 갔다 올 수 있도록 잠시 정차했을 때 버스에서 내려서 일반 차량 주차장을 찾아가 적당한 목표물을 사냥하는 거야. 누구를 죽이든 상관없으니까 살해하는 데는 시간이 별로 들지 않았겠지. 그렇다면 다른 사람 눈은? 평일 오전 그 시간대에 휴게소가 얼마나 붐비는지는 모르겠지만, 설령 주차장이 가득 찰 정도로 사람이 있었다 해도 눈은 쉽게 속일 수 있어. 목을 벤 후에 그 자리를 떠나지 않는 게 중요하지. 그리고 상대의 몸을 끌어안는 거야. '무슨 일입니까! 괜찮습니까?' 따위의 소리를 지르면 더 좋고."

"스턴건 때문에 기가 꺾인 상대를 부축해 일으키는 척하면서 목을 긋는 게 이상적일 것 같네요. 부축해 일으키는 척하는 행동으로 선의의 제3자를 가장하면 튄 피도 얼버무릴 수 있습니다."

"그거 괜찮다. 애초에 피해자는 살인자와 일면식도 없으니까 용의자로 지목하기도 힘들어."

"수학여행 도중 화장실에 다녀오라고 잠시 내준 휴게 시간 동안 묻지마 살인을 저지른다니, 보통 그런 생각은 안 하죠. 절대로 안 해요."

"칼이랑 스턴건은 출국하기 전에 공항 로커에 보관해두지 않았을까? 둘 다 기내에 반입할 수는 없으니까. 예입화물 속에 숨겨서 출입국하는 것도 무리라고 봐. 최근에는 테러 대책이 엄격해져서 예입화물도 X선으로 검사하거든."

"제기랄, 이 어르신도 알았다!"

잔갸 군이 큰 소리를 지르며 끼어들었다.

"추리의 열쇠는 화장실이야."

"그건 이십 초 정도 전에 제가 말했는데 안 들렸습니까? 주변 사람들은 아무도 화장실 갈 시간에 생면부지의 사람을 죽일 거라는 생각은 안 한다고요."

aXe가 쌀쌀맞게 말했다.

"아니야. 네놈들이 아직 못 알아차린 사항이다."

"어이구, 깜짝 놀랐네."

"언젠가 죽여버릴 거야."

"싫어용."

"반드시 죽일 거야. 알겠냐, 잘 들어. 주부 공항에서 하마나코 호수 휴게소까지는 한 시간 십오 분 거리였지. 그 지점에서 휴식을 했으니, 휴식 후에는 적어도 비슷한 정도의 시간을 달릴 거라고 추측할 수 있어. 앞으로 오 분이나 십 분 만에 최종 목적지에 도착한다면 휴식 없이 그대로 달렸을 테니까 말이야. 가령 휴식한 후에 휴식 전과 비슷한 시간 동안 도메이 상행선을 달렸다고 치면 시미즈까지 갈 수 있지. 그 부근에서 휴식을 취하고 더 멀리까지 갈 수도 있겠지만, 하코네를 넘어서지는 않을 거야. 최종 목적지가 하코네보다 동쪽이라면 주부 공항이 아니라 하네다나 나리타에 전세기를 착륙시키면 됐을 테니까. 그리고 최종 목적지는 여행의 출발지이기도 해."

"저기요, 무슨 이야기인지 감이 안 잡히는데요."

"다음에 또 끼어들면 죽인다. 즉, 최종 목적지는 시즈오카현 동부에 있을 가능성이 높아. 그렇다면 그 최종 목적지란 뭘까? 수학여행 버스가 되돌아가는 곳이니까 학교지. 하마나코 호수 휴게소에서 사람을 죽인 인물이 관계자인 학교."

"오!"

"겨우 알아차렸나, 얼빵아? 교수가 근무하는 학교가 어디인지 압축할 수 있지. 더 나아가서 개인을 콕 집어 지정할 수도 있다는 말이야."

"오오!"

"시즈오카현 동부에 위치한 학교, 여기에 필터를 추가해보자고. 수학여행이니까 대학이나 전문학교는 제외할 수 있어. 초등학교, 중학교는 해외로 안 나갈 거야. 공립에 해외는 사치일 테고. 베트남에서 찍은 사진에 젊은 여자가 나와 있는 걸 추가하면 시즈오카현 동부에 있는 공학 또는 사립 여고라는 결론이 나오지."

"지금은 공립도 해외로 가."

두광인이 말했다.

"망할, 이 어르신은 교토였어."

"사립에 한정하지 말고, 대신에 진학교進学校˚라는 조건을 넣자."

"진학교?"

"4월 초는 봄방학˚˚이지. 학기 수업을 빼먹기 싫어서 그때 수학여행을 가는 거 아닐까?"

"그럴듯하네. 다스베이더 경도 제법 머리가 좋단 말이야. 자, 여기까지 범위를 좁힌 다음에는 체력 승부다. 조건에 해당하는 학교를 몽땅 골라내서 4월 4일 귀국 예정으로 베트남에 수학여행 갔는지를 조회하는 거야. 해당되는 고등학교는 한 곳밖에 없을걸. 같은 현 안에서 서로 가까이 있는 고등학교가 똑같은 시기에 똑같은 장소로 수학여행 갔다고는 생각하기 힘드니까. 학교가 판명되면 인솔한 교사를 조사해야지. 학급 수에 따라 다르겠지만 열 명 전후 아니겠어? 교장이나 양호 선생 같은 녀석들도 가면 좀 더 늘어나려나? 그중에서 한 명으로 압축하기 위해서는 알리바이를 조사하면 돼. 예를 들어, 바로 지금 4월 8일 오후 11시 50분에 뭘 하고 있었는지 조사하는 거야. 확실한 알리바이가 있는 녀석은 제외하고, 불확실한 녀석에 대해서는 저번에 채팅한 3월 10일 심야의 알리바이를…… 그렇게 체로 쳐나가다가 마지막에 남은 한 사람이 바로 반도젠 교수라는 말이지. 학교의 범위 압축과 인솔 교사 찾아내기는 가능하다 쳐도 아마추어 탐정에게 알리바이 조사

˚ 재학생의 진학에 중점을 둔 학교. 일반적으로 상급학교 진학률이 높은 학교를 가리킨다.
˚˚ 일본에서는 4월에 새학기가 시작.

는 벅찰지도 몰라. 하지만 이론적으로는 이런 절차를 통해 범인의 맨 얼굴을 볼 수 있다는 말이야. 그렇지?"

마지막 질문은 반도젠 교수를 향한 것이었지만, 당사자는 대답 없이 카메라에 옆얼굴을 보이며 담배를 피우고 있었다. 마음의 동요를 필사적으로 억누르고 있는 걸까?

"하앙, 그렇군! 그래서 '교수'였구나. 교사라는 직업과 연관된 이름을 붙였군요. 뭐, 닉네임이란 대개 무슨 형태로든 본모습을 반영하는 법입니다."

aXe가 심히 이해가 된다는 모습으로 몇 번이나 고개를 끄덕였다. 두광인도 그제야 알 것 같은 부분이 있었다.

"요즘에 입만 열면 바쁘다, 바쁘다, 하더니만 학년말인 데다 수학여행 준비를 하느라고 그랬구나. 맞지?"

그러자 반도젠 교수는 담배를 빈 캔 속에 버리고 천천히 정면을 보았다.

"엇나간 추리 하느라 수고하였네."

"지고 나서 수준 낮게 억지를 부리는군. 수고하네."

잔갸 군이 되받아쳤다.

"인간이란 일단 한 가지 생각에 갇히고 나면 옆이든 발밑이든 보이지 않는 법이지. 제군들은 '갇히다'라는 한자를 어떻게 쓰는지 아는가? 입 구ㅁ 속에 사람 인ㅅ. 수인囚ㅅ이라는 단어의 '수'라네. 그야말로 감옥에 갇힌 죄수처럼 바깥 세계로 나갈 수 없지. 실로 무서운 것은 너무나도 굳은 믿음이니라."

"국어 선생님입니까?"

aXe가 말했다.

"수학 선생인데 위장하는 거야."

뒤이어 잔갸 군이 웃으며 말했다.

"어쨌거나 이 몸의 알리바이는 전세기로 베트남에서 돌아왔다는 사실을 간파당해서 무너졌으니까 이 문제는 종료하겠네. 이번에도……."

"야, 멋대로 마무리하지 마."

"이번에도 콜롬보 님의 승리일세. 제군들, 좀 더 열심히 하지 않으면……."

"무시하지 마. 도망치지 말라고."

늑대거북 앞쪽으로 손이 쑥 나왔다.

그때 텍스트가 우르르 나타났다.

그만둬, 그만둬, 그만둬, 그만둬, 그만둬, 그만둬, 그만둬.

044APD다.

여기는 살인사건의 수수께끼 풀이를 익명으로 즐기는 자리야. 수준 낮게 남의 정체나 들추어내고 싶으면 다른 데로 가.

"이봐, 수학여행 버스가 수상하다고 지적한 사람이 누군데 그래! 정체를 까발릴 계기를 만든 본인이 무슨 소릴 하는 거야."

수학여행 버스는 전세기를 사용했다는 추리의 증거로 제시할 필요가 있었어. 첫 번째 발견자인 그 학교 관계자를 범인으로 지적함으로써 살해할 때 튄 피의 문제도 해결할 수 있지. 하지만 그 이상의 추궁과 학교 및 범인의 이름을 밝히려는 행위는 게임의 취지에 어긋나. 매너를 위반하는 놈은 나가.

"알았어. 그냥 놀리는 거라니까."

잔갸 군이 혀를 차더니 말을 이었다.

"그렇다기보다는 정체가 밝혀질지도 모르는 문제를 내는 놈이 등신이지. 이 어르신은 문제의 취약한 점을 지적해줬을 뿐이야. 고마운 줄 알아라."

"정체가 밝혀지는 걸 각오하고 냈을지도 모르죠. 몸을 바쳐 완성한 예술이랄까요."

"각오에 비해 문제는 기대 이하야. 도대체가 콜롬보 짱은 교수를 보고 공정하다, 공정하다, 하면서 칭찬하는데, 알면서 공정하게 하는 게 아닐걸. 그냥 덜떨어졌을 뿐이라고. 빈틈이 많다고 할까."

"댁도 바보네요."

"뭣이라?"

"콜롬보 씨의 말은 당연히 비아냥거림이죠."

"웃는 얼굴로 침 뱉기로군. 우, 치사해라."

반도젠 교수는 팔짱을 긴 채 침묵으로 일관했다. 입술 사이에 끼운 담배가 가늘게 떨리고 있었다.

"다음 출제자는 누구였지?"

채팅 분위기가 나빠진 것 같아서 두광인은 화제를 바꿨다.

"나."

044APD가 작게 대답한 후 타이핑했다.

내일 밤에 모여.

"내일? 문제 내는 거야?"

낼 거야.

"뭐야, 벌써 죽였구나? 그럼 이 자리에서 잇달아 출제해버려."

오늘은 안 돼.

"토요일이기도 하고 모두 아직 끄떡없어. 그렇지?"

아직 안 죽였어.

"응?"

오늘 밤, 이제 죽이러 갈 거야.

➡

말을 꺼낸 사람은 aXe였던가? 잔갸 군이 말을 꺼냈다고 하면
또 그런 것 같기도 하다.

"범인 맞히기 소설을 쓴 후에 알아맞히기 놀이를 하자는 게 아
니야. 여행 회사가 모집하는 추리 투어에 모두 함께 참가해서, 호
화 상품을 획득하기 위해 호텔에서 개최하는 추리극에 도전하자
는 것도 아니고. 절도든, 유괴든, 살인이든 좋으니 범인 역할을 맡
은 사람이 실제로 사건을 일으키는 거지. 현실에서 사건이 일어나
면 신문이랑 텔레비전으로 보도되니까 탐정 역할을 맡은 사람들
은 그 보도를 근거로 진상을 추리해. 덧붙여 다리품을 팔아서 탐
문을 해도 되고, 경찰 컴퓨터에 침입해서 비공개 정보를 얻어도
상관없어. 출제자가 범인이니까 범인 맞히기는 할 수 없겠지. 대
신에 밀실이나 알리바이 트릭, 다잉 메시지 따위의 수수께끼를 사
건 속에 집어넣는 거야. 말할 필요도 없이 수수께끼는 불가능하면
할수록 좋고, 참신한 트릭을 사용하면 더 좋아. 예를 들면 그렇지.

억만장자 할아범이 자택 정원에서 시체로 발견됐다. 사인은 심부전증. 원래부터 심장이 약해서 심박 조율기를 사용하고 있었기 때문에 병사로 처리됐다. 하지만 사실은 내가 죽였지. 그렇다면 과연 어떻게 죽였는지를 나머지 네 명이 생각하는 거야. 할아범의 집은 높이 3미터의 담과 적외선 센서, 놓아 기르는 도베르만이 지키고 있었어. 요새와도 같은 밀실에서 벌어진 살인사건이야. 호기심을 자극하지? 잠깐 생각해봐. 자, 정답. 원격 조작으로 살해했다. 부지 바깥에서 강력한 전자파를 발생시켜 심박 조율기를 망가뜨렸습니다. 이렇게 전시대적인 탐정 소설이나 만화 속에서밖에 나오지 않을 듯한 트릭이 좋지. 일상적인 사건에서는 맛볼 수 없는 카타르시스가 있어. 허황된 이야기를 현실 세계로 끌어내서 놀아보자는 느낌? 목숨을 건 지적 엔터테인먼트? 2차원과 3차원의 합작? 펜을 버리고 칼을 쥐자? 카피는 얼마든지 나온단 말이지. 문제가 너무 간단하면 경찰도 알아차릴 테니까 그 점은 주의가 필요해. 이 게임은 범인 대 탐정의 지혜 겨루기인 한편, 우리 다섯 명 대 경찰의 진검승부이기도 하거든. 경찰에게 붙잡히면 게임 오버, 리셋은 불가능. 어때? 최고로 스릴 있지 않겠냐?"

재미있는 농담이라고 웃어넘기는 사람은 없었다. 부도덕한 놀이는 바람직하지 않다고 나무라는 사람도 없었다. 모두가 그거 괜찮네, 그럼 하자, 라고 두말없이 현실적인 탐정 놀이에 참가하기를 원했다. 그런 의미에서 다섯 명은 마음이 맞았으리라.

오락이란 특별히 그 본질만을 즐기는 것은 아니다. 영화는 혼자 봐도 내용을 즐길 수 있다. 하지만 같은 영화를 본 사람과 그 작품을 안주 삼아 이것도 아니다, 저것도 아니다, 하면서 입씨름을 하고, 구석구석까지 따져가며 웃음을 터뜨리면 더 즐겁다. 사람은 타인과 체험을 공유함으로써 쾌감을 얻는 생물이다.

중학교 때 행한 비소 혼입 실험과 고등학교 수학여행을 이용한 알리바이 조작은 둘 다 즐거웠고, 충분한 달성감도 얻을 수 있었다. 그런데도 어딘가 아쉬움이 남는 이유는 체험을 남과 공유할 수 없었기 때문이었다. 두광인은 다섯 명이서 함께 놀게 된 이후에 그 사실을 알아차렸다.

탐정 놀이를 시작한 지 이 년이 다 되어간다. 모두가 한 번씩은 범인이 되었고, 두광인도 지금까지 두 사람을 살해했다.

침식을 잊고 고안해낸 문제를 실행하는 것은 즐겁다. 다른 사람에게 보여준다고 생각하면 보람이 있었고, 종잡을 수 없는 추리의 미로를 헤매는 탐정들을 보노라면 우월감이 느껴졌다. 남이 낸 문제를 못 맞히면 분하지만, 그렇게 조바심을 낸다는 것 자체가 즐겁기도 하다. 정답이 나온 후에 모두 함께 벌이는 감상전 역시 재미있다.

그런 한편으로 두광인의 마음속에는 고작 이런 거였나, 라는 시들한 감정이 여전히 자리 잡고 있었다.

4월 9일

"죽이고 왔냐?"

잔갸 군이 물었다.

"죽이고 왔어."

044APD가 중얼거리듯이 대답했다.

"몇 명?"

"한 명."

"교살? 자살刺殺? 박살撲殺? 독살?"

"목을 조른 다음에 만약을 위해 심장을 찔렀어."

"제법 하는데. 응? 목은 나왔냐?"

"나왔어."

"그거, 긴장 때문에 목소리가 안 나왔던 거 아닙니까?"

aXe가 말했다.

"살인을 앞에 두고 쫄았다고?"

잔갸 군이 물었다.

"예."

"그건 아니지. 콜롬보 짱은 벌써 한 번 출제했어."

"두 번. 이번이 세 번째."

044APD가 정정했다.

"게다가 한 번에 세 명을 죽인 적도 있었지."

"네 명."

"긴장 같은 거 안 한다고. 그렇지?"

"정신을 바싹 차린다는 의미의 긴장은 하지. 손이 떨리거나 목이 마르는 긴장은 안 해."

"그렇대."

"그래서, 어디의 누구를 죽였는가?"

반도젠 교수가 말했다.

"도요나카에 사는 회사원."

"도요나카?"

"오사카부 도요나카시."

"회사원 이름은? 나이는? 가족은? 주소도 더 자세하게 말해줘."

"각자 조사해."

"앙?"

"오늘 낮부터 뉴스에 나오고 있으니까."

"그건 그렇다 쳐도 이 자리에서 정보를……."

"오늘 오사카부 도요나카시에서 발생한 살인사건은 한 건밖에 없으니까 착각할 일은 없어."

"아니, 그러니까……."

"내가 특별하게 할 말은 없어. 이 사건은 뉴스 따위에서 얻을 수 있는 일반적인 자료만으로도 충분히 추리가 가능해. 만약 부족하면 현지로 가서 조사하거나 피해자 주변을 탐문하면 돼."

"그러한가? 그럼 지금부터 인터넷으로 조사할 테니 질문은 그 후에 하도록 하지."

"일반적인 정보만으로도 추리할 수 있다고 했잖아. 의문은 각자 알아서 해결해."

반도젠 교수의 입이 딱 벌어졌다.

"좋아 좋아. 그럼 냉큼 문제를 말해. 사건의 수수께끼가 뭐지? 응?"

이번에는 잔갸 군이 반대로 도발했다.

"수수께끼도 너희들이 찾아내."

"앙?"

"사건의 개요를 알면 이해할 수 없는 점이 저절로 떠오를 거야."

"너 이 자식, 장난 치냐?"

"한 주 동안에 나올 만한 매스컴 보도는 다 나올 테니까 한 주더 생각할 시간을 두기로 하고, 답 맞히기는 다다음주에 하자. 21일 금요일 밤 11시. 그날 여의치 않은 사람이 없으면 오늘은 이만. 잘 자."

그리고 [044APD] 창이 깜깜해졌다.

어안이 벙벙해진 채 남은 네 사람에게 잠시 침묵이 찾아왔다.

"뭐야, 저 태도는?"

잔갸 군이 툭 내뱉었다.

"매번 제멋대로잖아."

두광인은 목을 움츠렸다.

"그렇다고는 해도 우리를 너무 깔보는데. 문제도 알아서 생각하라고?"

"참신한 취향이라 좋을지도 모르죠. 오, 찾았습니다."

aXe가 화면을 향해 턱짓을 했다.

"보자 보자. '한 남자 회사원이 오사카부 도요나카시 자택에서 시체로 발견되었다. 살해당했을 가능성이 높다고 본 오사카 부경은 9일 도요나카 경찰서 내에 수사본부를 설치했다. 오사카 부경은 시체로 발견된 남성이 하쓰타 오사무(35) 씨라고 밝혔다. 9일 오전 6시 30분경, 자택 2층 침실에서 하쓰타 씨를 깨우려던 부인 기요미(36) 씨는 하쓰타 씨의 상태가 이상하다는 것을 알아차리고 119에 연락했다. 하쓰타 씨의 가슴에는 파자마 위에서 찌른 상처가 있었고, 목에는 강하게 압박당한 흔적이 있었다. 현재 사법해부를 통해 사인과 사망 추정 시각을 조사하는 중이다. 하쓰타 씨는 기요미 씨와 초등학교 1학년인 아들과 함께 생활했으며, 기요미 씨에 따르면 전날 밤 11시 30분에 잠자리에 들 때는 별 이상이 없었다고 한다. 현장은 도요나카시 북서부의 높은 평지에 자리 잡은 한적한 주택지로, 하쓰타 씨 일가족은 올해 3월에 오사카 시내에서 이사 온 지 얼마 되지도 않아 변을 당했다.' 이것밖에 안 나왔습니다. 뭐, 제1보니까 어쩔 수 없지만요."

"이 몸도 아까 전부터 조사하고 있네만, 지금은 어느 신문사의 보도를 봐도 오십보백보일세."

반도젠 교수가 말했다.

"'실내에는 뒤진 흔적이 없었다'라고 보도한 곳이 있는 정도야."

두광인도 입을 열었다.

"이렇다 할 특징이 없는 살인이로군. 이 어르신의 '잘린 머리'에 비하면 백배는 수수해. 수수께끼라고는 요만큼도 없어."

잔갸 군이 말하자 aXe가 반론했다.

"그건 주의력이 너무 결여된 게 아닌가 하는데요."

"뭐라고?"

"한 가지 이상한 점이 있지 않습니까?"

"뭔데?"

"왜 모르는 거죠? 탐정의 자질에 문제가 있는데요."

"시끄러."

"가족은 세 명, 살해당한 사람은 한 명."

"그게 뭐?"

"분명하게 쓰여 있지는 않았지만, 아내와 아이는 다치지 않은 것 같습니다. 상처를 입었다면 그렇게 쓰여 있었을 테죠."

"그래서?"

"더구나 아내와 아이는 하쓰타 씨가 실제로 습격당했을 때 그 사실을 알아차리지 못했습니다. 이 역시 보거나 들었다면 그랬다고 기사에 쓰여 있었겠죠."

"그, 래, 서?"

"같은 집에 살면서 어째서 알아차리지 못한 걸까요? 초등학교 1학년 아이는 둘째치고 부인은 알아차릴 법도 한데요."

"침실을 따로 썼겠지."

"목을 조르고 가슴을 찌르면 그 나름대로 소리가 납니다. 설령 깊이 잠들었을 때 덮친다 해도 목을 졸린 사람은 반사적으로 반항할 테고 소리도 내겠죠. 생활음이 없는 심야라면 다른 방에 있어도 알아차리지 않겠습니까?"

"침실이 열 개 스무 개나 되는 저택일 거야."

"부인이 수면제를 먹고 잤는지도 모르지. 요즘 시대에 수면장애는 감기와 마찬가지로 대중적이라네. 이렇게 말하는 이 몸도 실은 레돌민에 의존하고 있지."

잔갸 군의 의견은 현실감이 거의 없었지만, 반도젠 교수의 의견은 한번 생각해볼 만한 여지가 있었다.

"사건 당일 밤에 부인은 아이를 데리고 친정에 돌아가 있었다든가. 아침에 돌아와보니 남편이 죽어 있었던 거지."

두광인도 떠오른 생각을 하나 말해보았다.

"그럼 뭐야, 이번 문제는 '어째서 가족에게 들키지 않고 죽일 수 있었을까'라는 거냐?"

잔갸 군이 불만스러운 듯이 말했다.

"현 시점에서는 그것 말고 수수께끼라고 할 만한 내용은 눈에 띄지 않네요. 하지만 정보가 요만큼밖에 없는 단계에서는 이러니저러니 생각해봤자 별 도리 없다고도 할 수 있습니다. 추리가 아니라 단순한 상상에 지나지 않을 테니까요."

aXe가 말했다.

"그러면 이상한 점이 있느니 없느니, 개소리하지 말라고."

잔갸 군이 바로 물고 늘어졌다. 그리고 또다시 개와 원숭이 싸움이 시작되었다. 두광인은 이 두 사람은 무시하고 반도젠 교수에게 말을 걸었다.

"의견을 조정해볼까?"

"어떻게?"

"우선 각자가 이 사건을 파고드는 거야. 그다음에 모여서 뭐가 문제인지 의견을 교환하고 통일된 견해를 도출해서 추리를 진행해야지."

"필요 없을 듯하네. 우리는 파워레인저 매직포스 같은 팀이 아니야. 각자가 독립적으로 개업한 탐정이지. 제각기 문제를 찾아서 저마다 답을 찾아내면 되네."

"그건 나도 알아."

"오귀스트 뒤팽, 셜록 홈스, 브라운 신부, 에르퀼 푸아로, 엘러리 퀸, 파일로 밴스, 헨리 메리베일 경, 트위스트 박사, 반 도젠 교수*가 한 자리에 모인 파티 석상에서 살인사건이 발생했을 때 그 아홉 명이 일치단결하여 진상을 규명하겠는가?"

"각자 활약한 시대가 다르니까 아홉 명이 한 자리에 모일 수는 없어."

"말꼬투리는 잡지 말게나. 무릇 탐정이란 진상 규명과 질서 회

---

* 모두 소설에 등장하는 명탐정 캐릭터.

복은 2순위, 3순위로 제쳐놓고 자기 능력 과시를 제1순위로 생각한다네. 일치단결? 농담하지 말게. 남한테서 정보는 캐내겠지만 남에게 정보를 주지는 않아. 협력하는 척하면서 뱃속으로는 어떻게 하면 상대를 따돌리고 자기가 각광을 받을지 계산하고 있지. 애당초 협력성이 있었다면 아마추어 탐정 짓 하며 빠듯하게 생활하지 않고 경찰 조직에서 녹을 먹을 걸세. 안정된 수입, 경비 일체 부담, 노후 보장, 만만세."

"지금 근무하는 학교에서 대우가 안 좋은가?"

"무슨 소린가?"

"즉, 교수도 공동 전선을 펴는 건 사양이라는 말이지?"

"그러하네."

"나도 합동 회의는 딱 질색이야. 협조성 제로거든. 다만, 요즘에 계속 콜롬보한테 당하기만 하잖아. 이쯤에서 한 방 먹여두지 않으면 골치 아파. 원래부터 자기중심적이었지만, 요즘 들어 한층 제 멋대로란 말이야. 멋대로 돌아가지, 말도 안 하지, 문제를 제대로 일러주지도 않아. 이번에 우리가 엉뚱한 답을 내놓으면 그 자식 점점 더 기어오를 거야. 우쭐대지 못하게 하려면 이번 문제에 백 퍼센트 정확한 답을 들이대서 콧대를 꺾어놔야 해. 그러기 위해서는 각자 제멋대로 추리해나가기보다 힘을 한 방향으로 결집하는 편이 벽을 부수기 쉽지. 소이小異를 버리고 대동大同을 따른다. 대국 大局을 내다보기 위한 타협이라고."

"좋아, 한번 정신 차리게 해주자고!"

반도젠 교수가 대답하기 전에 잔갸 군이 위세 좋게 찬성의 뜻을 나타냈다.

4월 10일

잠에서 깨자 밖은 어둑어둑해져 있었다. 두광인은 손끝으로 눈 곱만 떼내고는 세수도 하지 않고 부스스한 머리를 한 채 부엌으로 갔다. 어젯밤에 먹은 카레를 데워 채소 주스를 따른 머그컵과 함께 식탁으로 옮긴 후 전등, 가스 팬히터, 텔레비전을 순서대로 켜고 스푼을 입에 가져가면서 조간신문 사회면을 펼쳤다.

사법해부 결과가 나와 있었다. 하쓰타 오사무의 사인은 목 압박에 의한 질식이었다. 사망 추정 시각은 9일 오전 2시 전후다.

흉기에 관한 정보도 실려 있었다. 목을 조른 타월과 가슴을 찌른 식칼은 양쪽 다 피해자 집에 있었던 물건인데, 현장인 침실에 그대로 유기되어 있었다.

식사를 마친 뒤 두광인은 텔레비전 채널을 적당히 바꿨다. 이 시간대에는 각 방송국에서 딱딱하지 않은 뉴스를 방송한다.

……백 퍼센트 안전을 자랑하던 주택지에서 범죄, 그것도 살인 사건이 발생한 만큼 주민들은 불안에 떨고 있으며, 하루라도 빨리 범인이 체포되기를 바라고 있습니다. 또한 경비상 미비한 점은 없었는지 시스템 그 자체에 대한 조속한 검증도 필요한 상황입니다. 이상 오사카부 도요나카시 현장이었습니다.

도요나카시라고 했으니 하쓰타 오사무에 관한 보도이리라. 두 광인은 '백 퍼센트 안전을 자랑하던'이라는 표현이 마음에 걸렸다.

광고가 끝난 후에는 1천 엔으로 대만족을 주는 한정 점심 메뉴가 소개되었다. 두광인은 채널을 바꾸었다. 다른 방송국에서도 아직까지 즐길 수 있는 수도권의 벚꽃이라든가 방을 정리할 줄 모르는 여자라는 태평스런 화제밖에 방송하지 않았다.

5시 20분이었다. 석간신문은 벌써 왔으리라. 하지만 아래 우편함까지 가지러 내려가기가 귀찮아 머그컵을 들고 방으로 돌아가 컴퓨터 앞에 앉았다. 인터넷을 삼 분쯤 돌아다니자 바라던 정보를 얻을 수 있었다.

하쓰타 오사무의 집은 도요나카 야스라기가오카 언덕의 한구석에 있었다. 도요나카 야스라기가오카 언덕은 오사카 부내의 개발업자가 작년에 분양을 시작해 올해 3월부터 입주가 시작된 단독주택지로, '남유럽풍의 아름다운 마을' '모든 시설 전력화와 태양열 급탕' '10년 앞을 나아가는 안전설계'의 세 가지를 특색으로 들고 있었다. 그중에서도 '10년 앞을 나아가는 안전설계'를 최고로 내세우고 있었는데, 모든 세대에 표준적인 가정용 보안 시스템을 도입했을 뿐 아니라, 분양지 안에 상주 경비원을 두어 외부자 출입을 24시간 감시했다. 희망하면 아이들을 데리고 학교나 학원을 오가기도 한다. 그 때문에 분양 가격은 시세보다 30퍼센트 더 비쌌고 유지 관리비도 한 달에 7만 엔이었지만, 요즘의 뒤숭숭한 사회상을 반영하기라도 하듯 총 50세대가 분양 당일 모두 계약되었다고 한다.

이미지상으로는 관리인이 있는 오토록 맨션의 단독주택 버전이다. 수상한 사람의 침입은 불가능했을 것이다. 하물며 살인 따위는 절대 발생하지 않을 터였다.

하지만 실제로는 수상한 사람의 침입을 허용한 끝에 살인이 일어나고 말았다. 백 퍼센트 안전을 보장받는다고 믿던 야스라기가오카 언덕 주민의 동요는 극심했고, 고작 한 달 만에 보안 시스템이 뚫린 개발업자의 충격도 컸다.

그 혼란을 일으킨 사람이 바로 044APD다.

4월 11일

오사카시 북쪽 외곽에 위치한 도요나카시는 센리 뉴타운이 건설되는 등 오사카 도시권의 위성도시로서 기능하고 있다. 지형은 남북으로 길고 북쪽으로 갈수록 높아지는데, 시 권역을 빠져나가 더 북쪽으로 가면 호쿠세쓰의 산들과 마주친다.

두광인은 도쿄에서 네 시간과 일만 수천 엔을 들여 이곳 도요나카를 찾아왔다.

한큐미노오선 사쿠라이역을 동쪽에 두고 오래된 상점가를 빠져나와 국도를 건너자 눈앞에 병풍 같은 구릉 지대가 펼쳐졌다. 올라간 구릉 꼭대기 맞은편에 있는 것이 도요나카 야스라기가오카 언덕이다.

처음 방문하는 지역이었지만 두광인은 멈춰 서서 지도를 펼칠 필요도 없이 여기까지 찾아올 수 있었다. 뭔가 있을 법한 방향은 어쩐지 짐작이 간다. 두광인은 어렸을 때부터 그런 후각을 지니고 있었다. 화재로 불탄 터나 교통사고 현장 따위를 잘 찾아냈다.

그곳은 담 안쪽에 있었다. 하쓰타의 집이 그렇다는 말이 아니다. 야스라기가오카 언덕 전체가 담으로 둘러싸여 있었다. 콘크리트로 만든 2미터 정도 높이의 담은 크림색으로 칠해져 있었고, 그 위에는 동그라미와 삼각형, 사각형을 조합한 추상적인 그림이 불그스름한 색, 짙은 반물색, 회색, 검정색의 네 가지 색깔로 그려져 있었다. 윗부분 언저리에는 구체, 입방체, 삼각뿔 등등 하나하나 손으로 반죽해 만든 듯 형태와 크기가 제각기인 오브제가 늘어서 있었다.

그런 멋들어진 담이 길을 마주 보며 쭉 이어졌다. 담을 따라 모퉁이까지 걸어가서 꺾어들자 담도 90도 구부러져서 뻗어나간다. 담은 주택지 전체를 네모지게 한 바퀴 빙 둘러싸고 있었다. 형무소 담처럼 높지는 않은 데다 페인트로 부드러운 인상도 만들어내고 있다. 하지만 담은 어디까지나 담이다. 눈앞에 길게 이어져 있으면 나름대로 압박감을 준다. 이런 주택지에 어째서 담이 있느냐는 위화감도 든다.

사각형 담에는 각 변마다 안으로 들어갈 수 있는 틈이 나 있었다. 사건이 발생한 지 고작 이틀밖에 안 지나서 그런지, 입구가 있는 곳마다 흥미를 찾아 모여든 구경꾼들이 인산인해를 이루고 있었다. 비디오카메라를 짊어지거나 보도라고 적힌 완장을 찬 사람도 드문드문 보인다. 두광인은 그들 사이에 섞이어 담 안쪽을 들여다보았다.

왼쪽 제일 앞에 있는 집은 모조 벽돌 벽에 짙은 초록색 덩굴이 얽혀 있었고, 비늘 무늬를 한 삼각 지붕에는 풍향계가 달려 있었다. 그 옆집은 프랑스식 창문°에 나무로 된 테라스가 눈길을 끌었다. 그 맞은편 집은 아치 창문이 달린 현관에 가스등을 모방한 현관등을 설치해두었고, 그 옆집에는 난로 굴뚝 같은 물건이 붙어 있었다.

이렇듯 건매 주택처럼 판박이가 아니라, 한 채 한 채가 개성적인 얼굴을 하고 있었지만 마을 전체적으로는 조화를 이루고 있었다. 외벽과 지붕 색깔이 베이지, 카키, 새먼핑크, 엄버, 오렌지 등의 옅은 갈색 계통으로 통일되어 있었기 때문이다. 과연 남유럽풍이다. 길 역시 평범한 아스팔트 포장이 아니라 포석길이다.

담이 없다는 것도 공통적이다. 산울타리를 친 집은 있었지만, 펜스나 블록 담으로 둘러싸인 집은 한 채도 없다. 담 안은 안전하기 때문에 각각의 집에 담을 또 만들 필요는 없다는 뜻이리라.

'안'으로 통하는 입구는 열려 있다. 문짝이 있지도 않고 경찰이 봉쇄하지도 않았다. 하지만 사람들은 입구 앞에 떼를 지어 몰려 있을 뿐이었다.

'밖'과 '안'의 경계에 간판이 세워져 있다.

여기서부터 앞쪽은 사유 도로입니다.

● 바닥까지 이어진 쌍바라지 유리창.

입주자에게 용건이 없으신 분은 통행을 삼가주십시오.

거동이 수상한 사람은 경찰에 신고하겠습니다.

— 도요나카 야스라기가오카 언덕 관리조합

간판 뒤에서는 파란 제복을 입은 경비원 두 명이 아형 금강역
사와 훔형 금강역사[*]처럼 사람들을 노려보고 있었다.

오늘 모인 구경꾼들은 분별이 있는지 순순히 간판에 적힌 문구
에 따르고 있다. 양복을 입은 한 중년 사내만이 경비원에게 뭐라
고 따져댔지만, 그가 무슨 말을 해도 경비원은 "사유지라서 안 됩
니다"라는 말로 일관할 뿐이었다. 결국 중년 사내는 뒤집어진 목
소리로 고함을 지르고는 어딘가로 달려가버렸다. 누군가가 그 사
람에게 가세하면 다른 사람들도 하나둘씩 끼어들어 경비원을 몰
아붙일 테고, 그러면 뜻밖의 사태에 대처할 방법이 없어진 경비원
들이 우왕좌왕하는 사이에 침입할 수도 있겠는데 유감스럽게도
그런 사태는 벌어지지 않았다. 두광인이 선두에 서서 구경꾼들을
선동하지도 않았다. 매스컴도 있고 하니 눈에 띄는 행동은 피하는
편이 좋을 것이다.

결국 두광인은 북적이는 사람들 속에서 눈만 담 안쪽으로 침입
시켰다. 하지만 아무리 응시해도 어느 집이 하쓰타의 집인지 알
수 없었다. 애당초 반드시 이 위치에서 눈으로 확인이 가능한 범

---

[*] 금강역사는 쌍을 이루어 불법을 수호하며, 입을 벌린 것을 아형, 입을 다문 것을 훔형이라
고 한다.

위 안에 세워져 있다고 할 수도 없다. 사전에 주택 지도를 조사했지만, 생긴 지 얼마 되지 않은 곳이라 각 세대의 이름은 실려 있지 않았다.

두광인은 사람들 사이를 빠져나와 다른 입구로 돌아갔다. 나머지 세 군데에도 경비원이 두 사람씩 서 있어서 도저히 안으로 들어갈 분위기가 아니었다.

마지막으로 돌아간 입구 근처에 대나무 숲으로 둘러싸인 독채가 있었다. '안'이 아니라 '밖'에 속한 집이다. 고도성장기, 오일쇼크, 버블시대와 그 붕괴를 모두 보아왔음 직한 낡은 일본 가옥으로, 현관 앞에 놓인 선반에는 훌륭한 분재가 나란히 놓여 있었다. 선반 맞은편에는 작업복을 입고 분재를 가지치기하며 불쾌한 얼굴로 구경꾼들을 바라보는 초로의 남자가 있었다.

남자가 얼굴을 몇 번째인가 들었을 때 두광인과 눈이 마주쳤다. 두광인은 가볍게 목례를 하고 남자 쪽으로 다가갔다. 나무문 너머로 "안녕하세요" 하고 인사하며 명함을 건넸다. 문패에는 '가타다堅田'라고 적혀 있었고, 나무문 손잡이에는 '제7지구 회장'이라고 적힌 나무 팻말이 매달려 있었다.

"주간……."

가타다는 가짜 명함을 코앞에 갖다 대고 중얼거렸다. 이번에는 방송국이 아니라 잡지사로 위장했다.

"바쁘신데 죄송합니다. 야스라기가오카 언덕 일로 두세 가지 여쭙고 싶습니다만."

"아무것도 몰라. 서로 트고 지내지 않았어."

가타다는 퉁명스럽게 말하며 명함을 돌려주었다.

"숨진 하쓰타 씨 말고 야스라기가오카 언덕 전체에 관한 질문입니다."

"아무것도 모른다니까. 저기 사람들 누구와도 친하게 지내지 않았어."

"저 간판은……."

두광인은 야스라기가오카 언덕 입구로 몸을 돌려 무용건자 출입금지 간판을 가리키면서 물었다.

"저건 사건 후에 세워졌습니까?"

"아니, 전부터 있었어."

가타다는 얼굴을 찌푸렸다.

"경비원도 전부터 있었습니까?"

"있었지."

"저렇게 모든 입구마다 두 사람이 금강역사처럼 스물네 시간 내내 서 있었습니까?"

"아니야, 사건 전에는 저렇게 많이 없었어. 다 합쳐서 두세 명이 한 자리에 있지 않고 돌아다녔지."

"야스라기가오카 언덕 안을요?"

"안을 돌아다니기도 하고 담 밖을 순찰하기도 했어. 오늘은 구경꾼들이 들어가지 못하도록 내내 서 있었을 거야."

"그럼 경비원 몰래 주택지 안으로 들어갈 수 있었겠군요?"

"그렇지."

"하지만 경비원이 그런 자를 발견하면 사유지니까 나가라고 쫓아낸다는 말씀이시죠?”

“일단 뒤를 밟아.”

“뒤를 밟아요?”

“어느 집에 뭘 하러 왔는지 확인하는가 봐. 그래서 그냥 손님인 것 같으면 내버려둬. 우편함에 광고 전단을 넣고 있으면 주의를 주고 내보내지. 종교를 권유하러 온 사람이나 외판원도 내쫓아.”

“그리고 말을 듣지 않으면 경찰을 부르는 거군요.”

“간판에는 그렇게 쓰여 있지.”

“배달 차량도 하나하나 뒤를 쫓습니까? 우편, 신문, 택배, 음식 배달 등등 50세대나 되면 하루에 드나드는 수도 상당할 것 같은데요.”

“배달은 대개 정해진 사람이 하니까 대부분 얼굴만 확인하고 통과시키겠지.”

“그럼 아무 집도 방문하지 않고 그냥 돌아다니고만 있으면 뒤는 밟되 주의를 주거나 경찰을 부르지는 않겠군요.”

“그냥 지나가는 건 별소리 안 해. 다만 누를 끼친다거나 수상하다고 판단되면 주의를 줘.”

가타다는 말을 멈추고 노골적으로 얼굴을 찌푸리며 조그맣게 혀를 찼다. 그러고는 두광인의 얼굴을 똑바로 보며 말했다.

“입주가 시작된 무렵에 말이야, 우리 집 여편네가 잠깐 둘러보러 갔었어. 어떤 집이 있고 어떤 사람이 사는지 궁금하잖아, 보통. 궁금하지 않겠나?”

“아 예, 뭐 궁금하겠죠.”

"보러 가서는 창문이 예쁘다느니, 잔디밭이 멋지다느니 하면서 감탄하고 있었대. 그런데 그때 경비원이 다가오더니 방해되니까 나가라고 하더래. 그냥 구경하고 있을 뿐이라고 하니까 사생활 침해다, 입주민은 감시당하는 걸 싫어한다, 라는 말을 했다는군. 절도범의 사전 조사로 간주될지도 모른다면서 말이야!"

가타다는 관자놀이에 핏대를 세우며 말을 이었다.

"그 안에는 공원이 있어. 그리 넓지는 않지만, 알록달록한 스웨덴제 미끄럼틀이랑 타잔 로프를 갖춘 어엿한 어린이 공원이지. 모래밭에는 항균 모래를 깐 모양이야. 도시키랑 유리카도 놀게 해주고 싶잖아. 그래서 데리고 갔더니만 여기는 사유 공원이다, 거주자의 친구라면 놀아도 상관없지만 아니라면 다른 공공 공원에 가라고 지껄이잖아. 공원에 사유, 공공이 어디 있나? 공중公衆의 것이니까 공원이라고 하는 건데 말이야. 웃긴다니까. 도시키랑 유리카가 불쌍하지 않은가."

갑자기 그가 기침이 새어 나올 만큼 언성을 높였다. 도시키와 유리카는 손자 손녀일까?

"나도 이런 소리는 하고 싶지 않네만, 저기도 7구, 여기도 7구란 말이야. 같은 동네라고. 그런데 어째서 들어가면 안 되지? 이웃끼리 친하게 지낼 수 없지 않은가."

"주택지 안에 감시 카메라는 설치되어 있습니까?"

"카메라!"

가타다는 손뼉을 짝 치고는 말을 퍼부었다.

"건설 전에 주민설명회를 할 때 담 위에 카메라를 달 예정이라고 지껄이더란 말이지. 야스라기가오카 언덕뿐만이 아니라 인접 지구의 방범과도 직결된다면서. 뭔 헛소리야. 사생활 침해라고 맹렬히 항의하고 시청에도 불만 신고를 해서 그 따위 계획은 납작하게 만들어줬지."

"하쓰타 씨 댁은 야스라기가오카 언덕의 어디쯤에 있는지 아십니까? 입구 근처입니까? 다른 집이 세 방향을 둘러싸고 있나요? 아니면 모퉁이 땅입니까?"

"여름에는 언덕 아래 공원에서 백중맞이 춤 대회가 열리지. 가을에는 하치八幡° 님을 기리는 축제가 열리고. 담 안에 사는 녀석들은 참가하려나? 한 사람당 기부금을 1천 엔씩 내라고 부탁하러 가면 성가신 짓을 한다고 경찰에 신고할까?"

가타다는 나무문 윗부분을 양손으로 잡고 앞뒤로 덜컥덜컥 흔들면서 두광인을 노려보았다. 더 이상 이야기가 통하지 않는다.

4월 14일

"자, 슬슬 결론을 낼까? 콜롬보 님이 제시한 수수께끼란 무엇이지?"

반도젠 교수가 물었다.

"벌써 결론은 나왔잖아."

° 무사들이 많이 숭앙한 궁시弓矢의 수호신.

잔갸 군이 말했다.

"밀실."

aXe가 덧붙였다.

"범인은 어떻게 2중 밀실을 뚫었는가? 이거면 되나? 다른 의견 있는 사람?"

두광인이 확인했다. 다른 의견은 없었다.

044APD를 제외하고 화상 채팅방에 모인 네 명이 각각 닷새 동안의 성과를 내놓고 이번 문제에 대한 의견을 통합하고 있었다. 두광인은 도요나카에서 실제로 보고 들은 사실을 전했다.

도요나카 야스라기가오카 언덕은 뛰어난 안전성을 자랑하는 주택지였다. 상주 경비원이 밖에서 들어오는 사람을 엄중히 감시하고 있었다. 각 세대는 가정용 보안 시스템을 갖추고 있었다. 하쓰타 오사무를 죽이기 위해서는 사람과 기계로 이루어진 2중 감시를 돌파해야 한다. 상식적으로 생각할 때 하쓰타 일가는 문단속도 했을 테니 3중 밀실 상태라고도 할 수 있다. 범인은 그 정도로 견고한 수비를 어떻게 뚫었을까?

"그건 그렇고 경비원이 동네를 순찰하다니, 세상 참 험해졌다니까."

잔갸 군이 익살스럽게 말했다.

"학교에도 경비원을 두는 시대라네. 야간 경비를 위해서가 아니라, 한낮에 나타나는 수상한 사람에 대비하기 위해서 말일세."

반도젠 교수가 입을 열었다.

"외국인 절도단에 소녀를 유괴하는 공무원, 그리고 우리 같은 개구쟁이들도 있고 말이죠."

도끼를 부채처럼 부치며 aXe가 쿡쿡 웃었다.

"그렇다고 해서 어린아이까지 쫓아내다니 너무 각박하지 않냐? 공원 정도는 사용하게 해주란 말이야."

잔갸 군이 말하자 aXe가 응수했다.

"그건 아니죠. 사유지니까요. 어린아이든 국회의원이든 멋대로 들어가면 안 됩니다. 그게 규칙이에요. 미국이었다면 '겟 아웃!' 하고 산탄총을 쏴도 뭐라고 못 한다니까요. 일본에 태어나서 다행이야, 휴."

"실제로 본 입장에서 감상을 말하자면, 경비원보다 오히려 담에 위화감이 들었어."

두광인이 말했다. 주택지 전체를 감싼 거대한 담이 바깥 세계를 거부하는 한편, 담이 없는 각각의 집은 개방적이다. 그 두 가지 요소가 기묘한 대조를 이루고 있었다.

"공동체 전체를 담으로 감싸는 건 전통적인 보안 시스템이라네."

반도젠 교수가 말했다.

"전통적?"

"삼국지를 읽어보게나. 옛날 중국에서는 외적의 침입을 막기 위해 마을 전체를 돌벽으로 둘러쌌지. 돌벽에 문도 달아서 여닫을 수 있게 만들어놓았어. 에도시대* 때 우리도 에도의 여러 마을들

---

* 도쿠가와 막부가 일본을 통치하던 시대. 1603~1867.

입구에는 나무문을 설치해두었고, 문지기와 자경단원이 드나드는 사람들을 감시하지 않았는가. 야간에는 나무문을 닫아두었지."

"그러고 보니 그렇네. 현대인이 보안에 관한 의식이 더 낮구나."

"지금 시대에 안전을 자랑거리로 내세우고 싶다면 감시 카메라와 적외선 센서는 필수겠지. 물론 입구에서 이름을 적고 무슨 목적으로 어느 집을 가는지도 하나하나 기록해둬야 해."

야스라기가오카 언덕 입구에 경비실을 두는 것은 당초 계획에 있었던 모양이다. 하지만 여러 입구에다 경비실을 두기에는 비용이 너무 많이 들고, 그렇다고 해서 입구를 하나만 만들면 방재상의 문제가 생기기 때문에 결국 채용되지 않았다. 감시 카메라 설치는 옛날부터 살던 주민의 강경한 반대에 부딪혔다.

"아, 싫다 싫어. 경비원이 어슬렁거리고 카메라로 감시하는 그런 곳에는 살고 싶지 않아."

잔갸 군이 말하자 aXe가 쿡쿡 웃었다.

"가난뱅이가 무슨 걱정을."

"이 자식이!"

"자자, 조용히. 그렇게 생각하면 야스라기가오카 언덕이 자랑한 안전성이란 겉만 번지르르할 뿐 침입자를 완전히 막을 수 있는 시스템은 아니었던 셈이지."

두광인은 이야기를 본래 방향으로 이끌어갔다.

"보안에 구멍이 뻥뻥 뚫려 있었다는 말이죠. 경비원은 스물네 시간 근무하지만 입구에 눌러앉아 있지는 않습니다. 담 바깥도 순찰하잖아요? 그 사이에 수월하게 담 안으로 들어갈 수 있습니다. 다른 경비원이 안에 남아 있었다고 해도 밤중이었다면 들키지 않고 하쓰타 씨네 집까지 갈 수 있어요. 아마추어라도 식은 죽 먹기죠."

aXe가 어깻부들기까지 들어 올린 양손을 펼쳤다.

"경비원의 눈은 속일 수 있었다고 해도 그다음은? 하쓰타의 집은 가정용 보안 시스템의 보호 아래 있었어. 창문이나 문을 열면 경보음이 울려."

"하쓰타 일가가 깜박하고 스위치를 안 켰다든가, 무슨 이유가 있어서 일부러 꺼두었다면, 창문을 깨든 벽을 부수든 경비 회사에 연락은 가지 않습니다."

"그러니까 우연히 경비원에게 들키지 않았고, 침입하려고 한 집의 보안 시스템도 우연히 작동하지 않았다고?"

"가능성은 있을 법하죠."

"등신아."

잔갸 군이 툭 내뱉었다.

"현실의 사건이었다면 그런 실망스런 진상도 정답일 수 있겠지만, 이건 퀴즈라고. 당연히 좀 더 기발한 수단을 사용했을 거 아냐!"

"이번 사건도 현실에서 발생했는데요."

"이런 초딩 새끼가! 말꼬리 잡으니까 재미있냐?"

"가능성을 말했을 뿐 그게 진상이라고는 안 했습니다만. 남의 이야기는 잘 들어야죠."

"이 자식이!"

그리고 또 시작되었다. 멋대로 싸우는 두 사람은 내버려둔 채 반도젠 교수가 말했다.

"콜롬보 님이 실제로 어떤 수단을 사용했는지는 제쳐놓고, 운 좋게 경비원에게 들키지 않은 데다 더 운이 좋게도 하쓰타 일가의 경보 장치도 우연히 끊어져 있었다, 라는 설을 논리적으로 부정할 만한 재료는 없네."

"안 돼."

두광인은 고개를 좌우로 저었다.

"출제자가 준비한 답이 아니더라도 설명이 되면 정답으로 인정해야 한다고 주장한 사람은 다름 아닌 콜롬보 님일세. 그 결과 그 주장이 자신에게 되돌아가도 불평은 할 수 없어."

"안 돼, 안 돼. 그 방법은 콜롬보가 늘어놓은 말을 재탕하는 것 밖에 되지 않아. 그런 걸로는 녀석의 코를 납작하게 만들 수 없어. 그래, 그 자식의 코를 납작하게 눌러주는 게 이번 모임의 주제니까."

"음. 확실히……."

반도젠 교수는 팔짱을 끼고 한 손으로 턱을 받쳤다.

"찍 소리도 못 하게 만들려면 역시 콜롬보가 준비한 답을 완벽하게 알아내는 수밖에 없다고 생각해. 답 그 자체를 맞출 뿐 아니라 복선도 빠짐없이 회수해야지."

"음."

"어이, 어이, 어이! 바로 지금 번뜩였어!"

잔갸 군이 끼어들었다.

"발상을 역전시켜봐. 범인은 어떻게 야스라기가오카 언덕에 침입했는가? 아니야! 범인은 침입할 필요가 없었어. 왜냐하면 야스라기가오카 언덕에 살고 있으니까."

"오오. '안'에 있는 주민이라면 담 안쪽을 당당하게 돌아다닐 수 있지. 밤중이라도 경비원에게 의심받지 않아."

"그렇지? 이 어르신은 천재라니까."

"둔재."

마치 그렇게 말하기를 기다리고 있었다는 듯 aXe가 내뱉었다.

"가정용 보안 시스템은? 설령 옆집 사람이 범인이라도 집 안에 멋대로 들어가려고 하면 경보가 울립니다. 경보가 울리지 않으려면 하쓰타 일가가 깜박하고 스위치를 안 켰다거나 일부러 껐다는, 범인에게 아주 유리한 우연을 갖다붙여야 하죠. 안 그러면 설명이 안 돼요. 즉, 범인이 담 안과 밖 어느 쪽에 사는지는 크게 의미가 없습니다."

"이 새끼가!"

잔갸 군이 덤벼들었지만 싸움으로 이어지지는 않았다.

"경비원을 범인으로 하면 어떻겠나?"

반도젠 교수가 몸을 앞으로 쑥 내밀었다.

"경비원도 처음부터 '안'에 있는 사람이지. 게다가 경보 장치를 해제할 수 있어."

"가정용 보안 시스템은 집 밖에서도 해제할 수 있어?"

두광인이 물었다.

"경비원이라면 할 수 있을 걸세."

"틀림없어?"

"아마도."

"어떻게?"

"옥외 어딘가에 설치된 단말기에 해제 코드를 입력한다든가, 카드 키를 넣는다든가."

"정말?"

"보게, 경비 회사와 계약한 상점 앞에는 그런 박스가 있지 않은가. 현관 앞인지 뒤인지는 모르겠지만 그것과 비슷한 물건이 설치돼 있을 걸세. 그렇게 밖에서 해제할 수 없으면 외출했다가 돌아온 거주자가 집에 들어가려 해도 경보가 울리고 만단 말이야."

"증거는?"

"응?"

"콜롬보는 그렇게 되받아칠 거야. 범인이 '안'에 있는 인간이라는 설정은 트릭으로서 가능하다고 생각해. 하지만 그렇다는 증거를 보여주지 않으면 콜롬보를 굴복시킬 수 없어. 상상이라면 얼마든지 가능하다고 일소에 부치고 말겠지."

"음."

반도젠 교수가 부풀어 오른 오른 뺨에 손을 댔다.

"경비원은 관계없지 않을까?"

잔갸 군이 말했다.

"그렇잖아. 경비원이 범인이라는 말은 즉, 콜롬보 짱이 경비원이라는 소리지. 그 자식이 경비원? 말도 안 돼. 수상한 사람한테 말이나 걸 수 있겠냐? 목소리가 너무 작아서 무시당할걸."

"댁은 바봅니까? 인터넷과 현실에서 인격이 서로 다른 건 당연히 있을 법한 일이죠. 어째서 우리랑 놀 때 콜롬보가 연기를 한다고는 생각 안 하는 겁니까?"

aXe가 바로 반론하자 또 (이하 생략).

"어쨌든 증거를 찾자. 물증이 아니라 상황 증거라도 상관없어. 한 주 더 힘내자고."

두광인이 반도젠 교수에게 말했다.

"일단 이 몸은 가정용 보안 시스템의 해제에 관해 조사해보도록 하지."

"그럼 나는 사건 당일 밤에 피해자나 피해자 부인이 시스템 스위치 켜는 걸 잊어버리지 않았는지 조사해볼게. 문단속 상태도. 어쩌면 시스템 작동과 문단속을 잊어버리게 만들 만한 사건이 있었는지도 몰라."

"응? 콜롬보 님이 무슨 일을 일으켜서 문단속이 허술해졌다는 말인가?"

"응, 예를 들면 경비 회사로 위장해서, 시스템 점검을 하니까 창문 자물쇠를 열어두라고 전화를 걸었다. 뭐, 이건 너무 단순하지만."

"음, 그건 조사해볼 가치가 있겠군."

반도젠 교수가 고개를 끄덕이며 말했다. 그러더니 문득 생각난 듯 한마디 덧붙였다.

"한 가지 신경 쓰이는 점이 있네만."

"뭔데?"

"관계있다고는 생각할 수 없네만."

"그러니까 뭐?"

"저녁에 민영 방송 뉴스에서 피해자가 협박당하고 있었다는 소식을 들었는데 말이야."

"하쓰타 오사무가? 협박당해?"

"그렇다네."

"범인한테?"

"문맥상으로는 그렇게 들리더군."

"무슨 의미인지 잘 모르겠는데. 봐봐, 범인은 콜롬보야. 범행 동기는 추리게임 문제를 출제하기 위해서지. 피해자를 협박할 필요가 없잖아."

"이 몸도 그게 이해가 되질 않는다네."

"정말 협박당했어? 뭔가 잘못 들은 거 아니야?"

"결코 잘못 듣지 않았네. 다만 '협박당하고 있었다는 정보도 있다'라는 몹시 애매한 한마디가 나왔을 뿐 협박 내용이나 형식은 언급하지 않았어."

"그 뉴스, 어디 채널이지?"

"TVJ 계열이었다네."

두광인은 인터넷을 슬쩍 검색했다. 분명 캐스터가 그 같은 코멘트를 했으니 교수의 말에 거짓은 없었다. 다만 역시 반도젠 교수가 말했듯이 구체성이 없는 보도인 데다 다른 매체를 포함해도 속보는 없었다.

"기자가 엉터리 정보를 손에 넣은 거 아니야?"

"그럴지도 모르겠네만."

"어쩌면 협박과 살인은 다른 차원에서 발생했는지도 몰라. 다른 누군가에게 협박을 받고 있던 사람을 콜롬보가 죽인 거지."

"이 몸도 그럴 가능성이 제일 높다고 생각하네. 다만, 콜롬보 님이 하는 일이니만큼 어쩌면 이 협박인지 뭔지도 콜롬보 님이 세운 계획이다, 그리고 그 이면에는 이번 문제를 푸는 데 필요한 중요한 열쇠가 숨겨져 있을지도 모른다, 라고 막연히 지레짐작하는 거지."

"확실히…… 하지만 잠깐 기다려봐."

두광인은 다스베이더 마스크의 관자놀이 부분을 툭툭 두드리다 말을 이었다.

"만약 콜롬보가 그 협박을 했다면 이번 문제 그 자체가 밑바탕부터 뒤집어질지도 몰라. 그가 준비한 수수께끼는 2중, 3중의 밀실이 아니라 다른 방향에 있는 건지도 모르겠어."

"그렇다네. 이 몸도 그게 걱정이야."

"하지만 협박 내용을 모르면 판단할 방법이 없는데."

"하지만 지금으로서는 보도에서 협박 내용을 파악할 수는 없네."

"지금으로서는, 이라고 해도 해답 기한까지 앞으로 한 주밖에 안 남았어."

"그렇지. 협박 내용이 피해자의 사생활에 깊이 연관되어 있다면 앞으로도 보도되지는 않을 걸세."

협박을 받던 본인이 제3자에게 그 내용을 함부로 이야기했다고 생각하기는 어렵다. 밝힌다면 그 대상은 극히 가까운 사람으로 한정된다. 하지만 가까운 사람은 피해자를 생각해서 행동할 테니 스스로 나서서 미디어나 인터넷에 정보를 유출하지는 않을 것이다. 또한 협박의 내용에 따라서는, 예컨대 여자관계의 문제였다면 가족에게도 밝히지 않고 자기 가슴속에만 묻어두었을 가능성도 높다.

"바보 아니냐!"

잔갸 군의 목소리가 났다. 여전히 aXe와 말다툼을 벌이고 있나 보다고 생각했지만 아니었다.

"게임의 기본 규칙이 뭐냐? 문제를 푸는 데 필요한 정보는 남김 없이 제공한다잖아. 이번에는 취향이 좀 달라서 출제자가 정보를 제공하지 않았지만, 그 자식은 '뉴스 따위에서 얻을 수 있는 일반적인 자료만으로도 충분히 추리가 가능하다'라고 분명히 말했어. 따라서 만약 그 협박인지 뭔지가 이번 문제와 직접적인 관계가 있다면 협박의 자세한 내용을 뉴스 따위에서 입수할 수 있을 거야. 입수가 불가능하면 협박과 살인은 관계가 없다고 판단해도 무방해. 콜롬보 짱이 하는 일이니 그런 면에 소홀함은 없을걸. 이런 걸 보고 논리적인 생각이라고 하는 거야."

aXe가 야유하고 (이하 생략).

4월 15일

오후에 일어난 두광인은 냉장고에 있던 샌드위치를 베어 먹으며 아무도 없는 거실에서 조간신문을 펼쳤다.

협박에 관해서는 한 마디도 쓰여 있지 않았다. 애초에 하쓰타 오사무의 사건 기사가 한 줄도 눈에 띄지 않았다. 상당히 큰 사건이 아닌 한 발생한 지 일주일이나 지나면 대개 이런 취급을 받는다.

텔레비전에서는 인터넷에서 알게 된 미국과 네덜란드 남녀가 실제로 만나봤더니 삼십 년 전에 생이별한 쌍둥이였다든가, 여행지인 마이애미에서 행방불명된 개가 보스턴에 있는 집까지 걸어서 돌아왔다는, 월드 서프라이즈 다큐멘터리를 하고 있었다. 토요일 오후다. 어느 채널을 틀어도 뉴스나 와이드쇼는 하지 않았다. 이 세상에는 주말에는 다루지 않아도 될 만한 정도의 사건밖에 없다는 말이리라.

방으로 돌아온 두광인은 절전 모드에 들어간 컴퓨터를 깨워 텔레비전 와이드쇼 감상으로 유명한 블로그에 접속했다.

와이드쇼 감상 블로그에도 협박의 자세한 내용은 쓰여 있지 않았다. 다른 블로그나 게시판을 들여다보았다. '하쓰타 오사무 & 협박'으로 검색도 해보았다.

그러고 있을 때였다. 컴퓨터 스피커에서 전자음이 띠리링 울려 퍼졌다.

소리가 발생한 곳은 화상 채팅 소프트였다. 등록된 멤버가 채팅을 요청하면 이 소리가 난다. 동시에, 호출한 사람의 이름이 깜박인다. 깜박이고 있는 이름은 '잔갸 군'이었다.

두광인은 급히 두 귀에 이어폰을 꽂고 다스베이더 마스크를 쓴 후에 웹캠 스위치를 켜고 채팅 참가 버튼을 클릭했다. 이윽고 열

린 [두광인] 창에는 자신의 모습이, [잔갸 군] 창에는 늑대거북이
나타났다.

"있다 있어. 겨우 붙잡았네. 두 시간 전부터 부르고 있었는데 이
놈이고 저놈이고 대답을 안 하잖아."

"토요일이니까."

"그럼 네 녀석은 왜 집에 있는데?"

"삼십 분만 더 있으면 벤틀리°가 모시러 올 거야. 영국에서 온
친구와 애프터눈 티 약속이 있거든."

"잘도 지껄이는군."

"그런데 무슨 용건이야?"

"뭐라니? 당연히 그거지."

"공교롭게도 독심술의 소양은 갖추지 못했는데!"

"허튼소리 하지 마. 아니면 메일 안 읽었냐?"

"무슨 메일? 어쨌거나 오늘은 아직 메일 확인 안 했어."

"보통 아침에 일어나서 제일 먼저 메일 확인 하잖아."

"오전에는 자고 있었거든."

"그날 일어나서 제일 먼저라는 의미라고."

"어차피 스팸 메일밖에 안 와."

"그쪽에도 콜롬보 짱이 메일을 보냈을 거야."

"콜롬보? 잠깐만 기다려."

두광인은 메일을 확인했다. 50통 정도 되는 스팸 메일 속에

● 영국의 명품 자동차 브랜드.

044APD@houyhnhnm.com에서 온 메일이 파묻혀 있었다. 제목은 '힌트'였다.

"힌트?"

메일을 연다. 본문은 없었다.

"뭐야, 이거! 투명 편지?"

"아 그래, 재미있다, 재미있어. 파일이 첨부되어 있을 거야."

suggest.txt라는 텍스트 파일이 첨부되어 있었다.

"위장 바이러스?"

"덜떨어진 소리는 그만하고 빨리 읽어봐."

두광인은 suggest.txt를 열었다.

"하쓰타 오사무, 최후의 49일간. 2월 20일. 하쓰타 기요미는 머리에 타월을 두른 채 카탈로그를 열심히 들여다보고 있었다. 페이지를 넘기다 마음에 든 상품 사진에 빨간 펜으로 동그라미를 치고, 포스트잇을 붙이는 대신에 페이지 모서리를 삼각형으로 접는다.' 주간지 기사인가?"

"너 이 자식, 초등학교 1학년이냐? 소리 내지 말고 읽어. 읽어보면 알아."

하쓰타 오사무, 최후의 49일간
2월 20일

하쓰타 기요미는 머리에 타월을 두른 채 카탈로그를 열심히 들여다보고 있었다. 페이지를 넘기다 마음에 든 상품 사진에 빨간 펜으로 동그라미를 치고, 포스트잇을 붙이는 대신에 페이지 모서리를 삼각형으로 접는다. 가구, 식기, 생활 잡화, 커튼, 위생 용품…… 테이블 위에는 두꺼운 카탈로그가 산더미처럼 쌓여 있다. 머리카락이 마를 때까지 시간을 때우자는 생각에 보기 시작했지만, 시간 가는 줄도 모르고 열중한 탓에 드라이어로 세팅하기 전에 머리카락을 다시 적셔야 할 것 같았다.

커튼은 반드시 필요, 타월이랑 슬리퍼도 새것으로 사고, 가능하다면 소파도 이런 비닐 소파가 아니라 진짜 가죽 소파나 벨벳 같은 천을 댄 것으로 다시 구입하고 싶다. 늘어나는 비용은 골칫거리이지만, 아무튼 단순한 이사가 아니다. 염원하던 마이 홈을 손에 넣은 것이다. 새 부대에는 새 포도주가 어울린다.

기요미가 콧노래를 섞어가며 카탈로그를 넘겨보고 있자니 남편 오사무가 욕실에서 나왔다.

"어느 게 좋아?"

기요미는 우산꽂이 사진을 가리키며 남편에게 물었다.

"응."

오사무는 답변이 되지 않는 대답을 했다.

"좀 제대로 봐봐. 이쪽은 유럽색이 강한 세련된 느낌. 이쪽은 플라스틱이지만 색이랑 디자인이 귀여워. 뭐가 좋아?"

"응."

오사무는 다시 적당히 대답을 하고 나서 한숨을 푹 쉬었다.

"당신, 상당히 까다롭잖아. 발 닦는 매트는 이 색이 아니면 안 된다든가, 플라스틱 옷걸이는 싫다든가. 나중에 불평 듣고 싶지 않아. 이쪽? 이쪽? 어느 쪽이야?"

오사무는 고개를 설레설레 젓더니 이마에 손을 댔다. 기요미는 이상하다는 생각에 남편의 얼굴을 들여다보았다.

"몸 상태가 안 좋아? 뜨거운 물속에 너무 오래 있었나?"

"아니야."

오사무는 이마에 손을 댄 채 눈을 감았다. 그리고 불쑥 말했다.

"이사, 그만두자."

"응?"

"그렇게 말하면 어떡할래?"

"이사 날짜를 바꾸는 거야?"

"그게 아니라 그 집으로 이사 가는 걸 그만둔다고."

"뭐?"

"야스라기가오카 언덕에는 안 가."

"정말 수준 낮은 농담이네."

기요미는 웃었다. 하지만 오사무의 얼굴에는 웃음기 하나 없었다. 기요미는 웃음을 거두고 물었다.

"도대체 어떻게 된 거야?"

"어떻게고 저떻게고 간에 3월 이후에도 이 단지에 있겠다는 말이야."

"영문을 모르겠네. 무슨 소린지 하나도 모르겠지만, 그건 불가능하잖아. 집을 샀단 말이야."

"그렇지."

오사무는 한숨을 쉬더니 말했다.

"하지만 팔아버리는 방법도 있어. 그곳이라면 좋은 가격으로 팔릴 거야."

"왜 구입한 지 얼마 되지도 않은 데다 아직 살아보지도 않은 집을 팔아야 하는데?"

기요미는 신경질적으로 다그쳤다.

"그렇지. 농담이야. 지금 이야기는 그냥 잊어."

오사무는 힘없이 웃었다. 하지만 기요미는 웃을 수 없었다.

"설마…… 회사가 도산했어? 명예퇴직? 그래서 융자금을 못 갚는 거야? 그런 거지!"

기요미는 남편의 손을 잡고 앞뒤로 흔들었다.

"무슨 소리야. 회사는 그대로 있어. 명예퇴직도 안 당했고. 승진 소문이 나돌 정도야."

"승진? 정말?"

기요미는 표정을 누그러뜨렸다가 바로 긴장시켰다.

"그럼 어째서 집을 팔아야 해?"

"그러니까 농담이라고 했잖아."

"농담이라는 말로 때울 수 있을 것 같아?"

기요미는 주먹을 치켜들었다.

"쉿."

오사무가 입술에 집게손가락을 댔다. 장지문 건너편에는 외동아들 쇼무가 자고 있다. 올해 봄부터 초등학생이다.

"해도 될 농담이 있고 안 될 농담이 있어."

기요미는 작은 소리로 항의했다.

"미안 미안. 스트레스가 좀 쌓여서 말이야."

"나를 가지고 일에서 쌓인 울분을 풀지 마."

"불행의 편지가 왔거든."

"뭐?"

"시시한 장난인 줄은 알지만, 좀 지쳤어."

오사무는 고개를 기울이고 목덜미와 어깨를 주물렀다.

"무슨 편진데?"

"도요나카 야스라기가오카 언덕에 살면 불행해진다, 너뿐만이 아니라 가족 모두가 불행해진다, 이사를 단념해라."

"정말이야?"

"그런 메일이 매일 회사로 와. 저번 주 초부터 계속. 주말에 그걸 잊어버리고 있었는데 오늘 회사에 갔더니 역시 와 있었어."

"그런 짓을 하는 게 누구야?"

"모르겠어."

"보낸 사람 주소는?"

"전혀 짐작이 안 가. 게다가 매번 다른 계정으로 보내. 주소는 다르지만 내용은 토씨 하나 안 틀리고 똑같으니까 한 사람의 소행일 거야."

"어휴, 저질."

"장난이라도 이만큼 계속되면 신경이 쓰이고 기분도 나빠."

"무시해, 무시. 인터넷상의 저속한 녀석들은 상대하지 않는 게 기본이잖아."

"그렇지만 하나 걸리는 점이 있어. 이 메일을 보내는 사람은 하쓰타 오사무가 야스라기가오카 언덕으로 이사 간다는 사실을 알

아. 어떻게 알았을까? 찜찜해."

"으음, 하지만 무시해버리면 그만이잖아. 그건 그렇고 우산꽂이 말인데……."

기요미는 카탈로그로 눈길을 떨어뜨렸다. 그녀의 마음은 이미 새집으로 날아가고 있었다.

"기사라기보다는 소설 느낌이 나는데?"

두광인은 텍스트에서 눈을 떼고 웹캠으로 얼굴을 돌렸다.

"설명이 있잖아."

"어디에?"

"뭐야, 마지막까지 안 읽었냐?"

"2월 20일 것만 읽었어."

"느려터졌군. 이 어르신은 애프터눈 티를 마시러 다녀올 테니까 돌아올 때까지 읽어둬."

잔갸 군은 그 말을 남기고 로그아웃했다.

하쓰타 오사무, 최후의 49일간 (이어서 계속)
3월 5일

두 장을 겹친 신문지에 싸인 식기를 박스 안에 세로로 늘어놓는다. 다섯 박스가 가득 찼는데도 여전히 끝이 보이지 않는다. 가족은 세 명인데 어째서 이렇게 많을까, 전부 버리고 새집으로 가서 다시 구입할 걸 그랬다는 생각에 기요미는 우울해졌다. 하지만 이 박스의 개수가 가족의 역사라고 생각하자 기운이 조금 솟았다.

허리를 두드리며 일어선 기요미는 방구석에서 잡지를 묶고 있는 남편에게 말했다.

"뭐 좀 마실래?"

"응."

"차? 커피?"

"오유와리お湯割り°."

"참 그런 게 있었지? 나도 그걸로 할래."

기요미는 고구마 소주 오유와리를 6대 4 비율로 만들어서 오사무에게 건네고, 자기 몫으로는 십전대보주十全大補酒를 록 글라스에 반 정도 따랐다. 시어머니가 계피나 작약 등 열 종류의 생약을 넣어 집에서 담근 약주다. 기요미는 냉한 기질에 잘 든다면서 매일 밤 잠들기 전에 십전대보주를 마셨다. 향이 독해서 처음 한동안은 물을 타도 딱 질색이었지만, 지금은 스트레이트로도 꿀꺽꿀꺽 마실 수 있게 되었다.

"그러고 보니 협박 메일은 어떻게 됐어?"

술을 마시며 짐을 꾸리던 기요미가 문득 생각이 난 듯 물었다. 남편이 그날 이후로 아무 말도 하지 않았기 때문에 완전히 잊어버리고 있었다. 오사무는 아아, 하고 고개를 끄덕이고는 대답했다.

"삼 일 전에 마지막으로 오더니 더는 안 오더라고."

"잘됐네. 역시 무시하는 게 최고야."

° 술에 따뜻한 물을 섞어 마시는 음주법 또는 그 술.

"지금까지는 메일 제목이 항상 '경고'였는데 마지막 메일 제목은 '최후 통첩'이었어."

"도발 한번 저렴하다."

"내용도 달라졌는데, 야스라기가오카 언덕으로 이사하면 안 되는 이유가 적혀 있었어."

"뭔데?"

"거기는 에도시대 때 참수형을 집행하는 사형장이었대."

"어!"

"이 세상에 원념이 남은 혼이 지금도 많이 떠돌고 있다, 그런 곳으로 이사 가면 반드시 나쁜 일이 생긴다, 자칫 잘못하면 목숨을 잃을지도 모른다, 이 따위 말을 길게 적어놨더라고."

"거짓말일 거야."

기요미는 글라스를 놓고 가슴 위로 양손을 댔다.

"그래, 엉터리야. 조사해봤는데 그런 사실은 없었어. 향토사 연구가한테도 확인해봤거든. 삼 년 전까지는 빵 공장이었고 그전에는 농지와 잡목림이었대."

"아, 진짜 짜증 나."

"이걸로 악질적인 장난이라는 사실이 확실해졌어."

"악질이야, 너무 악질."

"그때까지는 무시했지만, 이 메일은 도가 지나치잖아. 도대체 누가 이런 짓을 하는지 보낸 사람의 정체를 밝혀야겠다고 생각했지."

"응."

"하지만 내 기술로는 무리였어. 외국의 프리 메일을 사용하거나 다른 사람으로 위장하고 발신했더라고."

"그랬구나. 누굴까? 성질나네."

"그래서 생각해봤는데, 추첨에서 탈락한 사람이 한 짓 아닐까?"

"아!"

도요나카 야스라기가오카 언덕은 계획 발표 단계 때부터 최첨단 안전설계가 화제가 되어 문의가 쇄도한 탓에, 선착순 접수가 아니라 추첨 판매를 했다. 최종적인 경쟁률은 6대 1까지 올라갔다. 요즘 같은 시대에 생활의 안전은 무조건 보장되는 것이 아니라, 스스로 획득하는 것이다. 오사무와 기요미가 무리를 해서라도 야스라기가오카 언덕에 집을 구한 것도 아이의 안전을 위한 것이었다.

"추첨에 떨어져서 화풀이한 거야."

"최악이네."

"우리 집뿐만 아니라 입주가 결정된 다른 세대에도 보냈을지도 몰라."

"머리가 이상한 그런 놈은 확 죽어버리면 좋겠어. 초범이라도 사형시켜야 돼."

오래된 신문을 주워 든 기요미는 필요 이상의 힘을 주어 신문을 반으로 찢었다. 한 장으로는 기분이 가라앉지 않아 두 장, 세 장 계속해서 찢었다.

"이제 메일은 안 오니까 집행유예면 족해."

오사무는 빈 잔을 옆에 밀어놓고 비닐 끈 뭉치를 집어 들었다.

"왜 더 이상 안 보내는 걸까?"

"질렸든지, 덧없다는 걸 깨달았겠지. 너무 많이 보내서 발신자가 누군지 들킬까 봐 겁먹었을지도 모르고. 뭐, 무슨 이유든 상관없어. 이제 끝났으니까."

"그래. 자, 조금만 더 힘내자."

기요미는 글라스 바닥에 남은 약주를 비우고는 다시 식기와 격투를 시작했다.

3월 10일

먹구름이 낮게 끼고, 곳에 따라서는 눈도 내릴 수 있다는 일기 예보 때문에 걱정스러웠지만, 결국 눈은 한 송이도 내리지 않았고, 하쓰타 일가는 무사히 이사를 마쳤다.

3월 17일

이사한 지 한 주가 지나자 겨우 새집에서의 생활이 틀을 갖추었다. 그렇다고는 해도 아직 열지 않은 박스가 몇 개나 쌓여 있다.

오사무의 출근을 배웅한 기요미는 낙낙한 작업복을 입고 또다시 정리를 해나갔다. 여자의 손으로 검 테이프를 벗기기는 상당히 힘들었다. 박스를 해체해서 접는 데도 상당히 애를 먹었다. 손도 거칠거칠해져서 바지런히 크림을 발라도 소용이 없다.

옷을 펼쳐 옷걸이에 걸거나 새로 산 수납장에 DVD를 정리하고 있자니 엄마, 하며 쇼무가 다가왔다. 유치원은 마쳤고 초등학교 입학식은 조금 더 있어야 하기에 오전에도 이렇게 집에 있다. 엄마는 바쁘니까 이걸 보고 있으라고 디즈니 애니메이션 비디오를 틀어줘도 아이는 십 분 만에 같이 놀자면서 휴대용 게임기를 들고 온다. 그때마다 일일이 상대를 해주느라 집 안 정리는 좀처럼 진전이 없다.

온화한 봄날이었다. 바람은 없고, 스웨트 셔츠 한 장만 입고 있어도 쾌적한 날씨였다. 밖에서 점심을 먹기로 결심한 기요미는 샌드위치를 만들어 테라스에 있는 테이블에 차려놓았다.

"쇼무, 이리 와."

푸른 하늘에서 쏟아지는 부드러운 봄 햇살, 햇살을 눈부시게 반사하는 순백색 테이블, 화단을 채색하는 튤립과 팬지에서 피어오르는 달콤한 향기, 본차이나 접시에 담긴 샌드위치, 세트를 이룬 티 포트와 컵, 어디선가 옅은 복숭앗빛 꽃잎이 날아와서 춤을 추며 호박색을 띤 다르질링의 바다로 떨어진다.

이 얼마나 우아한 점심인가. 좁은 베란다에 덜 마른 빨래와 에어컨 실외기, 흙만 남은 화분, 쇼무의 장난감, 찌그러뜨린 박스가 잡다하게 뒤섞여 있던 한 주 전과는 하늘과 땅 차이다. 이 우아함이 앞으로도 계속 이어진다고 생각하자 기요미는 진심으로 행복한 기분이 들었다.

점심을 먹은 후에 기요미는 테라스에 그대로 앉아서 노트북을 펼쳤다. 다리를 꼬고 턱을 괸 채 한 손으로 키보드를 두드리자 파리의 카페 테라스에서 모바일 생활을 즐기는 기분이다. 무선 랜을 설치한 덕분에 이 자리에서 인터넷에도 접속할 수 있다.

노트북이 켜지고 바탕화면이 표시되었을 때 기요미는 눈살을 찌푸렸다.

바탕화면 이미지는 작년 가을 가족끼리 도쿄 디즈니랜드에 갔을 때 찍은 사진이었을 터였다. 어젯밤에 사용했을 때는 그랬다. 그런데 지금은 새빨갛다. 사진이 아니라 그냥 빨강 일색이다. 이 노트북은 남편과 같이 쓰는 것이니 남편이 바꾸었으리라. 하지만 왜 이렇게 기분 나쁜 바탕화면으로 바꾸었을까? 게다가 눈도 아프다.

의아하게 생각하는 사이에 기요미는 어떤 사실을 알아차렸다. 바탕화면은 빨강 일색이 아니었다. 자세히 살펴보자 주홍색으로 무슨 글씨 같은 것이 적혀 있다. 빨간 바탕에 주홍색, 터무니없는 조합이다. 기요미는 눈이 아픈 것을 참으며 주홍색 부분을 응시했다.

"뭐야, 이게!"

기요미는 눈을 문질렀다. 자극이 강한 색을 뚫어져라 쳐다본 탓에 눈이 이상해진 거라고 생각했다. 하지만 아무리 눈을 문지르고 눈구석과 눈가를 눌러봐도 화면에 변화는 없었다.

하쓰타 오사무,
경고를 무시한 대가를 치를 것이다.
가족과 함께 지옥으로 떨어져라!

그날 밤 남편이 돌아오자 기요미는 뚜껑을 연 노트북을 들고 현관으로 뛰어갔다.

"뭐야, 이건?"

오사무는 화난 듯이 내뱉으며 화면과 아내를 번갈아 노려봤다.

"묻고 싶은 사람은 나야."

낮에 노트북을 사용하려고 했더니 이랬다고 기요미는 설명했다.

"그런 말도 안 되는 소리를!"

"설마 당신이 이런 건 아니지?"

"뭐라고?"

"나한테 겁주려고 말이야."

"그런 짓을 할 리 없잖아, 어린애도 아니고."

"그럼 도대체 이게 뭐야!"

기요미는 노트북의 양 가장자리를 잡고 위아래로 흔들어댔다. 구두를 아무렇게나 벗은 오사무는 기요미를 밀어제치다시피 하며 집 안으로 들어오더니 가지런히 정리해둔 슬리퍼를 걷어차고 2층으로 올라갔다. 기요미는 잠깐 기다리라며 노트북을 들고 뒤를 쫓았다.

침실로 가며 벗어젖힌 윗도리를 침대 위에 내팽개친 오사무는 넥타이를 잡아 찢듯이 풀고 와이셔츠 단추를 하나둘 끄르며 중얼거렸다.

"해킹당한 거야."

"해킹?"

"외부에서 침입했다고."

오사무가 노트북 뚜껑을 두드렸다.

"회사 이메일로 불행의 편지를 보낸 사람이?"

"또 누가 있겠어?"

"메일이 온 게 아니라 바탕화면이 바뀌었어. 그런 것도 가능해?"

"다른 사람 단말기에 침입할 수 있으면 바탕화면이든 경고음이든 다 바꿀 수 있어. 일련의 메일은 주소가 교묘하게 위장되어 있었지. 범인은 컴퓨터와 네트워크 지식을 웬만큼 지니고 있어."

오사무는 아랫입술을 내밀고 침대에 드러누웠다.

"그런 사람들은 작동하지 않는 컴퓨터에도 침입할 수 있어?"

"작동하지 않아?"

"이 노트북, 어젯밤에 쓴 다음에 스위치를 꺼놨는데."

"전원의 온오프도 원격으로 조작할 수 있어."

"정말? 그럼 어떡해야 하지?"

기요미는 얼굴을 찌푸리고 남편의 바짓자락을 잡아당겼다.

"일단 인터넷에는 접속하지 말아야 해. 인터넷에 접속하지 않고 독립적으로 사용하면 안전은 확실해, 그럼. 침입구가 없어지면 아무리 기술이 좋아도 들어올 방법이 없지."

"노트북을 사용하지 말라고?"

"노트북은 써도 상관없어. 인터넷에만 접속하지 않으면."

"그럼 메일도 못 보내고 쇼핑도 못 하잖아."

"메일은 휴대폰으로 보낼 수 있잖아."

"좀 봐줘라."

기요미는 얼굴을 더 찌푸렸다.

"소극적이지만 이게 제일 간단하고 확실한 방법이야. 조만간에 상대편이 포기하고 손을 떼겠지. 뭐, 한 달만 참아."

"한 달! 그동안 카드놀이랑 지뢰찾기나 하라고? 지금부터 연하장이나 써두라는 거야?"

"이사 안내장은 아직 안 썼잖아."

"정말, 놀리지 마."

기요미는 볼을 부풀리며 남편의 허벅지를 찰싹 때렸다.

3월 23일

기요미는 인터넷 접속을 그만두지 않았다. 하지만 노트북을 쓰지 않을 때는 모뎀과 루터의 전원을 끊도록 신경 썼다. 전원 플러그도 콘센트에서 뺐다.

바탕화면이 바뀌는 사태는 두 번 다시 발생하지 않았다. 그래서 협박자에 관해서도 반쯤 잊고 있었다. 잠깐 동안의 안심이었다.

이날 아침 부엌에서 정리를 하던 기요미의 귀에 괴상한 소리가 날아 들어왔다.

"우왓!"

카운터 건너편 식탁 앞에 있던 남편이 눈을 부릅뜨고 있었다. 왼손에 신문, 오른손에 토스트를 들고 의자에서 반쯤 일어나 있었다.

"바퀴벌레?"

기요미는 입에 거품을 물고 고개를 좌우로 돌렸지만 살충제는 보이지 않았다. 이사 온 지 얼마 되지 않아 아직 마련하지 않았다는 사실을 깨닫고 슬리퍼 한쪽을 들고 부엌을 나섰다.

오사무는 말없이 턱으로 가리켰다. 테이블 위에 종이가 있었다.

하쓰타 오사무에게 재앙 있으라, 하쓰타 오사무에게 재앙 있으라, 하쓰타 오사무에게 재앙 있으라, 하쓰타 오사무에게 재앙 있으라, 하쓰타 오사무에게 재앙 있으라, 하쓰타 오사무에게 재앙 있으라, 하쓰타 오사무에게 재앙 있으라, 하쓰타 오사무에게 재앙 있으라……

A4 크기의 복사 용지 한 면에 자잘한 글씨로 인쇄되어 있었다.

"뭐야, 이게……."

"신문 사이에 들어 있었어."

"신문?"

"이거랑 같이."

오사무는 신문에 끼여 있던 광고지 다발을 들어 올렸다.

"어째서……."

"내가 어떻게 알아!"

오사무는 팔을 들어 올려 광고지를 바닥에 내팽개치려 했다. 하지만 이내 동작을 멈추고 조용히 팔을 내렸다.

"신문 가져온 거 당신이지?"

"그런데?"

"신문을 우편함에서 갖고 와서 그대로 이 테이블에 놔뒀지?"

"응, 난 안 읽었어. 그래서 이런 게 들어가 있는 줄은 몰랐어."

기요미는 떨리는 손가락으로 협박장을 가리켰다. 그리고 손을 슥 뻗어 종이를 낚아채더니 뒤집어서 테이블 가장자리로 밀어두었다.

"신문이랑 협박장이 따로 있지는 않았어?"

"그게 무슨 소리야?"

"신문을 꺼낸 다음에 우편함 속에 종이가 남아 있다는 사실을 알아차렸다. 속 광고지 중 한 장이 떨어졌다고 생각해서 우편함에서 꺼낸 신문 속에 끼워 넣었다."

"내가?"

"그래. 뒤집어져 있어서 협박장인 줄은 모른 거지."

"그런 짓은 안 했어. 우편함에는 신문밖에 없었다고."

"그렇군."

고개를 끄덕인 오사무는 오른손에 든 토스트를 신기한 듯 쳐다보았다.

"당신 설마 날 의심하는 거 아니야?"

기요미는 중얼거리듯이 물었다.

"의심해? 뭘?"

"저걸 만들었다고."

기요미는 뒤집어진 협박장을 가리켰다.

"당신이?"

"요전에 바탕화면 일로 내가 당신을 의심했으니까 그 앙갚음을 한 거라고 말이지."

"무슨 바보 같은 소리야! 커피나 줘."

오사무가 토스트를 베어 물었다.

"그럼 당신이 만들었어?"

"만들 리 없잖아. 커피."

"그럼 어째서 이런 게 있어?"

기요미는 협박장을 움켜쥐고 오사무에게 들이댔다.

"당연히 그 자식이 집어넣었겠지. 불행의 메일을 보내고 해킹까지 한 그 자식이."

"하지만 여기는 밖에서 멋대로 못 들어온단 말이야. 밤중에도 경비원이 감시한다고. 수도 수리 광고지나 피자집 메뉴, 샴푸 샘플도 우편함에 못 집어넣어. 그런데 어째서 이게 들어가 있지?"

기요미는 광고지를 마구 흔들었다.

"알 게 뭐야. 커피, 빨리. 이제 됐어."

오사무는 빼앗은 협박장을 구겨서 쓰레기통에 던져버렸다.

남편을 배웅한 후 기요미는 신문 판매소에 전화를 걸었다. 야스라기가오카 언덕에는 오전 4시 반 즈음에 배달을 했다고 한다. 이 계절에 그 시각은 아직 어둡다. 범인은 어둠을 틈타 경비원의 눈을 속이고 우편함 속 신문에 협박장을 끼워 넣었으리라고 기요미는 생각했다.

다음에는 야스라기가오카 언덕 안에 사는 몇 집을 방문해 물어보았다.

"오늘 조간신문에 이상한 광고지가 섞여 있지 않았나요?"

그러자 하나같이 어떻게 '이상'한 거냐고 되물었다. 하지만 쓸데없이 불안감을 부추기면 앞으로 이 동네에 살기 힘들어질지도 모른다는 생각에 협박장 실물을 보여주지는 않았다. 개인이 만든 치졸한 광고지라고만 대답했다.

이상한 광고지라는 말을 듣고 짐작이 간다는 이웃 사람은 없었다. 그렇다면 야스라기가오카 언덕에 이사 오기 전에 이상한 메일을 받지는 않았느냐고 물어보았다. 사람들은 비아그라나 만남 사이트의 스팸 메일이라면 매일 산더미처럼 온다면서 웃었다.

3월 29일

쇼무가 엄마, 엄마, 하고 계속해서 시끄럽게 부르는 통에 기요미는 걸레질을 멈추고 목소리가 난 쪽으로 가보았다.

쇼무는 테라스에 있었다. 손등으로 눈을 문지르며 엄마, 엄마, 하고 울먹이고 있었다.

"쇼 군, 왜 그러니?"

기요미는 아들을 마주해 쭈그리고 앉아 아이의 작은 어깨에 양손을 올렸다. 쇼무는 흐느끼면서 옆으로 손을 뻗었다. 그 집게손가락 끝을 쫓아간 기요미는 흠칫 놀라서 눈을 동그랗게 떴다.

인형이 있었다. 빨간 의상을 입은 히어로 전대戰隊 인형이다. 올해 정월에 시동생이 사준 물건인데, 한때는 욕실과 유원지에도 가지고 갈 정도로 쇼무가 마음에 들어 했다.

그 인형이 공중에 떠 있었다. 목에 하얀 끈이 휘감긴 채 데루데루보즈* 같은 느낌으로 바지랑대에 매달려 있었다.

"어떻게 된 거니? 뭐야, 이건!"

쇼무는 세차게 고개를 저었다.

"쇼 군이 이런 거야?"

하지만 이렇게 작은 아이가 할 수 있는 일이 아니라고 기요미는

● 날이 개기를 바라며 처마 끝에 매다는 종이 인형.

생각했다.

인형을 바지랑대에서 내려서 목에 감긴 줄을 풀었다. 꽉 묶은 매듭을 손톱으로 넓히는 사이에 손톱 끝이 찢어지고 말았다. 어린 아이는 도저히 이렇게까지 꽉 묶을 수 없다.

"쇼 군이 밖에 나갔더니 매달려 있었어?"

기요미는 인형을 건네주고 다시 물었다.

"응, 하지만 내릴 수가 없었어. 뛰어올라 봤지만 못 잡았어."

쇼무는 옆으로 눕힌 인형을 비행하듯이 ∞자 모양으로 움직였다. 이미 눈물은 그쳤다.

"누가 매달았는지 알아?"

"으으응, 밖에 나갔더니 매달려 있었어."

"밖에 나갔을 때 집 바깥에 누구 없었니?"

"몰라. 어? 이게 뭐지?"

쇼무는 인형을 얼굴 앞에다 들고 엄지손가락과 집게손가락으로 가슴의 돌기를 잡았다.

"위험해!"

기요미는 인형을 빼앗았다. 깜짝 놀라 어깨를 움츠린 쇼무는 다시 불에 덴 듯이 울기 시작했다.

기요미는 인형 가슴에 있는 돌기를 손가락으로 잡고 주의 깊게 앞쪽으로 당겼다. 1센티미터 정도 당기자 돌기물이 동체에서 빠졌다.

"누가……."

기요미는 멍하니 중얼거렸다.

돌기물은 압정이었다. 빨간 압정 대가리가 인형 옷과 일체화되어 있어서 금방 알아차리지를 못했다.

남편이 돌아오자 기요미는 테라스에서 있었던 일을 이야기했다.

"그런 말도 안 되는……."

오사무는 그 말만 되풀이했다.

"실제로 매달려 있었어."

기요미는 인형을 내밀었다. 끈에 세게 문질린 탓인지 인형 목에서 색깔이 조금 벗겨져 있었다. 가슴에는 압정 자국이 남아 있다.

"그 자식이……?"

"당연히 그 녀석이겠지. 어떻게든 해야 해."

기요미는 어린아이처럼 인형을 휘둘렀다.

"잠깐 잠깐. 협박장 사건이 머릿속에 있으니까 뭐든지 그쪽이랑 연결해서 생각하는지도 몰라. 선입관을 버리고 생각하자. 그러니까 그 인형은 바지랑대에 매달려 있었지?"

"맞아."

"그전에는 어디 있었어? 집 안 아니야?"

"아마도 어제 마당에서 놀다가 깜박하고 두고 왔을 거야. 쇼무는 모른다고 했지만."

"마당이 아니라 문 앞이나 공원에서 잃어버렸다고는 생각할 수 없을까?"

"가능성은 있어. 쇼 군이 어디든지 들고 다녔으니까."

"그렇다면 그걸 발견한 이웃 사람이 우리 집 부지 안에 넣어줬나? 아니면 신문 배달원이 그랬다든가."

"목매단 모습을 흉내 내다니, 참 멋진 이웃이네."

"우연히 목에 끈이 감겼을 뿐 다른 뜻은 없었을지도 몰라."

"애당초 일부러 끈을 감아서 바지랑대에 매달 필요가 없잖아. 우편함에 넣어두면 되는걸."

"그건……."

"게다가 압정이 박혀 있었어. 그게 친절한 마음에서 주워준 사람이 할 짓이야?"

"메모지를 고정해두지 않았을까? 어디어디에 떨어져 있었다는 메모지."

"메모 같은 건 없었어."

"바람에 날아갔을지도 몰라."

"대단하네. 매사를 얼마든지 자기 형편에 맞도록 해석할 수 있구나."

기요미는 어이가 없는 나머지 화낼 기분도 들지 않았다. 잠시 끙끙대며 생각하던 오사무는 의자에서 일어나 냉장고에서 캔 맥주를 가지고 돌아왔다. 기요미는 말했다.

"경비원한테 물어봤어. 수상한 사람은 못 봤대."

"그렇단 말이지."

오사무가 풀탭을 젖혔다.

"경찰한테 상의할까?"

"경찰? 문전박대당할 뿐이야."

오사무는 꿀꺽꿀꺽 소리를 내며 맥주를 마셨다.

"어째서? 시민의 안전을 지키는 게 경찰의 일이잖아."

"피해가 발생하지 않으면 일일이 상관하려 들지 않아."

"무슨 소리야! 협박 메일에, 광고지에, 해킹에, 그리고 인형을 목매달았다고. 이렇게나 괴롭힘을 당하고 있는데."

"그 정도로는 움직여주지 않아. 우리 몸이 피해를 입지 않으면 소용없어. 얻어맞아서 팔이 부러졌다든가, 찔려 죽었다든가 해야지."

"그런 게 어딨어!"

기요미는 얼굴을 찌푸렸다.

"스토커 사건을 생각해봐. 당사자 간 문제라면서 방치해둔다고."

오사무는 얼굴을 찡그리며 캔을 입에 댔다.

"그럼 이대로 참을 수밖에 없어?"

"당분간은 상황을 지켜볼 수밖에 없겠지."

"언제부터 상황을 지켜보고 있는데 그래!"

"상대가 누군지 모르면 어쩔 도리도 없어. 그것보다 배고파."

"그럴 상황이 아니라서 아직 쌀도 안 씻었어. 이삿짐 정리도 아직 안 끝났고, 입학 준비도 아직인데 이게 뭐야."

"일단 마시고 있을 테니까 안주 부탁해."

"몰라. 알아서 해."

기요미는 고개를 옆으로 휙 돌렸다. 오사무는 마지못해 일어나서 부엌으로 들어갔다. 기요미는 딱하다는 생각에 치즈가 있을 거라고 말해주었다.

"없어."

"도어 포켓에 있어."

"없어."

"어머, 그래? 그럼 어묵으로 해."

"없어. 아, 두부 튀김이 있네. 얼른 데워서 간장 찍어 먹자. 물론 채 썬 파랑 갈아서 으깬 생강도 넣고."

"드시든가."

"만들어줘."

"몰라."

기요미는 남편이 두고 간 맥주를 홀랑 마셔버렸다.

4월 7일

다녀왔어, 라는 말 다음에 비명이 울려 퍼졌다. 되풀이해서 기요미! 기요미! 하고 당황한 목소리로 부르는 소리가 난다. 기요미는 부엌칼을 놓고 가스불을 끈 뒤 현관으로 향했다.

"이거, 이거!"

오사무는 신발장에 손을 짚고 한쪽 발을 조금 들어 올린 채 구두를 앞뒤로 움직였다. 발부리 앞에 뭔가 다갈색 덩어리가 있었다. 복도 끝에 웅크리고 앉은 기요미는 비명을 질렀다.

쥐였다. 힘없이 늘어져 있어서 한눈에도 죽었다는 것을 알 수 있었지만, 그래도 쥐다. 봉제인형이나 고무 장난감이 아니라는 사실은 일목요연했다.

"뭐야, 이건!"

오사무가 쥐 시체 위에서 발끝을 돌렸다.

"무슨 짓이야, 그게!"

기요미가 맞받아 말했다.

"어떻게 좀 해봐."

"싫어. 당신이 어떻게 좀 해."

"죽었으니까 괜찮잖아."

"괜찮으면 당신이 하라고."

부부끼리 말다툼을 하고 있자니 "뭔데? 왜 그래?" 하고 쇼무가 다가왔다.

"쇼무가 주워 왔니?"

오사무가 묻자 쇼무가 어리둥절한 얼굴로 고개를 내밀었다.

"그렇게 더러운 걸 주워 올 리 없잖아. 보여주지 마."

기요미는 보면 안 된다면서 쇼무를 안고 안쪽으로 들어갔다.

오사무가 다시 자기 이름을 부르는 통에 기요미는 현관으로 되돌아갔다.

"자, 이거."

오사무가 티슈 상자와 편의점 봉지를 내던지듯이 건넸다.

"봐봐."

오사무가 말했다. 그는 쥐 앞에 쭈그리고 앉아 있다.

"싫어."

"괜찮으니까 봐."

오사무가 기요미에게 손을 내밀었다. 사방 5센티미터쯤 되는 작은 종이였다.

"뭐야?"

"쥐가 먹은 거야."

"응?"

"쥐 입 속에 있었어."

"당신, 그걸 손으로 만졌어? 맙소사!"

기요미는 뒷걸음질했다.

"됐으니까 보라고."

기요미 쪽으로 손을 뻗은 오사무가 손바닥 위의 종이를 뒤집었다. 정확하게 말하자면 앞면으로 돌렸다.

사진이었다. 사진 자체는 쭈글쭈글했지만 사람 얼굴이 찍혀 있다는 것을 알 수 있었다. 누구인지도 알아볼 수 있었다.

"당신?"

"그래, 내 사진이야. 이게 무슨 일이래."

"쥐가 종이도 먹나? 사진이 목에 걸려서 숨이 막힌 거야?"

혼란에 빠진 기요미는 그런 소리를 했다.

"쥐가 먹은 게 아니야. 누가 죽은 쥐 입에 쑤셔 넣었어. 그리고 그 시체를 여기 버려둔 거지."

"뭐?"

"이 쥐는 여기서 죽은 게 아니야. 몸은 오그라들었고, 털도 퍼석퍼석한 걸로 봐서 죽은 지 상당히 오래된 모양인데. 분명 시체를 밖에서 들고 들어왔을 거야."

오사무는 티슈를 대여섯 장 겹쳐서 쥐 시체를 감쌌다.

"누가……."

"또 누가 있겠어."

오사무는 기요미를 노려보다가 소프트볼만 해진 티슈 덩어리를 편의점 봉지 속에 내던지다시피 넣었다.

"잠깐만 있어봐. 문단속은 제대로 했다고. 보안 시스템도 켜뒀는데."

"그래. 아까 돌아왔을 때는 현관 자물쇠 둘 다 잠겨 있었어. 보안 시스템도 가동 중이었고."

"그럼 시체를 가져다놓는 건 무리지."

기요미는 옆에 있는 문을 열고 세면실로 들어갔다. 창문은 잠겨 있다. 우윳빛 유리 건너편으로 알루미늄 격자의 실루엣이 보인다. 이어서 화장실, 욕실도 살펴본다.

집을 한 바퀴 돈 후 현관으로 돌아오자 오사무가 양동이에 담은 물을 현관 바닥에 뿌리고 있었다.

"역시 문단속에는 문제가 없었어."

기요미는 말했다.

"하지만 실제로 여기 놓여 있었지."

오사무가 부풀어 오른 편의점 봉투를 가리켰다.

"장 보고 왔을 때는 없었단 말이야."

"몇 시였는데?"

"4시쯤."

"그럼 그다음에 집어넣었겠지. 지금이 7시니까, 세 시간 사이에."

"뭐라고? 하지만 말도 안 돼. 문이랑 창문이랑 다 잠가놨단 말이야. 보안 시스템도 작동하고 있었어."

"외판원이나 뭔가 권하러 온 사람은 없었어? 그런 사람으로 위장해서 가지고 들어왔는지도 몰라."

"없었어. 애당초 그런 사람들은 경비원이 동네에 들여놓지 않잖아."

"택배 배달은? 등기 우편 같은 건 안 왔어?"

"안 왔어. 손님도 안 왔다고."

"그럼 도대체 이건 뭐야?"

오사무는 열 받은 듯 편의점 봉투 주둥이를 벌리고 티슈 덩어리를 꺼냈다. 티슈를 한 장 한 장 벗긴다. 기요미는 그만두라면서 얼굴을 가렸다.

"아니면 이 쥐가 우리 집에 살고 있었다고 해볼까? 쥐는 한 번에 새끼를 예닐곱 마리나 낳아. 게다가 한 해에 대여섯 번이나 낳는다고. 태어나서 한 달만 지나면 임신도 가능하지. 도대체 우리 집에 몇 마리나 더 있다는 거야? 새로 지은 데다 이사 온 지 한 달도 안 된 집에 말이야. 동물 애호가라면 기뻐서 날뛰겠군. 게다가 힘도 무척 센 데다 손재주도 좋으신 우리 집 쥐는 선반에서 앨범을 영차 하고 꺼내서 사진을 떼어낼 수도 있다고. 종이가 주식이라서 결코 부엌을 어지럽히지도 않아. 최고야."

단숨에 할 말을 다 하고 나자 마음이 풀렸는지 오사무는 다시 청소를 하기 시작했다. 현관문을 열고 물을 밖으로 쓸어낸다.

"하지만…… 누가 멋대로 들어와서 두고 갔다고 해도, 사진은? 이 사진은 어디서 손에 넣었다는 거야?"

"그런 건 일도 아니야. 상대는 스토커 같은 놈이니까. 나를 줄곧 쫓아다니는 거지. 몰래 촬영할 기회는 얼마든지 있어."

"역시 경찰에……."

기요미는 중얼거리듯이 하소연했다.

"생각해볼 필요는 있겠어."

어제는 말이 끝나자마자 퇴짜를 놓은 오사무였지만 오늘은 고개를 끄덕이며 크게 한숨을 쉬었다.

"뭐가 백 퍼센트 안전이야. 전혀 안전하지 않잖아."

기요미는 쭈그리고 앉아 머리를 감싸 안았다.

4월 9일

부드러운 전자음이 울렸다. 그게 자명종 소리라는 것을 인식하기까지 시간이 약간 걸렸다.

기요미는 이불에서 꺼낸 한 손을 더듬더듬 움직여 알람을 껐다. 이 분 정도 그 자세로 갈등하다가 겨우 잠기운을 떨쳐낸 뒤 이불을 젖히고 상반신을 일으켰다.

옆을 보니 남편의 옆얼굴이 보였다. 눈을 감고 입은 반쯤 벌리고 있다.

"여보."

말을 걸었지만 오사무는 대답하지 않았다. 기요미는 상반신을 쭉 뻗어 옆 침대의 이불을 잡아당겼다. 침실은 같이 쓰지만 둘 다 잠버릇이 고약해서 침대는 따로 쓰고 있었다.

"여보, 6시 반이야. 당신 낚시하러 간다면서."

이불을 잡아당겨도 오사무는 깨어나는 기색이 없었고 그의 상반신만 훤히 드러났다.

여전히 반쯤 잠들어 있던 기요미의 머리가 단숨에 제정신을 차렸다.

오사무의 파자마 왼쪽 가슴께가 찢어져 있었다. 어두워서 분명치는 않지만 그 언저리의 색깔도 이상하게 느껴진다.

기요미는 침대에서 내려와 전등을 켰다. 그리고 비명을 질렀다.

오사무의 연회색 파자마가 검붉게 물들어 있었다.

"여보? 여보!"

기요미는 거듭해서 남편을 불렀다. 대답은 전혀 돌아오지 않았다. 몸을 흔들어도 반응을 보이지 않았다.

그러는 동안 기요미는 오사무의 손이 이상하게도 차갑다는 사실을 알아차렸다. 피부색도 안 좋다. 지렁이처럼 붉게 부은 자국이 목을 한 바퀴 휘감고 있다.

"여보! 여보! 여보!"

기요미는 그렇게 되풀이해 부를 수밖에 없었다.

＊ 이 원고는 소설 형식을 갖추고 있으나 최대한 사실을 반영하기 위해 노력했다. 특히 무대가 야스라기가오카 언덕으로 옮겨간 후로는 등장인물의 내면 묘사를 배제하고 사실을 거의 그대로 적었다고 봐도 무방하다. – 필자

"여전히 교수랑 도끼쟁이는 없군그래. 다 읽었냐?"

잔갸 군이 돌아왔다.

"읽었어."

두광인은 턱을 괸 채 대답했다.

"감상."

"눈이 피곤해."

"등신."

"콜롬보는 어째서 이런 걸 보냈을까?"

"힌트야. 메일 제목에 쓰여 있잖아."

"너희들이 알아서 조사하고 알아서 추리하라면서 본체만체도 안 했는데?"

"이 어르신도 그 점이 이상하다고 생각했어. 하지만 감이 딱 왔지. 콜롬보 짱은 어젯밤 우리가 한 회의를 ROM했던 게 틀림없어."

ROM^{Read Only Member}이란 발언은 일체 하지 않고 참가자가 나누는 대화와 텍스트를 듣거나 읽기만 하는 사람, 또는 그 행위를 말한다. 요컨대 훔쳐 듣기다.

"하지만 허가가 없으면 이 채팅룸에는 들어올 수 없어."

"원칙상으로는 그렇지. 하지만 뒷구멍은 얼마든지 있어. 네 녀석도 훔쳐 들은 적이 있을 텐데?"

"노코멘트."

"그건 그렇고 어젯밤 회의에서 이 어르신이 뭐라고 말했지? '하쓰타 오사무가 받은 협박이 이번 문제와 직접적인 관계가 있다면 협박의 자세한 내용을 뉴스 따위에서 입수할 수 있을 것이다. 입수가 불가능하면 협박과 살인은 관계가 없다고 판단해도 무방하다. 콜롬보 짱이 하는 일이니 그런 면에 소홀함은 없을 것이다.' 콜롬보 짱은 내 말을 듣고 급히 이 소설을 쓰지 않았을까? 처음에 녀석은 협박에 관해서도 대대적으로 보도되리라고 예상했어. 하지만 사건이 발생한 지 한 주가 지나도록 협박의 자세한 내용은 표면화되지 않았지. 해답 기한까지 남아 있는 한 주 사이에 소리도 없이 사건이 묻혀버릴 가능성이 발생한 거야. 하지만 그래서는 추리에 필요한 재료를 갖출 수 없어서 문제에 흠이 생기지. 그래서 그 사태를 막기 위해 부족한 재료를 스스로 제공하기로 방침을 전환한 거야."

"응, 그럴듯하네. 일련의 협박이 수수께끼 풀이와 밀접하게 연관되어 있다고 판단하자고. 그럼 이 협박이 이번 문제와 어떻게 관련되었는가? 일단 확인해두어야 할 문제는 동일 인물이 협박과 살인을 행했냐는 점이야."

"잠깐 잠깐! 도중에 이야기 끊지 마. 콜롬보 짱은 이 어르신의 마지막 한마디에 제법 약발을 받았다고 봐. '콜롬보 짱이 하는 일이니 그런 면에 소홀함은 없을걸.' 녀석은 이 한마디에 자존심을 자극받아서 추리의 재료를 제공하기로 한 거야. 그렇지?"

"그런 건 아무래도 상관없어."

"아무래도 상관없다니……."

"그것보다, 협박의 의미를 생각하자. 일단 확인해두어야 할 문제는 동일 인물이 협박과 살인을 행했냐는 점이야."

두광인이 철저하게 무시하자 잔갸 군은 언짢은 목소리로 대답했다.

"알았다고. 오늘은 도끼쟁이가 없어서 기분 좋게 해먹을 수 있겠다고 생각했는데 이 꼬라지로군. 보자. 즉, 하쓰타 오사무를 죽인 사람이 콜롬보라면 협박한 사람도 콜롬보일까, 라는 뜻이야?"

"그래."

"그야, 양쪽 다 콜롬보 짱이겠지."

"다른 사람 협박에 편승해서 살해했다든가, 하쓰타 오사무가 누군가에게 협박받은 사실을 몰랐을 가능성은?"

"없지. 콜롬보 짱은 살인사건을 추리하는 힌트로서 협박사건의 자료를 보냈다고. 즉, 두 사건은 관련되어 있다는 말이야. 각각 다른 동기를 지닌 다른 사람이 협박과 살인을 행했다면, 연관성은 없을 테니 자료를 보낼 필요도 없지. 게다가 그 녀석 성격으로 보건대, 해답에 필요한 증거, 복선 및 그 외의 재료는 전부 손수 준비할 거야. 다른 사람이 일으킨 사건에 편승하다니, 자존심이 용납치 않을걸."

"그렇겠지."

두광인도 그 점은 충분히 이해할 수 있었다.

"그리고 협박사건과 살인사건에는 커다란 공통점이 있어. 둘 다, 완벽했을 보안과 경비를 비웃기라도 하는 듯이 실행됐지."

"범죄의 취향이 똑같은 데다 배후에 동일인물의 냄새가 느껴진단 말이지?"

"안 느껴지냐?"

"느껴져."

"그럼 협박과 살인 둘 다 콜롬보 짱이 저질렀다는 걸로 결론을 내자고."

"오케이. 그럼 그걸 전제로 두고 다음으로 가자. 살인에 앞서 하쓰타 오사무를 협박한 이유는? 단순히 죽이기만 해서는 안 됐나?

협박도 협박장을 한두 번 보낸 정도가 아니야. 신문 속 광고지에, 인형에, 쥐에, 진짜 스토커 뺨친다고. 그렇게까지 수고와 시간을 들여 협박한 이유는?"

"죽이기 전에 기분을 고양시킨 거지."

"늘 슥삭슥삭 죽였잖아. 이번에만 고양시킬 필요는 없을 것 같은데."

"그렇다면 그거로군. 살인 예고라고도 받아들일 수 있는 협박이 계속되었다고 하면 세상 사람들은 엄청 불타오르는 법이지."

"그 남자가 유쾌범*이나 할 짓을 할까? 세상이 이러쿵저러쿵 떠드는 일에는 전혀 흥미가 없는 것 같은데."

"그렇다면 경찰 대책이야. 그만큼 집요하게 협박해두면 경찰은 원한이나 터무니없는 앙심 같은 동기 때문에 발생한 범행이라고 단정하고, 피해자와 연관된 사람을 철저하게 밝혀내려고 하겠지. 어중이떠중이가 저질렀을 가능성은 처음부터 버리고 수사에 임할 거야. 하지만 콜롬보 짱은 피해자와 아무런 접점도 없지. 퀴즈용으로 적당히 골라서 죽였을 뿐이니까. 지나가는 길에 마주친 강도랑 비슷한 거야. 프리랜서 살인귀는 용의선상에 오르지 않으리라는 속셈으로 그런 거라고."

"수사를 교란시킨다는 생각은, 뭐, 그럴 법하군."

"너무 평범해서 시시하다면 이런 건 어때? 콜롬보 짱은 사적으로 하쓰타 오사무를 죽일 이유를 가지고 있던 거야. 하쓰타 때문

● 세상을 놀라게 하고 그 반응을 즐길 목적으로 범죄를 저지르는 사람.

에 인터넷 옥션에서 사기를 당했다든가, 다른 사람들 앞에서 창피를 당했다든가, 육친이 살해당했다든가, 연인이 강간당했다든가."

"연인?"

두광인은 웃음을 확 터뜨렸다.

"무례하기는."

그렇게 말하는 잔갸 군의 목소리에도 웃음이 배어 있었다.

"그래서, 탐정 놀이를 빙자해서 그런 사적인 원한을 풀었다고? 게임으로 위장한 복수 살인?"

"그래. 원한이 너무 큰 나머지 그냥 죽여서는 성에 차지 않아서 집요하게 들러붙어서 괴로움을 주고, 불안감을 증폭시키고, 심리적으로 바짝 몰아넣으려고 계획한 거지. 그렇다면 이번 문제의 초점은 바뀌어. 콜롬보 짱이 말하길 수수께끼는 알아서 찾으라고 했지. 그리고 우리는 어젯밤 회의에서 이번 수수께끼는 다중밀실이라는 공통된 견해를 도출했어. 범인은 어떻게 경비원과 가정용 보안 시스템을 돌파했는가? 하지만 그 수수께끼는 위장용이었을 뿐 진짜 수수께끼는 따로 존재했던 거야. 우리가 풀어야 할 문제는 범행의 동기야. 콜롬보 짱이 여러 해 동안 쌓아온 원한은 무엇인가? 과거에 하쓰타 오사무와 콜롬보 짱 사이에 무슨 일이 있었는가? 서서히 드러나는 거무튀튀한 인간 군상의 모습, 인생을 엉망으로 만든 십일 년 전의 비 내리는 밤."

"두 시간짜리 서스펜스 드라마도 아니고."

두광인은 목을 움츠렸다.

"안 되겠냐?"

"안 돼. 인간 군상의 모습? 적당히 좀 해라. 그런 감상적인 소재는 게임에 적합하지 않아. 애당초, 아무리 봐도 원한을 풀었다고밖에 생각할 수 없는 방법으로 증오하던 인간을 죽이면 바로 경찰한테 찍힌다고. 가솔린을 뒤집어쓰고 불붙은 링을 빠져나가는 꼴이잖아. 머리가 나쁜 일반인이라면 몰라도 상대는 콜롬보라고."

"너 이 자식, 부정만 하지 말고 네 의견을 말해봐."

두광인이 질린 듯이 말하자 잔갸 군이 벌컥 화를 내며 되받아쳤다.

"수사 교란 목적이 20퍼센트."

"나머지는?"

"우리를 도발하는 행위."

"협박이?"

"아까도 화제에 올랐지만, 협박사건과 살인사건에는 커다란 공통점이 있어. 둘 다 완벽했을 보안과 경비를 뚫고 실행되었다는 거야. 처음에 등장한 협박 메일은 그냥 일방적으로 보내기만 하면 되니까 내버려두자. 바탕화면 변경도 네트워크로 침입한 거니까 역시 내버려두자고. 문제는 신문지 속 광고지 사건 이후야. 우편함에 있는 신문 속에 협박장을 끼워 넣으려면 경비원이 지키는 담 안쪽으로 침입해야 해. 하쓰타 일가 집 마당에 목을 매단 인형을 두려고 해도 경비원의 감시를 돌파해야 있지. 쥐 사건의 경우는 허들이 더 높은데, 가정용 보안 시스템과 잠긴 문이나 창문을 해결해야만 해. 하쓰타 오사무를 살해할 때도 마찬가지지. 콜롬보는 야스라기가오카 언덕으로 도합 네 번 침입했어. 하쓰타 일가의 집 안으로는 두 번 침입했고. 즉, 콜롬보는 똑같은 행동을 되풀이하고 있다는 말이야. 아마 수법도 동일하겠지. 같은 장소로 침입하는 데 일일이 다른 방법을 쓰리라고는 생각할 수 없어. 아르센 루팡이나 루팡 3세라면 일부러 다른 방법으로 하겠지만. '같은 수법을 몇 번이나 사용한다.' 여기서 콜롬보의 비아냥이랄까, 교만이랄까, 도발적인 뭔가가 느껴지는 거지. '같은 소재를 반복하고 있으니까 빨리 알아차려, 무능한 놈들아!' 이런 게 느껴진다고."

"그래그래. 맞다, 맞다, 맞다!"

잔갸 군이 점점 크게 소리 질렀다.

"그 사실에 입각하면, 이번에 콜롬보가 출제한 수수께끼는 어젯밤에 낸 결론 그대로 다중밀실이라고 추정해도 되지 않을까?"

"좋아 좋아. 그래서?"

"그래서?"

"정답은? 콜롬보 짱은 어떻게 침입했지?"

"그건 지금부터 생각할 거야."

"그게 뭐야!"

잔갸 군이 경멸한다는 듯 콧방귀를 뀌었다. 두광인은 혀를 찬 뒤 대답했다.

"겨우 몇 분인가 전에 다 읽었다고."

"명탐정이 해서는 안 될 변명이로군."

"그러는 넌 어떤데? 내가 읽는 사이에 다시 읽거나 뭔가 생각할 수 있었을 텐데."

"애프터눈 티에 초대받지 않았다면 말이지."

aXe와의 격렬한 말싸움으로 단련된 덕분인지 두광인보다 한 수 위다.

"이 자리에서 정답을 맞히면 결석한 두 사람이 불평할 거야. 자기도 알고 있었다면서 말이지."

"잘도 쏙 빠져나가는군. 뭐, 됐어. 내일 다시 이야기할까? 교수랑 도끼쟁이한테는 소집 메일을 보내둘게."

내일 보자는 말을 남기고 늑대거북이 화면에서 사라졌다.

4월 16일

"확인해둡시다. 이번에 우리가 풀어야 할 수수께끼는 밀실 침입 방법입니다. 담에 둘러싸이고, 경비원이 눈을 번뜩이고 있는 야스라기가오카 언덕은 동네 전체가 밀실이라고 해도 과언이 아니죠. 가정용 보안 시스템을 갖춘 하쓰타 일가의 집도 밀실 상태였습니다. 그런데도 침입한 사람이 있지요. 몇 번씩이나요. 그것은 범인의 자기 과시임과 동시에 우리를 도발하는 행위이기도 합니다. 이렇게까지 우롱당하고도 대답하지 못하면 대대로 웃음거리가 될 겁니다."

"뭘 그렇게 거창하게 말하냐."

잔갸 군이 시비를 걸었지만 aXe는 무시하고 이야기를 계속했다.

"우선 발생한 사건을 하나하나 검증해봅시다. 공통점이 있으면 거기서 침입 방법을 알아낼 수 있을지도 모릅니다."

"어째서 네 녀석이 주도권을 잡는 건데?"

"협박 메일과 바탕화면 변경은 네트워크상에서 발생한 일이니까 검증할 필요가 없겠죠. 메일은 발신원을 위장해서 보냈을 뿐이고, 바탕화면 변경은 인터넷에 연결되어 있던 컴퓨터를 원격으로 조작한 겁니다."

"크래킹Cracking당한 건 자기 책임이라네. 바이오스BIOS에서 원격부팅Wake On LAN을 비활성화해두지 않았으니까."

반도젠 교수가 말했다.

"검증해야 할 점은 살아 있는 인간의 침입입니다. 3월 23일, 조간신문 속 광고지에 협박장이 섞여들어 있었습니다. 같은 달 29일에는 마당에서 인형의 목이 매달렸고, 4월 7일에는 쥐 시체가 집 안에 반입되었으며, 이틀 후인 4월 9일에는 결국 하쓰타 오사무가 살해당했습니다. 침입은 대략 삼 주에 걸쳐 반복되었습니다."

"우연히 경비원에게 들키지 않았다는 건 제외해야 해."

두광인은 확인을 위해 말해두었다.

"야스라기가오카 언덕 입구는 네 군데, 경비원은 두 명 내지는 세 명. 경비원의 눈을 피해 하쓰타 일가의 집까지 가서 일을 치른 뒤 다시 경비원을 따돌리고 탈출하는 것은, 그럴 마음만 있으면 누구든지 가능하다고 봅니다. 경비원의 행동 패턴을 파악해두면 삼 주 연속이라도 성공할 수 있겠죠. 하지만 그런 보잘것없는 진상은 추리 퀴즈의 답으로 어울리지 않습니다."

"동의하네."

반도젠 교수가 손을 들었다.

"만약 그게 정답이면 그 자식은 영구 추방이야."

잔갸 군이 호기롭게 말했다.

"경비원의 눈을 속였다는 패턴을 제외하면 범인이 될 수 있는 입장에 있는 사람은 상당히 한정되지요. 광고지 속 협박장 사건에서 제일 먼저 의심되는 사람은 신문 배달원입니다. 경비원은 얼굴만 보고 통과시켜줄 테고, 협박장은 하쓰타 일가에 신문을 배달하는 김에 끼워 넣으면 되니까요. 이렇게 간단한 일은 또 없습니다."

aXe가 말했다.

"하쓰타 일가가 구독하던 신문의 배달원이라고 단정할 수는 없다네. 다른 신문 배달원도 얼굴 확인만 받고 야스라기가오카 언덕에 들어갈 수 있어. 이른 아침이라 주민의 눈도 없을 테니, 우편함에 있는 신문을 빼내 협박장을 끼워 넣는 것도 손쉬운 일이지."

반도젠 교수가 말했다.

"신문뿐 아니라 우편이나 택배, 피자 배달원도 얼굴만 확인하고 통과시키지만, 이른 아침이라는 시간을 감안하면 신문 이외의 배달원일 가능성은 배제해도 돼."

두광인이 보충해서 말했다. 그러자 잔갸 군이 덧붙였다.

"처음부터 안에 있는 녀석들도 잊지 마. 경비원 그리고 야스라기가오카 언덕의 주민 말이야."

"신문 배달원, 경비원, 야스라기가오카 언덕 주민 외에 범인이 될 만한 인물이 있습니까?"

aXe가 물었다. 없어요? 없어? 하고 되풀이하다가 대답이 없자 이야기를 계속했다.

"그렇다면 지금 예로 든 셋 중 인형의 목을 매달 수 있는 사람은?"

"어느 놈이나 가능하겠지. 처음부터 안에 있는 경비원이나 야스라기가오카 언덕 주민은 침입할 필요가 없으니까 간단하게 해치울 수 있어. 신문 배달원은 얼굴 확인만 받고 들어올 수 있지. 택배 시간이 아니더라도 집금하러 왔다고 하면 경비원도 이해할 거야."

잔갸 군이 말했다.

"그중에서도 경비원은 하루에 몇 번씩이나 하쓰타 일가의 집 앞을 지나갈 테니까, 순찰하는 동안 집 밖에 떨어진 인형을 발견할 기회도 많지. 인형을 입수하기 쉬운 정도를 따져보면 경비원, 주민, 신문 배달원 순 아닐까?"

두광인이 뒤를 이어 말했다.

"그럼 다음으로 쥐 사건. 사진은 누구라도 몰래 찍을 수 있으니까 됐다고 치고 쥐 시체를 집 안에 가져다둘 수 있는 사람은?"

"잠깐 기다려보게."

반도젠 교수가 이야기를 진행시키려는 aXe를 만류했다.

"뭡니까?"

"목 매달린 인형 사건 말이네만."

"예."

"인형은 하쓰타 일가의 집 마당이나 길가, 아니면 야스라기가오카 언덕 안에 있는 어린이 공원에 떨어져 있었겠지?"

"그랬겠죠."

"이해가 안 되는군."

"어째서요?"

"상당히 형편이 좋은 이야기지 않은가? 주워서 목을 매달아달라는 듯이 떨어져 있다니."

그러자 aXe는 품, 하고 가볍게 웃음을 터트리더니 말했다.

"교수님, 순서가 반대예요."

"응?"

"범인의 목적은 인형 목을 매다는 게 아닙니다. 목적은 하쓰타 오사무에게 겁을 주는 거였죠. 인형 목을 매다는 건 목적을 달성하기 위한 수단 중 하나일 뿐이라고요. 때마침 인형이 떨어져 있었기 때문에 잠깐 사용해보자고 생각한 것뿐입니다. 만약 떨어져 있지 않았다면 다른 수단으로 위협했겠죠. 현관문에 빨간 페인트를 끼얹는다든가, 젓가락을 꽂은 고봉밥°을 테라스 테이블에 얹어둔다든가."

"아아, 그렇군."

반도젠 교수가 부끄러운 듯이 더부룩한 머리를 긁적였다. 그 모습을 보고 잔갸 군이 한마디를 날렸다.

"등신."

"쥐 시체를 집 안에 가져다둘 수 있는 사람은 누구죠?"

aXe가 이야기를 되돌렸다.

° 그릇 위로 수북하게 높이 담은 밥으로, 일본에서는 고인에게 공양할 때 고봉밥을 올리곤 한다.

"신문 배달원이라면 집금을, 이웃 주민이라면 음식 따위를 나누어준다는 구실로 문을 열게 할 수 있지만, 부인은 방문자가 없었다고 했어."

두광인은 「하쓰타 오사무, 최후의 49일간」에 나온 정보를 환기시켰다.

"경비원 말고는 가옥 안으로 침입할 수 없어. 보안 시스템을 해제할 수 있는 건 녀석들뿐이야. 시스템은 밖에서도 끊을 수 있지?"

"조사했네. 해제할 수 있어."

잔갸 군의 물음에 반도젠 교수가 대답했다. 뒤이어 "하지만" 하고 덧붙여 말했다.

"쥐를 가져다놓은 건 부인이 장을 보고 돌아온 후부터 남편이 귀가하기 전까지라네. 숫자를 꺼내자면 오후 4시부터 7시 사이지. 사람들 움직임이 활발한 시간대야. 학교나 일터에서 돌아오거나, 장을 보거나 학원에 가기도 하고, 신문이나 물건 배달원이 돌아다니기도 하지. 하쓰타 일가에 드나드는 모습을 들킬 가능성이 적지는 않을 걸세. 설령 경비원 제복을 입고 있어도 멋대로 드나들면 의심받을 거야. 이 경우도 '우연히 들키지 않았다'라는 건 반칙이라고 생각하네만."

"자물쇠 문제도 있어. 어떻게 열었지? 화분 밑에 여벌 열쇠를 숨겨놓았다는 사실을 알고 있었다든가, 자물쇠 따기 기술을 알고 있었다는 것도 제외해야 해."

두광인도 덧붙여 말했다.

"그럼 아무도 안에 못 들어가."

잔갸 군이 내뱉었다.

"댁들도 참 상상력 한번 빈곤합니다."

aXe가 웃었다.

"범인의 목적은 쥐 시체를 현관에 놓는 게 아닙니다. 목적은 쥐 시체로 하쓰타 오사무를 겁주는 거였죠. 얼레? 바로 아까 전에 들은 것 같은데요?"

"또 시작됐네."

"스스로 침입하기 힘들면 다른 사람을 시키면 되지 않습니까?"

"앙?"

"누구한테도 의심받지 않고 기술적인 곤란함도 없이 하쓰타 일가의 집에 들어갈 수 있는 사람이 있지 않습니까? 쥐는 그 사람이 집 안까지 들고 들어가게 하면 됩니다."

"뭐라고?"

"하쓰타 오사무, 기요미, 쇼무."

"정신 나갔나?"

잔갸 군이 내뱉었다. 하지만 곧 손가락을 튕겼다.

"밖에 있던 아이한테 들려서 보낸 거야?"

"아, 아깝네요. 아이는 아니죠. 기분 나빠서 거절할 가능성이 높은 데다 가령 잘 맡겼다고 해도 얼굴을 내보이는 우를 범하는 꼴입니다. 이용된 사람은 부인이지요. 그녀는 장을 보러 나갔으니까요."

"장을 보고 돌아오는 부인에게 접근해서 슈퍼 봉지에 몰래 넣었구나."

두광인은 겨우 알아차렸다.

"그렇습니다. 집에 돌아가서 봉지에서 물건을 꺼내고 있자니, 물컹한 감촉이 느껴져서, 어머 표고버섯을 샀던가, 하고 손을 펼치자 무시무시한 절규. 이런 상황을 예상하고 있지 않았을까요? 그런데 현관에다 봉지를 놓고 신발을 벗고 있을 때 쥐가 기울어진 봉지 주둥이에서 현관 바닥으로 떨어졌겠죠."

"그럴듯한데."

"집 밖에서 일을 꾸몄으니 보안 시스템이나 자물쇠는 관계없습니다. 경비원, 신문 배달원, 이웃 주민, 누구든 실행 가능하죠. 스쳐 지나가면서, 앞질러 나가면서, 부딪히는 척하면서, 잡담으로 주의를 돌리고, 이런저런 방법을 고안할 수 있겠죠."

"그거, 정답 냄새가 물씬 풍기는데."

"안 돼."

잔갸 군이 말했다.

"어디가요? 스마트하고 설득력 있는 답이잖아요. 추월당해서 분한 김에 되는대로 안 된다고 하는 거, 정말 꼴 보기 싫습니다."

"아니야. 쥐 사건은 그렇다고 쳐도 다음은 어떻게 할래? 살인은 집 안에 안 들어가고서는 불가능하다고. 쥐 소동이 일어난 직후니까 보안 시스템이랑 문단속에는 만전을 기했을 거야. 경비원이라면 보안 장치를 무효화할 수 있겠지만 자물쇠는 열 수 없어."

"확실히 그래. 조사해봤지만, 문단속을 허술하게 만들 만한 사건도 발생하지 않았고 말이야."

두광인은 한숨을 내쉬었다.

"자, 봐. 결국 아무도 집 안으로 들어갈 수 없어. 하쓰타 오사무를 죽일 수 없다고. 쥐 사건의 해답이 아무리 고상하다 해도 가장 중요한 살인을 행할 수 없다면 전혀 의미 없는 고상함이지."

져서 분한 마음이 이런 말을 하게 했겠지만 발언 내용은 틀리지 않았다. 그래서 아무도 반론하지 않았다. aXe도 도끼 날을 입가에 대고 침묵을 지켰다.

"이제 와서 기본적인 질문이네만."

반도젠 교수가 쭈뼛쭈뼛 손을 들었다.

"이 「하쓰타 오사무, 최후의 49일간」은 어디까지 신용할 수 있을까?"

"가능한 한 사실을 반영했다고 쓰여 있어."

두광인이 대답했다.

"그 주석은 확실히 믿어도 되는 걸까?"

"실은 지어낸 이야기라고?"

"살해 당일 밤에 보안 시스템은 정말로 작동되고 있었을까? 창문 중 하나에 자물쇠 잠그는 걸 깜박하지는 않았을까?"

"그런데도 그 사실을 쓰지 않았다고? 그건 아니지."

"우리를 잘못된 길로 끌어들이기 위해 가짜 정보를 제공했다고는 생각할 수 없겠는가?"

"생각할 수 없지. 그건 불공평하잖아."

"수사를 교란하기 위해 경찰에게 거짓 정보를 발신하는 건 상관없지만, 우리에게 가짜 정보를 제공하면 추리게임이 성립되지 않죠."

aXe도 동의했다. 잔갸 군도 덧붙였다.

"탐정 놀이에서 뭐가 중요한지도 모르는 놈은 영구 추방."

하지만 반도젠 교수는 다시 말했다.

"이 몸은 아무래도 이해가 가질 않네. 왜냐하면 필자가 단 주석의 후반부가 명백하게 허언이기 때문이지. 무대가 야스라기가오카 언덕으로 옮겨간 후로는 사실을 거의 그대로 전하고 있다. 그러한가? 범인이 스스로 행한 일은 사실로서 전할 수 있어. 예를 들어 바탕화면을 변경한 것, 신문에 협박장을 끼워 넣은 것, 가슴에 압정을 박은 인형의 목을 매단 것. 부부가 침대를 따로 썼다는 것과 남편의 파자마가 회색이라는 것도 실제로 침실에 침입한 범인이라면 알 수 있는 사실이지. 그러나 이 소설의 많은 부분은 사실상 범인이 결코 알 수 없는 정보로 가득 차 있다는 것을 알겠는가? 범인이 어찌 부부가 나눈 대화를 알 수 있겠는가? 부부가 나눈 대화는 전부 콜롬보 님이 상상으로 지어낸 걸세. 그런데 '사실을 거의 그대로 전하고 있다'라니 이게 도대체 무슨 소린가? 그런 허언을 내뱉는 인간이 쓴 글을 무턱대고 받아들일 수는 없네. 자기에게 불리하고 불편한 사실을 왜곡해서 묘사했는지도 몰라."

"말이 그렇다는 거지. '사실을 거의 그대로 전하고 있다'라는 말은 '추리에 필요한 사실은 거의 그대로 전하고 있다'라는 의미일 걸. 부부의 대화가 콜롬보의 창작이라고 해도 추리를 방해하지 않으면 특별히 문제는 없잖아. 부부가 무슨 대화를 했는지 전혀 모른다고 해서 회화를 아예 빼버리면 읽을거리로서의 재미는 없어져."

두광인이 말했다.

"그렇다면 소설 형식을 취하지 말고 사실만을 각 조항으로 나누어 제시했으면 되었을 것을."

"저는 '광고 후에 바로!'라는 말은 수사법이라는 풀이를 최근에 들은 기억이 있습니다만, 콜롬보 씨의 주석도 마찬가지가 아닐까 합니다."

aXe의 지적에 반도젠 교수는 읍, 하고 말문이 막혔다.

"종료."

잔갸 군이 손뼉을 쳤다.

"기다리게. 이 몸의 마음에 걸리는 것은 부부의 대화만이 아니야. 부인이 바탕화면이 이상하다는 사실을 알아차린 곳은 테라스지. 목 매달린 인형 사건이 발생한 곳도 테라스야. 양쪽 다 옥외에서 일어난 일이기 때문에 그 모습은 제3자에게 훤히 보였네. 범인이 경비원이라면 생 울타리 뒤에 숨어 자초지종을 엿보고 있었다고 해석할 수 있지. 이웃 주민이라면 2층 창문에서 쌍안경으로 관찰할 수 있었을 걸세. 그러나 협박장 사건은 어떠한가? 콜롬보 님이 보낸 텍스트에는 하쓰타 오사무가 아침식사 자리에서 협박장을 발견했다고 나와 있네만, 이것은 콜롬보 님의 상상에 지나지 않네. 집 안에서 일어난 일은 볼 수 없으니까. 따라서 실제로는 화장실에서 신문을 읽다가 발견했을지도 모르고, 다른 광고지에 섞인 나머지 남편과 아내 모두 알아차리지 못했을지도 몰라. 쥐 사건 역시 그러하네. 현관 바닥에 떨어져 있는 걸 남편이 발견했다고 되어 있지만, 콜롬보 님이 자기 눈으로 보았을 리가 없어. 실제로는 부엌에서 부인이 장바구니 속에서 발견하고는 거품을 물고 쓰러졌을지도 모를 일이야. 이렇듯 부부가 나눈 대화 말고도 사실이라고는 하기 힘든 기술이 눈에 들어온단 말일세. 아니, 대부분이 상상에 의해 쓰였다고 해도 되겠지. 그걸 '사실을 거의 그대로 전하고 있다'라고 하면 수사법이라고 해도 어떠할지……."

반도젠 교수가 미련이 남은 듯 되풀이해 말할 때였다. aXe는 도끼로 얼굴에 부채질을 하고, 늑대거북은 눈을 감은 채 등딱지를 말리고, 두광인은 다스베이더 마스크 아래에서 들입다 하품을 하고 있었다.

"우웃!"

야수가 울부짖는 듯한 목소리가 느슨해진 공기를 잡아 찢으며 울려 퍼졌다. 이제껏 들어본 적이 없을 만큼 큰 데시벨의 소리였기에 이어폰으로 음성을 듣고 있던 두광인은 엉겁결에 왁, 하고 되받아서 소리 지르고 말았다.

"알았다! 진짜로 알았다!"

잔갸 군인 것 같았다.

"우아, 소름 돋네. 머릿속에 파파파박 하고 왔다고. 약주, 이사, 무선 랜, 인형, 치즈, 사진, 지금까지 그냥 넘겨온 이런 일들과 저런 물건들이 한꺼번에 대뇌피질을 뚫고 나왔어."

"뇌출혈?"

aXe가 말했다.

"아니야. 그뿐만 아니라 배터리나 감기 같은 한 달쯤 전의 기억이 주마등처럼 내달리더니 진실의 빛이 보였어."

"주마등은 위험한데요. 죽을 징조입니다."

aXe가 카메라를 향해 합장을 했다.

"네놈이나 뒈져라. 알겠냐, 잘 들어라 우민愚民들아. 교수는 정말 괜찮은 점에 착안했어. 아쉽게도 착안만 했을 뿐 초점은 빗나갔지."

"이 몸은 콜롬보 님의 문장이 사실을 반영하지 않는다고 지적했네만."

반도젠 교수가 말했다.

"거기 주목한 건 좋아. 하지만 사고의 방향이 틀렸어. 어째서 '사실을 거의 그대로 전하고 있다'라는 말을 무작정 부정하지? '사실을 거의 그대로 전하고 있다'는 말이 어째서 옳다고 생각하지 않느냐고."

"생각하거나 말거나 옳지 않은 것은 명백하지 않은가?"

"그걸 보고 머리가 굳었다는 거야. 어떤 조건이 갖추어지면 '사실을 거의 그대로 전하고 있다'가 되는지 생각해봐."

"조건?"

"부부의 대화를 들으면 되지. 쥐 시체가 현관 바닥에 있던 걸 보면 되잖아."

"귀형貴兄도 참 모를 사람이로군. 그게 불가능하니까 사실이 아니라 상상이라고 말하는 거야."

"그러니까 어째서 불가능하다고 단정하느냐고."

"집 안에서 일어난 일일세. 밖에서 보고 들을 수는 없지 않은가. 아니면 하쓰타 일가는 문과 창문이 활짝 열려 있어서 부부 싸

움 하는 모습도, 잠자리를 함께하는 소리도 바깥에 훤히 새어 나
갔다는 말인가? 한여름이라면 몰라도 꽃샘추위가 찾아오는 이
계절에?"

"아저씨도 참 모를 사람이로군. 집에 있으면 집 안에서 생긴 일
은 전부 파악할 수 있을 텐데."

"집 안에? 콜롬보 님이?"

"그야말로 불가능한가? 수상한 사람이 집 안에 있는 걸 못 알아
차릴 리가 없다? 천장 위라도?"

"천장 위?"

소리를 지른 사람은 반도젠 교수만이 아니었다. aXe는 도끼
를 떨어뜨렸고, 두광인은 자리에서 반쯤 일어섰다. 그 반응을 즐
기는지 잔갸 군은 다음 이야기를 꺼내지 않고 침묵을 지키고 있
었다.

"천장 위에 숨어 있었다고요? 콜롬보 씨가?"

aXe가 숨을 헐떡이듯이 되물었다.

"리얼한 「천장 위의 산책자」*로군. 엿보기든 살인이든 마음먹
은 대로 할 수 있겠어."

"말도 안 돼. '천장 위의 산책자'가 다른 세대로 침입할 수 있었
던 건 그곳이 집합 주택이었기 때문입니다. 하지만 하쓰타 일가의
집은 단독주택이라고요. 어디로 들어갑니까?"

"당연히 집 안이겠지. 보통 세면실이나 반침 속에 천장 위로 올

---

*추리소설 작가 에도가와 란포의 단편소설.

라가는 입구가 있어."

"어떻게 집 안에 들어갔는데요? 그게 중대한 문제라고요. 보안 시스템이랑 문단속도 만전의 태세였는데."

"보안 시스템이랑 문단속이 만전의 태세가 아니었을 때 침입하면 돼."

"뭐라고요?"

"입주 전에."

"예?"

"아니면 이사했을 때."

"엥?"

"야스라기가오카 언덕의 입주가 시작되기 전이라면 경비원도 없지. 사람이 살지 않기 때문에 보안 시스템도 가동되지 않아. 다만 가재도구가 없어도 장난을 방지하기 위해 문이랑 창문을 잠가두잖아, 보통. 이러면 아마추어가 침입하기는 무리지. 오히려 이사 당일을 노려야 할지도 몰라. 이사할 때에는 경비원이 있겠지만, 커버롤Coverall*을 입고 있으면 이삿짐 센터 인부라고 볼 거야. 그리고 한창 짐을 들이고 있을 때는 문이랑 창문도 열려 있지. 틈을 타서 집으로 들어가 그대로 천장 위에 몸을 숨기면 끝이지. 하쓰타 일가에게 들키면 이삿짐센터 사람, 이삿짐센터 사람에게 들키면 하쓰타 일가인 척해서 넘겨버리면 돼."

"하지만……."

● 위아래가 붙은 작업복.

그 말을 끝으로 aXe는 할 말을 잃었다.

"이삿날은 그렇다 칠 수 있을지도 모르겠네만, 나머지 오 일은 어떠한가?"

반도젠 교수가 계속 말을 이었다.

"「하쓰타 오사무, 최후의 49일간」에 따르면 3월 10일 이사 당일 말고도 3월 17일, 23일, 29일, 4월 7일, 9일, 이렇게 오 일분의 기록이 있네. 거기 적힌 부부의 대화도 천장 위에서 훔쳐 들었다는 말이지?"

"물론."

"문단속이 허술한 건 이사 당일뿐일 거야. 나머지 오 일은 어떻게 집에 침입했다는 건가? 보안 시스템도 있단 말일세."

"무슨 잠꼬대야! 좀처럼 찾기 힘든 보안 구멍을 뚫고 침입에 성공했는데, 어째서 그다음에 또 나가야 되냐? 한번 들어간 후에 그대로 눌러앉는 게 당연하잖아."

"집 안에?"

"그래."

"천장 위에?"

"당연하지. 침실에 자리 잡을 수 있을 리는 없잖아."

"좀, 잠시만 기다리게. 눌러앉는다고 했는데, 침입한 날이 이사 당일이라고 치면 3월 10일이야. 마지막 기술이 4월 9일이니 삼십 일 동안 있었던 셈이라네. 천장 위에 말인가? 꼬박 한 달이나?"

"그렇지."

그게 어쨌느냐는 말투다.

"식사는?"

두광인이 물었다.

"물과 식료품은 밑에 얼마든지 있잖아. 부인이 장을 보러 나갔을 때나 밤중에 부엌에서 슬쩍 훔치면 돼. 치즈나 어묵 같은 걸 말이야."

"아."

3월 29일, 치즈와 어묵이 냉장고에서 사라져 있었다.

"배설 역시 가족들이 집을 비웠을 때나 밤중에 화장실을 빌리면 돼. 요즘 나오는 수세식은 조용하거든. 도저히 참을 수 없으면 페트병 같은 데 모아두었다가 나중에 변기에 흘려보내면 그만이지. 옷 갈아입는 거랑 목욕은 참아야겠지. 한 달 정도 단벌 신사로 지내도 죽지는 않아. 옷을 껴입으면 침낭도 필요 없겠지. 천장 위에는 온기가 모이니까."

"아니, 그건 그렇지만, 일단 일리는 있는데, 한 달이나 천장 위에 계속 있었다니⋯⋯."

"세상에는 반년이나 일 년 동안 방에서 안 나오는 사람들도 있거든요. 그런 사람들은 페트병에다 볼일을 보기도 하거든요."

"그건 그렇지만⋯⋯."

머리로는 이해가 가도 마음이 받아들이기를 거부하고 있다. 지금의 두광인은 그런 느낌이 들었다.

"그렇다면 기분전환 삼아 퀴즈."

"뭐?"

"3월 10일. 자, 무슨 날일까?"

"이사 당일."

"그날 네 녀석은 뭘 하고 있었지?"

"나? 3월 10일? 기억 안 나는데."

"이 멤버끼리 모여 있었어."

"아아, 맞다."

"이 어르신이 출제한 잘린 머리 사건의 해답편이 공개됐지."

"아아, 그날."

"콜롬보 짱도 분명히 있었어. 원래 말이 없는 친구지만, 그날 밤은 한두 마디만 말하고 계속 키보드를 쳐서 의사소통을 했지. 감기에 걸려 목이 안 좋다는 건 본인이 한 말일 뿐이지. 진상은, 이야기하면 하계의 인간에게 들키기 때문 아니었을까?"

"어? 천장 위에서 화상 채팅을?"

두광인은 점점 더 혼란스러워졌다.

"그렇게 놀랄 거 없잖아. 수랭식 데스크톱이랑 30인치 와이드 모니터를 가지고 갔다면 놀랄 노자겠지만."

"노트북?"

"당연하지. 노트북의 팬터그래프 키보드는 탄력 없는 촉감이 드는 데다 치기도 어렵지만, 소리가 조용해서 몰래 치기에는 최적이지. 웹캠도 같이 가지고 갔을 거야. 그렇다기보다, 비디오카메라가 내장된 노트북이 있지 아마? 콜롬보 짱의 영상은 항상 초점이 어긋나 있어. 그게 자택 형광등 아래에서 중계하는 건지, 천장 위에서 고휘도高輝度 발광 다이오드 라이트를 사용해 중계하는 건지는 구별이 되지 않아. 인터넷 접속은……."

"PHS 데이터 통신인가?"

"아니면 무선 랜 무단 공유."

"아."

집 안 어디에서든지 인터넷에 접속할 수 있다는 편리성 때문에 무선 랜은 일반 가정에 급속도로 보급됐다. 하쓰타 일가도 이용하고 있었다. 천장 위에서 그 전파를 잡아 하쓰타 일가가 계약한 프로바이더를 경유해서 인터넷에 접속했다는 말인가? 무선 랜 기기의 설정으로 통신을 암호화하면 부정 접근은 대부분 방지할 수 있지만, 귀찮아서 그런 건지, 보안에 관한 의식이 낮은 건지, 사와서 아무런 조치도 취하지 않은 채 사용하는 경우가 적지 않다.

"3월 10일에는 이런 일도 있었어. 노트북 배터리가 다 되었다는 이유로 정답 발표를 앞두고 콜롬보 짱이 사라져버렸지. 우리는 그걸 보고 어쩐지 거짓말 같다고 이야기했지만, 실은 정말로 배터리가 다 된 거야. AC 어댑터를 사용하려고 해도 천장에는 콘센트가 없어. 하쓰타 일가 사람들은 아직 잠들지 않았기 때문에 밑에 내려가서 충전할 수도 없었지."

"아아……."

그렇게 고개를 끄덕이는 한편으로 두광인은 역시 배터리가 다 떨어졌다는 말을 액면 그대로 받아들이면 안 된다고 생각했다. 배터리는 아직 남아 있었지만, 천장 위에 숨어 있었다는 사실의 복선으로 삼기 위해 떨어진 척했을지도 모른다. 한 달이나 천장 위에서 지낸다는 이상한 발상을 하는 사람이라면 그 정도의 계산도

했으리라. 예비 배터리가 없었다고도 생각할 수 없다.

"4월 8일 모임에도 하쓰타 일가의 천장 위에서 참가한 거로군. 이 몸이 문제를 냈을 때 말이야."

반도젠 교수가 말했다.

"그래. 그래서 그때도 입을 열지 않았지. 하지만 다음 날인 9일 채팅에서는 말했어. 이미 목소리를 죽일 필요는 없어졌으니까."

8일에 헤어질 때 044APD는 "오늘 밤, 이제 죽이러 갈 거야"라는 말을 남겼다. 그 선언대로 밤중에 천장 위에서 내려와 하쓰타 오사무를 죽였다. 그리고 그대로 하쓰타 일가를 뒤로한 뒤 자택에서 9일 채팅에 참가했다.

"상황을 정리하겠습니다."

aXe가 말했다.

"오오, 해주라."

"콜롬보 씨는 3월 10일부터 4월 9일까지 하쓰타 일가의 집 천장 위에 잠복해 있었다."

"3월 10일보다 전에 침입했을 가능성은 있어. 다만 식료품이랑 전기는 훔칠 수 없으니까 이사하기 한 주나 두 주 전부터 숨어 있었다고는 생각하기 어려워."

"일단 침입하고 나서는 하쓰타 일가를 떠나지 않았다. 가족이 집을 비웠을 때나 심야에 물과 식료품을 훔치고, 배설, 노트북 배터리 충전을 행해서 생명 활동을 유지했다. 그리고 때때로 협박을 했다."

"회사에 보낸 협박 메일은 제외하고. 그건 하쓰타 일가가 아직 야스라기가오카 언덕으로 이사 오기 전의 이야기야. 그러니 2월 20일과 3월 5일의 기술은, 협박 메일의 내용을 제외하고는 상상인 셈이지. 전의 집에는 숨어들지 않았으니까. 아니면 이전의 주택 단지에서도 천장 위 생활을 했나? 콜롬보라면 그랬을지도 모르지."

잔갸 군이 큭큭 웃었다.

"새집에 잠복해 있었다면 네트워크로 침입해서 바탕화면을 변경한 게 아니라, 하쓰타 일가의 노트북을 직접 손보지 않았을까요? 밤중에 몰래."

"아마도 그렇겠지."

"'하쓰타 오사무에게 재앙 있으라'라는 협박장은 부인이 신문을 집으로 가지고 들어간 후에 끼워 넣었다. 조간신문은 부인이 가지고 들어와서 식탁 위에 놓았죠. 부인은 그다음에 아침 준비를 위해 부엌으로 이동했고요. 남편은 아직 침실에 있었습니다. 천장에서 내려온 콜롬보 씨는 식당으로 숨어들어가 협박장을 끼워 넣었습니다."

"그건 누군가랑 우연히 마주칠 위험성이 너무 커. 일을 꾸미는 건 신문이 배달된 직후로 하자. 4시 반이면 두 사람 다 잠들어 있었을 때지. 오토바이 소리로 배달을 확인한 다음에 천장에서 내려와 보안 시스템을 끄고, 현관문을 통해 밖으로 나가서 우편함에 있는 신문에 협박장을 끼워 넣는다. 밖은 아직 어두운 데다 이웃 주민들도 이불 속에 있을 테니까 일을 꾸미는 장면을 들킬 위험성은 극히 낮아. 다음 주에 일어난 목 매단 인형 사건 역시 어두울

때 테라스로 나가서 준비했을 거야."

"인형은 마당에서 찾은 게 아니라 아이 방에 있던 걸 몰래 슬쩍 했다."

"당연히 그렇겠지. 집 안을 자유롭게 돌아다닐 수 있다면, 밖에서 줍는다는 우연에 의지할 필요는 없어. 마찬가지로 쥐 입 속에 쑤셔 넣은 사진 역시 도촬 같은 귀찮은 짓을 하지 말고 앨범에서 빼내면 돼."

"쥐는 자기가 미리 준비했을까요? 아무리 천장 위에서 생활하고 있다 해도 번쩍번쩍하는 새집에서 쥐를 찾아내기란 무리겠죠. 냉장고에서 훔친 치즈를 미끼 삼아 붙잡았다는 말은 하지 마세요."

"쥐는 시체를 가지고 들어갔을 거야. 하지만 하쓰타 일가에 찾아간 날이 3월 10일이라고 치면, 막 죽인 쥐를 들고 갔다고 해도 쥐를 현관에 유기한 날이 4월 7일이니까 죽은 지 한 달이나 지나서 부패가 상당히 진행되지. 그래서 부패를 막기 위해 냉동보관 해뒀어."

"냉동? 그거 설마……."

aXe가 목소리를 낮추었다.

"당연히 그거지. 부엌 말고 어디에 냉동보관 장치가 있어?"

"냉장고를 빌렸나……."

"만두에, 건어물에, 빵에, 다코야키에, 썰어놓은 채소로 냉동실은 혼돈 그 자체일 경우가 많아. 바닥 쪽에 쑤셔 박아놓으면 안 들킨다고. 아니, 들켜도 상관없지. 그건 그것대로 커다란 충격을 줄 수 있으니까. 어머, 이 냉동 봉투에 든 건 뭐지? 갈색 빛을 띠고 있으니까 고기인가? 한번 해동해보자. 띠잉, 꺅!"

"우웩!"

aXe가 입에 손을 댔다.

"도가 지나치잖아."

두광인도 얼굴을 찡그렸다.

"쥐가 페스트균을 지니고 있었다고는 할 수 없어."

"그런 의미가 아니라고."

"뭐냐 너희들, 사람은 죽이는 주제에 도덕성 운운이냐?"

"기분 나쁘니까 그만두라는 것뿐이야. 상상만 해도, 욱."

두광인은 양 어깨를 끌어안고 몸을 떨어 보였다.

"뭘 그렇게 약한 척을 하나! 시체 따위는 노상 주물럭댈 텐데. 업어서 옮기거나 석둑석둑 자르기도 하잖아."

"사람 시체는 그렇지. 쥐 시체는 불편해. 개나 고양이 시체도 딱 질색이야. 까마귀는 미묘하고, 뱀은 괜찮아. 개구리도. 그러니까 털이 북슬북슬한 동물은 불편해."

"영문을 모르겠네."

"다스베이더 경 마음은 잘 알겠네."

반도젠 교수가 말했다.

"이 몸의 경우, 요전에 잔갸 군님이 한 것 같은 머리 없는 시체나 토막 시체는 기본적으로 환영하네만, 호러 영화에 나오는, 목이 날아가고 대장과 소장을 질질 끄는 시체는 못 참는다네. 생리적으로 잘 받아들이질 못하겠어."

"둘 다 똑같은 시체잖아."

"하다못해 살아 있는 쥐를 데려가서 협박하기 직전에 죽였으면 좋았을걸. 그러면 천장 위 생활의 적적함도 잊을 수 있었을 텐데."

aXe가 한숨을 쉬었다.

"그편이 훨씬 잔혹하잖아. 이놈이고 저놈이고 맛이 갔다니까."

"그리고 결국 4월 8일 심야, 정확하게는 날짜가 바뀐 9일에 하쓰타 오사무를 살해했다."

두광인이 이야기를 되돌렸다.

"아아, 제기랄."

aXe가 자기 머리에다 도끼를 내리쳤다.

"미쳤냐?"

"그래서 제가 제일 처음에 지적했지 않습니까? 옆에서 남편이 살해당했는데 부인이 일어나지 않은 건 이상하다고요. 거기에 열쇠가 숨겨져 있다고 직감했거든요. 그런데 누가 트집을 잡는 바람에 더 이상 파고들지 않았죠. 누군가의 트집은 무시하고 철저하게 생각해볼 걸 그랬어. 아아, 망할."

aXe는 되풀이해서 도끼를 내리쳤다.

"끈질기기는. 앞으로 천 방 더 때리고 뇌출혈로 뒈져라."

잔갸 군이 험한 말을 퍼부었다.

"확실히 부인이 아침까지 알아차리지 못한 건 걸리지만, 그 정도로 중요해?"

두광인이 aXe에게 물었다.

"죽이려 하는 도중에 부인이 난리를 치면 남편을 못 죽일 수도 있죠. 합세한 두 사람에게 붙들릴지도 모르고요. 목소리를 들은 경비원이 달려올지도 모르죠. 어떻게든 도주했다고 쳐도 상대방에게 신체적 특징을 기억하게 만드는 꼴입니다. 그런 위험을 회피하기 위해 콜롬보 씨는 미리 부인을 재워두기로 한 거죠."

"재워?"

"수면제로요."

"아아."

"부인이 매일 먹던 약주에 섞은 거예요."

"아아!"

"애당초 살인에 방해가 되는 부인을 재우기로 계획을 짜두었을 테니 수면제를 준비해서 하쓰타 일가의 집으로 잠입했겠죠. 삼십일 동안 천장 위에서 생활하면서 부인이 매일 밤 십전대보주를 마신다는 사실을 알았습니다. 천장 패널에 구멍을 뚫어 엿보지 않아도 대화를 통해 행동은 파악할 수 있습니다. 약주는 맛과 향이 독하기 때문에 이물을 섞어도 알아차리기 힘듭니다. 담가서 보관해두었기 때문에 미리 섞어놓기도 쉽고요."

"그렇구나!"

"즉, 부인이 눈을 뜨지 않은 사실에 위화감을 느꼈다면, 부인이 약을 먹었으리라고 의심한 다음에, 어떻게 하면 수면제를 먹일 수 있을지 궁리해서, 집 안에 없으면 음료와 음식물에 다가갈 수 없다는 결론을 내고, 그렇다면 집 안 어디에 머무를 수 있을지 생각한 끝에, 천장 위를 떠올리고, 언제 어떻게 숨어들 수 있을지······이런 식으로 끈질기게 생각할 수 있었을 겁니다. 그랬다면 누군가가 앞지르지도 못했을 텐데. 아아, 빌어먹을."

aXe가 도끼를 뒤로 내던지고 머리를 감싸 안았다.

"등신."

잔갸 군이(생략).

"죽인 다음에는 보안 시스템을 해제하고 하쓰타 일가의 집에서 빠져나간 후에 야음을 틈타 경비원의 눈 역시 속이고, 야스라기가 오카 언덕이여 잘 있어라."

두광인은 카메라를 향해 손을 흔들었다.

"즉, 콜롬보 님이 나가고 나서는 보안 시스템이 꺼진 데다 현관문도 잠겨 있지 않았겠군."

반도젠 교수가 말했다.

"그래서 경찰은 하쓰타 일가가 부주의하게도 보안 시스템 가동과 현관문 단속을 깜박한 탓에 범행 당일 밤에 범인의 침입을 허용했다고 해석하고 있을 거야, 분명히. 한 달도 전부터 눌러앉아 있었다고는 생각 못 할걸. 어떻게 그런 생각을 할 수 있겠어! 그런 터무니없는 범죄자는 전례가 없어."

이후의 수사를 통해 경찰은 하쓰타 일가의 집 천장 위에서 침입자의 흔적을 찾아낼지도 모른다. 남은 약주를 조사해서 수면제의 존재를 알아차릴지도 모른다. 하지만 천장 위에 컴퓨터나 현금 카드를 두고 오는 대실수라도 저지르지 않는 한 044APD에게 수사의 손길이 뻗어오는 일은 없으리라. 지문을 처덕처덕 처바르고 왔더라도 전과가 없으면 특정 개인을 찾아낼 수 없다.

두광인이 그런 생각을 하고 있자니 반도젠 교수가 뭔가를 중얼거렸다.

"어쩌면…… 설마…… 하지만 콜롬보 님이라면……."

"뭐라고?"

"음. 콜롬보 님이 하쓰타 일가의 집을 나온 건 하쓰타 씨를 살해한 직후가 아니라, 부인이 이변을 알아차리고 119에 신고해 구급차가 도착한 이후일 가능성은 없겠는가?"

"응? 사람이 모여들면 도망치고 싶어도 못 도망치잖아."

"구급대원이 2층에 올라갔을 때 도망치면 된다네. 현관도 열려 있으니 보안 시스템을 해제하는 수고도 덜 수 있지."

"문제는 그다음이야. 구급차가 오면 이웃 사람들이 잠자코 있지를 않는다고. 뭐야, 뭐야, 하면서 하쓰타 일가의 집 앞에 모이겠지. 자기 집 창문으로 상황을 살피기도 하고. 그 가운데로는 못 나가."

"당당하게 굴면 의외로 눈에 띄지 않는 법이라네. 소방서나 경찰 관계자일 거라고 사람들이 지레짐작하거든. '지금 들것이 나옵니다. 비켜주십시오'라고 적극적으로 연기하는 방법도 있지."

"위험 부담이 너무 커. 그 타이밍에 나갈 수밖에 없다면 그런 도박을 해야겠지만, 사람이 모이기 전에 안전하게 나갈 기회가 있다고. 굳이 위험을 무릅쓸 필요는 어디에도 없어."

"분명 이론상으로는 그러하네만, 인간이 꼭 합리성만 따져서 행동한다고는 볼 수 없네. 오히려 감정을 우선해서 비합리적인 행동을 취하기 일쑤지. 항상 냉철한 콜롬보 님이라도 때때로 감정을 드러낼 때가 있지 않겠는가?"

"그래서 뭐?"

"뜨내기 강도가 이 살인을 저질렀다면 당연히 재빨리 죽이고 재빨리 물러가겠지. 하지만 한 달이나 천장 위에서 참고 또 참았단 말이네. '죽였습니다, 안녕히 계세요'만으로는 너무 아까워. 사건의 경과를 가능한 한 보고 싶어 하는 게 사람 마음이겠지."

"음, 듣고 보니……."

특히 눈을 뜬 가족이 옆에 있는 시체에 놀라 혼란에 빠지는 일련의 흐름은 좀처럼 볼 수 없는 맛깔스런 장면이다.

"그런데 다스베이더 경."

"응?"

"지난번에 이 몸은 콜롬보 님에게 페어플레이 정신을 가지고 싸운다는, 기대도 못한 찬사를 받았네만, 그러는 콜롬보 님이야말로 철저하게 공정한 게임을 하고 있지 않은가? 그냥 죽이는 데 그치지 않고 똑같은 조건에서 협박을 거듭한 것은 우리에게 충분한 추리의 재료를 제공하기 위해서였을 걸세. 그것도 빛조차 들지 않는 막힌 공간에서 일체 입을 열지 않고 식사와 배설도 제한당한 채, 정말이지 형무소보다 더 가혹한 환경에서 한 달이나 생활을 계속하면서 말이야. 완전히 고행승이지 않나?"

"그렇게 칭찬할 필요 없다고 봐. 본인도 즐기면서 했을 테니까. 힌트 소설을 집필하면서 시간을 잘 때웠을 거야."

"그렇게 자유롭지 못한 상황에서 화상 채팅에 참가한 것에도 고개가 수그러드는군."

"그거야말로 그 자식의 기분 나쁜 점이잖아. 평소대로 채팅에 얼굴을 내밀어서 평상시 환경에 있는 것처럼 우리를 속였어. 이미 목표물의 집에 숨어들었다고는, 그것도 천장 위에서 채팅을 한다고는 아무도 생각 못 하지. 그 자식, 키보드를 두드리면서 필사적으로 웃음을 참지 않았을까? 음험하고 음습한 데다 뱃속이 시커먼 책사. 뭐, 로스앤젤레스 시경의 콜롬보 경위 역시 붙임성 있는 웃는 얼굴을 한 꺼풀 벗기면 음험하고 음습한 데다 뱃속이 시커먼 책사였으니까 닮긴 닮았네."

두광인은 마스크 밑에서 쓴웃음을 지었다.

"하지만 콜롬보 경위가 약자에게 동정적이었던 것처럼 콜롬보 님도 분명 정情이라는 것을 가지고 있다네."

"어디가?"

"일가족 전원을 죽이려고 했다면 간단히 해치울 수 있었을 텐데도 부인과 아이는 죽이지 않았어."

"그렇구나."

"등신아. 살아 있기만 하면 그만이냐? 모자만 살아남아서 오히려 지옥일지도 모르는데."

두광인이 맞장구를 쳤을 때 저쪽 세계에서 잔갸 군이 돌아왔다.

"이리하여 이번 MVP는 이 어르신이다."

"어느 시대든지 진짜 공헌자는 역사의 앞무대에는 나오지 않는 법입니다."

따라 돌아온 aXe가 진 것이 분했는지 투덜거렸다.

"자, 이번 금요일 밤에 콜롬보 짱을 정신없이 몰아붙여서 억 소리 나게 해주자고. MVP인 이 어르신이 대표로 말해도 되겠지만,

네 명이서 교대로 퍼붓는 것도 좋지 않겠어? 분명 정신적으로 집단 구타당하는 것 같아서 머릿속이 새하얘질걸. 빨리 이야기할 순서를 정해두자."

잔갸 군이 멋대로 일을 처리하는 통에 다른 세 명은 김이 빠진 느낌으로 입을 다물고 있었다.

그때 전자음이 띠리링 울렸다.

044APD의 이름이 깜박이고 있었다. 채팅 참가를 희망하고 있다.

입실을 허가하자 [044APD] 창이 밝아지더니 여느 때와 같이 초점이 어긋난 상반신이 나타났다.

"역시 ROM하고 있었냐?"

기다리고 있었다는 듯이 잔갸 군이 입 펀치를 날렸다.

"정답."

하지만 044APD는 그 한마디만을 남기고 다음 순간 로그아웃을 해버렸다.

"야! 도망치지 마! 돌아와!"

잔갸 군이 계속 불렀지만 [044APD] 창은 두 번 다시 밝아지지 않았다.

"한 수 위네요."

aXe가 목을 움츠렸다.

"언젠가 죽일 테다."

잔갸 군이 중얼거렸다.

"정답이라니 축하해."

"전혀 기쁘지 않아. 꼭 죽일 거야."

"다음에 출제할 사람은 누구지?"

수습하듯이 반도젠 교수가 말했다.

"여기."

두광인이 손을 들었다.

"언제쯤이 될 것 같은가?"

"음, 시나리오는 완성했으니까 내일이라도 가능한데."

"오오, 든든하구먼."

"다만, 지금 당장은 싫어."

"무슨 까닭으로?"

"콜롬보가 저렇게 치밀한 문제를 낸 다음에는 정말 해먹기 힘들어서 못살겠어."

두광인은 목을 움츠렸다.

"저런 새끼한테 져도 좋아?"

잔갸 군이 두광인을 마구 부추겼다.

"솔직히 나한테 저렇게 공들인 문제는 무리야."

두광인은 천천히 고개를 흔들었다.

"그럼 시간을 줄 테니까 더 제대로 된 문제를 생각해. 뭣하면 같이 생각해줄게. 오오, 그래, 네 명이서 합작을 하는 건 어때? 사상 최고 난이도의 추리 퀴즈를 만들어서 그 자식을 때려눕히는 거야!"

"아니, 이 문제도 그렇게 나쁘지는 않을 것 같아. 천장 위 밀실에 비하면 훨씬 단순하지만, 그 단순함이 효과적으로 발휘되면 상당히 놀라게 될지도 모른다고. 일단 이렇게 자화자찬해볼까."

두광인은 조심스레, 하지만 나름대로 자신을 가지고 화면 속의 세 사람을 한 사람씩 가리켰다.

★

　다섯 명의 멤버는 기묘한 신뢰관계로 엮여 있다고 두광인은 늘 생각한다.

　두광인은 aXe의 맨 얼굴을 모른다. 그는 첫 번째 화상 채팅 때부터 제이슨의 하키 마스크를 쓰고 있었다. 반도젠 교수도 처음부터 가발, 안경, 붙인 수염 자국, 입 안에 문 솜, 네 가지 세트로 변장을 했다. 잔갸 군은 카메라 앞에서는 한결같이 늑대거북이었고(한 번은 봉제인형이었지만), 044APD의 영상은 언제나 초점이 어긋나서 이목구비와 얼굴 윤곽이 분명하지 않았다.

　두광인은 aXe의 본명을 모른다. 주소와 휴대전화 번호도 모른다. 그는 이름을 대지 않았고 이쪽에서도 물으려 들지 않았다. 반도젠 교수, 잔갸 군, 044APD도 마찬가지다.

　화상 채팅 영상과 음성의 질은 옛날의 화상 전화와는 천지 차이다. 한 박자씩 늦거나 뚝뚝 끊어지는 일은 일어나지 않는다. 그래서 멤버들이 바로 곁에 있는 듯한 착각이 들기도 하지만, 인터넷 망은 문자 그대로 전 세계에 둘러쳐져 있다. 실제로는 그들이 지구 반대쪽에 살고 있을지도 모를 일이다.

추리 가능한 사실은 몇 가지인가 있다.

aXe는 음료를 마실 때 마스크를 조금 위로 들어 올려 입가를 드러낸다. 이때 몇 번인가 다박나룻을 확인할 수 있었으니 aXe는 남자다.

어쩌면 aXe의 본명은 오노小野 어쩌고일지도 모른다. 오노→ ono→도끼°→aXe. 이러한 연상법에 따라 떠올려보자면 말이다. 대부분의 경우 가명에는 본인의 개성이 반영된다.

반도젠 교수는 요전 사건으로 시즈오카현 동부에 있는 고등학교 관계자라는 사실이 판명됐다. 잔갸 군이 말한 대로, 마음만 먹으면 올해 수학여행을 인솔한 교사가 누구누구였는지 알아내기는 손쉽다. 화상 채팅을 한 날의 알리바이를 조사하는 등의 방법으로 그중에서 한 사람을 추려내는 것도 그리 어렵지는 않으리라. 하지만 두광인은 그렇게 할 생각은 추호도 없다.

네 명의 정체를 알아내는 방법은 그 외에도 몇 가지인가 생각할 수 있다. 예를 들어 네트워크의 IP주소를 해석하면 그들이 어느 기업, 단체, 프로바이더에서 접속하는지 알 수 있다. 거기서부터 알리바이와 취미, 기호를 통해 해당자를 추려낼 수 있다. 하지만 두광인은 그럴 생각도 전혀 없다.

aXe의 본명이 무엇이든, 반도젠 교수의 직업이 무엇이든, 잔갸

• '도끼'의 일본어 발음은 '오노'이다.

군의 나이가 몇 살이든, 044APD가 지구상의 어디에 살든, 그런 것은 두광인에게 아무래도 상관없다. 틈만 나면 반도젠 교수의 사생활을 탐색하는 소리를 입에 담는 잔갸 군 역시 반쯤 장난일 뿐, 말하는 것만큼 그리 흥미는 없을 것이다.

두광인은 멤버들의 정체를 모르기 때문에 이런 놀이가 가능한 것이라고 생각한다. 다른 네 명도 마찬가지 생각일 테고, 그런 부분에서 마음이 일치하기 때문에 자연스레 모여 거부감 없이 이런 놀이를 하게 되지 않았을까?

4월 28일

"심심해서 이력서 취미란에 '살인'이라고 적어봤어."

"그렇게 적는 거랑 지루한 거랑 무슨 관계가 있는가?"

"면접관의 반응을 보고 싶어서."

"악취미로군."

"그랬더니 어떻게 됐을 것 같아?"

"살인이란 무슨 의미냐고 물었겠지."

"그저께 센다이역 로커에서 나온 오른팔, 그건 제가 저지른 겁니다. 왼팔은 니가타역에 있습니다."

"이런 이런, 그런 말까지 했는가?"

"물어보면 그렇게 대답할 생각이었어. 그런데 아무 질문도 받지 않고 채용됐지."

"안 물어봐? 아무것도?"

"즉, 기껏해야 아르바이트에서는 이력서 따위 제대로 안 본다는 소리지. 왼쪽 페이지는 어쨌거나 오른쪽은."

"추리소설을 읽는 게 취미라고 해석했는지도 모르네."

"비약이 너무 심해!"

"두 시간을 '이제 곧'이라고 해석하는 사람도 있어."

"또 그 소린가?"

잡담이 이십 분 동안 이어졌다.

"늦는군."

잔갸 군이 아까부터 삼 분 간격으로 되풀이해 말하고 있다.

"아직 이십 분밖에 지나지 않았습니다만."

aXe가 말했다.

"보통 이십 분이나 사람을 기다리게 하냐?"

"한 시간이나 기다리게 한 사람도 있었던 것 같은데요."

"그건 문제를 준비하느라고 그런 거잖아."

"그럼 왜 콜롬보 씨도 문제 준비 중이라고 생각하지 않습니까?"

"멍청아. 그 녀석은 지난번에 출제했잖아."

그렇게 잔갸 군과 aXe가 말다툼하는 동안에 일 분, 이 분, 시간이 흘러갔지만 044APD는 나타나지 않았다. 불러봐도 응답이 없었다.

"이제 됐어. 다스베이더 경, 문제를 내."

잔갸 군이 말했다.

"싫어. 콜롬보가 온 다음에 또 설명하려면 두 번 고생해야 하잖아."

"그 자식은 이제 됐다니까. 이번 문제에서 그 자식은 빼."

"그래도 괜찮아? 이번에는 콜롬보를 때려눕히는 거 아니었어?"

"오오, 그렇지. 때려눕혀 줘."

"기대에 부응할 수 있을지는 모르겠지만, 열심히 해보지."

"그럼 좀 더 기다릴까? 그래도 요점 정도는 알려줘."

그 말을 듣고 두광인은 잠시 생각하다가 입을 열었다.

"사건은 출입이 불가능한 맨션의 한 방에서 발생했어."

"또 밀실이냐?"

"또, 라고 하면 또, 지만서도."

지난번 044APD의 문제가 밀실이었고, 잔갸 군의 잘린 머리 문제도 넓은 의미의 밀실 문제였다.

"어쩔 도리가 없지. 출제자가 범인이라는 전제를 두고 있는 이상, 이른바 '범인 맞히기'를 할 수 없으니까 '트릭 맞히기'에 치우칠 수밖에 없네. 그리고 트릭 하면, 그 대표격은 밀실이지. 다음으로 알리바이. 밀실과 알리바이는 트릭계의 비차飛車와 각角*이니만큼, 소재를 생각할 때 아무래도 그 두 가지로 생각이 기울기 십상이지. 이건 숙명일세."

그렇게 해설하는 반도젠 교수 자신이 최근에 낸 문제도 둘 다 알리바이 트릭이었다. 잔갸 군의 문제도 알리바이와 연관되어 있다.

"그렇게 정색하고 단언하는 건 좀 그런데요. 지혜를 발휘하면

❋ 둘 다 일본 장기에서 사용하는 말 이름. 비차는 직선으로 원하는 만큼 움직일 수 있고, 각은 대각선으로 원하는 만큼 움직일 수 있다.

밀실이나 알리바이는 얼마든지 피할 수 있습니다. 제 미싱링크처럼요."

"아, 벌써 맥주가 다 떨어졌네. 사러 갔다 올까?"

잔갸 군은 aXe를 완전히 무시하고 꿀꺽꿀꺽 소리를 내며 맥주를 마셨다.

"시간 때우는 셈치고 이 몸이 흥을 돋울 만한 뭐라도 피로할까?"

반도젠 교수가 몸을 내밀었다.

"배꼽춤 같은 건 필요 없어."

"비축해둔 문제 중에 가벼운 걸 창고에서 꺼낼 테니 셋이서 도전해보지 않겠는가?"

"모처럼 생각했는데 시뮬레이션으로 해치워도 괜찮겠냐?"

"실행하기에는 약간 어려움이 있어서."

"요컨대 버리는 소재구나. 들어줄 테니까 말해보든가."

"이야기해줄 테니까 풀어보든가."

"뭐라고?"

"아무것도 아닐세. 모월 모일, 어느 번화가의 어느 사우나에서 어떤 남자의 시체가 발견되었다."

"벌써 문제로 들어갔습니까?"

aXe가 물었다.

"들어갔다네. 복자伏字●만 들입다 나오면 분위기가 나지 않으니 일단 이야기를 붙이도록 할까? 사건이 발생한 곳은 삿포로 스스

● 인쇄물에서 밝히기를 꺼려 ○나 ×표 따위로 대신함, 또는 그 표.

키노에 있는 캡슐 호텔. 시체를 발견한 사람은 홋카이도 도경 기타미 방면 몬베쓰 경찰서에 근무하는 형사. 이름은 기타노 다이치라고 해둘까? 출장으로 삿포로에 온 기타노는 이 캡슐 호텔에 묵고 있었네. 그리고 스스키노의 소프랜드가 아니라, 호텔 목욕탕에서 하루의 피로를 풀고 있던 참에 우연히 사건과 마주쳤지. 기타노가 들어간 시간대에 욕장溶場은 비어 있었어. 사우나실에는 기타노와 다른 사람 한 명밖에 없었지. 몸집이 작은 초로의 남자였네. 텔레비전에서는 토리노 동계 올림픽 총결산을 방송하고 있었는데, 남자는 화면을 향해 일본은 한심하다, 종목을 줄이고 강화해라, 임원들은 배를 갈라라, 따위의 불평을 늘어놓고 있었지. 이따금 남자가 동의를 구하는 통에 귀찮아진 기타노는 사우나에서 나와 욕탕에 들어갔네. 그리고 십 분 후에 사우나실에 돌아가보니, 아까 그 남자가 피투성이로 쓰러져 있었네. 다른 사람은 없었어. 기타노는 바로 종업원을 불렀지. 구급차를 부르라고 지시한 후 목욕탕에는 아무도 들이지 말고 아무도 내보내지 말라고 명령했어. 남자는 구명 센터로 실려갔지만 살아나지 못했지. 그리고 경찰 수사가 시작되었는데, 그 과정은 생략, 이하 요점만 이야기하겠네. 피해자는 야마모토 가즈오, 61세, 하코다테에서 연료 판매점을 경영, 상업적인 용무 때문에 이틀 예정으로 삿포로에 체류, 동행자는 없음. 좌경부에서 후경부에 걸쳐 상처를 입었음. 그곳을 예리한 날붙이에 베인 탓에 출혈로 인한 외상성 쇼크로 사망했지.

기타노가 야마모토의 시체를 발견한 시각은 9시 10분이었네. 직업상 즉시 시계를 보았거든. 그렇다면 야마모토가 흉행을 당한 것은 9시에서 십 분이 지나기 전의 일이라는 말인데, 이 사이에 욕장에서 나간 사람은 아무도 없어. 욕장을 나가자마자 나오는 흡연 코너에 있던 두 사람이 그렇게 증언했지. 9시 10분 이후에 목욕탕에서 나간 사람도 없네. 기타노가 봉쇄하라고 지시했기 때문이야. 따라서 범인은 아직 목욕탕 안에 남아 있다는 말이 되지. 남아 있던 사람은 기타노와 피해자를 제외하면 일곱 명. 범인은 이 일곱 명 중 누구일까?

보통 추리 퀴즈라면 이렇게 묻겠지만, 우리는 '출제자가 범인'이라는 사실을 전제로 두고 게임을 하고 있으니 범인을 찾을 필요는 없어. 범인은 이 몸이라네. 일곱 명 중에 있던 이 몸이 야마모토 가즈오를 죽였지. 기타노가 사우나를 나가서 야마모토가 혼자 남았을 때 덮쳤다네. 수수께끼고 뭐고 할 것도 없어. 그렇다면 무엇이 수수께끼인고 하니, 바로 흉기야. 야마모토의 목에 난 상처와 일치하는 날붙이가 목욕탕 어디에서도 발견되지 않았다네. 사우나실에 떨어져 있지도 않았고, 욕탕 속에도 없었으며, 탈의실과 로커 속에서도 발견되지 않았지. 목욕탕 안에는 안전면도기가 비치되어 있었어. 하지만 상처의 형태가 들어맞지 않았지. 안전면도기로 입힐 수 있는 얕은 상처가 아니었어. 면도날에서 혈액 반응도 나오지 않았고. 흉기를 창문으로 내던졌다? 아닐세, 이 욕장에는 창문이 없어. 환기구는 있었지만 천장 근처라서 도저히 손이 닿지 않지. 발판 따위는 없었다네. 배수구로 흘려보냈다? 아니야, 배수구에는 망이 쳐져 있었지. 사고를 방지하기 위해 망은 나사로 고정해두었기 때문에 벗겨낼 수는 없어. 물론 이 몸은 신체검사를 받았네. 하지만 흉기에 해당하는 물건은 나오지 않았어. 이 몸을 제외한 다른 여섯 명도 신체검사를 받았기 때문에, 흉기를 다른 사람에게 맡긴 것도 아니라네. 자, 과연 흉기는 어디로 사라졌을까? 정답을 아는 사람 있는가?"

"설마 그건 아니겠지?"

잔갸 군이 말했다.

"그거?"

"사우나, 살인, 사라진 흉기 하면 당연히 그거잖아."

"찻잎"

aXe가 냉큼 대답했다.

"그래. 똑같은 트릭이면 죽일 거야."

「찻잎」은 영국인 작가 에드거 제프슨과 로버트 유스테스가 공저한 본격미스터리의 고전으로, 사우나라는 밀실 속에서 살인이 발생하고 흉기가 사라져버린다는 이야기를 담고 있다. 후세 작가들은 이 소설에서 사용된 트릭을 다양한 형태로 재구성해서 사용했으며, 지금도 변형된 트릭이 생겨나고 있다. 백 년 후에도 전해질 명작이자 명 트릭이다.

"찻잎에 영감을 받은 것은 분명하지만, 트릭은 표절하지 않았네. 변형해서 사용하지도 않았어. 무엇보다 사우나에 차는 가지고 들어가지 않았다네. 목욕탕에 음식물을 반입하는 것은 금지되어 있어."

"흉기 반입도 금지되어 있을 텐데."

"웃어야 할 대목인가?"

"수건에 숨겨도 신체검사에서 걸리겠군. 목욕탕에 숨길 장소가 있나? 겨냥도 같은 거 없어?"

"목욕탕 구조는 관계없네. 그렇다면 힌트를 드리지. 범인은 이 몸이야."

"엥?"

"범인은 이 몸. 그게 포인트."

"무슨 의미인지 모르겠는데."

"이 몸이기 때문에 가능한 트릭."

반도젠 교수는 자기 머리를 탁탁 두드려 보였다.

"확실히."

aXe가 작게 웃음을 터뜨렸다.

"알았는가?"

"흉기는 얇고 잘 휘는 소재로 만들어졌겠죠. 날 부분만 있고 자루는 달려 있지 않아요."

"음."

"그런 물건이면 가발 밑에 숨길 수 있습니다."

"음."

"가발 밑? 그게 정답이야?"

잔갸 군의 목소리가 뒤집어졌다.

"그건 너무하잖아."

두광인도 목을 움츠렸다.

"너 이 자식, 가발을 쓴 채로 씻으러 들어가냐? 게다가 그건 파티 용품이잖아. 의심스러움 수치가 120퍼센트라고. 당연히 벗어서 속을 보여달라고 하지 않겠냐?"

잔갸 군이 마구 떠들자 반도젠 교수가 얼굴 앞에다 손을 대고 설레설레 흔들며 대꾸했다.

"그래서 말했지 않은가. 실행에 어려움이 있다고."

"안 오네요."

aXe가 말했다. [044APD] 창은 여전히 캄캄하다.

"그렇다면 시간 때우기 제2탄. 제가 이 문제를 가볍게 변형해보겠습니다."

"돼먹지도 않은 문제는 아니겠지?"

바로 잔갸 군이 끼어들었다.

"당연히 돼먹지도 않은 문제입니다만. 그럴싸한 문제였다면 이런 자리에서 낭비하지 않고 실행에 옮겼겠죠."

"그야 뭐 그렇지.", 사건 다음 날 아침에 상쾌한 기분으로 호텔을 체크아웃한 반도젠 교수는 니조 시장에서 털게와 왕게를, 공항에서는 하얀연인白い戀人*에 자가포쿠루**, 로이스Royce***의 생초콜릿 등을 사서 항공편으로 귀경길에 올랐다. 아차, 교수님은 시즈오카 사람이었던가요?"

"어디라도 괜찮네."

반도젠 교수가 대답했다.

"바로 시즈오카로 돌아가는 것도 재미없다는 생각에 도쿄로 향

---

* 홋카이도의 이시야제과가 생산하는 과자 이름.
** 생감자를 막대 모양으로 만들어 튀긴 스낵.
*** 카카오 가공 식품을 생산하는 일본 기업 로이스콘펙트의 브랜드.

한 반도젠 교수는 공중목욕탕으로 발걸음을 옮겼다. 어째서 롯폰기가 아니라 공중목욕탕이냐고 멋대가리 없는 질문은 하지 마십시오. 왠지 모르게 목욕을 한번 하고 싶었을 뿐입니다. 그리고 왠지 모르게 사람을 죽여보았다. 현장이 된 곳은 사우나와 자쿠지 Jacuzzi°를 갖춘 현대식 목욕탕이 아니라, 배경 그림으로 후지산을 그려 넣고, 노란 '게로린 목욕 바가지'°°를 사용하는 옛날 그대로의 공중목욕탕이다. 그 목욕탕의 남탕에서 손님 하나가 찔려 죽었다. 영업을 시작한 지 얼마 되지도 않은 저녁 무렵이었지만, 남탕에는 처음 채운 물에 목욕을 즐기려는 지긋한 나이의 장년층을 중심으로 한, 열 명가량의 손님이 있었다. 살해당한 사람은 근처에 사는 일흔세 살 먹은 노인장 가와타 지로. 반도젠 교수는 대담하게도 욕탕 안에서 흉행을 감행했다.

설령 바보라 한들 얼간이라 한들 옛 시절을 잊지 않는 의형제 ~. 이렇게 제2대 히로사와 도라조°°°인 양 가락을 뽑던 가와다에게 바싹 다가가 정면에서 왼쪽 가슴을 한 번 푹 찔렀다. 놀라움과 통증 때문에 가와타는 소리를 질렀다. 하지만 목욕을 하던 다른 사람들은 그 소리를 로쿄쿠의 한 소절이라고 생각했다. 또한 물소리가 시끄러워서 아무 소리도 들리지 않았다는 사람도 적지 않았

° 물에서 기포가 생기게 만든 욕조.

°° 일본의 대표적인 두통약인 게로린의 광고가 들어간 목욕 바가지. 1964년 도쿄올림픽 무렵부터 널리 사용되고 있다.

°°° 1899~1964, 쇼와시대 로쿄쿠(浪曲)의 일인자. 로쿄쿠란 샤미센 반주에 맞추어 주로 의리와 인정을 노래하는 일본 고유의 창.

다. 대부분이 장년층이었기 때문에 어쩔 수 없는 일이었다. 처음으로 가와타에게 일어난 이변을 알아차린 사람은 사토 사부로라는 남자였다. 그는 20대 청년이었지만, 가와타가 찔렸을 때는 마침 머리를 감고 있었기 때문에 흉행의 실상을 보지는 못했다. 샴푸를 씻어내고 욕탕에 들어가려고 일어섰을 때야 이상하다는 사실을 알아차렸다. 욕탕 세 개 중 하나가 마치 와인을 흘려 넣은 듯이 옅은 빨강색으로 물들어 있었던 것이다. 그 빨간 욕탕물 속에 남자 하나가 잠겨 있었다. 목까지가 아니라, 머리꼭지까지 푹 잠겨 있었다.

사토는 노인을 일으킨 후 어깨로 부축하여 욕탕에서 나왔다. 이 시점에서 노인의 가슴에 생긴 자상을 알아차린 사토는 가와타를 몸을 씻는 곳에 눕히고 카운터로 달려가 소방서와 경찰서에 연락하라고 요청했다. 그리고 곧 남탕으로 돌아와 모두 욕장에서 나가지 말고 아무것도 만지지 말라고 명령했다. 사토는 경시청 지역과에 근무하는 직원, 요컨대 파출소에 근무하는 순경이었다. 야근 전에 목욕을 하러 와서 사건과 마주친 것이다. 전날에 이어 경찰관이 첫 번째 발견자라니 만사가 너무 순조롭지 않느냐고 쏘아붙이지 말도록.

어쨌든 가와타는 병원으로 옮겨졌지만 살아나지 못했다. 사인은 가슴에 난 상처였다. 긴지름 3센티미터에 깊이 10센티미터의 불규칙한 타원형 상처는 심장에 도달해 있었다. 상처 입구가 잘게 갈라지고 내부 근육 조직이 찢어진 점으로 보아, 그다지 예리하지 않은 막대기 형태의 물건을 힘껏 밀어 넣은 것으로 추정되었다.

하지만 욕장 안과 탈의실을 철저하게 수색했지만 흉기로 보이는 물건은 발견되지 않았다. 사건이 발생했을 때 목욕을 하고 있던 열 몇 명의 사람은 사토 순경이 나가지 못하도록 붙잡고 있었고, 그중에는 범인인 반도젠 교수도 있었다. 흉기를 밖으로 가지고 나갈 수는 없는 상황이었다.

배수구에 버렸다? 삿포로의 캡슐 호텔과 마찬가지로 사고를 방지하기 위해 망을 쳐두었기 때문에 직경 5밀리미터 이상의 물건을 흘려보낼 수는 없었다. 호텔과는 달리 욕장에는 창문이 있었다. 손이 닿는 곳인 데다 잠겨 있지도 않았다. 하지만 창밖에 고양이는 있었지만, 흉기에 해당할 만한 물건은 떨어져 있지 않았다. 욕장에는 탈의실과 욕장 사이에 설치된 유리문 말고도 보일러실로 통하는 문이 있었지만, 잠겨 있어서 욕장 쪽에서는 열 수 없었다. 상황 설명은 이상. 아, 참 길었다. 자, 문제입니다. 흉기는 어디로 사라졌을까요?"

"가발 밑."

잔갸 군이 귀찮다는 듯이 대답했다.

"그건 벌써 끝났습니다. 그럼, 핵심에 도달할 수 있는 보충설명을 하지요. 창문 바깥쪽의 지면에서 미량의 혈흔이 검출되었는데, 분석해봤더니 가와타 지로의 혈액형과 일치했습니다."

"그럼 창문으로 버렸겠지."

"그럴듯한 물건은 떨어져 있지 않았다고 말했습니다만. 그럼 힌트 한 가지 더. 근처에 있던 고양이의 입 주변이 빨개져 있는 걸 보고 털을 잘라 분석해봤더니, 가와타의 피라고 판명되었습니다."

"그렇다면 고양이가 물고 간 거겠지."

"어디로요? 경찰은 목욕탕을 중심으로 반경 500미터를 철저하게 수색했지만, 가와타의 상처와 일치하는 물건은 발견하지 못했다고요."

"그럼, 완전범죄 성공으로 마무리 짓자. 교수, 너 인마. 뭐랄까, 이제 질렸어."

"다른 사람은요?"

아무도 대답하지 않았다.

"뭐, 이런 엉터리 문제를 질질 끌어봤자 소용없으니까 답을 알려드리겠습니다. 흉기는 창문으로 버렸습니다. 그걸 고양이가 먹었죠."

"먹었다고?"

잔갸 군의 목소리가 약간 탄력을 띠었다.

"흉기는 빨간대구였습니다."

"빨간대구?"

"대구과에 속한 물고기예요."

"물고기로 찔렀어?"

"아이누°어로 '작은 소리를 내는 물고기'라는 의미로, 한자로 쓰면……."

빙하어 氷下魚

● 홋카이도와 사할린, 쿠릴 열도 등지에 분포하는 소수 민족.

"성어의 몸길이는 40센티미터 정도, 북태평양에서 주로 잡히고 건어물과 어육 가공 제품의 재료로 사용됩니다."

"뼈로 찔렸는가? 창밖에 버린 뼈를 고양이가 물어 간 거로군."

반도젠 교수가 말했다.

"아닙니다. 흉기에 해당할 만한 물건은 목욕탕 주변에서 발견되지 않았다고 했을 텐데요. 물고기 뼈도 발견되지 않았습니다."

"고양이가 핥아서 피가 깔끔하게 떨어져나간 걸세."

"보기에는 깨끗해도 혈액 반응은 나옵니다. 무엇보다, 몸길이 40센티미터 정도의 물고기 뼈가 폭이 3센티미터나 됩니까? 뼈가 아니라 살과 껍질을 포함한 몸 전체로 찔렀습니다."

"청새치처럼 코끝이 뾰족한가?"

"아니요. 아까 전에 빨간대구는 건어물로 쓴다고 했죠. 이 건어물이 기가 막히게 맛있으면서 기가 막히게 딱딱하거든요. 대구포처럼 딱딱하죠. 대구포, 몰라요? 머리 부분을 뾰족하게 만들어두면 인간의 몸 정도는 가볍게 뚫고 들어갑니다. 범인은 그걸로 가와타를 찌른 후에 창밖에 버려서 고양이가 먹게 했습니다. 건어물이기 때문에 머리부터 꼬리까지 몽땅 먹어치워서 완전 소멸, 완전 범죄의 성립입니다."

"돼먹지도 않았어."

잔갸 군이 성가시다는 듯 내뱉었다.

"돼먹지 않았다고 처음에 양해를 구했습니다만."

"무엇보다, 빨간대구? 그런 물고기를 알 게 뭐냐. 참치나 전갱이처럼 슈퍼에서도 보통 파는 물고기라면 몰라도, 빨간대구? 그런 잡어를 들고 나오는 건 반칙일 텐데."

"뾰족하게 만든 가다랑어포로 찌른 다음에 고양이에게 먹였으면 세이프?"

두광인이 웃었다.

"분명 빨간대구는 일반적이라고 하기는 힘듭니다. 하지만 제가 낸 문제는 공평했다고요. 범인은 홋카이도에서 돌아오는 길이었다는 설정이었으니까요. 삿포로의 시장과 공항 토산물 가게에도 가지 않았겠습니까. 빨간대구는 거기서 흔히 파는 상품이라고요."

"이 자식이 이 어르신의 기록을 깨고 자빠졌네."

잔갸 군이 이야기의 흐름을 뚝 끊었다.

"한 시간하고 십삼 분 경과."

두광인은 컴퓨터에 표시된 시간을 보았다. 자정이 지났다.

"이기고 튀었나? 아니면 그냥 잊어버렸나?"

"한 달간이나 천장 위 생활을 했으니 피로가 쌓여서 쓰러졌을지도 모르네."

반도젠 교수가 조심스러운 목소리로 말했다. 두광인이 고개를 갸웃거리며 뒤이어 입을 열었다.

"저번 주에 소집했을 때는 평소대로 답장을 했는데."

다만 내용은 '알았음'이라는 한마디뿐이었기 때문에 몸 상태를 추측할 수는 없었지만.

"어쩌면 정말로 다음 출제에 대비해 뭔가를 꾸미고 있는지도 모르죠."

aXe가 말했다.

"그러니까, 그 자식은 막 끝났다고. 다음은 몇 개월 후야."

잔갸 군이 응수했다.

"한 달 후의 출제를 내다보고 천장 위에서 채팅에 참가할 정도로 철저한 성격의 소유자입니다. 다음에는 더 놀라운 트릭을 선보이려고 반년이나 일 년 일정으로 준비할지도 몰라요. 충분히 그럴 만한 사람이라고요."

"은행 금고에서 밀실살인을 하려고 일 년 걸려서 터널을 파기라도 한다는 거냐? 그런 바보 같은 짓을…… 아니야, 녀석이라면 할지도 모르지. 망할 놈, 이번에는 뭘 꾸미는 거야."

주인의 기분을 헤아렸는지 늑대거북이 입을 크게 벌리고 날카로운 이빨을 드러냈다.

"어쩔 수 없군. 이번에는 그 사람을 빼고 하지 않겠는가? 이 몸은 잠이 콜콜 온다네."

반도젠 교수가 입에 손을 댔다.

"그럼 해볼까?"

짝, 짝, 손뼉을 두 번 치고 두광인은 사 일 전에 있었던 살인에 대해 이야기하기 시작했다.

"사건이 일어난 건 사 일 전. 날짜가 바뀌었으니 정확하게는 오일 전이 되겠군. 장소는 만안灣岸의 고층 맨션. 만안이라고 해도 이라크는 아니야. 와카사만도 아니고. 도쿄의 워터프론트*지. 그렇다고 해서 리버 시티나 오다이바 같은 세련된 곳은 아니고, 옛날

━━━━━━━━━━━━━━━

• 큰 강이나 바다, 호수에 접해 있는 도시 공간.

부터 게이힌운하 가까이에 있던 동네. 주소는 시나가와구 히가시 시나가와, 가장 가까운 역은 게이힌 급행의 아오모노요코초. 서민적인 분위기가 나는 곳이지⋯⋯."

✡

　텔레비전에서 〈65세의 플레이볼〉이라는 다큐멘터리를 하고 있었다.

　스기시타 시게루[●]의 쾌투에 매료되어 열 살 때 야구를 시작한 소년이 고등학교 3학년 여름에 드디어 고시엔[甲子園][●●]의 흙을 밟았지만, 사회인 야구에서는 싹이 돋아나질 않아 삼 년 만에 은퇴했다. 하지만 야구공에 대한 미련을 버리지 못하고 풀뿌리 야구단에 들어가, 마흔다섯 살에 어깨가 망가질 때까지 한 주에 한 번은 하천 부지의 마운드에 섰으며, 그 후로는 연고지의 소년 야구단을 지도해서 전국대회까지 이끌었다. 정년퇴직한 후에는 따뜻하고 물가가 싼 필리핀을 마지막 거처로 정하고 현지 소년들에게 야구를 가르치고 있다.

<hr />

[●] 포크볼의 신이라고 불리는 일본의 프로야구 선수.
[●●] 전국 고등학교 야구 선수권 대회.

두광인은 이해하기 어려운 세계였다.

스무 살 때 미군 방송으로 들은 후에 포로가 되어, 멤피스의 그레이스랜드°에는 여덟 번 갔고, 매년 8월 16일에는 동쪽 하늘에 기도를 올리며, 일흔이 넘은 지금도 매일 레코드를 튼다는, 프레슬리에 목을 맨 할머니 이야기에도 강한 위화감을 느꼈다.

이 두 사람이 다가 아니다. 장기, 하이쿠°°, 계류낚시, 철도 사진, 사교댄스, 골동품 수집······ 취미 하나에 오 년, 십 년, 오십 년 동안 빠져 지내는 사람도 있다. 그것도 꽤 많은 사람이 그렇게 살아간다.

어떻게 한 가지를 오래 계속할 수 있는지 두광인은 전혀 이해할 수 없다.

두광인도 한때 모노폴리에 빠져 지낸 적이 있다. 어린 시절 그녀석에게 모노폴리를 배운 뒤 반년 후에는 녀석도 당해내지 못할 정도로 실력이 늘어 어른들 모임에서도 연전연승을 거두었다. 전국대회에서 최연소 입상을 한 덕택에 각 신문에 조그맣게 기사가 나가기도 했다. 하지만 이 년이 지나자 두광인은 게임판을 펼치지도 않게 되었고, 이삿짐에 뒤섞인 트로피와 상장은 아직까지도 행방불명 상태다.

다음에 취미로 삼은 전기전자 공작도 오래가지 못했다. 토스트가 구워지는 삼 분을 아까워하며 납땜인두기를 쥐고 있던 이 년

° 미국 가수 엘비스 프레슬리의 생가.
°° 일본 고유의 단시.

의 시간이 지난 후에는, 부품비만 해도 10만 엔이 들어간 진공관 앰프에 폭죽 200개를 매달아 다마가와강 하천부지에서 호쾌하게 장사를 지냄으로써 마무리 지은 것이다. 무엇보다도 이 파괴 행위에는 부모와 교사가 공업 고등학교 진학을 반대한 일 역시 적지 않은 영향을 끼쳤다.

식품에 딸린 모형 장난감을 모으던 시기에는 학교에서 교환하거나 인터넷 옥션을 이용해서 총 열한 가지 시리즈 267종류를 모두 모았지만, 반년 후에는 타지 않는 쓰레기로 처분했다. 일 년 만에 이천 장을 모은 트레이딩 카드는, 버릴 바에야 넘겨 달라고 손을 모아 애걸하는 동급생의 눈앞에서 라이터 기름을 뿌리고 불을 붙였다.

밴드, 요요, 복근 훈련, 펜 돌리기, 홈페이지 만들기, 온라인 게임, 학교…… 흥미를 붙였던 대상은 양손에 넘쳐날 정도로 많다. 흥미를 붙이면 남보다 갑절 이상으로 빠져들기도 한다. 하지만 만사가 오래가지를 않는다.

뭔가 계기가 있어서가 아니라, 어느 날 갑자기 시시해진다. 한번 흥미를 잃어버리면 마음은 두 번 다시 돌아서지 않는다. 하기 싫어질 뿐만 아니라, 보거나 듣거나 곁에 두기조차 싫어진다.

흥미가 없어진다는 것은 고기나 생선이 상하는 것과 마찬가지라고 두광인은 생각한다. 그렇다. 흥미의 유통기한이 다 되고 마는 것이다. 상한 것은 버리는 수밖에 없다.

그런 가운데 탐정 놀이는 오래 유지하고 있다. 혼자서 독 실험이나 알리바이 놀이를 하던 시기도 포함하면, 단속적이기는 하지만 십 년 가까이 놀이를 하고 있는 셈이니까 경이적인 지속성이라고 할 수 있다.

하지만 두광인은 십 년 후에도 이렇게 놀고 있으리라고는 도저히 생각할 수 없다. 사람을 죽일 일은 있을지도 모르겠지만, 그것은 수수께끼 풀이를 즐기기 위한 게 아니라 뭔가 다른 목적을 위한 것일 거라고 생각한다.

밀실도 아니고, 알리바이도 아니고

4월 29일

4월 24일 오후 5시 42분, 도쿄도 시나가와 구 히가시시나가와 ×-×-×에 위치한 베르디 기타시나가와 1104호실에서 가족의 상태가 이상하다며 도쿄 소방청에 119 신고를 했다. 신고를 받고 시나가와 소방서 히가시시나가와 출장소에서 구급대원 두 명이 달려가보니 실내에 성인 남성이 쓰러져 있었다. 심정지 상태에 빠진 남성은 기타시나가와의 구급병원으로 실려갔지만 숨을 거두고 말았다. 남성의 죽음에 사건성이 있다고 판단되었기 때문에 경시청 시나가와 경찰서에서 수사를 진행하게 되었다.

사망한 사람은 1104호실에 거주하는 아즈마 데루요시, 27세. 같이 살던 여동생 아즈마 미야코가 대학교에서 돌아와보니 화장실에 오빠가 쓰러져 있었다고 한다. 이 집에는 두 사람의 부모도 살고 있었지만, 미야코가 돌아왔을 때 부친 히데노리는 일 때문에 부재, 모친 사토코도 아침부터 집을 비운 상태였다.

아즈마 데루요시의 사인은 뇌좌상. 뒤통수를 세게 얻어맞아 두 개골에도 금이 갔다. 그 상처를 만든 청동 장식품은 그가 쓰러진 화장실로 이어지는 세면실 바닥에 떨어져 있었다. 가족에 따르면 현관 신발장 위에 장식되어 있던 물건이라고 한다. 상처의 상태로 볼 때 피해자는 이 청동 장식품으로 수차례 얻어맞았다.

사망 추정 시각은 4월 24일 오후 2시에서 3시 사이. 이 동안에 아즈마 일가에 손님이 찾아올 예정은 없었다고 한다. 우편이나 택배 배달 기록도 없다.

베르디 기타시나가와의 1층 입구는 오토록이고 상주 관리인은 없다. 피해자의 여동생이 귀가했을 때 현관문에는 자물쇠 두 개가 잠겨 있었다고 한다.

"피해자 집의 살림살이와 반침이 어질러졌고, 현금이랑 여러 가지 카드, 인감, 보석과 귀금속 열 몇 점이 분실되었지만, 이건 경찰에게 연막을 치기 위해 강도로 위장한 것에 지나지 않으니까 답을 생각할 때는 무시해도 상관없어."

거기까지 설명한 두광인은 현장에서 찍은 사진을 열 장 정도 전송했다.

화장실 바닥에 엎어진 피해자를 세 방향에서 찍은 사진. 두피 가 갈라진 뒤통수의 클로즈업 사진. 피와 머리카락이 들러붙은 벌 거벗은 여자 장식품 사진. 현관문 전체와 자물쇠 부분의 클로즈업 사진. 베란다로 통하는 유리문과 크레센트 자물쇠 부분의 클로즈 업 사진. 오토록이 설치된 1층 입구 사진. 비상구 문 사진.

"스물일곱 살?"

잔갸 군이 말했다.

"그래."

"불쌍하게도."

그 말은 당연히 젊어서 죽은 사실에 대한 애도가 아니라, 스물일곱 살치고는 휑한 뒤통수에 대한 발언이리라. 어쩌면 왜소하고 궁상맞은 몸이나 목이랑 소매가 늘어날 대로 늘어난 운동복을 딱하게 여겼는지도 모른다.

"질문에 들어가도 되겠는가?"

반도젠 교수가 물었다.

"좋을 대로."

"발견했을 때 1104호실은 자물쇠로 잠겨 있었지?"

"발견한 가족에 따르면 둘 다 잠겨 있었대. 체인은 걸려 있지 않았던 모양이야."

"창문 자물쇠도?"

"사진에 나와 있는 대로 넷 다 잠겨 있었어. 맨션의 바깥 복도와 마주한 창문에는 격자가 끼워져 있고."

"1층은 오토록."

"맞아."

"비상구를 통한 출입은 어떤가?"

"건물 안에서는 자유롭게 열고 나갈 수 있지만, 밖에서는 열리지 않아. 호텔 문이랑 똑같지. 밖에서 열리면 정면 현관이 오토록인 의미가 없잖아."

흠, 하고 반도젠 교수는 턱을 쓰다듬다가 다시 입을 열었다.

"살인 현장은 이 화장실인가? 아니면 다른 곳에서 죽인 후에 화장실로 옮겼는가? 아, 아닐세, 살해한 장소의 발언 여부에 따라 들통 날 문제 같으면 비밀로 해도 상관없네."

"대답할 수 있어. 화장실에서 죽였지. 거기서 죽인 이유도 말해 줄까? 죽이기 쉬우니까. 사람은 화장실에서 무방비해지거든."

두광인은 살해했을 때를 떠올리며 웃었다.

"아무래도 마음에 안 드는데요."

aXe가 중얼거렸다.

"뭐가?"

"임팩트가 모자란다고 할까."

"아, 그건 이 어르신도 느꼈어."

잔갸 군이 동의했다.

"콜롬보 씨가 그런 짓을 한 직후니까 한층 더 그렇게 느껴지는지도 모르겠습니다만, 솔직히 말해 문제에 매력적인 요소가 없네요."

"그래?"

두광인이 고개를 갸웃거렸다.

"제가 낸 12지 살인사건에는 매번 범인이 남긴 수수께끼가 있었습니다. 교수님의 문제에는 외국과 일본을 돌아다닌다는 자랑거리가 있었죠."

"이 어르신은 꽃병에 잘린 머리! 본격미스터리로서는 최고급의 임팩트지."

"그에 비해 이번 문제는 얼마나 수수합니까? 시체가 토막 나지도 않았고, 다잉 메시지가 남아 있지도 않거니와 호화 유람선 안에서 발생하지도 않았습니다."

"오토록이 설치된 맨션의, 자물쇠로 잠긴 집에 시체가…… 2중 밀실이야."

두광인이 반론했지만 aXe가 바로 대꾸했다.

"콜롬보 씨의 문제와 같은 계열이라는 점도 걸리네요. 게다가 콜롬보 씨가 낸 문제는 경비원, 보안 시스템, 자물쇠, 이렇게 3중 밀실이었습니다. 나중에 내는 사람이 규모를 축소해서 2중 밀실이라니, 어쩐지 좀. 밀실을 5중, 6중으로 만들어서 규모를 키우든가, 아니면 밀실에 플러스알파가 되는 수수께끼를 가미해줬으면 하는 마음입니다. 시체가 산타클로스 복장을 하고 있었다든가, 피해자의 피와 머리카락이 묻은 청동 장식품이 대영박물관의 유리케이스 속에서 발견되었다든가."

"거창하군. 모두 게임에 너무 익숙해져서 감각이 마비된 거 아니야? 그런 불평은 수수께끼를 풀고 나서 해줘. 규모가 줄어들었다고 생각하면 냉큼 풀어보라고."

두광인은 도발하듯이 어깻부들기 앞에서 양손바닥을 위쪽으로 펼쳐 들며 목을 움츠렸다.

"사건의 요점을 들었을 뿐이니까 답은 알 수 없습니다. 다만 말이죠, 2중 밀실이라고는 하지만 밀실도 뭐도 아닙니다. 오토록은 주민이 드나들기를 기다렸다가 문이 열리면 슬그머니 같이 들어가는 게 기본적인 침입 패턴이죠. 기다리기 싫으면 1104호실을 호출한 다음 택배가 왔다고 위장해서 문을 열게 하면 그만입니다. 1104호실의 현관문 역시 택배 배달로 위장해서 열게 할 수 있을 테고, 살해 후에는 피해자가 가지고 있던 열쇠를 슬쩍해서 문을 잠그면 밀실이 완성됩니다. 하지만 그런 걸 밀실이라고 칭하는 건 썩 내키지 않네요. 잠겨 있기만 하면 뭐든지 밀실, 밀실, 하고 떠들어대는 건 지성이 결여되어 있다고밖에 볼 수 없습니다."

aXe의 목소리가 높아지고 빨라졌다.

"경찰 조사에 따르면 피해자가 가지고 있던 열쇠는 도난당하지 않았어. 다른 가족이 지닌 열쇠랑 집 안에 놓아두었던 예비 열쇠도 도난당하지 않았고."

"그럼 이렇게 하면 됩니다. 살해한 다음에 피해자가 가지고 있던 열쇠를 슬쩍해서 여벌 열쇠를 만들러 간다. 만든 후에 맨션으로 돌아와 원래 열쇠는 피해자에게 되돌려주고 나가서 여벌 열쇠로 문을 잠근다."

"베르디 기타시나가와의 입구에는 감시 카메라가 설치되어 있고, 비디오테이프에도 녹화되지. 경찰은 당연히 비디오테이프를 빌려서 찍힌 사람 하나하나를 확인했겠지. 하지만 수상한 인물이 찍혀 있었다는 이야기는 아직 못 들었어."

"그럼 비상구를 사용하면 됩니다. 밖에서는 열리지 않는다지만, 미리 건물 안에서 열어놓고 쐐기를 끼워두면 밖에서 자유롭게 드나들 수 있지요. 그러기 위해서는 사전에 물건 배달을 가장하는 등, 아까 예로 든 수단을 활용해 정면 현관을 통해서 맨션 안으로 들어갈 필요가 있습니다. 그러면 그 모습이 감시 카메라에 찍히기는 하겠지만, 녹화한 테이프가 영원히 보존되기라도 한다는 겁니까? 이런 곳에서 사용되는 테이프는 대개 짧은 주기로 덧씌워서 재활용하는 법입니다."

좋아, 잘 한다, 하고 잔갸 군이 부추긴다.

"그거, 머리로 생각했을 뿐이잖아. 베르디 기타시나가와에 상주 관리인은 없지만, 하루에 한 번 관리 회사 사람이 와서 맨션 내부를 돌아본다고. 당연히 비상구 상태도 확인할 테니까 장기간 쐐기를 끼워두는 건 무리야."

두광인이 대꾸했다.

"순찰요? 그렇습니까?"

"지금 말한 건 그냥 해본 소리야."

"예?"

"하지만 실제로는 그럴지도 모르잖아."

"저기요."

"사건이 일어난 집이 맨션의 몇 층인지 알아?"

"11층."

"봐, 머리로만 생각하니까 그런 오류가 발생하지. 1층이야."

"뭐요?"

"1층 104호실."

"어?"

"입구의 오토록을 통과하지 않아도 1층에 사는 세대에는 갈 수 있어. 난간을 기어 올라가서 베란다로 침입할 수 있지."

"잠깐, 잠깐만요, 1층 104호실? 한 층에 100세대나 있습니까?

뭡니까, 그 초거대 맨션은?"

"응, 거짓말이야. 베르디 기타시나가와의 1104호실은 평범하게 11층이지."

"이보세요."

"그리고 택배 배달을 가장해서 문을 열게 하는 건 불가능해. 왜 냐하면 피해자는 귀에 장애를 가지고 있어서 인터폰에 응답할 수 가 없었거든."

"그것도 적당히 꾸며낸 것 아닙니까?"

"그럴지도 모른다는 말이야. 잘 모르지만."

"여봐요."

aXe가 도끼를 한 손에 들고 몸을 내밀었다. 두광인은 웹캠 앞 에 손을 펼쳐서 제지했다.

"무슨 말이 하고 싶냐 하면, 좀 더 조사해보고 나서 투덜투덜하 라는 거지. 감각만으로 비판하지 말라는 소리야. 콜롬보의 문제도 사실 처음에는 수수했어. 문제는 알아서 찾으라고 하는 통에 수수 께끼처럼 보이기는 했지만. 달아오른 건 살인에 앞서 예고와도 같 은 협박이 되풀이되었다는 사실을 알고 난 뒤부터잖아."

"이 문제도 파들어가다 보면 화려한 장치가 나온다는 거냐?"

잔갸 군이 말했다.

"뭐랄까, 화려함이 없는 문제인 척 꾸며서 방심시키려는 꿍꿍이 속이지. 선입관을 버리고 임하지 않으면 발이 걸려 넘어질 거야."

"응?"

"아차차, 위험하다, 위험해. 말을 너무 많이 하면 발견하는 즐거움을 뺏는 셈이잖아."

두광인은 입가를 손으로 가리면서 말했다.

"인터넷과 텔레비전은 유능한 비서지만, 만능은 아니야. 발신자가 필요 없다고 판단한 정보는 유포되지 않잖아. 하지만 그들에게는 쓰레기라도 너희한테는 보석일지도 몰라. 그런 가공되지 않은 정보를 각자 찾아보라고."

"하지만 다스베이더 경, 스스로 조사하라는 건 원칙에 반하네만."

반도젠 교수가 말했다.

"그래, 추리에 필요한 정보는 출제자가 준비해야지."

잔갸 군이 맞장구를 쳤다. aXe도 위압적인 말투로 덧붙였다.

"콜롬보 씨가 그랬다고 해서 규칙을 야금야금 바꾸는 건 좋아 보이지 않는데요."

조용히 하라는 듯이 두광인은 얼굴 앞에서 양손을 위아래로 움직였다.

"최소한의 필요한 정보는 제공했어. 다만 그것만으로는 정답을 찾기 어려울지도 모르니까 독자적으로 추가 정보를 모으라고 친절하게 충고해주는 거잖아. 그리고 콜롬보하고 똑같이 취급하지 마. 그 녀석은 질문을 전부 거부했지만, 나는 응해줄 용의가 있다고. 다만 무턱대고 이걸 가르쳐달라, 저걸 가르쳐달라고 하면 끝이 없으니까, 각자 생각을 정리한 후에 초점을 좁혀서 질문해줬으면 좋겠어. 알아들었어?"

불평은 나오지 않았다.

"그럼 다음 주 금요일에 다시 모일까? 한 주면 조사와 숙고를 하기에 충분한 시간이겠지. 처음에 질의응답을 한 다음에 그대로 해답편으로 들어가자. 아, 다음 주 금요일은 어린이날이네. 형편이 안 되는 사람? 없어? 해외로 나가지는 않아? 모두 한가하구나. 쓸쓸해라. 그럼 5일로 결정이다. 콜롬보한테는 오늘 이야기한 내용을 현장 사진과 함께 메일로 보내둘게."

5월 3일

두광인이 맥주를 마시며 컴퓨터 앞에서 어정대고 있자니, 스피커에서 띠리링 소리가 났다. 화상 채팅 소프트를 확인하자 '잔갸 군'이라는 문자가 깜박이고 있었다.

무시하고 영화 예고편을 보고 있자 삼십 분 정도 지나서 다시 띠리링 소리가 났다.

두광인은 이어폰을 끼고 다스베이더 가면을 쓴 다음에 웹캠을 켰다.

"여어, 있었냐?"

그런 목소리와 함께 [잔갸 군] 창에 늑대거북이 비쳤다.

"없었으면 이렇게 이야기 안 하지."

"지금 잠깐 괜찮겠냐?"

"안 괜찮았으면 호출에 응하지도 않았어."

"오늘 현장인 맨션을 보러 갔었어."

"해결편은 어린이날에 해. 오늘은 헌법 기념일이야."

"알아."

"개별적인 질문은 안 받아. 불공평하니까."

두광인은 양손으로 가위표를 만들었다.

"질문이 아니야. 극히 평범한 맨션이었어. 밖에서 보기만 해도 한 층에 100세대나 있을 리 없다는 걸 알 수 있었지. 딱 붙어서 세워진 건물도 없기 때문에 다른 건물에서 판자나 로프로 건너가서 침입하는 것도 불가능해."

"일일이 보고 안 해도 된다고."

"도끼쟁이가 말한 방법을 시도해봤어. 1층 입구 앞에서 기다리고 있다가, 문이 열리고 안에서 사람이 나오면 재빨리 들어가는 거야. 자기도 여기 살고 있다는 듯한 표정으로 가슴을 쫙 펴고 들어가면 의심받을 이유가 없지. 다만 감시 카메라는 제대로 달려 있더군. 엘리베이터 천장에도 방범 카메라가 있었어. 엘리베이터로 11층까지 올라갔지. 바깥 복도는 텅 비어 있었어. 경찰 같은 사람이 있었다면 내릴 층을 착각한 척하고 물러갈 작정이었는데 말이야. 덕분에 1104호실도 차근차근 확인하고 올 수 있었어."

"일기 낭독하냐?"

"문, 알루미늄 격자가 들어간 창문, 급탕기랑 미터기가 담긴 박스 등등 일반적인 집합 주택과 뭐 하나 다를 바 없었고, 침입구가 될 만한 특별한 곳은 발견할 수 없었지. 지은 지 십 년은 되었음 직한 맨션이라서 콜롬보 짱처럼 미리 천장 위에 눌러앉는다는 수단은 쓸 수 없어. 하지만 만약에 대비해, 아즈마 일가가 1104호에 언제부터 살았는지 취재를 가장해서 이웃집에 확인해봤지. 중고로 샀는지도 모르잖아. 게다가 최근에 샀다면 이사하느라고 혼잡한 틈에 천장 위로 잠입할 수 있거든. 하지만 아즈마 일가는 맨션이 지어졌을 때부터 계속 살고 있었다는 사실을 알아냈지."

"재탕할 정도로 양심이 썩진 않았어. 그건 그렇고 무슨 소리를 하려는지 모르겠는데."

"그럼 다른 화제로 바꾸자. 이 어르신과 다스베이더 경은 단둘이서 이야기한 적이 있었지."

"콜롬보의 힌트 소설에 관해 이야기할 때."

"그 이전에도 있어."

"있었나?"

두광인은 고개를 갸웃거렸다.

"오프라인에서 만나서 이야기했잖아."

"뭐라고?"

채팅과 게시판에서의 대화는 인터넷으로 이어진 상태, 즉 온라인으로 이루어진다. 그에 반해 인터넷에서 벗어나 실제로 만나서 의사소통하는 것을 오프라인이라고 한다.

"벌써 잊었냐? 두 달밖에 안 지났는데 박정하군."

"두 달 전에? 만났어?"

두광인은 어안이 벙벙해질 수밖에 없었다. 잔갸 군뿐만 아니라, 이 탐정 놀이 멤버와의 교제는 온라인에 한정되어 있다. 함께 술을 마실 때도 있지만, 그것은 각자 마실 것을 준비해서 웹캠을 향해 건배하는 가상 회식이지, 실제로 선술집이나 노래방에 모인 적은 한 번도 없다.

두광인이 의미를 헤아리지 못해 당황하고 있자니 갑자기 [잔갸군] 창에서 늑대거북이 사라졌다. 그리고 화면이 상하 좌우 대각선으로 흔들려서 무엇을 비추고 있는지 알 수 없어졌다. 카메라의 위치를 바꾸는 걸까? 잠시 후 화면의 흔들림이 멈추고 젊은 남자의 얼굴이 나타났다.

"이 어르신의 존안이다."

두광인은 미간을 찌푸렸다.

"아직도 생각이 안 나냐? 눈물 나네."

남자가 손등을 눈에다 댔다.

"왠지 모르게 낯이 익은데……."

실제로 이 나쁜 안색과 사나운 눈초리는 기억에 있었다.

"그렇다면 힌트. 이랬는데도 못 떠올리면 목을 매달지도 몰라. 내 본명은……."

남자는 거기서 오 초 정도 말을 끊었다가 내뱉었다.

"쓰루마키."

"아? 아?! 앗!"

두광인은 세 번에 걸쳐 소리를 점점 크게 지르며 모니터를 손가락질했다. 그리고 말했다.

"잘린 머리의!"

"그래."

"살해당하고 목을 잘린, 그러니까 뭐라 그랬더라……."

"다가야. 다가야 마코토."

"그래, 맞다, 다가야 마코토. 그 사람이랑 같은 직장의, 그러니까 다마가와강 옆에서 골판지 박스를 만드는 곳…….”

“혼하네다 판지 공업.”

“그래그래, 혼하네다 판지 공업. 거기 종업원인데 무단결근한 다가야의 집에 가서 시체를 발견했어. 그랬구나!”

흥분한 두광인은 [잔갸 군] 창을 손가락질하는 것만으로는 만족하지 못해서 집게손가락 끝을 모니터에 갖다 대고 마구 눌렀다.

“잘린 머리 문제 때 다스베이더 경은 내가 일하는 곳으로 이야기를 들으러 왔었지, TVJ의 AD라면서.”

“갔었어, 갔었어.”

“두세 마디 이야기하다가 이 녀석은 수상하다고 느꼈단 말이지. 그도 그럴 게, 난 첫 번째 발견자라서 질릴 정도로 텔레비전, 신문, 잡지 취재를 받았거든. 그런 쪽이랑 비교하면 상당히 느낌이 달랐어. 간단히 말해 아마추어 티가 풀풀 났지.”

“아하하.”

“그래서 경계하면서 이야기에 응하고 있었는데 결정적인 증거가 나왔어. 뭘 것 같아?”

“뭘까?”

“사진이야.”

“사진?”

“야요이장 4호실의 내부 사진. AD는 경찰이 방송국에 자료로 나누어준 사진이라고 말했지. 거짓말쟁이. 범행 때 내가 찍은 사진이잖아.”

“아, 그렇구나.”

"그 사진은 탐정 놀이 멤버에게만 나누어줬어. 그 사진을 가지고 있다는 말은 즉, 탐정 놀이의 멤버라는 소리지. 이 정도로 명쾌한 논리적 귀결은 그다지 없다고."

"그렇군."

"일단 TVJ에 전화해봤지. 눈이 번쩍 뜨이는 와이드쇼의 AD인 누구누구 씨를 부탁한다고 말이야. 그랬더니 그런 사람은 없다더군."

"추리를 뒷받침하는 증거를 잡았구나."

"가짜 AD가 탐정 놀이 멤버라는 사실은 확실해졌어. 하지만 그 시점에서는 누가 그 녀석인지 단정할 수 없었지. 다스베이더 경, 도끼쟁이, 교수, 콜롬보 짱, 네 명 다 카메라 앞에서는 맨 얼굴을 감추고 있으니까. 목소리 역시, 채팅할 때 다스베이더 경은 음성 변조기를 사용하고, 교수는 솜을 물고 있으니까 진짜 목소리하고는 다르지. 나머지 두 사람도 마이크로 잡아낸 다음에 가공해서 내보내는지도 몰라."

그리고 잠시 있다가 잔갸 군은 "니이타카야마노보레[•], 니이타카야마노보레. 이게 내 진짜 목소리"하고 마치 다른 사람 같은 목소리를 냈다.

"다스베이더 경처럼 극단적으로 바꾸지 않더라도, 음의 높낮이를 조금 바꾸기만 하면 인상이 상당히 달라져. 나는 컴퓨터에 입력한 목소리를 소프트웨어로 처리하지만, 마이크와 컴퓨터 사이

[•] 일본이 진주만 공격을 허가할 때 사용한 암호.

에 이펙터Effector°를 장치하는 방법도 있어."

목소리가 원래대로 돌아왔다.

"이렇듯, 온라인에서는 모두 실제와는 다른 캐릭터를 연기하기 때문에 진짜 얼굴을 봤다고 해도 그게 누군지 판단할 수 없지. 하지만 사 일만 기다리면 정체는 저절로 알 수 있었어. 사 일 후로 예정된 채팅에서 다가야 마코토의 동료에게서 이야기를 들었다고 자랑스럽게 말하는 사람이 있으면 그 녀석이 가짜 AD야. 그렇지, 다스베이더 경?"

"과연 그렇군."

감탄한 두광인은 신음하는 듯이 한숨을 내쉬었다. 그리고 손뼉을 한 번 치고는 말을 이었다.

"그렇다면 탐정이라는 사실을 꿰뚫어 봤으면서도 일부러 힌트를 줬구나."

"내가 무슨 말을 했더라?"

"이전에 피해자의 방에 들어갔을 때는 쓰레기를 따로 모아두지 않았는데, 사진에서는 병을 따로 모아두었다. 그 말은 발포 스티로폼 상자에 주목하라는 메시지였어. 적한테 소금을 보낸 격°°이야."

"그렇다기보다는 그냥 덤이지. 현지까지 왕림했으니까."

"그랬어? 그것 참 마음씨도 좋으셔라."

° 영상·음성 신호 등을 전기 신호로 바꿔 다양한 효과를 연출하는 장치.
°° 곤경에 빠진 적을 도와준다는 뜻으로 일본 전국시대 때 우에스기 겐신이 소금이 부족해 고민하는 숙적 다케다 신겐에게 소금을 보내 도와주었다는 고사에서 유래.

두광인은 키보드 앞에다 손가락 세 개를 짚고 머리를 숙였다.

"자자, 여기까지 말했으니 내가 무슨 소리를 하려는지 짐작이 가지?"

[잔갸 군] 창 속의 남자가 이쪽을 가만히 쳐다본다. 익숙하지 않은 얼굴이라서 두광인은 기분이 몹시 불편했다. 잔갸 군 역시 맨 얼굴을 카메라에 드러내서 겸연쩍은지 1인칭이 미묘하게 변했다.

"응, 알았어."

두광인은 고개를 끄덕였다.

"하지만 제일 재미있는 부분이니까 일단 내가 말하게 해줘."

"일단 말하게 해줄게."

"그럼 이야기할게. 이야기는 오늘로 돌아와. 베르디 기타시나가와에 가봤지만 추리의 단서가 될 만한 건 발견하지 못했어. 그렇다고 해서 맨손으로 맥없이 물러가면 성질 나잖아. 모처럼의 휴일을 할애해 발걸음했으니까."

"아하, 그쪽은 사회인이었지? 정사원? 아르바이트? 시급은? 골판지 박스는 어떻게 만들어?"

"자자, 말 돌리지 마. 물러갈 결심이 서지 않아서 맨션 앞을 왔다 갔다 하고 있었거든. 그랬더니 1104호실 현관이 열리고 거무스름한 옷을 입은 사람이 나왔어. 각 세대의 현관은 바깥 복도와 마주하고 있으니까 드나드는 모습이 아래쪽 길에서 보여. 그래서 난 생각했지. 유족에게 돌격 취재를 감행해보는 건 어떨까? 사건 당일, 집에 전날과는 달라진 부분은 없었나? 현금과 보석 말고 없어진 물건은 없나? 아무리 작은 거라도 상관없다. 쓰레기통의 내용물이 사라졌다는 거라도 괜찮다. 반대로 낯선 물건이 남아 있지는 않았나? 그런 질문의 답이 밀실 트릭 해명의 실마리가 될지도 모르지. 그래서 기대하면서 맨션 앞에서 기다리고 있었어. 아까 전 거무스름한 옷을 입은 사람이 나오면 말을 걸어봐서, 만약 아즈마 일가 사람이면 질문을 퍼부으려고. 유족의 감정 따위는 알 바 아니지. 잠시 기다리고 있자니 1층 입구 문이 열리고 아까 전에 봤던 사람이 길로 나왔어. 나는 멍해져서 말을 걸지 못했지. 어째서 다스베이더 경이 나오지?"

"놀랐어? 깜짝 놀랐지?"

"뭐야, 다스베이더 경도 유족한테서 정보를 얻으려고 했나? 탐문을 끝내고 1104호실에서 돌아가는 길이구나. 처음에는 그렇게 해석했지. 하지만 바로 그건 이상하다고 다시 생각했어. 다스베이더 경은 이번 문제의 출제자잖아. 답을 아는 사람이 추리를 위한 정보를 모을 필요는 없어. 그럼 다스베이더 경은 뭣 때문에 1104호실을 찾았을까? 아냐, 그게 아니지. 다스베이더 경은 1104호실을 방문한 게 아니야. 1104호실에 사는 사람이지. 그렇게 생각하면 모든 수수께끼에 납득이 가는 설명을 할 수 있어. 그렇지, 아즈마 미야코 씨?"

"응."

본명을 듣고 두광인은 순순히 대답했다.

"다스베이더 경은 베르디 기타시나가와 1104호실에 살고 있었어. 콜롬보 짱처럼 천장 위로 숨어든 게 아니라, 그곳 주민으로 등록해서 살고 있었다고. 아즈마 데루요시도 그 집에 살았지. 즉, 다스베이더 경과 아즈마 데루요시는 가족이었어. 형제지간, 즉 남매지. 그러니까 다스베이더 경은 오빠 아즈마 데루요시를 죽인 거야. 한 세대 안에서 일어난 살인이니 1층 오토록이나 1104호실의 열쇠는 관계없지. 다스베이더 경은 자택 화장실에서 아즈마 데루요시를 살해한 후 시치미를 딱 떼고 구급차를 불렀어. '돌아와보니 오빠가 쓰러져 있었다'라니 잘도 둘러댔군. 터무니없는 자작자연이야."

"그거 칭찬하는 말이지?"

"첫 번째 발견자가 범인이라는 사실은 기본 중의 기본이야. 소설이나 드라마에서뿐만 아니라, 현실에서 발생하는 살인사건에서도 범인이 첫 번째 발견자로 가장하는 경우는 적지 않아. 범인은 피해자의 가족 가운데 있다는 것 역시 정석이지. '첫 번째 발견자이자 가족'이면 두 배로 의심해야만 해. 하지만 이번 문제에서 우리들 탐정은 첫 번째 발견자는 순수한 첫 번째 발견자에 지나지 않는다고 단정했지. 피해자의 가족도 순수한 유족이리라고 단정했어. 우리는 가공의 캐릭터로 게임에 참가하고 있기 때문에, 진짜 신분이 들통 날 만한 문제는 낼 리 없다는 선입관 때문에 그런 생각을 했겠지. 교수의 수학여행 살인사건도 개인의 신분 확인으로 이어졌지만, 그건 그럴 마음이 있으면 확인할 수 있다는 정도의 수준이었어. 하지만 이번에는 '첫 번째 발견자인 가족이 범인'이라는 황금 패턴을 적용하면, 바로 개인의 신분이 확정되지. 아무리 뭐라 해도 그렇지는 않을 거라는 생각에 검토하기도 전에 내다 버리고 말았지. 그리고 다스베이더 경의 맨 얼굴을 아는 나는 괜찮지만, 만약 다른 녀석들이 다스베이더 경을 남자라고 생각하고 있었다면, 아즈마 미야코는 절대 의심받지 않아. 돌이켜보면 다스베이더 경은 문제를 명시하지 않았어. 현장이 2중 밀실이라고는 말했지만, 밀실을 해명하라고는 한마디도 하지 않았지. 그런데도 우리가 멋대로 밀실 문제라고 해석하고 말았어. 사실 이번에는 밀실 문제로 위장한 일인이역 문제였던 거야. 사전에 출제 의도를 밝히지 않다니 교활하긴 교활하다만."

"불공평도 공평함의 일부."

"의미 불명."

"문제를 확실히 말하지 않은 것 자체가 힌트야. 탐정 행세를 할 거면 뒤에 뭔가가 있다고 의심할 줄 알아야지."

"그리고 이것도 나중에 알아차린 사실인데⋯⋯."

"저기, 거북이랑 교대해주지 않을래? 어쩐지 이야기하기 힘들어. 아니, 엄청 이야기하기 힘들어."

두광인은 마스크 아래에서 얼굴을 찌푸리며 집 없는 개를 쫓아버리듯이 손을 흔들었다.

"반할 것 같아서 위험해?"

썰렁한 농담을 날리면서도 잔갸 군은 순순히 카메라를 움직였다. 그도 이야기하기 힘들었으리라. [잔갸 군] 창에 늑대거북이 되돌아왔다.

"이 녀석하고도 관계있는 일인데, 인터넷상의 캐릭터는 어딘가 진짜 자신을 반영하고 있다고 생각해. 예를 들어 이 어르신이 거북이를 내세우는 건 본명이 쓰루마키*이기 때문이야."

'이 어르신'도 부활했다.

"제이슨 마스크를 쓴 그 녀석의 본명은 오노일 것 같아. 오노니까 도끼, 영어로 엑스Axe."

"역시 그렇게 생각하는구나."

"진짜 자신이 조금도 반영되지 않은 캐릭터를 만드는 경우는 드물다고 생각해. 자기랑 관계없는 걸 떠올리기는 어렵거든."

"애착도 없을 테고."

"그럼 다스베이더 경은 뭘 반영했냐 하면……."

잔갸 군이 키보드를 두드렸다.

(아즈마新妻 → 아즈마東) + (미야코美夜子 → 미야코都 → 수도 경京) = 도쿄東京

"이렇게 도쿄라는 음을 빌려서 두광인**이라는 이름을 붙였어."

"그런 건 아무래도 상관없는데. 아."

"왜?"

"아아."

두광인은 옆에 있는 캔 맥주를 들어 올렸다.

"뭐야?"

● 일본어로 쓰루(鶴)는 학이라는 뜻이다.
●● 頭狂人의 일본어 발음은 도쿄진이다.

"이것 때문에. 잠깐만 기다려."

두광인은 웹캠 플레임 밖으로 벗어나서 다스베이더 마스크를 벗고 캔 맥주를 입에 댔다. 완전히 미지근해진 데다 김도 다 빠졌다.

다시 마스크를 쓰고 카메라 앞으로 돌아오자 잔갸 군이 말을 걸었다.

"그건 그렇고 네 녀석도 정말 큰맘 먹었구나."

"무슨 큰맘?"

"가족을 죽이다니 말이야."

"별로 큰맘 안 먹었는데."

"제법 쌓여 있었냐? 이 어르신도 본가에 살던 때는 엄청 열 받았었거든."

"놀이에 개인적 감정은 안 끌어들여. 그렇다기보다 그 녀석한테 불만 같은 거 없었어."

"그럼 왜 죽였어?"

"지금까지와 마찬가지야. 죽이고 싶은 인간이 있어서 죽인 게 아니라, 써보고 싶은 트릭이 있어서 죽였지. 그 트릭을 성립시키려면 아무나 죽여서 될 일이 아니라, 동거인을 죽일 필요가 있어서 가족을 죽인 거야. 그 녀석을 죽인 건 녀석이 항상 집에 있어서 죽이기 쉬웠으니까. 부모를 죽이기 쉬운 환경이었다면 부모를 죽였을걸."

"흠."

찰칵찰칵, 하고 싸구려 전자라이터를 켜는 소리가 났다. 잔갸 군은 이해가 안 가는 모양이다. 하지만 두광인은 허세를 부리며 이야기한다는 생각은 전혀 들지 않았다.

"그쪽도 동료를 죽였잖아."

"동료랑 가족은 다르지."

"일은 하루에 여덟 시간? 주 오 일? 그만큼 오래 함께 있으면 오히려 가족보다 가까운 존재일걸."

"그렇게 볼 수도 있나?"

"그럼 묻겠는데, 그쪽은 다가야 마코토한테 원한이라도 있었어?"

"없어. 혼자 산다는 점, 집으로 돌아가는 길에 어두운 공원이 있다는 점, 챙이 있는 모자를 애용했다는 점, 집 자물쇠를 드라이아이스로 조작할 수 있다는 점, 도로 공사 예정이 있다는 점 등등 좋은 조건이 갖추어져 있어서 써먹었지."

"나랑 똑같네. 그런 거야."

"그런 거냐?"

잔갸 군이 작게 웃고는 말을 이었다.

"'큰맘 먹었다'라고 한 데는 또 한 가지 이유가 있어. 이 게임은 '출제자가 범인'이라는 전제하에 행해지지. 즉, 범인이 누군지는 처음부터 알고 있어. 그렇기 때문에 범인 맞히기 문제는 만들 수 없……을 터였어. 하지만 온라인의 가공 캐릭터 '두광인'과 오프라인의 살아 있는 자신 '아즈마 미야코', 원래는 한 사람일 이 두 인물을 다른 존재라고 착각하게 만듦으로써 뜻밖의 범인을 제공할 수 있었지. 맹점이라고도 할 수 있는 일인이역이야."

"뭐, 제일 처음 떠올린 사람이 장땡이지."

두광인은 웹캠을 향해 브이 사인을 취했다.

"하지만 큰 놀라움의 대가로 지금까지 숨겨온 사생활을 밝혀야 하지. 정말 '큰맘' 먹었다니까."

"그쪽도 혼하네다 판지 공업의 쓰루마키라고 커밍아웃했잖아. 깜짝 놀랐어."

"이 어르신은 내친걸음이라 어쩔 수 없었잖아. 다스베이더 경의 맨 얼굴을 안다는 사실을 밝히지 않으면 아즈마 데루요시의 여동생이 범인이라고 설명할 수 없는 걸."

"하지만 해답권을 포기하고 사생활을 지킨다는 선택도 할 수 있었잖아."

"백 퍼센트 정답이라는 사실을 아는데도? 답을 안 맞히고는 못 배기지."

"내 기분도 마찬가지야. 획기적인 트릭을 떠올렸는데 자기 가슴속에만 담아두라고? 이러지도 못하고 저러지도 못하잖아. 다른 누군가가 떠올리고 먼저 실행하면 어떻게 하라고. 가발 밑에 면도날을 감춘다거나, 건어물로 찔러 죽이는 트릭이라면 웃어넘기겠지만, 이 트릭은 양보할 수 없어. 사생활이 탄로 나도 제출할 가치가 있다고 생각했지."

"그렇구나."

"그리고 고무 밴드를 벗겨보고 싶었어."

"고무 밴드?"

"고무 밴드로 손가락을 묶으면 피가 안 통해서 점점 아파지잖아. 검붉게 부풀어 오르고, 아픔이 더해지면 감각도 없어지지. 그

때 고무 밴드를 푸는 거야. 그러면 피가 한꺼번에 돌아오는 가운데, 아프기도 하고 가렵기도 한 느낌이 들어서 기분이 엄청 좋아지거든.”

“너 변태냐?”

“가끔 하지 않아?”

“안 해.”

“비밀을 밝히는 쾌감은 그거랑 비슷하다고 생각해. 압박당하던 마음이 해방되는 것 같은 감각. 마음이 놓인다고 할까, 되살아난다고 할까.”

“아아, 그런 감각은 어쩐지 알 수 있을 것 같아. 이 어르신도 가짜 AD의 취재를 받았을 때부터 줄곧, 다스베이더 경의 맨 얼굴을 봤다고 다른 녀석들한테 자랑하고 싶어서 좀이 쑤셨어. 하지만 그 말을 하면 이 어르신의 정체도 들킬 테니까 꾹 참았지만, 그게 스트레스를 좀 주더라고. 아까 커밍아웃했더니 기분이 엄청 좋았어.”

“교수도 똑같을 거야.”

“교수?”

“비밀을 밝혀보고 싶다는 잠재의식이, 개인의 정체가 확정될 우려가 있는 그런 문제로 나타나지 않았을까? 자기가 적극적으로 정체를 밝히는 것에는 망설임이 있지만, 추리 때문에 정체가 폭로된다면 어쩔 수 없다는 마음이 있었겠지. 막다른 지경에 몰리는 스릴도 맛볼 수 있고 말이야.”

“과연. 아니지, 그 아저씨는 그냥 실수한 걸 거야.”

“음, 뭐, 그럴지도 모르겠네.”

두광인은 작은 소리로 웃었다.

"말하면 안 되는 일일수록 말하고 싶은 욕구가 강해지지. 설령 자기가 불이익을 당할 만한 일이라도 말이야. 참 신기하다니까."

정말이지 신기하고 성가신 심리라고 두광인 자신도 생각한다.

"하나 더 물어보고 싶은 일이 있어."

"뭔데?"

"오빠를 죽인 다음에 열쇠는 빼앗지 않았지?"

"응."

"집에 놓여 있던 예비 열쇠도 도난당한 걸로 위장하지 않았지?"

"응."

"현금이랑 보석은 숨겼고."

"응."

"그런데 경찰한테는 '시체를 발견했을 때 현관과 창문은 자물쇠로 잠겨 있었다'라고 한 거야?"

"응."

"그거 이상하잖아. 값나가는 물건이 없어졌으니까 도둑에게 피해를 입은 것처럼 보이기는 하지만, 그렇다면 도둑이 어떻게 자물쇠를 잠그고 도망갔다는 거야? 오빠의 열쇠나 예비 열쇠를 가지고 간 걸로 하지 않으면 안 되잖아. 경찰은 도끼쟁이가 말한 일, 즉 살해 후에 열쇠를 훔쳐 여벌 열쇠를 만든 도둑이 원래 열쇠는 되돌려놓고 여벌 열쇠로 문을 잠갔다는 게 실제로 벌어졌다고는 절대로 생각하지 않아. 그런 건 결국 실제로 행하기는 너무 번거로운 논리 놀이일 뿐이라고. 경찰은 좀 더 현실적으로 생각해서 가족을 의심할 거야. 도둑을 가장한 가족의 자작극이라면서."

"도둑은 자물쇠를 따는 기술을 지니고 있었어. 그 기술로 자물쇠를 열고 우리 집에 침입했는데, 빈집인 줄 알았더니만 사람이 있어서 입막음을 하기 위해 죽였지. 시체 발견을 늦추기 위해 자물쇠 따는 기술로 문을 잠그고 도망쳤어. 일단 그런 시나리오였는데."

"자물쇠 따기 기술로 열면 열쇠 구멍 속에 부자연스러운 흠집이 남아. 반대로 부자연스러운 흠집이 없으면 자물쇠 따기 기술에 당하지 않았다는 말이지."

"제대로 흠집을 냈으니까 괜찮아."

"응?"

"전에 말 안 했던가? 자물쇠를 딸 수 있다고."

"네가?"

"응. 고등학교 때 배웠어. 우리 집 현관문으로 연습했으니까, 그때의 흠집이 실린더 내부에 분명히 남아 있지."

"자물쇠를 딸 수 있는 여고생이라……. 이거 큰일이다, 빠져들겠어……."

"당시는 밤이면 밤마다 집을 빠져나가서 주변의 빌딩과 맨션을 돌아다니면서 무사 수행 했지만, 지금은 전혀. 요전에 오랜만에 해봤더니 실력이 상당히 줄었더라고. 뭐든지 금세 질린다니까. 자기 카드 불법 복제나 500원짜리 동전을 이용한 자판기 털기도 할 줄 알았는데."

두광인은 한숨을 쉬었다.

"다음에 놀러 가도 돼?"

"싫어. 자물쇠 따기 흔적이 있어도 경찰은 액면 그대로 받아들이지 않을지도 몰라. 자물쇠 따기로 문을 잠그고 가는 건 상당히 부자연스럽다는 생각도 들고. 그래서 다른 안전 대책도 세워뒀지. 아즈마 데루요시가 살해당했다고 추정되는 4월 24일 오후 2시부터 3시에는 학교에 있었다고 되어 있어."

"가짜 알리바이?"

"물론 가짜지. 실제로는 그 무렵에 집에서 살해랑 뒷정리를 하고 있었으니까."

"어떤 알리바이 공작인데?"

"비, 밀."

두광인은 한마디 할 때마다 손가락으로 카메라를 가리켰다.

"제법 괜찮은 알리바이 트릭이니까 다음에 문제 출제할 때 재활용할지도 모르거든."

"아아, 그러냐. 기대하고 있을게."

"기대하고 있어."

"자, 그럼 이만. 모레 봐."

"모레?"

"11시부터 해결편이잖아."

"그렇구나. 본편은 이틀 후였던가? 미주알고주알 이야기해버려서 이걸로 끝이라는 기분이 들었어."

두광인은 마스크 밑에서 혀를 내밀었다.

"이 어르신은 상관없지만, 다른 녀석들이 이해를 못 할 테니까."

"그렇겠지."

"그래서 말이야, 한 가지 부탁이 있는데."

"못 들어줄지도 몰라."

"오늘 이렇게 이야기한 건 비밀로 하고, 모레는 모레대로 이 어르신의 이야기에 깜짝 놀라줘."

"아아, 그거구나. 탐정의 허영심을 채우고 싶다는 말이네."

"안 될까?"

그렇게 부탁하는 잔갸 군의 목소리가 두광인에게는 묘하게도 귀엽게 들렸다.

"뭐, 괜찮아. 하지만 그쪽 말고도 알아낸 사람이 먼저 이야기할지도 몰라."

"녀석들이 '두광인＝아즈마 미야코'라는 생각을 해낼 가능성은 있지. 하지만 그건 단순한 착상에 지나지 않아. 다스베이더 경의 맨 얼굴을 보았다는 경험을 통해 '두광인＝아즈마 미야코'라는 가설을 사실로서 이야기할 수 있는 사람은 이 어르신뿐이야."

"제일 재미있는 부분을 차지할 수 있다는 말이군. 알았어. 연기해줄게."

"땡큐. 그럼 모레 봐."

"모레 보자."

■

　4월 24일 저녁에 오빠의 상태가 이상하다며 구급차를 부른 두 광인은 그 후에 바로 부모에게 연락했다. 모친 사토코는 책을 읽어주는 봉사활동을 중단하고 한 시간 만에 병원으로 달려왔지만, 부친 히데노리가 돌아온 것은 다음 날 오전이었다. 그가 홀로 부임한 곳은 시가현이었기에 그날 안에 충분히 돌아올 수 있었는데도.

　살풍경한 장례식이었다. 26일 밤샘 의식과 27일 고별식에는 친척과 약간의 이웃 사람이 모였을 뿐 고인의 친구는 한 사람도 오지 않았다.

　뼈를 거두어들인 후, 히데노리는 초칠일 법요도 치르기 전에 부임지로 돌아갔다. 사토코가 대기실에서 평상복으로 갈아입는 그에게 따지자 히데노리는 공장장이 삼 일이나 공장을 비워서 되겠느냐고 소리를 질렀고, 그래도 사토코가 입을 다물지 않자 집에

■ 425

있을 테니 당신이 가서 공장 직원 500명을 관리하고 오라고 어린 아이 같은 소리를 했다.

그 주의 주말은 황금 연휴의 전반에 해당했지만, 히데노리는 돌아오지 않았다. 연휴의 후반은 다음 주 수요일에 시작되었고 히데노리는 목요일 밤에 돌아왔지만, 일요일 오후에는 시가현으로 돌아갔다.

연휴가 끝난 월요일, 오후에 두광인이 방을 나와 주방으로 가보니 식탁 위에 갈겨쓴 메모가 있었다.

마치다의 양로원에 갔다 올게.
6시까지는 돌아올 수 있을 거야.
엄마

다음 날인 5월 9일, 오랜만에 오전에 일어난 두광인이 세탁기를 돌리고 있자니, 향수와 파운데이션 냄새를 풀풀 풍기는 모친이 다가와서 자선 콘서트를 도우러 갔다 올 테니 도시락이라도 사먹으라며 천 엔짜리 지폐를 두 장 내밀었다.

봉사활동은 잠깐 쉬는 게 어떻겠느냐고 두광인은 말했다. 연휴라서 사무적인 절차를 거의 밟지 못했다, 경찰과 장의사, 보험회사에서 연락도 올 것이다, 방 정리도 조금씩 하는 편이 좋겠다……. 책망하지 않고 사실을 객관적으로 전달했다.

하지만 사토코는 이성적이지 않았다.

아빠도 일하러 가셨잖아, 나도 언제까지나 쉬고 있을 수는 없어, 곤란한 사람이 많아, 우리보다 훨씬 불행한 사람들이 기다리고 있어, 나를 언제까지 집에 가두어둘 작정이니, 아빠는 교활해, 어차피 그쪽에 여자가 있을 테지, 시체를 발견한 건 미야코니까 네가 전부 알아서 해, 엄마는 피곤해, 나까지 죽일 작정이니…….

악을 쓰고, 울고, 발을 동동 구르고, 빨래를 집어던지는 등 마치 뗏성을 내는 네 살배기 어린아이처럼 의사소통이 불가능한 상태에 빠지고 말았다.

결국 사토코는 침실에 틀어박혔다. 침실에서도 마구 울부짖었지만, 한 시간이 지나자 화장을 고치고 나오더니 집 잘 보고 있으라면서 웃는 얼굴로 나갔다.

부모는 장남을 어찌해야 할지 몰랐다. 학교에는 다니지 않고 직업도 없는 데다, 모친의 지갑에서 현금과 카드를 훔쳐내 물건을 마구 사들였고, 그 행동에 주의를 주면 난동을 부렸다. 그런 현실에서 달아나듯이 지방으로 이동하기를 희망한 부친은 손가락으로 꼽을 정도로밖에 집에 오지 않았다. 모친은 자원봉사라는 마약에 빠졌다.

그들은 자신들에게는 원래 아들이 없었다고 억지로 믿으려 애썼다. 없는 것으로 치부하면 이것저것 고민할 필요는 없다. 그래서 그들은 존재하지 않는 아들에게 음식을 만들어주거나 말을 걸지도 않게 되었다. 존재하지 않는 아들이 생활하는 방도 존재하지 않는다. 방문은 존재해도 그들의 눈에 문은 그저 벽으로 비칠 뿐이었다.

그런 아들이 실제로 그 존재를 잃었다. 책임이라는 말에서 해방

된 양친은 한시름 놓았음이 틀림없다. 하지만 두광인은 부모를 위해 그 녀석을 말살한 것은 아니다.

두광인 자신도 그 녀석을 경멸하기는 했지만, 그러니까 죽이자고 생각한 적은 한 번도 없다. 녀석은 방에 틀어박혀 있을 뿐 두광인에게는 아무런 해도 끼치지 않기 때문이다. 이쪽에서 간섭하지 않으면 날뛰지도 않는다. 얼굴을 마주치면 불쾌하게 여겼겠지만, 녀석은 식사하러 나오지도 않았다. 슬쩍 외출해서 사온 음식을 자기 방에서 몰래 먹었다. 녀석의 방에는 냉장고, 전자레인지, 전기포트가 모두 갖추어져 있었다. 그런 오빠가 있다는 사실이 남에게 알려지는 것은 싫었지만, 집에 부를 만큼 친하게 지내는 친구도 없다. 가족 중에 이런 녀석이 있으면 결혼의 장해물이 될 것 같긴 하지만, 현재 결혼할 계획은 없다.

두광인이 그 녀석을 죽인 이유는 잔갸 군에게 설명한 그대로다. 트릭의 성질상 자기 집에 같이 사는 사람을 죽일 필요가 있었는데, 같이 사는 사람 중에 제일 죽이기 쉬운 사람이 그 녀석이었다. 좋지 않은 감정은 별달리 없었다.

그 녀석은 항상 집에 있었기 때문에 부친이나 모친을 죽인다면 녀석한테 들키고 만다. 녀석이 자고 있는 사이에 죽이면 되지만, 녀석의 생활 패턴은 불분명하다.

그래서 그 녀석을 죽이기로 했지만 한 가지 문제가 있었다. 녀석은 자기 방에 틀어박혀 있다. 불러도 코빼기도 비치지 않는다. 문은 안에서 잠가놓았다. 화장실이나 욕실은 가족이 나간 틈을 노려서 사용한다. 접촉할 기회가 없었다.

그래서 두광인은 덫을 설치했다. 우선은 지금 당장 나갈 것 같은 분위기로 전화 통화를 하는 척했다. 그런 다음 허둥지둥 복도를 걸어가서 필요 이상의 소리를 내며 현관문을 여닫은 후 문을 잠그고 숨을 죽인 채 집 안에 머물렀다.

십오 분 정도 기다리자 사냥감이 보금자리에서 나왔다. 그 녀석이 화장실에 들어간 지 오 초가 지났을 때 두광인은 문을 힘껏 열고 눈앞의 뒤통수를 향해 청동 장식품을 내리쳤다. 상대는 볼일을 보려고 바지의 끈을 끄르는 참이었다. 양손은 막혀 있고 머리도 숙이고 있어서 완전히 무방비 상태였다. 여자 손으로도 일격에 쓰러뜨릴 수 있었다.

다시 한 방, 또 한 방, 이렇게 열 번 정도 때렸을까, 바닥에 기역 자로 쓰러진 그 녀석은 움직임을 완전히 멈추었다. 그 모습을 내려다보며 두광인은 몇 년 만에야 이 단어를 입에 담았다.

"오빠?"

대답은 없었다. 때에 찌든 티셔츠 소매를 등 뒤에서 끌어당겨 손목을 잡아보았지만 맥박은 느껴지지 않았다.

흉기를 놓아두고 그 자리에서 물러난 두광인은 훤히 알고 있는 자신의 집을 어지럽히며 돌아다녔다. 옷장 속의 현금과 보석을 자기 방에 숨기고 화장실로 돌아가자 그 녀석은 아까 전과 마찬가지 자세로 쓰러져 있었다. 다시 맥박을 확인했지만, 손끝에는 아무것도 전해지지 않았다.

말랐구나, 하고 두광인은 생각했다. 그 녀석은 원래 몸집이 작았지만 통통한 축에 들었었다. 머리카락도 이런 봉두난발이 아니었다. 극단에 치우친 식사를 계속한 탓에 영양이 부족해졌으리라. 옷도 너덜너덜해서 어쩐지 노숙자를 보는 것 같았다. 같은 집에 있으면서도 그 존재가 잊혀진 가정 내 노숙자다.

두광인은 그 녀석을 불쌍하다고 생각하지는 않았다. 사실을 관찰하고 고찰했을 뿐이다.

두광인은 저녁까지 기다렸다가 구급차를 불렀다. 바로 신고하지 않은 한 가지 이유는 되살아나지 않을까 상황을 보고 싶었기 때문이고, 또 다른 이유는 경찰에 대비한 가짜 알리바이를 만들고 있었기 때문이다.

상당히 좋은 문제였다고 두광인은 생각한다. 잔갸 군이 간단하게 맞혀버렸지만, 그것은 그에게 얼굴을 들켰다는 뜻밖의 사정이 있었기 때문일 뿐 결코 미적지근한 문제는 아니었을 터이다.

다만 이번에 가족을 죽이고 자신의 정체를 밝히는 등 상당히 과감한 짓을 했기 때문에 이후의 허들이 높아지고 말았다. 이번에 경찰 대책으로 사용한 알리바이 트릭이 등장하는 정도의 문제로는 허술하다고 비난을 받을 테고, 자신도 만족할 수 없다.

사토코가 나간 다음에 빨래를 다 넌 두광인은 베란다에 있는 덱 체어에 엎드려 다음에는 어떤 문제를 낼까 멍하니 생각했다. 출제 순번은 당분간 돌아오지 않겠지만, 높아진 허들을 넘기 위해서는 일치감치 준비할 필요가 있으리라.

따스한 날씨에 이끌려 가지고 나온 맥주도 다 비워버린 후에 꾸벅꾸벅 졸고 있자니 시나가와 경찰서에서 전화가 왔다. 도난당한 카드는 아직 사용되지 않았다, 보석과 귀금속을 전당포가 맡았다는 정보도 아직 들어오지 않았고 인터넷 옥션에도 나오지 않았다, 올해 들어 베르디 기타시나가와에서는 자물쇠 따기를 이용한 빈집털이가 두 건 발생했는데 이번 사건도 동일범의 소행으로 추정된다, 방범 비디오 분석을 진행하고 있는데 신원이 불분명한 사람이 몇 명인가 찍혔다…… 하나같이 경찰의 무능함을 보고하는 내용일 뿐이었다.

두광인은 부디 잘 부탁드린다면서 수화기에 대고 머리를 숙이고는 열심히 세금을 낭비해달라고 마음속으로 혀를 내밀었다. 훔친 물건은 지금도, 그리고 앞으로도 자신의 수중에 있을 것이다. 맨션에서 벌어진 빈집털이 역시 아즈마 데루요시 살해사건의 수사를 잘못된 방향으로 이끌기 위해 자신이 저지른 짓이다.

보험회사에서도 전화가 왔다. 데루요시의 생년월일을 가르쳐달라고 한다. 두광인은 바로 대답할 수 없었다. 여섯 살 차이니 생년은 안다. 2월 상순이었다는 기억도 난다. 하지만 정확한 날짜를 떠올릴 수 없었다. 이 집에서는 벌써 몇 년이나 그 녀석의 생일을 축하하지 않았다.

사망 보험금의 수령인은 부친으로 되어 있지만, 가령 딸이 죽였다고 발각된 경우에 보험금은 지급될까? 두광인은 그런 생각을 하면서 운전면허증이나 여권이 없는지 찾아보러 그 녀석의 방에 들어갔다.

낯선 방이었다. 녀석의 생일이 없어진 후로는 들여다보지 않았으니 당연한 일이었다. 책은 책장에, DVD는 AV 선반장에, 리모컨은 텔레비전 옆에 제대로 자리 잡고 있어서 예상과는 달리 깔끔했다. 벗어놓은 옷과 잡지 때문에 발 들일 곳도 없는 두광인의 방보다 훨씬 정리되어 있었다. 칠칠하지 못한 인생과 꼼꼼한 성격의 대비가 두광인에게는 몹시 우스꽝스럽게 느껴졌다.

페트병은 마른 오징어처럼 찌그러뜨려 놓았고, 도시락 용기와 나무젓가락은 따로 모아서 봉지에 담아두었다. 하지만 용기에는 밥알과 마요네즈, 찜 국물이 남아 있어서 빨리 정리하지 않으면 벌레가 끓는다. 이미 냄새가 이상해졌다.

책상 위에 지갑이 있었다. 면허증은 이 속에 있을까? 거치적거리는 노트북을 왼손으로 잡아서 치우면서 오른손으로 지갑을 들어 올렸다.

손바닥이 미끈미끈했다. 왼손바닥이다.

그 순간 두광인은 녀석이 성인 사이트를 보며 자위행위에 빠져 있었으리라고 반사적으로 생각했다.

두광인은 노트북을 놓고 손바닥을 보았다. 두뇌선 언저리가 반투명하게 빛나고 있었다. 쭈뼛쭈뼛 코에 가져다 댔다. 아무 냄새도 나지 않았다.

노트북을 펼쳐보니 액정화면 위의 틀 부분에 젤 상태의 물질이 묻어 있었다. 이 물질이 밖까지 새어나온 듯했다. 뭐가 묻었을까 생각하면서 두광인은 시선을 집중했다.

틀 윗부분에는 젤 상태의 물질 말고도 무언가가 붙어 있었다. 수지로 만든 투명한 보호 패널이었다. 그 안쪽에 역시 투명한, 동그랗고 작은 것이 보였다. 렌즈다. 웹캠이 장비된 노트북이었다. 웹캠을 보호하는 패널이 하얀색 바셀린으로 더러워져 있었다. 이래서는 카메라 영상이 불투명해지고 만다.

두광인은 현기증이 났다. 그리고 웃었다.

모니터에는 어느 틈엔가 로그인 화면이 비치고 있었다. 노트북 전원이 꺼지지 않아 로그오프 상태에 들어가 있었던 모양이다.

[   ]

시스템이 패스워드를 요구하고 있다. 두광인은 녀석의 패스워드 따위는 모른다. 하지만 반드시 이것이리라는 기분이 들었다.

[044APD]

패스워드가 적용되어 데스크톱 화면이 나타났다. 바탕화면은 파란색 몸체의 푸조403 컨버터블이었다.

6월 24일

벨소리가 났다. 두광인이 현관으로 나가보자 밤색 머리 소녀가 서 있었다.

곱슬곱슬 심하게 말린 컬 머리카락에 옷 세공을 한 듯 마스카라를 잔뜩 바른 눈썹, 쌍꺼풀 액으로 만든 듯한 부자연스러운 양 눈의 쌍꺼풀에 립글로스를 듬뿍 칠한 입술, 단추를 위에서 두 개 끌러서 브래지어 프릴이 내비치는 하얀 블라우스에 스커트에서 꺼내놓은 옷자락, 무릎 위까지밖에 오지 않는 스커트에 신발은 핑크색에 은빛 라메Lame가 달린 뮬, 컬러풀한 팔찌가 짤랑거리는 손으로 붙잡은 분홍색 캐리어 가방에는 〈아리스토캣〉* 에 등장하는 마리가 큼지막하게 인쇄되어 있다. 소녀의 나이는 10대 후반쯤

---

* 1970년 미국의 월트 디즈니 프로덕션에서 제작한 애니메이션 영화.

될까?

"누구 찾아오셨어요?"

두광인은 소녀가 집을 잘못 찾아왔다고 생각했다. 이런 사람은 모른다.

소녀는 입술 양끝을 획 끌어올리며 말없이 미소를 짓더니 캐리어의 지퍼를 열고 노란색 뭔가를 꺼냈다. 그것을 머리에 쓰고 다음으로 꺼낸 안경을 코 위에 척 올렸다.

"우아, 그랬구나."

두광인은 소녀를 손가락으로 가리키며 웃었다.

"바로 그렇지. 예이."

반도젠 교수는 왼쪽 손등을 내보이며 브이 사인을 그리더니 오른손으로 소용돌이 안경과 아프로 가발을 벗었다.

"들어와, 들어와. 모두 다 벌써 와 있어."

두광인은 반도젠 교수를 안으로 들였다.

"실례하겠습니다. 그건 그렇고 별장이라니 대단한데?"

반도젠 교수는 튤을 벗으면서 통나무 들보와 높은 천장을 두리번두리번 둘러보았다.

"임대 별장이야."

두광인은 짧은 복도를 걸어 거실 문을 열고 안을 향해 말했다.

"교수님 도착하셨어."

"그쪽도 여자였냐!"

들어온 소녀의 모습을 보자마자 안색이 나쁘고 눈초리가 사나운 청년이 소파에서 일어섰다. 옆에 앉은 후줄근한 정장을 입은 남자는 스마트폰을 떨어뜨렸다. 그러자 소녀는 다시 한 번 가발과 안경을 쓰고 면도 자국을 붙인 후에 티슈를 뭉쳐 입 안에 넣고는 말했다.

"이 몸은 반도젠 교수일세."

"걸작이야, 걸작."

젊은이가 기립 박수를 보냈다. 반도젠 교수는 변장을 풀고 두 남자를 번갈아 가리켰다.

"누가 누구야?"

"잔갸 군."

젊은 쪽이 손을 들었다.

"aXe입니다."

중년 남자가 어안이 벙벙한 표정으로 말했다.

"두광인입니다."

두광인도 다시 한 번 자기소개를 했다.

"반도젠 교수예요."

소녀가 혀를 쏙 내밀었다.

"저기, 진짜로? 의심하는 건 아니지만 차이가…….."

aXe가 거듭 고개를 갸웃한다.

"아까 그것 가지고는 안 돼? 슬프다, 흑흑."

소녀가 우는 시늉을 하면서 약속이라도 하듯이 오른손 새끼손가락을 세웠다. 두 번째 관절 부분부터 안쪽으로 구부러져 있었다. 아아, 하고 aXe가 고개를 끄덕였다.

"여자애일 줄이야. 한 방 먹었군."

잔갸 군이 쓴웃음을 지었다.

"머리카락이랑 눈매, 턱선도 감추어져 있었으니까. 헐렁헐렁한 하얀 옷 때문에 몸매도 알아볼 수 없었고."

두광인은 감탄하며 말했다.

"가슴도 없었고 말이야."

"시끄러!"

반도젠 교수가 손을 치켜들었다. 두광인도 흘겨보았다.

"그건 나한테도 해당하는 말이지?"

"미인은 가슴이 없지. 모나리자라든가."

잔갸 군은 자못 이 자리에서만 통할 듯한 말˚을 아무렇게나 내뱉은 후 반도젠 교수를 가리키며 물었다.

"고등학생?"

"응."

"완전히 한 방 먹었다니까. 아니, 세 방 정도. 분명 학생도 학교 관계자가 맞지."

"난 거짓말 안 했어. 그쪽이 멋대로 교사라고 해석했을 뿐이야."

"음, 하지만 채팅할 때 담배랑 맥주를 내보인 건 나이를 위장하기 위해서지?"

"우리, 보통 술도 마시고 담배도 피우는데."

반도젠 교수는 포치를 열어 외제 멘솔 담배를 꺼내 보였다.

"나도 고등학교 때부터 마셨어."

˚ 모나리자 그림은 레오나르도 다빈치의 자화상이라는 설이 있다.

두광인도 거들었다.

"하지만 들어봐, 들어봐. 선생은 학교에서 금연이야. 종업식이나 운동회 다음에 교무실에서 건배하는 것도 폐지됐고. 왜인지 알아? 학부모가 불평했거든. 아이에게 악영향을 끼친다고! 정말 웃긴다니까!"

반도젠 교수가 두광인의 팔을 찰싹찰싹 때렸다.

"휴게소에서 일으킨 살인이 잘 진행된 건 여고생이기 때문이었구나."

잔갸 군이 약간 곰살궂게 말했다.

"그게 전부는 아니지만, 큰 요인이겠지. 성인 남성이 창문을 두드리면 경계해서 열지 않을지도 모르지만, 여자애면 마음 편하게 응해줘."

두광인 자신도 여자라는 점으로 상당히 득을 보았다. 만약 남자였다면 12지 살인사건 때 여대생이 흔쾌히 취재에 응해주었을까? 야스라기가오카 언덕에서 정보 수집 활동이 잘 진행된 것 또한 반은 매스컴의 명함이 지닌 힘, 나머지 반은 그것을 내민 사람이 여자였다는 사실 때문 아닐까? 잘린 머리 사건의 탐문에서는 피해자가 살던 연립주택의 남자가 부탁하지도 않았는데 방에 들여보내 주려고 했다.

"여고생이면 경찰의 대응도 허술해지겠지. 그래, 시즈오카현 동부에 있는 사립 고교? 여고야?"

잔갸 군이 즐거운 듯이 물었다. 하지만 반도젠 교수는 그 말을 완전히 무시하고 다른 이야기를 꺼냈다.

"나도 깜짝 놀랐어. 두광인 씨가 여자일 줄은 전혀 몰랐거든."

"일단 안 들키려고 주의했으니까."

두광인은 엄지손가락을 세우며 미소를 지었다.

"잔갸 군 씨는 대충 생각하고 있던 그대로의 이미지네."

"기뻐해도 돼?"

반도젠 교수는 또다시 당사자의 반응을 무시하고 말을 이었다.

"aXe 씨도 엄청 의외였어. 더 젊은, 스무 살 정도 되는 사람일 거라고 생각했는데, 우리 아빠랑 별 차이 없잖아. 이야기하기 엄청 힘드네요."

"죄송합니다."

aXe가 정말 미안한 듯이 고개를 떨어뜨렸다.

"실제로 보니까 조용하기까지 하고."

"죄송합니다."

"평소에는 무슨 일 하는 사람이에요? 아, 억지로 말 안 해도 돼요."

"지방 공무원이에요."

"시청 같은 거요? 아니면 공립학교 선생님이라든가?"

"아니요."

aXe는 정장 주머니에서 짙은 초콜릿색 수첩을 꺼내서 세로로 펼쳤다. 위에 신분증이 들어가 있고 아래에는 금색 휘장이 달려 있었다. 휘장에는 'POLICE'와 '경시청'이라는 문자가 있었다.

"뭐야 이거, 경찰수첩?"

"진짜입니다."

신분증의 사진은 지금 눈앞에 있는 남자의 얼굴과 일치했다. 이름은 오노 히로아키였다.

"정말? 거짓말이죠? 그죠?"

반도젠 교수가 한 걸음 뒤로 물러섰다.

"잠입수사?"

잔갸 군이 엉거주춤 일어섰다.

"아닙니다, 아니에요. 저는 형사가 아닙니다. 회계과에서 근무해요."

aXe도 일어서서 일동을 진정시키려는 듯이 양손을 위아래로 움직였다.

"회계과?"

"예, 회계과. 가미시로 교스케[o] 경무관과 야마무라 세이이치[oo] 경위를 동경해서 경찰에 들어왔는데, 어째서 관할서에서 급료 계산을 해야만 할까요. 그전에는 운전면허 시험장에서 증지를 팔았고, 그전에는 건강관리본부에 있었죠. 뉴난부[ooo]를 쏘아본 적도 없습니다. 인사과에 보는 눈이 없는 걸까요? 아니면 제게 형사 일이 맞지 않는 걸까요? 이제 어지간히 지쳤습니다. 잠복이나 야근이 없고, 휴가를 마음대로 쓸 수 있는 덕분에 이렇게 탐정 놀이도 할 수 있습니다만."

aXe는 힘없이 웃으며 머리가 벗어진 이마를 손가락으로 문질

─────────

[o] 일본 드라마 〈특별 수사 최전선〉의 등장인물.
[oo] 일본 드라마 〈태양에 짖어라〉의 등장인물
[ooo] 일본 경찰이 사용하는 회전식 권총.

렸다.

"하지만 회계과라도 경찰 사람이잖아?"

aXe에게서 떨어지면서 잔갸 군이 물었다.

"경찰관은 직업, 탐정 놀이는 취미, 사생활을 일에 끌어들이지는 않습니다. 무엇보다 저 자신이 몇 번인가 문제를 내고, 십 수명을 죽이지 않았습니까. 당신들을 검거하면 저도 붙잡힙니다. 살인이 허가된 잠입수사 같은 건 없어요."

"분명 그렇긴 한데…… 그럼 왜 경찰관이 이런 놀이를 하는 거야?"

"그럼 왜 당신은 이런 놀이를 합니까? 그 답이 제 답이기도 합니다. 이 나라에 경찰관이 몇 명 있다고 생각합니까? 25만 명에 가깝습니다. 마쓰에나 고후의 인구보다 많다고요. 고후 시민 모두가 좀도둑질, 뇌물수수, 도박 마작, 음주운전, 보험금 사기, 탈세, 소녀 매춘 따위를 하지 않는다는 게 가능합니까? 일반인과 경찰관은 다릅니까? 똑같은 인간입니다, 생물학적으로도 다르지 않고 어머니 배 속에 있을 때부터 특별한 교육을 받은 것도 아니라고요. 어디를 어떻게 찾아가면 차가 오지 않아도 빨간 신호에 건너지 않는 인간을 25만 명이나 모을 수 있습니까? 엘러리 퀸을 좋아하는 여대생이 있듯이 통근 전철 안에서 존 딕슨 카를 읽는 경찰관도 있습니다. 술과 담배를 하는 여고생이 있듯이 각성제에 의존하는 경찰관도 있고요. 근무 후에 동료를 죽이는 마을 공장 직원이 있다면, 휴일에 윈즈에서 무차별 살인을 해보고 싶어 하는 경찰관도 있을 법하죠. 당연한 일입니다. 그런데 모두가 그걸 몰라요. 경찰뿐만이 아닙니다. 판사, 교사, 정치가, 그 외 모든 공무원은 항상 공명정대하고 벌레 한 마리 죽이지 않거니와 남의 아내를 넘보지도 않는 인격자라고 단단히 믿고 있죠. 그런 훌륭한 인간이 전 세계에 몇 명이나 있겠습니까? 백만분율 단위에 들어갈 겁니다. 그건 아이돌은 결코 배설하지 않는다고 믿는 소년소녀의 망상과 완전히 똑같지 않습니까? 잔갸 군의 말을 빌리자면, '바보 아니야!'입니다."

aXe가 상기된 모습으로 말을 늘어놓았다. 눈은 어쩐지 초점이 맞지 않았다.

그 모습을 보고 두광인은 마음속으로 손가락을 튕겼다. 이 말투, 이 표정, 모두 기억 속에 남아 있었다. 도요나카 야스라기가오카 언덕에서 경비원에게 덤벼들던 구경꾼 남자다. aXe도 조사하러 현지에 왔던 것이다.

12지 살인사건 때에 목표물을 백 명이든 이백 명이든 선정할 수 있다고 호언장담한 것도 이해가 되었다. 경시청의 수사 자료와 지역과가 수집한 주민 정보를 활용했으리라. 윈즈 시오도메에서 사용한 시안화칼륨도 경찰서 안에 보관되어 있던 물건을 슬쩍한 것이 분명하다.

"앉자고."

두광인이 재촉하자 aXe와 잔갸 군은 원래 자리에 다시 앉았다. 반도젠 교수는 머뭇거리는 표정으로 그 자리에 서 있었다. 의자가 세 사람 몫밖에 없었다.

"괜찮아, 앉아."

두광인은 의자를 가리킨 후 자신은 맨 바닥에 앉았다.

다다미 열 장 정도 크기의 방이다. 바닥과 벽도 나무로 되어 있고, 천장은 높다. 창문은 한 방향밖에 없지만, 천창이 있고 천장의 일부도 유리로 되어 있기 때문에 채광 상태는 양호하다.

실내에는 팔걸이가 달린 1인용 소파 세 개가 1.5미터 정도의 간격을 두고 나란히 놓여 있었고, 대형 텔레비전이 장식 난로를 가로막듯이 자리 잡고 있었다. 텔레비전 위에는 소형 비디오카메라가 얹혀 있다. 그 외에 이렇다 할 생활용품은 없다. 간소한 방이다.

"이 소파는 보디 소닉°이냐?"

잔갸 군이 발아래의 가느다란 케이블을 발부리로 가리켰다. 각각의 소파 아래에서 나온 케이블이 옆방까지 뻗어 있다.

"비슷한 거야."

두광인은 애매하게 대답한 후 감사 인사를 했다.

"오늘은 먼 곳까지 일부러 와줘서 고마워."

그리고 앉은 채로 가볍게 고개를 숙였다. 이곳은 나카이즈의 산속이다.

"우리 집에서는 비교적 가깝지만."

반도젠 교수가 윙크를 했다.

"그렇게 생각하고 여기로 선택했거든."

두광인이 윙크를 맞받아주고는 말을 이었다.

"이럴 때는 일단 커피? 홍차? 아니면 맥주? 라고 물어봐야겠지

● 체감 음향 시스템의 총칭.

만, 형편상 마실 것은 없어."

"괜찮아."

반도젠 교수가 상체를 발딱 일으키더니 캐리어에서 마시다 만 페트병을 꺼냈다.

"아, 그것도 마시지 않는 걸 추천할게."

"어째서?"

"아까 몰래 독을 넣었거든."

"뭐?"

"농담이야. 화장실에 자주 가고 싶어지니까."

"여기, 화장실 없어?"

"있긴 하지만…… 아, 그것도 안 돼."

두광인은 손가락으로 잔갸 군을 가리켰다.

"실내 금연이냐?"

잔갸 군이 불을 붙이지 않은 담배를 입술에서 뗐다.

"그렇지는 않지만."

"재떨이라면 있어."

잔갸 군이 셔츠 자락을 걷어 올려 청바지 벨트에다 카라비너°로 매달아놓은 휴대용 재떨이를 보여주었다.

"담배는 이뇨 작용을 하거든."

"변소가 부서졌어? 뭐 그다지 상관없어. 저기서 싸면 되니까."

잔갸 군이 창밖에 눈길을 주었다. 테라스 맞은편에는 이 지방

● 등반용 자일을 꿰는 금속재 고리.

특유의 조엽수림이 펼쳐져 있었다.

"화장실은 현관 곁에 있어. 물도 나와. 하지만 앞으로 사용할 수 없어질 거야. 지금은 아직 써도 괜찮으니까 가려면 지금 다녀와."

잔갸 군과 반도젠 교수가 얼굴을 마주 보았다.

"일단 경고는 했어. 이제 자기 책임이야."

"야야, 그거냐? 변기에 앉았더니 갑자기 정면 벽이 사라지고 변기째로 밖으로 튀어나가는, 깜짝 카메라에서 자주 하는 그거."

"뭐, 그런 식의 깜짝 카메라 비슷한 게임이려나. 알몸으로 밖에 내팽개치지는 않을 테니까 안심해."

"게임?"

"그래, 게임. 이건 게임이야."

두광인이 자기에게 들려주는 것처럼 되풀이해 말했다.

"여기서 탐정 놀이를 하는 겁니까?"

aXe가 물었다.

"탐정 놀이…… 음, 어떤 의미로는 이것도 탐정 놀이지. 지금까지와는 취향이 다르지만. 지금까지의 탐정 놀이가 본격미스터리라면, 오늘의 탐정 놀이는 하드보일드."

"자못 뭔가 있는 듯이 뜸 들이는 건 적당히 그만두지그래."

잔갸 군이 화난 듯이 말하며 담배에 불을 붙였다. 전자라이터 소리가 멎은 후에 잠시 동안 침묵이 이어졌다.

가시방석 같은 분위기를 참다 못했는지 반도젠 교수가 입을 열었다.

"저기, 오늘은 콜롬보 짱 일로 모인 거 아니야?"

겨우 그 이름이 나왔다.

'044APD 건과 관련해 중요한 이야기가 있다. 복잡한 내용이니까 직접 이야기를 하고 싶다, 교통비는 내줄 테니까 아마기에 있는 별장까지 와줬으면 한다.' 분명 두광인은 그렇게 말해서 세 사람을 불러 모았다. 하지만 그 말은 일시적인 방편이었다. 지금 그들의 최대 관심사가 044APD일 테니 044APD를 모임의 구실로 이용했을 뿐이다. 자니스°의 누구누구를 만나게 해주겠다는 말에 혹해서 아마기까지 달려올 것 같았다면 그 방법이라도 상관없었다.

"그 녀석이 어떻게 됐는지 분명히 설명해."

기다리고 있었다는 듯이 잔갸 군이 힐문조로 말했다.

"메일로 알린 그대로야."

두광인은 담담하게 대답했다. 044APD가 자신의 오빠라는 것은 그 사실이 밝혀진 지 얼마 지나지 않아 멤버들에게 보고했다. 출제자의 의도를 넘어선 반전이 기다리고 있었던 것이다. 그 충격을 어찌 동료들과 공유하지 않을 수 있겠는가.

"그런 일방적인 메일을 받고 아, 예, 그렇습니까, 하고 수긍할 수 있겠냐? 이쪽에서 연락해도 무시하고 말이야."

"미안해. 좀처럼 준비가 되질 않아서."

"준비?"

"마음의 준비겠지요. 이야기할 기분이 안 드는 게 당연합니다."

aXe가 차분하게 말했다.

° 자니스 사무소의 약칭, 인기 남자 아이돌이 많이 소속되어 있다.

"난 아직 안 믿어. 장난친 거지?"

"4월 16일 채팅에 한 번 난입한 걸 마지막으로 모습을 감췄잖아. 메일에 답장도 안 해. 그게 죽었다는 증거야."

"콜롬보랑 둘이서 뭔가 꾸미는지도 모르지. 녀석이 죽은 걸로 치고 뭔가 저지르려는 거야. 단도직입적으로 말해 다음 문제의 복선이지? 응?"

"아니라니까. 4월 24일에 내가 죽였어."

두광인은 강하게 딱 잘라 말하고 잔갸 군을 응시했다.

"이 놀이의 동료라는 걸 모르고?"

"그래. 알았다면 그 녀석이 아니라 엄마를 죽였을 거야."

"믿을 수가 없군."

잔갸 군이 짧게 쳐올린 옆머리를 벅벅 긁었다.

"같이 살았잖아. 그런데 오빠가 콜롬보라는 걸 못 알아차리다니, 말이 돼?"

"그건 은둔형 외톨이였으니까. 벌써 몇 년이나 얼굴을 안 봤더라. 방은 옆에 있었지만 걔가 매일 뭘 하고 있었는지 전혀 몰랐어. 부모한테 듣지도 못했고. 그 사람들도 아들의 일상에 대해 무엇 하나 파악하고 있지 못했거든. 한 달 동안 집을 비워도 알아차리지 못할 만큼 아무래도 좋을 존재였어."

여느 때처럼 방에 처박혀 있으리라고 생각했더니만, 오사카에서 천장 위 생활을 보냈던 것이다.

"아니, 그렇다고는 해도, 그래, 옆방이니까 탐정 놀이 화상 채팅을 하고 있으면 벽 건너편에서도 같은 대화가 들리니까 오빠의 비밀을 알 수 있지 않냐?"

"채팅할 때는 이어폰을 꼈어. 다스베이더 마스크를 쓰면 스피커 소리를 알아듣기 힘들거든. 이어폰은 커널형이라고, 귀마개 비슷한 타입이라서 끼면 주위 소리가 안 들려. 그래서 이걸로 음악을 들으면서 자전거를 타는 건 엄청 위험해."

"하지만 콜롬보의 목소리는? 목소리를 듣고 딱 와닿지 않았어? 이어폰을 끼고 있었다면 더 똑똑히 들렸을 텐데?"

"그러니까, 목소리도 완전히 잊어버렸다니까. 그 정도로 소원했어. 게다가 채팅 목소리가 원래 목소리라고는 할 수 없잖아. 모모 씨 역시 음을 만지작거려서 출력했는데 뭘."

두광인이 짜증 난다는 듯이 대답하자 잔갸 군은 신음소리를 내고서 입을 다물더니 뾰루퉁한 얼굴로 두 개비째의 담배에 불을 붙였다.

"오빠 쪽이, 여동생이 두광인이라는 사실을 알아차리고 있었는지도 모르죠."

aXe가 말했다.

"음, 그럴 가능성은 부정할 수 없지. 하지만 알아차리고서도 굳이 침묵하고 있었다는 가능성 역시 마찬가지로 부정할 수 없어. 오랫동안 관계를 끊고 지낸 가족에게 이야기 걸기는 망설여지거든."

"어쩌면 인터넷은 인터넷, 현실은 현실, 두광인과 아즈마 미야코는 어디까지나 별개의 인물이라고 생각해서 모르는 척했는지도 모릅니다."

"그럴지도 모르지. 아니면 조만간에 정체를 밝혀서 놀라게 해주려고 극적인 연출을 생각하던 참인지도 모르고."

"다른 의미로 극적인 일이 벌어지고 말았네."

반도젠 교수가 천연덕스럽게 말을 이었다.

"이론은 통하는데……."

잔갸 군은 여전히 불만스러운 듯하다.

"데?"

"같은 집에 사는 사람이 제멋대로 인터넷을 하면서 몇 천 몇 만이나 되는 홈페이지와 게시판, 블로그랑 SNS를 표류하다가 당도한 곳이 같은 커뮤니티? 그것도 정말 소수의, 극히 특수한 취미를 공유하는 모임이라고. 그런 우연이 있을 수 있나?"

농Non, 농, 하고 두광인은 집게손가락을 흔들었다. 그리고 말을 꺼냈다.

"나는 그 녀석의 영향으로 미스터리에 흥미를 붙이게 됐거든. 미스터리뿐만이 아니야. 게임과 음악, 컴퓨터 다루는 법과 정크 푸드 취향 역시 모두 녀석의 영향을 받았지. 초등학생에게 여섯 살 윗사람은 신이야. 서른 살 위의 부모는 화석이지만. 아즈마 데루요시는 동경의 대상이자 목표였기에 때로는 의식하면서, 그렇지 않을 때는 무의식중에 난 그 등을 뒤쫓고 있었어. 내가 중학교에 올라갔을 무렵부터 녀석은 서서히 병들어서 신도 오빠도 아니게 되고 말았지. 하지만 그 이전에 받은 영향은 내 몸 속 깊은 곳에 스며들어 있었어. 어렸을 때 받은 영향이니까 거의 각인刻印이지. 내가 할 만한 일을 녀석이 한다고 해도 전혀 신기할 것 없어.

아, 반대다. 녀석이 할 만한 일을 내가 한다고 해도 이상하지 않아. 더구나 이런 특수한 놀이이기 때문에 같은 근본을 지닌 두 사람이 끌리는 게 당연하다고 할 수 있지 않을까?"

아즈마 데루요시가 044APD였다고 알아차린 찰나, 두광인은 그러한 사실을 깨달았다. 본능적인 번뜩임이었지만, 백 퍼센트에 가까운 자신이 있었다.

"점보 복권에서 1등 2억 엔에 당첨되는 건 불가능하지 않나?"

반도젠 교수가 갑자기 말했다.

"하지만 실제로는 당첨되는 사람이 한 회에 몇십 명이나 있지. 이론상 있을 수 없는 일은 절대로 일어나지 않지만, 이론상 있을 수 있는 일은 일어나도 이상하지 않아."

말을 마치더니 유쾌한 듯 웃었다.

"그럼, 콜롬보 이야기는 이걸로 끝. 본제로 들어갈게."

"본제라면, 아까 말한 게임이라는 거 말이야?"

"응."

"과연 그렇군. 콜롬보를 추도하는 탐정 놀이로구나."

잔갸 군이 손가락을 튕겼다. 두광인은 긍정도 부정도 하지 않고 애매하게 웃었다.

"화장실에 가고 싶은 사람은 지금 갔다 와."

aXe가 일어섰지만, 반도젠 교수도 가고 싶다는 의사를 나타냈기 때문에 레이디 퍼스트 정신에 입각해 그녀를 먼저 보냈다.

"방해되니까 이쪽에 정리해둘게."

두광인은 세 사람의 짐을 방구석으로 옮겼다.

"경찰은 오빠의 방을 조사하지 않았어?"

잔갸 군이 물었다.

"조사했어."

"그가 실행한 살인에 관련된 뭔가는 나오지 않았냐? 아니면 우리가 낸 문제의 기록이라든지."

"나왔다면 우리는 이런 곳에 없으리라고 생각하는데."

"노트북 속은 위험한 것 천지였을 거야."

"노트북은 조사 안 했어. 경찰서로 가지고 가지 않았지. 강도살인이라고 단정 지은 탓일 거야. 원한 관계를 의심했다면 노트북의 메일을 조사했겠지만. 그렇게 생각해보면, 우리 집의 값진물건을 감추거나 근처 집들을 자물쇠 따기로 들쑤셔놓은 게 정답이었어."

"과연. 경찰 수사는 상당히 미적지근하구나."

잔갸 군이 동의를 구하는 듯 얼굴을 옆으로 돌렸다.

"전 회계라서요."

aXe가 고개를 갸웃거리며 중얼거렸다.

반도젠 교수가 나오자 aXe가 화장실에 갔다. 친절하게도 두광인이 길어지니까 도중에 못 간다고 충고해도, 자신은 방광이 크다면서 잔갸 군은 귀를 기울이지 않았다.

aXe가 돌아오자 두광인이 입을 열었다.

"그럼, 일단은 자리를 바꾸자. 자, 일어서."

소파에 앉아 있던 잔갸 군과 반도젠 교수는 고개를 갸우뚱하면서도 그 자리에서 일어섰다.

"가위바위보든 제비뽑기든 선착순이든 좋으니까 새로운 자리를 정해."

"뭐, 여기면 됐어."

잔캬 군이 말하자 다른 두 사람도 고개를 끄덕였다.

"후회 안 해?"

"안 해. 후회하고 안 하고 간에, 뭘 하려는지 가르쳐주지 않으면 정할 길이 없잖아. 데이비드 카퍼필드가 와서 저쪽 숲에 사자랑 코끼리를 출현시킨다면 창문에 가까운 편이 나을 테고, 〈괴기 대작전〉* 제24화나 〈에도가와 란포 괴기 극장·백일몽 살인 금붕어〉를 보여주겠다면 안쪽이 낫겠지."

"야마다 나오코**도 안 와."

두광인은 커튼을 쳤다.

"그러니까 뭘 하려는지 가르쳐달라고."

"별것 아닌 운 테스트. 창문 쪽과 실내 쪽, 조건은 동일해."

"어쩐지 무섭네."

반도젠 교수가 자신의 어깨를 감싸며 부르르 떨었다. 얼굴은 웃고 있었다. 두광인은 창가에서 문 옆으로 이동해서 벽의 스위치를 켰다. 램프를 본뜬 천장의 전등에 오렌지색 불이 들어왔다.

"압정을 깔아놨냐?"

잔캬 군이 쭈그리고 앉아 인공 가죽으로 된 앉는 부분을 응시

---

* 1968년에서 1969년에 걸쳐 방영된 특촬물 드라마.
** 일본 드라마 〈트릭〉의 등장인물.

했다.

"너 초딩이냐? 지금까지 앉아 있었어도 아무렇지 않았잖아. 앉아도 아무 일 없어. 그건 보증할게."

두광인은 잔갸 군을 밀어내고 소파에 앉았다. 나머지 소파 두 개에도 앉아 보았다. 방귀 쿠션 소리도 나지 않았다.

aXe가 원래 자리에 앉았다. 잔갸 군과 반도젠 교수는 소파를 바꾸어 앉았다. 창문 쪽부터 반도젠 교수, aXe, 잔갸 군 순서다.

"다음으로 이 속에 휴대전화를 넣어."

두광인이 플라스틱 케이스를 내밀었다.

"뭐?"

제일 먼저 반도젠 교수가 거부 반응을 보였다.

"휴대전화는 너무 편리해서 게임을 시시하게 만드니까 맡아둘게."

"누군가에게 걸어서 상담한다든가? 인터넷으로 조사한다든가?"

"그런 거지. 삐삐는 가지고 있어도 돼."

"요즘에 누가 그걸 가지고 다녀!"

잔갸 군이 쏘아붙였다.

"전원 꺼놓을게."

반도젠 교수가 입술을 삐죽 내밀었다.

"안 돼. 여차할 때 의지하려고 들 게 뻔해. 이런 별장에서 살인 사건이 일어났을 때 휴대전화가 권외라서 경찰을 부를 수 없는 장면이 자주 나오는데, 현실에서는 엄청 산속이라도 휴대전화를 쓸 수 있거든. 3천 미터급 산에서 조난당했을 때 구조를 요청하기도 하는 정도니까. 실제로 여기서도 아까 스마트폰을 쓸 수 있었고 말이야. 오히려 전파가 닿지 않는 곳은 도시지. 지하라든가 빌딩 안이라든가. 자, 내놔, 내놔. 게임 중에 울리면 성가시니까 전원도 꺼둬."

두광인은 반쯤 강제적으로 세 사람의 휴대전화를 회수했다. 그리고 텔레비전 전원을 켰다. 브라운관이 따뜻해지더니 곧 영상이 나왔다. 1인용 소파 하나가 나무 벽에 딱 붙여둔 듯이 놓여 있다.

"똑같아."

반도젠 교수가 aXe의 자리와 텔레비전을 교대로 가리켰다. 이 방에 있는 세 개의 소파와 같은 소파가 비치고 있었다. 벽도 이 방과 동일하다. 하지만 사람은 앉아 있지 않다.

"이 집 안에 있는 다른 방입니까?"

aXe가 물었다.

"그래, 옆방. 그리고 나는 이제 화면 속으로 이동할 거야. 여러분은 그대로 앉아 있어."

세 사람은 한층 더 의아스러운 표정을 지었지만, 두광인은 휴대전화를 담은 케이스를 들고 옆방으로 이동했다. 지금까지 있던 방보다 약간 작은, 다다미 여덟 장 크기에 해당하는 마루방이다. 안쪽 벽 곁에 있는 소파에 앉자마자 정면 벽 건너편에서 소리가 났다.

"나왔다, 나왔어."

두광인이 앉아 있는 소파 앞에는 노트북이 놓인 나지막한 유리

테이블이 있었다. 노트북 화면 속에서 반도젠 교수가 이쪽을 손가락질하고 있다. 그녀의 왼쪽에는 aXe가, 좀 더 왼쪽에는 잔갸 군이 앉아 있다.

"헬로."

두광인은 손을 마주 흔들었다.

"그쪽에서도 이쪽이 보여? 아, 텔레비전 위의 카메라로 찍는 거구나."

이 방의 노트북에도 비디오카메라가 접속되어 있어서, 두광인의 모습을 건너편 방으로 보내고 있다.

"오프라인에서 만나는데 왜 일부러 화상 채팅을 해야 되는데? 그것도 옆방에서. 그냥 말하는 소리도 들린다고."

잔갸 군이 말했다. 또 담배를 피우고 있다.

"안전을 위해서."

"뭐라?"

"이 게임은 당신들한테 위해는 가하지 않으니까 안심해. 절대로 안전해. 죽지 않는 것은 물론, 상처도 입지 않아."

"뭐야? 그 야단스러운 말본새는."

두광인은 발아래에서 정육면체 모양의 상자를 들어 올렸다. 한 손으로 잡을 수 있을 정도의 작은 알루미늄 상자다. 두광인은 소파에 앉은 그대로 팔을 뻗어 그 상자를 비디오카메라에 가져다 댔다.

"한가운데의 작은 점 보여? 빨간 돌기 말이야."

"보여."

"이걸 누르면······."

두광인은 돌기의 머리에 집게손가락을 얹었다. 하지만 바로 누르지는 않고, 눈을 감고 한 번 심호흡을 한 후에 손가락 끝에 힘을 주었다. 찰칵, 소리가 난 순간 심박수가 20은 뛰어올랐다.

"소리가 나기 시작했지? 들려?"

삐 삐 삐 삐 삐 삐 삐 삐 삐 삐 삐 삐······.

"들려."

카메라에는 마이크가 달려 있다.

"무슨 소리일 것 같아?"

"모르겠는데."

"전자 룰렛이야. 속에서 난수를 발생시키고 있지. 난수를 발생시킨다고 해서 소리가 나지는 않아. 소리가 없으면 분위기가 안 사니까 연출을 위해 소리를 더했어. 이거, 내가 직접 만든 거야. 납땜인두기를 잡은 게 얼마만이더라?"

"알게 뭐야. 그래서? 난수가 어쨌는데?"

"다시 한 번 이 돌기를 누르면 룰렛이 멈추고 숫자가 확정되지."

두광인은 다시 눈을 감고 이번에는 심호흡을 세 번 하고 나서 빨간 돌기를 아래로 눌렀다. 찰칵, 소리가 난 순간 심박수가 30 더 뛰어올랐다. 동시에 뇌 속에 흥분물질이 잔뜩 분출됐다.

"이걸로 스위치의 위치가 결정됐어."

"스위치? 무슨?"

"폭탄."

"앙?"

"내 엉덩이 밑에 폭탄이 장치되어 있어. 소파 속에."

"뭐라고?"

"기폭 스위치도 엉덩이 밑에 있어. 폭탄은 내 소파 속에만 있지만, 기폭 스위치는 그쪽 방의 소파 속에도 내장돼 있지. 그쪽 소파 아래에서 이쪽 방으로 뻗은 케이블이 기폭 장치랑 연결된 거야."

"무슨 짓거리야! 영문을 모르겠네."

"스위치는 전기식으로 된 극히 단순한 물건이라서, 전기가 흐르지 않는 걸 감지하면 기폭 장치를 작동시켜. 그럼 어떤 때 전류가 멈추느냐 하면, 회로 속에서 접촉되어 있는 금속 부품 A와 B가 떨어졌을 때지."

"어?"

"엉덩이 바로 밑에 있는 A와 B는 가해지는 체중에 의해 접촉되어 있어. 일어서면 누름돌을 잃은 A와 B는 위아래로 나뉘고 말지. 그러면 전기의 흐름이 끊어지고, 그걸 감지한 기폭 장치가 작동해. 단순한 압력 스위치야. 그러니까 부주의하게 자리에서 일어나지 말도록."

건너편 방의 세 명이 얼굴을 마주 보았다.

"다만, 당첨 스위치는 하나뿐이야. 네 개의 소파에 장치한 압력 스위치 네 개 중 셋은 A와 B가 떨어져도 아무 일도 벌어지지 않지. 그렇다면 누구의 소파가 당첨되었을까? 그건 나도 몰라. 이 상자의 버튼을 처음 눌렀을 때 난수가 발생하기 시작했고, 두 번째로 눌렀을 때 룰렛의 회전이 멈추어 숫자 하나가 결정되면서 그 숫자에 해당하는 압력 스위치의 안전장치가 해제됐어. 모두 블랙 박스 속에서 진행되었기 때문에 무슨 숫자가 나왔는지는 나도 몰라. 봐, 바깥쪽 어디에도 표시창은 붙어 있지 않지?"

두광인은 작은 알루미늄 상자를 카메라 앞에서 돌리다가 노트북 옆에 내려놓았다.

"내가 머리가 나쁜 거냐? 무슨 소린지 하나도 모르겠는데."

잔갸 군이 옆에 있는 두 사람에게 얼굴을 돌렸다.

"소파 쿠션에 풍선을 달아둔 거야. 일어나서 스위치가 켜지면 바늘이 찔러서 빵!"

반도젠 교수가 기운차게 만세를 했다. 얼굴은 아직도 웃고 있다.

"폭발하는 건 풍선이 아니라 폭탄이야."

두광인이 정정했다.

"수준 낮은 농담은 엄청 흥을 깨는데."

잔갸 군이 얼굴을 찡그렸다.

"농담인 것 같으면 일어서 봐. 아무 일도 벌어지지 않으면 또 한 명 일어서고. 그래도 아무 일도 벌어지지 않으면 또 한 명 일어서는 거지. 그랬는데도 아무 일 없으면 내가 일어서고 콰광! 자, 누가 제일 먼저 일어설래? 아무도 안 일어서면 일단 내가 일어설게."

두광인은 그렇게 부추기면서 몸을 앞으로 구부리고 일어서는 시늉을 해 보였다.

"기다리십시오."

두광인의 어깨를 단단히 누르듯이 aXe가 카메라를 향해 양손을 내밀었다.

"폭탄이라니 무슨 말입니까?"

"무슨이고 나발이고, 지금 이야기한 그대로야. 내 소파 아래에 폭탄을 설치해뒀어. 기폭 장치는 네 사람의 소파 쿠션 밑에 들어가 있지. 다만 실제로 기능하는 기폭 장치는 하나뿐이고 나머지는 더미Dummy야. 어느 소파가 당첨됐는지는 일어서 보지 않으면 몰라. 지극히 간단한 이야기라고 생각하는데. 내 설명이 너무 서투른가?"

"그런 영화 같은 이야기를 믿으라고요?"

"소설과도 같은 연쇄살인을 실행하신 양반이 무슨 말을 하는 거야?"

"그것과 이건……."

"칼은 홈센터°에서 팔지만 폭탄은 백화점에서도 안 팔아."

반도젠 교수가 말했다.

"재료는 인터넷에서 조달할 수 있어. 만드는 법도. 덧붙여 말하자면, 나는 공학부 학생이야. 초등학생 때 이미 프린터 기판 설계를 했었지. 이렇게 말해도 믿어주지 않을 것 같으니까, 이걸 봐."

두광인은 노트북을 조작해 동영상 파일을 열었다. 건너편 텔레비전에도 똑같은 화면이 나오고 있을 터였다.

자갈 위에 쿠션이 놓여 있다. 쿠션 위에는 물이 담긴 양동이가 있다. 화면 바깥에서 바지랑대가 뻗어 온다. 바지랑대 끝부분이 양동이 측면에 닿았다. 몇 번인가 미는 동안에 양동이가 기울어져 쓰러진 그다음 순간, 폭발음과 함께 화면이 새하얘졌다. 몇 초가

° 가정용 목공 재료나 잡화를 취급하는 대형 소매점.

지나자 노출 상태가 정상으로 되돌아왔다. 자갈 위 여기저기에 너덜너덜한 부스러기가 떨어져 있다. 커버가 찢어지고 솜털이 사방으로 날아간 쿠션의 말로였다. 바지랑대의 끝부분도 사라졌다.

"인터넷에서 건진 파일일 거야."

잔갸 군이 말했다.

"마지막까지 보자고."

화면 밖에서 나타난 사람이 부스러기를 주워 양동이 속에 던져 넣었다. 뒤꿈치가 구겨진 운동화, 무릎이 찢어진 청바지, 검은 파카, 회색 니트 모자, 목덜미까지 내려오는 검정 머리카락, 가느다란 안경, 옅은 눈썹, 짧은 속눈썹, 졸린 듯한 양 눈, 미간이 높은 코, 얇은 입술, 뾰족한 턱…….

"응, 다스베이더 짱 맞네."

반도젠 교수가 말했다.

"이런 준비를 하느라고 얼마 동안 소식이 끊어졌던 거지."

"합성이야."

잔갸 군이 여전히 고집을 피웠다.

"믿든지 말든지 사실은 하나."

두광인이 일어서려고 했다.

"잠깐만, 잠깐 기다려!"

잔갸 군이 몸을 내밀며 팔을 뻗었다. 엉덩이가 떨어지려고 하는 것을 aXe가 꽉 눌러서 막았다.

"저기, 질문해도 돼?"

반도젠 교수가 말했다.

"그럼."

"좀이랄까, 전혀 모르겠지만, 왜 이런 짓을 하는 거야?"

매우 분한 듯이 손을 흔들면서 카메라를 가리킨다.

"교수, 넌 왜 탐정 놀이를 했지? 그거랑 똑같아. 재미있을 것 같으니까."

두광인은 희미하게 웃었다.

"재미있다니, 이봐요, 이거 러시안룰렛이잖아."

"그거에 가깝지."

"러시안룰렛 그 자체지. 제대로 걸리면 폭탄이 터진다고."

"응."

"엉덩이 바로 아래에서 폭발하면 죽잖아."

"못 들었어? 폭탄을 설치해둔 건 내가 앉아 있는 이 소파뿐이야. 그쪽 세 개에는 기폭 장치만 넣어뒀고. 그러니까 폭발해도 그쪽 세 사람은 안 죽어."

"아니, 그런 말이 아니라."

"화약 양은 정확히 계산해뒀어. 병종 화약류 제조 보안 책임자랑 을종 화약류 취급 보안 책임자, 그리고 발파 기사 공부를 한 적이 있거든. 귀찮아서 시험은 안 쳤지만, 모의시험에서는 만점이었어."

"그런 말도 아니고."

"책상 위에서만 계산한 게 아니라, 아까 본 것 같은 테스트를 되풀이했으니까 사고는 일어나지 않아. 폭발의 진동으로 텔레비전이 넘어갈지도 모르지만, 텔레비전에서 소파까지는 거리가 있으

니까 부딪힐 일은 없어. 창문도 깨질지 모르지만 아까 커튼을 쳐
뒀고."

"그러니까."

"다스베이더 경은 자기 자신의 죽음을 원하는 겁니까?"

반쯤 일어서려는 반도젠 교수를 제지하며 aXe가 물었다.

"별로."

두광인은 카메라에서 시선을 돌렸다.

"자기 바로 아래에 폭탄을 설치해두었고, 누군가가 일어서면
폭발한다. 자신이 일어서도 폭발할지 모른다. 죽으려고 한다고밖
에 생각할 수 없습니다."

"특별히 적극적으로 죽으려는 건 아니야. 죽어도 상관은 없지
만. 아무래도 괜찮아."

두광인은 희미하게 웃었다.

"뭐야, 그 실없는 웃음은? 뭘 꾸미는 거야?"

잔갸 군이 손을 흔들면서 이쪽을 가리켰다.

"안 꾸며. 있는 그대로지. '폭탄과 기폭 장치를 사용한 '게임판'
을 제공했습니다. 규칙은 특별하게 지정하지 않을 테니 자유롭게
즐겨 주십시오.' 그런 게임."

"뭐가 '자유롭게'야. 똥구멍 아래에 폭탄을 껴안고 있는데."

"초특급 스릴이지."

카메라로 눈을 돌린 두광인이 입술 끝으로 웃었다.

"너, 이상해. 정말 이상하다고. 눈빛도 수상해. 대낮부터 한 잔
걸쳤냐? 아니, 약이다. 약 한 거지?"

점점 격렬하게 손을 내저으며 잔갸 군이 마구 소리를 질렀다. 그가 일어서는 것을 경계하는 듯이 aXe가 오른손을 옆으로 뻗었다.

"폭발하면 우리의 패배, 폭발하지 않으면 우리의 승리입니까?"

"뭐, 승패는 크게 관계없어."

"이쪽 세 사람 중에 한 사람이 일어났을 때 폭발하면 게임 오버. 폭발하지 않으면 일어선 장본인이 그쪽 방에 가서 폭탄을 처리한다. 처리 도중에 폭발하면 게임 오버, 다스베이더 경의 안전을 확보하면 클리어."

"그것도 놀이 방법 중 하나지."

"등신이냐? 누가 폭탄을 처리할 수 있다는 거야."

잔갸 군이 말했다. 할 수 있다고 aXe가 대답했다.

"리드선을 자르거나 폭약을 빼낼 필요는 없죠. 나름대로 중량이 있는 물건을 조달해서 다스베이더 경 대신에 누름돌로 쓰는 겁니다. 그런 뒤에 옆방을 떠나면 다스베이더 경의 안전은 확보할 수 있습니다. 이어서 이쪽 방에 남은 두 사람에 대해서도 같은 교체 방법을 사용하면 네 사람 모두 자유의 몸입니다. '누름돌로 쓸 물건을 소파에 놓는다. 사람이 자리에서 일어난다.' 이 두 가지 동작을 부드럽게 행하지 않으면 A와 B가 떨어져서 만사휴의겠지요. 하지만 그건 운이 아니라 기술의 문제입니다. 처음에 한 사람이 일어설 때 폭발할지 말지는 운에 맡길 수밖에 없습니다만, 기술이 확실하다면 누름돌의 교체는 백 퍼센트 성공합니다."

"폭발의 위기를 일시적으로 피할 수 있을 뿐이지, 기폭 장치는 그대로 살아 있잖아. 자칫 잘못해서 누름돌이 떨어지면 터져. 누가 어떻게 기폭 장치를 해제하느냐고. 맥가이버*냐?"

"경찰."

그렇게 말한 사람은 반도젠 교수다.

"그 시점에서는 휴대전화를 사용할 수 있을 테니까 경찰의 폭탄처리반을 부르면 돼."

"우리가 경찰한테 신세질 처지냐? 이런 때에 얼빠진 개그는 치지 마."

"이런 때니까 얼빠진 개그를 치는 거지."

반도젠 교수가 볼을 부풀렸다.

"아는 사람 중에 폭탄을 처리할 수 있는 녀석은 없어? 몰래 맡아줄 만한 녀석으로."

잔갸 군이 aXe에게 물었지만 바람직한 대답은 돌아오지 않았다.

"뭐, 나를 이 소파에서 일으켜 세워주면 내가 해제할게. 배짱에 경의를 표하는 뜻에서."

두광인은 웃었다.

"하지만 야, 누름돌 교체가 백 퍼센트 성공한다고 해도 처음에 한 사람이 일어설 때 폭발할지 말지는 운에 맡겨야 한다고. 느닷없이 터지면 백 퍼센트의 기술도 무의미해. 결국 제일 첫 번째 선택, 누가 일어서느냐가 가장 큰 문제야. 그런 무시무시한 도박을 할 수 있겠어?"

---

* 미국에서 방영됐던 드라마의 제목이자 주인공 이름. 일명 '맥가이버 칼'을 이용해 위기를 해결해나가는 캐릭터다.

"한 사람이 일어섰을 때 폭발이 일어날 확률은 4분의 1. 반의반이니까 상당히 낮아."

"높다고. 콜트파이슨으로 러시안룰렛 하는 것보다 위험하잖아."

콜트파이슨의 회전식 탄창의 장탄 수는 여섯 발이다.

"하지만 러시안룰렛과는 달리 걸려도 자기는 안 죽으니까 상관없잖아."

두광인은 웃었다.

"네가 죽잖아."

"이야, 다른 사람 목숨을 신경 쓸 때도 있구나."

두광인은 웃었다.

"뭐랄까, 일어났는데 뺑 터지다니, 꿈자리가 사나울 것 같아."

잔갸 군이 고개를 옆으로 돌리고 담배를 물었다.

"크게 상관없잖아. 오늘 처음으로 얼굴을 본, 그 정도 사인데."

"아하!"

반도젠 교수가 머리 양옆에 집게손가락을 세웠다.

"하나 둘 셋, 해서 세 사람이 동시에 일어서면 되잖아. 그러면 폭발해도 누구 소파가 당첨됐는지 알 수 없어. 사나운 꿈자리를 3분의 1만 감수하면 돼."

"등신이냐? 세 사람이 동시에 일어서면 폭발 확률이 극적으로 높아질 텐데."

"그렇지도 않아. 폭발하지 않을 가능성은 25퍼센트야."

"네 번에 한 번밖에 성공 못 하잖아."

"어머? 아까는 4분의 1을 높다고 하지 않았나?"

"이럴 때 돼먹지도 않은 소리만 늘어놓으면 어쩌자는 거야."

잔갸 군이 반도젠 교수를 노려보았다.

"이런 때니까 돼먹지도 않은 소리를 늘어놓는 거지. 지금 상태라면 이렇다 저렇다 말만 늘어놓을 뿐 꼼짝달싹도 못 하잖아. 내일까지 이러고 있을래? 한발 내디디기 위한 긍정적인 생각이라고."

반도젠 교수가 입술을 삐죽 내밀며 마주 노려보았다.

"긍정적이랑 경솔은 달라."

"그렇습니다. 폭발은 반드시 회피해야 합니다."

aXe가 말했다.

"폭발하면 경찰이 출동합니다. 우리가 신고하지 않아도 소리를 들은 누군가가 신고하겠죠. 산속이라서 누구의 귀에도 들어가지 않을지도 모릅니다. 하지만 결국은 이 임대 별장의 관리인이 알게 될 겁니다. 다스베이더 경의 시체는 숨길 수 있어도 폭발 흔적은 숨길 수 없어요. 관리인은 경찰을 부를 겁니다."

"아무 일도 아니라는 듯이 엄청난 소리를 하는군."

"폭발 후에 바로 여기를 떠난다고 해도, 경찰은 이곳을 빌린 사람의 행적을 더듬어서 우리가 있는 곳을 찾아오겠죠. 그 추격을 어떻게 피할 겁니까? 이런 게임을 하리라는 걸 알았다면 미리 알리바이 공작 따위를 해두었겠지만요."

"아, 그건 걱정 안 해도 돼."

두광인은 얼굴 앞에서 손을 내저었다.

"앞으로 무슨 일이 일어나든 그쪽 세 사람에게 불똥이 튈 일은 없을 테니까. 경찰한테는 '인터넷에서 알게 된 사람의 권유를 받아오프라인 모임에 나갔더니, 그 녀석이 터무니없는 미치광이라서 억지로 폭탄 게임에 참가할 수밖에 없었다'라고 말하면 돼. 실생활에서 나는 학교에도 제대로 나가지 않고, 남자한테 메일 주소도 알려주지 않고, 동성同性이 권해도 점심도 같이 안 먹고, 연수실에도 소속 안 되어 있고, 취직 활동도 하지 않는 꺼림칙한 별난 인종으로 통하니까 그 녀석이라면 이런 일을 저지를지도 모른다고 믿어줄 거야. 아즈마 미야코는 자살 충동을 느끼고 있었다, 하지만 혼자 목을 매거나 약을 먹을 용기가 없었다, 그래서 제3자의 손을 빌려 목숨을 끊기로 했다. 전혀 모르는 사람끼리 행하는 집단 자살이 빈발하는 세상이니까, 다른 사람에게 도움을 받는 자살이 있어도 신기하지 않아."

"당신은 역시……."

"이런 상황 하에서 아즈마 미야코의 시체가 발견되면 자살이라고 해석될 테니까 안심하라는 거야. 단지 그것뿐. 그래그래, 안심이라고 하니까 생각나는데, 집을 나서기 전에 탐정 놀이 기록은 전부 말소하고 왔어. 오빠의 컴퓨터에서도. 파일을 복원할 수 없도록 하드디스크를 교체하고 원래 하드디스크는 드릴로 구멍을 뚫어 폐기했지. 그러니까 경찰이 우리 집을 가택수색해도 골판지 공장에 근무하는 누군가가 동료를 죽이고 목을 잘랐다든가, 누군가가 경찰관이 해서는 안 되는 행위를 되풀이했다든가, 귀여운 여고생이 무시무시한 본모습을 감추고 있었다는 사실이 백일하에 드러날 일은 없어. 즉, 당신들의 안전은 보장되어 있지. 당신들이 입 밖에 내지 않는 한은 말이야. 그러니까 안심하고 일어서."

두광인이 재촉하듯이 손뼉을 쳤다.

"너, 이상해. 역시 정말 이상해. 약 했구나? 그렇지?"

잔갸 군이 다시 큰 소리로 떠들었다.

"에티졸람은 먹었어."

"역시!"

"그냥 신경안정제야. 이래 보여도 상당히 쫄았거든. 그 정도는 먹지 않으면 어떻게 할 수가 없어."

"자살할 거면 멋대로 해. 우리를 끌어들이지 말고."

"자살을 시도하는 게 아니라니까. 스릴을 즐기고 있다고. 그 결과 죽으면 뭐, 어쩔 수 없지 않겠어."

"뒈져라. 얼마든지 뒈져. 다만 우리가 나간 다음에 지랄을 떨어라."

"진정하세요. 울컥 흥분하면 좋은 생각이 안 떠오릅니다."

aXe가 또 엉덩이를 들 뻔한 잔갸 군을 제지했다.

"당신, 게임에 응할 거야? 이 녀석이 일방적으로 끌어들였잖아."

"응할 생각은 없습니다만, 말다툼만 하고 있어봤자 쓸데없이 시간이 지나갈 뿐입니다. 일어서지 않으면 폭발하지 않는다고는 하나, 계속 이러고 있을 수는 없죠. 벌써 상당히 곤란한 처지에 빠졌습니다."

aXe가 불편한 자세로 허리를 두드렸다.

"배도 고플 테고, 소변도 보고 싶어질 거야."

반도젠 교수가 뒤이어 말했다.

"큰일이다."

잔갸 군이 아랫배를 눌렀다.

"그래서 주의를 줬는데."

두광인이 큭큭 웃었다.

"누가 일어설래? 가위바위보?"

반도젠 교수가 주먹을 쥔 한 손을 들었다.

"등신아. 이런 중요한 사항을 가위바위보로 결정할 수 있겠냐?"

"하지만 뭐가 당첨 소파인지 논리적으로 간파하기는 불가능하니까 생각해봤자 뾰족한 수는 없어. 필요한 건 결단력과 배짱뿐이야."

"결론을 서두르지 마. 정말 아무 표시도 없을까?"

잔갸 군이 소파 옆을 쓰다듬었다. 등받이 뒤로도 손을 뻗었다. 몸을 약간 앞으로 구부려 발아래를 만졌다.

"소용없어. 나도 아까부터 여러모로 확인해봤지만 전혀 모르겠던 걸. 자, 가위바위……."

"잠깐만요."

aXe가 반도젠 교수 쪽으로 손을 뻗었다.

"다스베이더 경은 죽음을 두려워하고 있지 않습니다. 오히려 바라고 있는 듯이 보입니다."

"알아요. 죽고 싶으면 멋대로 하라고 내버려두면 되지만, 폭발을 막지 않으면 여러 가지로 귀찮아지잖아요."

"그러기 위해서는 우리 세 사람 중 하나가 일어서서 건너편 방으로 갈 필요가 있기는 합니다만, 잠깐 기다려주십시오. 만약 이쪽 한 사람이 일어서도 폭발하지 않아서 그 사람이 건너편으로 가려고 하면 다스베이더 경이 일어설 겁니다. 죽음을 바라는 사람이라면 반드시 그렇게 하려고 들겠죠. 즉, 폭발이 일어날 확률은 당초 생각하던 것보다 훨씬 높다는 말입니다."

제일 처음 사람이 일어섰을 때 폭발할 확률은 4분의 1. 그때 폭발하지 않고 그다음에 두광인이 일어섰을 때 폭발할 확률은, 4분의 3 곱하기 3분의 1을 해서 4분의 1. 제일 처음 사람이 일어섰을 때 폭발할 확률과 합치면 2분의 1이다.

"정말이지 웃기지도 않네."

반도젠 교수가 발을 동동 구르더니 앉은 채로 허리를 좌우로 움직였다.

"너도 그래? 참아. 지리면 회선이 누전돼서 폭발이 일어날지도 몰라."

잔갸 군이 말했다.

"진짜, 무슨 이상한 소리를 하는 거야. 소파째로 조금씩 나아가서 건너편 방에 들어갈 수 있을지도 모르잖아. 봐, 문의 폭은 상당히 넓어."

"건너편에 가서 어떡하려고. 저 녀석이 일어서면 폭발에 휘말릴걸."

"지금까지 이야기하는 걸로 판단해볼 때 다스베이더 짱은 우리의 생명을 위태롭게 할 만한 짓은 하지 않을 거야. 건너편으로 가면 다스베이더 짱이 일어서는 걸 막을 수 있어."

"소파는 바닥에 고정되어 있는데."

두광인은 그렇게 설명하며 웃었다.

"그럼 내가 이렇게 누르고 있으면 일어서도 금속 부품이 안 떨어지지 않나?"

반도젠 교수가 앉은 채 몸을 비틀어 aXe의 자리로 팔을 뻗었다. 앉는 부분을 손으로 누르려고 하는 것이리라.

"아, 전혀 안 되네."

손끝이 겨우 팔걸이에 닿았을 뿐이었다. 반대로 aXe가 반도젠 교수 쪽으로 팔을 뻗어보았지만, 앉는 부분까지는 닿지 않았다.

"이래서는 소용없어. 우리의 패배야, 패배. 완전히 졌어. 항복할게. 게임 종료. 종료됐으니까 폭탄을 해제해줘."

반도젠 교수가 카메라에 눈을 맞추며 양손을 들었다. 잔갸 군은 흰빛이 도는 손수건을 흔들었다.

"알겠는데, 소파에서 내려오지 않으면 작업할 수 없어. 내려와도 돼?"

두광인이 목을 움츠리며 웃었다.

"저기, 오늘 안에 돌아간다고 하고 집에서 나왔단 말이야. 여기는 버스가 일찍 끊기니까 우물쭈물하고 있으면 나 정말 곤란한데. 엄마가 엄해서 외박 같은 거 하면 엄청 야단맞는다고. 죽을지도 몰라. 모레는 학교도 가야 하고, 큰일이네."

두광인은 큭큭 웃었다. 연기인 것도 같지만 진심으로도 들리는, 천연덕스러운 여고생의 모습과 그것을 멍하니 쳐다보는 두 남자의 표정이 묘하게 웃겼다.

"있잖아, 저쪽 방, 실은 텅 빈 것 아닐까?"

반도젠 교수가 같은 방에 있는 두 사람을 향해 말했다.

"다스베이더 짱이 없다면 소파도 없어. 미리 준비해둔 저런 영상을 이 텔레비전 모니터에 흘려보내고 있지 않을까? 아까 저쪽 문으로 들어갔지만 다른 출구를 통해 밖으로 나간 것 아니냐고. 다른 집이나 차 안에서 이쪽 모습을 확인하면서 이쪽에 흘려보내는 자신의 영상에 목소리만 맞추고 있을 거야."

"그러고 보니 거의 움직이지 않는군. 표정도 계속 기분 나쁜 얼굴이고."

잔갸 군이 고개를 끄덕였다.

"마술에도 그런 영상 트릭이 자주 나오잖아."

"소파가 존재하지 않는다는 말은 그 안에 장치되었다는 폭탄도 존재하지 않는다는 뜻? 이건 질 나쁜 농담이라고 해석하면 오케이? 모두가 일어서도 아무 일도 벌어지지 않아?"

두광인은 한쪽 슬리퍼를 벗어서 정면 벽에 가볍게 내던졌다.

"있잖아."

잔갸 군이 몸을 뒤로 젖혔다.

"다스베이더 경, 냉정해지세요. 이런 짓을 해서 누가 득을 본다는 말입니까?"

잘 달래려는 듯이 aXe가 말했다.

"게임은 손득을 고려해서 하는 게 아니야. 지금까지 해온 탐정 놀이도 그렇잖아."

두광인은 개의치 않았다.

"저기, 결국은 깜짝 카메라지?"

반도젠 교수가 물었다.

"폭탄, 폭탄, 하고 말해서 주눅 들게 해놓고 마지막에는 '뻥이지롱'이지? 하지만 너무 오래 끌면 분위기 다 망친다고. 아니면 설마 더욱더 장대한 속임수를 준비한 거야? 그쪽 문이 열리면서 '깜짝 카메라!'라고 적힌 플래카드를 든 남자가 나타난다든가. 그리고 자기소개를 하는 거지. '콜롬보입니다'라고. 진짜 재미있겠다!"

반도젠 교수가 손발을 버둥거렸다.

"그런 도발은……."

aXe가 당황한 모습으로 말렸다. 그리고 다시 카메라를 향하더니 정색을 하고 말했다.

"다스베이더 경, 아니, 감히 본명으로 부르겠습니다. 아즈마 미야코 씨."

"왜?"

"자포자기한 건 역시 그 일이?"

"그 일? 것보다 자포자기 안 했는데."

"오빠를 죽인 것 때문에……."

"관계없어."

두광인은 얼굴 앞에서 손을 흔들며 고개도 저었다.

"관계있을 리 없잖아. 전혀 관계없다니까. 아, 하지만, 전혀 관계없지는 않아. 탐정 놀이에 좀 질렸거든, 밀실이랑 알리바이 문제뿐이라서 모자랐다고 할까. 사람을 죽일 때의 두근거림이나 들키면 어떡하느냐는 긴장감도 오래전에 잃어버려서, 솔직히 말해 매번 타성적으로 놀이를 거듭했지. 아, 순번이 돌아왔네, 소재 없는데, 이 정도의 트릭이면 될까……. 기말고사 문제를 매년 조금씩 손질해서 만드는 교사의 기분. 해답자일 때는 일과로서 숙제를 정리하는 느낌. 그런 때에 일인이역을 활용한 동거인 살해가 떠올랐지. 머릿속에서 번뜩인 순간 이건 상당히 쓸 만하다고 생각했어. 모두 깜짝 놀랐잖아. 오랜만에 진심으로 유쾌했어. 그 흥분이 식기도 전에, 이번에는 내가 놀라고 말았지. 그 녀석이 콜롬보였다니! 일인이역으로 속였다고 생각했더니, 일인이역에 속은 거야. 그야말로 불의의 기습! 당했다! 울트라 빅 서프라이즈! 웃음이 나오더라고. 알아? 인간은 놀라움이 극에 달하면 웃어. 웃고 또 웃다가 복근에 근육통이 생겼어. 하지만 인간의 욕망은 끝이 없어서 말이야, 그럼 다음에는 어떤 놀라움이 기다리고 있을까, 하고 기대하는 자신이 있는 법이지. 백 그램에 만 엔이 나가는 마쓰자카 소고기의 차돌박이를 먹고서는 이제 이 세상에 여한은 없다고 눈물을 흘린 다음 날, 아오모리 오마의 참다랑어를 먹고 싶다는 마음에 배에서 꼬르륵 소리를 내는 게 인간이라고. 하지만 가족을 죽이는 자극과 그 사람이 실은 탐정 놀이 동료였다는 놀라움, 최고급이라고도 할 수 있는 이런 맛을 연달아 알아버린 후에 도대체 무엇에 만족할 수 있다는 거야? 그 이상의 것은 하나밖에 없지 않나? 자기 자신을 한계점까지 몰아붙임으로써 일찍이 체험한 적 없는, 전혀 다른 차원의 쾌감을 얻을 수 있지 않을까? 문제를 풀어야 할 너희들도 지금까지와는 다른 고양감에 감싸여 있을 거야."

두광인의 긴장감은 말을 할수록 점점 높아졌다.

"그럴 리 없지!"

잔갸 군이 으르렁거렸다.

상관 않고 두광인은 이야기를 계속했다.

"그 이유는 간단해. 지금까지의 탐정 놀이에는 한 가지 약점이 있었어. 지적 흥분은 얻을 수 있었지만 스릴은 제로에 가까웠지. 그건 끝나버린 사건을 방관자 입장에서 추리했기 때문이야. 말하자면 폭탄이 터진 후에 이야기가 시작되는 거지. 자기가 폭발에 말려들 일은 없는 데다 뭘 어떻게 추리하든, 그리고 추리가 아무리 빗나간다 한들 자기는 아무렇지도 않아. 자존심에 상처를 입어서 분한 마음을 품는 정도랄까. 추리의 수정도 가능해. 그에 비해 이번 게임은 리얼 타임으로 진행되고 있지. 폭탄은 아직 폭발하지 않았어. 폭발하고 말고는 자기가 판단하기 나름이야. 잘못된 판단을 해서 일단 터지고 나면 폭발 전 상태로 돌아가서 다시 시도할 수는 없는 데다 자기 신변에도 불상사가 일어날 우려가 있어. 종래의 탐정 놀이가 스튜디오 레코딩이라면 이번 놀이는 라이브란 소리야. 아니면 이런 예를 들어볼까? 탐정소설과 서스펜스의 차이야. 탐정소설에 나오는 명탐정처럼 추리의 재료가 모두 갖추어질 때까지 대기하고 있어서는 헛일이야. 하드보일드에 나오는 사립탐정처럼 순발력을 가지고 행동해야지. 준비된 답을 찾아내는 게 아니라 답을 스스로 만들어야 한다고. 즉, 우리의 탐정 놀이는 새로운 스테이지로 나아간 거야."

"너, 정말 이상해. 눈빛이 위험하다고. 맛이 갔어. 항불안제가 아니라 정신 자극제를 먹었지? 그렇지?"

잔갸 군이 떠들어댔다. aXe도 목소리의 톤을 올렸다.

"당신은 자신을 속이고 있습니다. 자신의 진짜 기분에 뚜껑을 덮기 위해 급조한 이론을 내세우고 있는 거라고요."

"한 사람의 기분을 다른 사람은 절대 알 수 없어. 과학적으로 불가능해. 그 사람이 처한 환경이나 자신의 경험에 입각해서 상상하고 있을 뿐이잖아. 옆집 아줌마, 학교 선생, 친구라고 칭하는 인간, 텔런트, 카운슬러, 학자, 정치가 등등 누구 할 것 없이 그 상상을 자못 사실이라는 듯이 지껄이며 한탄하고 동정하고 분노하는데, 그건 일종의 컬트야. 기분 나빠. 컬트가 아니라면 사기지."

두광인이 웃으면서 반론했다.

"저는 당신의 기분을 모를지도 모릅니다만……."

"'모를지도'가 아니라, 절대 모른다니까. 다른 사람의 기분을 알 수 있다면 텔레파시도 인정해야지."

"당신의 기분은 모르겠습니다만, 지금 당신이 보통이 아니라는 사실은 알겠습니다. 그 표정, 비정상적인 수다, 모든 것이 이상합니다. 약물 탓인지도 모르겠지만, 그것보다 중요한 건…… 오빠의 사건으로 동요하고 있다는 점입니다. 조금 시간을 두고 생각합시다. 마음을 진정시키세요. 우리도 조용히 있겠습니다."

"실격."

"예?"

"만약 내가 그 녀석에게 마음을 쓰고 있다면, 삼십 분이나 한 시간 동안 무얼 해본들 아무것도 바뀌지 않을 거라 생각해. 교섭인으로서 당신의 능력은 제로군. 경시청 인사과는 보는 눈이 있어. 정년까지 급료 계산이나 하도록 해."

aXe는 할 말을 잃었다. 그것을 기다리고 있었다는 듯이 반도젠 교수가 등장했다.

"있잖아, 오빠 일로 괜히 마음의 부담을 느끼지 않아도 된다고 생각해. 콜롬보 씨도 그런 놀이를 했으니까, 평범하게 병이나 교통사고로 죽는 것보다 낫지 않아? 엄청 놀라면서 숙원을 이루었다고나 할까?"

"등신아. 그런 말 하면 역효과지."

잔갸 군이 거품을 물고 끼어들었다.

"알겠냐, 잘 들어……."

두광인은 그 말을 바로 막았다.

"아, 이제 됐어. 냉정해져라, 다시 생각해라, 정말로 폭탄이 설치되어 있느냐, 그런 똑같은 소리를 되풀이할 거잖아. 전해야 할 사항은 전했어. 이제 마음대로 해. 자리에서 일어나든지 말든지, 죽도록 내버려두든지 구하든지, 짐을 챙겨서 나가든지 경찰을 부르든지, 좋을 대로 해. 어떻게 되든 원망하지는 않을 테니까. 밀실 살인게임, 즐거웠어."

저마다 뭐라고 떠들어대는 세 사람을 내버려둔 채 두광인은 애용하는 이어폰을 좌우의 귀에 꽂았다. 등받이에 몸을 맡기고 눈을 감았다.

휴대용 음악 플레이어의 재생 버튼을 누르자 토속적인 느낌이 나는 미디엄 템포의 곡이 흘러나왔다. 특별히 마음에 드는 곡은 아니다. 싫어하지도 않는다. 마음은 들뜨지 않지만, 소리 입자가 머릿속 가득 퍼지자 뇌 전체가 소리의 샘에 담긴 것 같아서 기분이 좋다.

사람은 죽을 때 자신의 인생이 주마등처럼 되살아난다고 한다. 만약 정말로 이십 몇 년 동안에 생긴 일을 한순간에 회상할 수 있다면, 틀림없이 어떤 마약보다도 뛰어난, 강렬한 환각을 체험할 수 있을 것이다.

하지만 지금 두광인의 눈꺼풀 안쪽에 비치고 있는 것은 파란 하늘과 푸르른 바다, 하얀 모래밭과 검은 피부였다. 음악에는 잘 맞지만, 자기 인생과는 아무런 관계도 없는 남국의 섬 풍경이다. 아빠, 엄마, 오빠, 학교의 아는 사람도 나오지 않는다. 그렇다면 자신은 아직 안 죽는 건가, 하고 두광인은 멍하니 생각했다.

그런 비과학적인 생각을 하는 자신이 우스꽝스러웠다. 자기 몸이 다치는 것도 아닌데 이래라 저래라 하면서 일어서려 하지 않는 세 사람도 우스웠다.

두광인은 큭큭 웃다가 다시 한 번만 눈을 떠보기로 했다.

To Be Continued.

옮긴이의 말

──작품의 트릭을 언급한 부분이 있습니다. 작품을 끝까지 읽으신 후에 읽어주십시오.

2018년 『디렉커스 컷』 발간 기념으로 한스미디어에서 우타노 쇼고와 서면 인터뷰를 진행했다. 당시 나도 편집자님의 부탁으로 인터뷰 질문을 몇 개 보냈는데, 나의 가장 큰 관심사는 작가가 『밀실살인게임』 시리즈 4편을 집필할 생각이 있느냐였다. 3편인 『밀실살인게임 마니악스』가 출간된 지 6년이 지난 시점에, 작가의 생각은 과연 어떨까? 우타노 쇼고의 답변은 다음과 같았다.

『밀실살인게임』 시리즈 완결편의 아이디어는 『밀실살인게임 2.0』을 집필할 때부터 조금씩 비축해 두었고, 결말의 반전도 정해 두었었습니다. 하지만 지금은 쓰지 않고 있고, 앞으로 쓸 예정도 없습니다.

시리즈를 처음 집필할 때만 해도 IT와 관련된 저의 지식이 세간의 일반 수준보다 약간 앞섰다고 생각합니다. 하지만 『밀실살인게임 2.0』 집필을 마칠 때에는 따라잡히고 말았고, 그 후에는 순식간이더군요. 다음 아이디어를 떠올리는 단계부터 이미 추월당했고, 시간이 흐를수록 차이는 더 벌어졌습니다. 이런 상태에서는 독자가 납득하고 감탄할 만한 작품을 쓸 수 없다, 그러므로 『밀실살인게임』 시리즈는 이만 놓아 줄 때라고 느끼게 됐습니다.

작가의 확고한 결심이 느껴지는 대답에 나도 미련을 버릴 수밖에 없었다. 아쉬우면서도 시리즈를 즐겁게 번역했던 추억이 머리를 스쳤다. 사실 내가 『밀실살인게임』 시리즈를 번역할 줄은 몰랐다. 아니, 아예 시리즈 1권인 『밀실살인게임 왕수비차잡기』가 국내에 출간이 안 될 줄 알았다.

이 작품의 한 축을 담당한 서술트릭을 번역하는 데 문제가 있었기 때문이다. 우리가 형 혹은 오빠라고 나누어 부르는 단어를 일본에서는 남녀 구분 없이 아니キ로 통일해 사용한다. 그러므로 시각적 정보가 없는 소설에서 이 단어가 나오면 화자가 남자인지 여자인지 알 길이 없지만, 두광인의 행동과 말투에서 독자는 사실은 여자인 두광인을 남자로 착각한다. 그러나 우리말로는 이런 트릭을 살리기가 상당히 힘들다.

나는 원서를 읽고 이런 문제를 알고 있었기 때문에 당연히 책이 계약되지 않을 줄 알았다. 그런데 2010년, 네이버의 한스미디어 카페에 『밀실살인게임』 시리즈 1, 2권을 계약했다는 글이 올라온다. 과연 한스미디어는 이 문제를 알고 계약한 걸까? 궁금증을 이기지 못하고 당시 안면만 있던 편집자님께 문의 메일을 보냈다. 편집자님은 '문제가 있는지 파악하지 못했다, 『밀실살인게임』 번역자를 아직 정하지 못했는데 김은모 선생님도 고려 대상이다'라는 답변을 주셨다.

초짜 번역가였던 나는(당시 번역서 두 권) 이 기회를 놓칠 수 없다는 생각에 머리를 쥐어짰고, 나름대로 해결책을 마련한 끝에 책을 번역하게 됐다. 결과적으로는 해결책을 좀 더 다듬어, 두광인의 시점에서 처음으로 아니ℛ가 나왔을 때 '손위형제'라는 애매모호한 표현을 사용하고 그 후로 아니ℛ가 나올 때마다 '그 녀석'이라는 표현을 사용했다. 상당히 불완전하고 불공평한 번역이지만, 서술트릭은 속아 넘어가야 의미가 있으므로 편집자님과 상의하여 그렇게 하기로 했다.

한편 아주 개성적인 다섯 캐릭터를 표현하는 데도 공을 들였다. 사실 내가 특별히 노력해서 번역했다기보다 캐릭터가 이미 정립되어 있어서 그런 번역이 나왔겠지만, 이지적이고 냉정한 두광인, 자존심 강하고 말투가 거친 잔갸 군, 싹싹한 듯하면서도 사람 성격을 건드리는 aXe, 노련해 보이지만 허술한 반도젠 교수, 과묵하고 꿍꿍이속을 알 수 없는 044APD가 소설의 맛을 한층 살렸고, 독자들도 캐릭터들을 많이 좋아해주신 것 같다.

결국 그 해에 『밀실살인게임 왕수비차잡기』는 높은 판매량을 기록했고, '일본 미스터리 즐기기' 카페와 '하우 미스터리'의 연말 투표에서도 1위와 2위를 기록하며 한국에서 우타노 쇼고의 새로운 대표작으로 자리 잡았다. 내 번역도 한몫한 듯하여 개인적으로 참 뿌듯하다.

작가 우타노 쇼고는 시리즈에 한계를 느낀 것처럼 말했지만, 국내 출간 십 년이 지난 지금 봐도 설정이 독특하고 충격적이며 인터넷을 중심으로 살아가는 현대인들에게 경종을 울릴 만한 내용이 아닌가 싶다. 그뿐만 아니라 본격미스터리 대상을 차지할 만큼(1편은 후보, 2편은 수상) 본격미스터리 본연의 재미도 놓치지 않는다.

지금까지 그랬듯이 앞으로도 『밀실살인게임』 시리즈가 본격미스터리 팬들의 필독서로서 독자 여러분의 책장 한쪽을 차지하길 바란다. 그리고 10년 후에 한 번 더 후기를 쓸 수 있으면 번역자로서 더 바랄 나위가 없겠다.

2022년 가을을 앞두고
김은모

밀실살인게임 왕수비차잡기

1판 1쇄 발행 2010년 10월 27일
2판 1쇄 발행 2022년 9월 16일
2판 3쇄 발행 2024년 10월 7일

지은이 우타노 쇼고
옮긴이 김은모
펴낸이 김기옥

문학팀 김세화 | 마케팅 김주현
경영지원 고광현, 김형식, 임민진

표지디자인 공중정원 박진범 | 본문디자인 고은주
인쇄·제본 (주)민언프린텍

펴낸곳 한스미디어(한즈미디어(주))
주소 (04037) 서울시 마포구 양화로 11길 13(서교동, 강원빌딩 5층)
전화 02-707-0337 | 팩스 02-707-0198 | 홈페이지 www.hansmedia.com
출판신고번호 제313-2003-227호 | 신고일자 2003년 6월 25일

ISBN 979-11-6007-614-1 (04830)
(SET) 979-11-6007-597-7 (04830)

한스미디어 소설 카페 http://cafe.naver.com/ragno | 트위터 @hans_media
페이스북 www.facebook.com/hansmediabooks | 인스타그램 @hansmystery